복어

조경란 장편소설

복어
Blowfish

문학동네

나는 죽음과 씨름해왔다. 그것은 당신이 상상할 수 있는 가장 재미없는 시합이다. 그 싸움은 손에 잡히지 않는 회색에 둘러싸인 채, 발밑엔 아무것도 없고, 주위에도 그 아무것 없이, 구경꾼도 아우성도 없이, 영광도, 승리에 대한 불타는 열망도 없고, 패배에 대한 두려움도 없이, 회의가 감도는 병적인 분위기에서 자신의 권리에 대한 별다른 확신도 없고 적의 그것에 대해서는 더더욱 확신 없는 상태에서 벌어지는 싸움이다.

— 조셉 콘래드, 『암흑의 핵심』

제1장

1 어떤 빛을 남겨야 한다면 _013

2 한 번 들어가면 나올 수 없는 문 _017

3 백□이 준 것 _021

4 그녀를 처음 만났을 때 _024

5 돌아오긴 할 건가? _028

6 흰 돌과 검은 돌로 _033

7 소립자 _036

8 집을 고르는 방법 _042

9 그녀, 도쿄로 떠나다 _048

10 그, 마로니에공원에서 _052

11 익사체는 왜 주먹을 쥐고 있었을까 _056

12 벌어질 수 있는 일 _061

13 스위티를 먹는 시간 _066

14 여자는 서쪽에 _069

15 그렇다면 이제부터 넌 뭐든지 할 수 있겠구나 _074

16 걸어서 십오 분 _085

17 내가 만일 산다면 _089

제2장

18 거긴 생선밖에 없습니다 _097

19 츠키지 시장에서 본 것 _101

20 왜 지금에서야 _107

21 불안한 눈으로 _110

22 그 사람, 여자야? _115

23 천의 거리 _120

24 무덤이 많은 동네 _124

25 복어를 사러 온 손님이 아닌 것처럼 _128

26 두려움만 없다면 _132

27 한 여자와 독毒 _135

28 옆에 누가 있는가 _142

29 유품 정리인을 만나다 _147

30 수용과 강화 _151

31 밑선들 _158

32 아름다움이 모두 사라진 상태 _162

33 오브제의 힘 _166

34 예술가는 모든 사람들을 행복하게 만들기 위해서
   작품을 만들지 않는다 _173

제3장

35 모리 미술관 _179

36 두 가지 삶 _185

37 이름들 _188

38 마주 본 그림자 _194

39 낯설지도 가깝지도 않은 사람과 _197

40 개 한 마리와 사막에서 _204

41 아버지는 어디 간 것일까 _208

42 밤은 한 달처럼 길고 _214

43 두 개의 거울 _219

44 불안은 아무도 보호해주지 못한다 _221

45 먹는 것은 죽는 것과 같은 맛 _227

46 몸 _233

47 빛도 소리도 없는 _237

48 두려움 속에서라면 _241

49 눈과 뼈 _247

50 내 말 좀 들어요, 제발 _252

51 슬픈 것도 무서운 것도 아닌데 _257

제4장

52 십이월, 서울 _263

53 그곳이 어디든 _267

54 왜 그녀에게 가지 않니 _271

55 사임은 말했다 _276

56 그녀가 살아 있어서 다행인지 아닌지 _282

57 부끄러움 _286

58 이 세상에 진실이 오직 하나 있다면 _295

59 빛이 빠져나간 자리 _298

60 모든 이야기는 실패의 이야기가 아니라 시작의 이야기 _303

61 두 사람 _309

62 풍경 _313

63 아버지의 노트 _319

64 safe nest _324

65 한 여자가 한 여자로 _327

66 앵두나무 지팡이가 땅을 두드리는 소리 _337

67 지금보다 조금 더 빛나게 될 _340

■ 작가의 말 _348

제1장

1
어떤 빛을 남겨야 한다면

도시는 마르면서 갈색으로 변해가는 핏빛이었다. 그녀는 유리문 앞에 서 있었다. 자동 유리문이 닫혔다 열렸다 반복했다. 밖으로 나가지도 안으로 들어가지도 않았다. 해질녘이었다. 무슨 소리가 들려온 것 같았다. 하늘은 한풀 꺾인 희미한 군청과 보라가 섞인 붓이 수평으로 한 번 쓸고 지나간 것처럼 보였다. 검은 새 한 마리가 날고 있었고 그녀를 문밖으로 불러낸 것은 바로 그것이었는지도 몰랐다. 새는 유독 검고 선명해 보였다. 위엄과 확신이 느껴지는 날갯짓이었다. 그녀는 목요일 오후 네시 반을 날아가는 새를 올려다보았다. 잘못 날아온 새가 틀림없었다. 머리카락이 흩날려 왼쪽 뺨에 달라붙었다. 바람이 서쪽에서 불어오고 있는 모양이었다. 맞은편 고층 빌딩에 하나둘씩 불이 들어왔다. 경복궁의 휘어진 회백색 담이 어두워졌다. 어둠이 짙어 갈수록 도시는 점점 더 밝게 빛날 것이다. 도시란 그런 데다. 지나치게 밝은 곳에서는 눈물을 흘려도 잘 보이지 않는. 그런 것에 관해서라면 그녀는 누구보다 잘 알고 있었다.

전시장 실내는 눈이 아플 만큼 조명이 밝았다. 그저 떨어지는 빛이 아니라 라듐처럼 차갑고 파편적인 빛이다. 성장한 사람들이 그 빛 속에 모여 있었다. 그녀는 전시장에 오는 것을 좋아하지 않는다고 생각했다. 과장되거나 사실이 아닌 것으로 채워진 때가 많았다. 그것에 대해 설명해야 할 때도 생겼다. 이번에는 다른 기대가 있었다. 사실과 가까운 것으로 채워넣고 싶었다. 사실이지만 침묵처럼 잘 보이지도 느껴지지도 않는. 조소彫塑에서는 처음부터 불가능한 시도인지도 알 수 없었다. 해보지 않은 작업을 해야 할 때였다. 더 늦기 전에. 어려운 일이라면 더욱 좋았다.

전시 오프닝 날이다.

실내는 평행사변형 모양이었다. 한가운데 놓인 테이블 위에 벗어놓은 허물 같은 실리콘 껍질들이 놓여 있었다. 자신의 몸에 실리콘을 붙였다 떼어서 만든 200×70×60cm 크기 작품이다. 조각난 실리콘 껍질들을 누워 있는 사람의 모양으로 늘어놓은 후 군데군데 실로 꿰맸다. 천장에서 핀 조명을 떨어뜨리자 실리콘이 겹친 자리에 명암이 생기면서 윤곽이 뚜렷해졌다. 막 알맹이가 빠져나간 사람의 허물. 바늘 하나가 찢어진 무릎과 허벅지

사이에서 날카로운 하나의 짧은 선으로 빛났다. 추운 작업실에서 실리콘을 몸에 붙였다 떼기를 반복했던 시간들이 떠올랐다 사라졌다. 제목은 ⟨Sew Me⟩. 좌대보다 테이블에 올려두는 것이 더 효과적일 것 같았다. 사람의 허물이 누워 있는 그 테이블을 어떤 사람은 책상으로 또 어떤 사람은 식탁으로 볼 수도 있을 것이다. 좌대는, 어쩔 수 없이 관棺을 연상시키는 데서 끝날 것이다. 그게 최초의 의도였다고 해도 그런 것을 한눈에 드러나게 하고 싶지는 않다.

오프닝 전에 기자 간담회가 있었다. 도쿄 모리 미술관에서 전시 초대를 받은 것이 화제가 되었다. 그중 한 작품은 전시가 끝나는 대로 그곳 아트 컬렉터가 사겠다는 의사를 밝혔다. 지난해 비엔날레전 이후 생긴 가장 큰 거래다. 간담회 내내 그녀는 자신이 그 어느 때보다 침착하다고 생각했다. 어떤 기자들은 그녀가 도약했다고 쓸지도 모르고 세계적으로 이름을 얻기 시작했다고 쓸지도 모른다. 누군가 실패한 전시라고 평가해도 상관없었다. 이 전시를 제대로 평가할 수 있는 사람은 바로 나다, 라고 그녀는 생각했다. 어려운 일을 했고 그것은 자신의 기대를 넘어선 것이기도 했다. 자신에 관해 판단할 때는 냉정하면 냉정할수록 정확하고 옳았다. 그녀는 동요하지 않았다. 다만 누군가 불시에 다음 작품에 관해 질문할까봐 오후 내내 긴장되는 것을 느꼈을 뿐이다. 그 긴장이 가져온 것은 지금껏 감춰왔던, 억제하면 억제할수록 드러나곤 했던 감정과 결의였다.

선뜻 전시장 안으로 들어갈 용기가 나지 않았다. 크리스털처럼 반짝이는 유리잔들과 샴페인 병들, 조용한 찬사와 미소, 떨어지는 조명들. 저 안에 없는 것은 그녀 자신뿐이었다.

큐레이터가 다가와 누구를 기다리는 거냐고 물었다. 그녀는 고개를 흔들었다. 그리고 자신은 괜찮다고 대답했다. 큐레이터가 마스터키를 내밀었다. 엘리베이터를 타고 갤러리 맨 위층 현사장 방으로 올라갈 수 있는 키였다. 차라도 한 잔 마시고 내려오는 것이 어떻겠느냐고 했다. 현사장 방은 작은 갤러리를 연상시킬 만큼 컬렉션들이 많았다. 그중에서도 그녀는 특히 조지 나카시마의 월넛 다이닝 테이블에 앉아 완만한 인왕산 자락을 바라보는 것을 좋아했다. 그녀는 전시장 안쪽에서 손님들을 맞고 있는 현사장 쪽을 향해 고개를 한 번 끄덕했다. 춥지만 그대로 서 있고 싶었다. 지금은 여기 서 있고 싶었다. 이렇게 문 바깥에서. 문 안쪽에서.

바람이 불었다. 눈물이 떨어졌다. 깜짝 놀랄 만큼 갑작스럽고 서늘하게 느껴지는 눈물이었다. 그녀는 손바닥으로 얼른 눈물을 훔쳤다. 행복한 순간에 눈물이 나는 게 낯설었다. 긴장이 가져다준 것들. 그녀는 다시 생각했다. 그리고 나직이 읊조렸다. 이제 다 되었다. 생각은 충분히 했다. 생각하는 것은 행동하는 것이 아니다. 가장 적절하고 아름다운 어떤 이야기가 시작된다면 바로 지금이다. 어쩌면 시작되자마자 끝나버릴 그런 짧은 이야기. 눈물은 뜨거워졌다 멈췄다. 현사장이 그녀를 손짓해 부르고 있었다. 옷매무새를 가다듬었다. 주인공이었던 날은 많지 않았다. 오늘은 그런 날의 가장 화려한 순간이 될 것이다. 장신구 하나 걸치지 않은 채 라인이 들어간 흰 셔츠를 고른 것은 적절한 선택이었다. 저 금속에 가까운 질감으로 빛나는 조명 속에서 흰색은 흰색이 아니라 하이퍼메탈의 광택으로 빛날 것이다. 세상에 마지막으로 어떤 빛을 남겨야 한다면 가장 아름다울.

2
한 번 들어가면 나올 수 없는 문

창문은 굳게 닫혀 있다. 커튼까지 꼼꼼하게 쳐져 있었다. 아침에 눈을 뜨면 사람들은 맨 먼저 무엇을 보게 되는지 궁금했다. 눈을 떠서 창문을 먼저 보게 되는 것이 좋은 일인지 좋지 않은 일인지 아직 알지 못했다. 아니, 옳은 일인지 옳지 않은 일인지. 어머니는 그 창문으로 공기가 드나든다는 것을 알고 있을 것이다. 그리고 열이 새어나간다는 것 또한. 창문에 관한 한 자신보다 더 많은 것을 알고 있을지도 몰랐다. 어머니는 그가 잠든 사이에 발소리를 죽이며 매일 방에 들어와 창문을 닫고 나간다. 1센티미터라도 창문을 열어놓지 않으면 그가 잠들지 못한다는 것을 누구보다 잘 알고 있으면서.

그는 잠든 척하면서 어둠 속에서 어머니를 기다리고는 했다.

그러다 먼저 잠이 들 때도 있었다. 헐렁한 면 잠옷을 입고 방 안에 우뚝 서 있는 어머니를 보았을 때 하마터면 비명을 지를 뻔한 적도 있다. 비명을 지른다고 해도 어머니는 듣지 못할 얼굴이었다. 말라비틀어진 두 팔을 움켜쥐고 흔들어댄다고 해도 알아차리지 못할 얼굴. 어머니는 깊은 정적 속에 서 있었다. 어머니가 알고 있는 것은 그곳이 그의 방이라는 것, 그리고 아직 자신의 아들이 살아 있다는 사실이 전부일 것이다. 방에서는 어머니의 입김과 소리 죽인 그의 숨소리로 차오르며 구긴 종이가 저절로 펴질 때처럼 미세한 소리가 났다. 만약 그가 타인에게 언어로 다가가는 사람이었다면 그는 그것을 슬픔이 내는 소리라고 표현했을지 모른다. 한밤중에 돌연 어머니 얼굴을 보게 되는 것은 유쾌한 종류의 일은 아니다. 밤에 일어날 수 있는 유쾌한 일에 관해 생각해본 적이 있다. 그런 일이 얼마 없을지도 모른다는 게 위안처럼 느껴졌다.

창문이 매혹적이라고 느낀 때가 있었다.

아사히 신문의 보도센터 차장이 러시아에 있는 멜니코프 저택에 취재를 간다고 했을 때 지금은 사장이 된 아베 겐고 씨와 동행한 적이 있다. 〈세계 건축의 역사〉라는 다큐멘터리 프로그램에 관한 일이었다. 모스크바 중심가에 위치한 저택은 두 개의 하얀 원통을 나란히 세워놓은 것처럼 보였다. 러시아 아방가르드 건축을 대표하는 콘스탄틴 멜니코프가 설계한 건축물이었다. 무엇보다 벽면에 규칙적으로 난 육각형 창문들이 유명했다. 햇빛이 희귀한 북국인데도 건물 삼층에 들어서자 빛이 쏟아지듯 들어오고 있었다. 그는 한 손을 들어 눈을 가렸다. 어둠 속에서도 그렇듯 빛에 익숙해지기 위해서도 시간이 필요했다. 수십 개의 육각형 창문들은 정교한 다이아몬드처럼 찬란한 빛을 뿜어냈다. 청명한 바람과 빛과 새들이 언제든 날아들어왔다 나갈 수 있는 문처럼 보였다. 그에게 건축이 아름다움이라는 것을 가르쳐준 것은 외관이나 넓은 공간, 혹은 건물에 속해 있는 가구나 정원 같은 게 아니었다. 그것은 바로 창문이었다고 그는 훗날 떠올렸다. 그 저택에 다녀온 것은 2005년 가을이었다. 그때까지만 해도 건축보다는 타워에 관해 더 많은 것을 알던 시기였고 타워를 설계하는 일에 누구보다 자부심을 느끼고 있을 때였다. 하지만 그 이듬해 삼월이 되면서 많은 것이 달라졌다.

얼음처럼 차가운 일월의 바람과 햇빛과 앞집 이층 베란다와 간혹 잘못 날아들어오는 검은 비닐봉지, 새끼 까마귀들과 향냄새. 동네엔 도쿄에서 가장 큰 공동묘지 말고도 칠십여 개의 크고 작은 절들이 있었다. 밤낮으로 향냄새가 풍겨났다. 창으로 많은 것들이 들어오고 나갔다. 어머니가 인정하지 않은 건 창문으로 들어올 수 있는 많은 것들 중에 빛도 있다는 사실이다. 야윈 어머니 손을 잡고 언젠가 멜니코프 저택으로 여행을 가도 좋을 것이다. 어머니는 어디로도 가지 않는 사람이다. 어머니가 나가면 그는 슬그머니 일어나 창문을 열고 잠들었다.

그는 발가락을 오그린 채 두 손으로 창틀을 짚고 섰다. 란도

셀을 메고 일렬로 걸어가는 아이들과 자전거를 타고 좁은 골목을 달려가고 있는 사람들을 물끄러미 내려다보았다. 출근 시간이었다. 늦지 않으려면 그도 서둘러야 했다. 누군가 지금 자신의 모습을 본다면 어떻게 보일지 알고 싶었다. 파자마를 입었고 하룻밤 사이에 자란 수염은 거무스름해 보일 것이다. 창틀을 단단히 짚고 있으며 입은 꾹 다물고 있다. 거울을 본 것처럼 다 보였다. 더이상 어머니를 설득하지 않은 지 오래되었다. 이 창문은 그저 직사각형의 좁은 문이 아니라 한 사람의 생이 나가고 들어올 수 있는 문이라는 것을 반박할 수 없기 때문이다. 뜨거운 것에 잘못 손을 댔을 때처럼 그는 얼른 창틀에서 손을 뗐다. 들어갈 수 있는 문이라면 나올 수도 있을 것이다. 세상엔 한 번 들어가면 나올 수 없는 문도 있었다. 거기가 문을 밀고 들어간 사람이 새로 살 장소가 되기도 했다.

목덜미가 뻐근했다. 온종일 이렇게 가만히 서 있을 수도 있을 것만 같았다. 몸이 마음보다 먼저 반응할 때가 있다. 나뭇잎이나 사과 한 알. 작지만 잎맥과 씨앗 같은 것을 완벽하게 다 갖춘 어떤 존재 하나가 슬쩍, 머뭇거리듯 이마 위로 떨어져내린 느낌이었다. 이마께가 서늘했다. 그는 지금 자신을 스쳐가고 있는 이 동요가 무엇인지 곰곰이 짚어볼 필요가 있다고 생각했다. 지금은 여덟시. 아홉시 반에 도쿄 미술대학 연구실에서 미팅이 잡혀 있었다. 그는 빈손으로 허공을 한 번 꽉 쥐었다 놓았다.

3
백白이 준 것

준비해야 할 것은 많지 않았다. 머릿속으로 떠올려봐도 서너 가지에 불과한 것 같았다. 따로 연락해야 할 데도 없고 만나야 할 사람도 없었다. 기르던 고양이나 개도 없고 금붕어도 없다. 오래 생각하고 망설인 데 비하면 어처구니없을 만큼 간단하다는 사실이 당황스러웠다. 오프닝은 끝났고 이제 전시는 흘러가는 대로 맡겨두어도 좋았다. 오후에 갤러리에서 잡지 인터뷰가 잡혀 있다는 게 떠올랐다. 커피를 한 잔 내려 현관문을 열고 계단을 올라갔다. 이 집에서 가장 많은 시간을 보낸 장소는 반지하에 있는 작업실이 아니라 옥상 같았다.

백이 처음 이 집을 보여주었을 때 두꺼운 외투를 껴입고도 부들부들 떨고 있었다. 서울 기온이 영하 17도까지 떨어진 날이었다. 백의 자동차가 통인시장 앞을 지나 차 한 대도 지나가기 어려울 만큼 비좁은 골목을 구불구불 올라갔다. 날이 밝아도 다시 찾아오기 힘든 길일 거라고 그녀는 차창 밖을 내다보며 짐작했다. 끝나지 않을 높은 산허리를 올라가고 있는 것 같았다. 자동차는 검은 웅덩이처럼 보이는 공터에서 멈췄다. 백이 시동을 껐다. 그녀는 자동차에서 내리고 싶지 않았다. 너무 추운 곳은 질색이었다. 백이 먼저 내렸다. 공터가 아니라 산꼭대기 교회에 딸린 주차장이었다. 교회 바로 밑에 집이 한 채 있었고 주차장에서 보이는 것은 초록색 방수액으로 칠해진 그 집의 옥상이었다. 아이들이 살고 있는지 옥상 한쪽에 나무 그네가 놓여 있었다. 백이 열쇠로 그 집 대문을 여는 걸 지켜보았다. 백이 보여준 것은 많았다. 그중 하나일 거라고 짐작했다. 그것이 그녀의 것이 될 거라고는 알지 못했다. 그리고 그때까지 백이 주고 싶어했던 것을 한 번도 받은 적이 없다고 믿고 있었다. 백과의 관계에서 내세울 만한 게 있다면 그것밖에 없었는지도 모른다.

주머니에 손을 찔러넣은 백이 옆으로 다가왔다. 남서쪽으로 불 밝힌 N서울타워가 보였다. 방금 막 저녁을 먹고 나온 내수동의 고층 빌딩과 백이 근무하는 광화문의 신문사 건물 로고도 환히 보였다. 가장 높고 비밀스러운 곳에서 아무도 몰래 서울의 야경을 한눈에 내려다보고 있는 것 같았다. 이해할 수 없는 기대감이 차올랐다. 얼굴이 뜨거워졌다. 그녀는 어깨를 떨었다.

반지하가 있는데 꽤 쓸 만할 거다.

백의 입에서 입김이 뿜어져나왔다. 그녀는 그게 무슨 뜻인지 생각했다.

반지하실인데도 지상의 공간처럼 빛이 잘 들어왔으며, 회화 작업을 하는 두 룸메이트와 나눠 쓰던 상수동 작업실보다 두 배는 넓었다. 백에게 뭔가를 받게 된다면 그때는 관계를 정리해야 한다고 생각했을 때 그녀는 자신이 이미 이 집에 들어와 살기 시작했다는 사실을 깨달아야 했다.

커피는 차갑고 썼다. 그네에 앉은 채 발뒤꿈치를 밀어보았다.

22

녹슨 고리에서 삐걱거리는 소리가 났다. 그네가 앞뒤로 느리게 움직였다. 커피가 허벅지로 흘렀다. 내수동의 오밀조밀한 골목과 집들이 서로 어깨를 기댄 듯 모여 있었다. 작업이 안 풀릴 때마다 계단을 올라와 벌집같이 다닥다닥 붙은 집들 속에 살고 있는 수많은 타인들을 떠올리고는 했다. 혼자라고 느끼는 순간에도 이 옥상에 올라왔다. 시선을 돌리면 아버지와 고모 가게가 있는 홍은동 일대까지 보였다. 이렇게 먼 데서라도 볼 수 없었다면 좀더 자주 찾아갔을까. 내가 사는 데서 고모가 보여, 라고 말했을 때 물론 그 말은 과장이었고 고모도 믿지 않았다. 아버지에게는 말하지 않았다.

이 집은 그동안 백이 주었던 것들 중에서 그녀에게 가장 실질적인 공간으로 남을 것이다. 백이 유년 시절을 보낸 집. 흙과 실리콘 속에서 그녀가 많은 것을 만들었다 부수고 또 새로 만들 수 있었던 집. 그녀는 머리를 흔들었다. 감상적인 생각은 판단을 흐리게 했다. 개인적인 흔적들을 이 집에 남기게 되는 건 불가피한 일이다. 그것들 중 가장 결정적인 것은 그녀의 육체다. 백을 한 번쯤 더 만나야 할지 모른다. 앞으로 이 집에서 해야 할 일에 대해 한마디쯤은 하는 게 좋을까. 그리고 그녀는 그 말이 백에게 사과처럼 들리면 좋을지 아닐지 생각했다. 여러 사람들 속에서 무뚝뚝한 백에게 유독 시선이 갔던 이유가 떠올랐다. 낙관적이기보다 비관적인 쪽에 더 가까운 사람이었다. 좋지 않은 일, 불행한 일이 닥쳐도 크게 놀랄 사람이 아니었다. 그게 첫인상이었다. 다리가 척척했다. 쏟아진 커피 얼룩이 누군가 급히 찍고 지나간 발자국처럼 보였다.

서울예술재단에서 걸려온 전화를 받은 것은 전시장 입구로 막 들어설 때였다.

전화를 끊고 나서 다시 몸을 움직였을 때 그녀는 두 가지를 깨닫고 있었다. 시간이 더 걸릴지 모르지만 백에게 사과 같은 것을 해야 할 일은 남기지 않게 될지도 모른다는 것, 그리고 그녀가 아직 회전문 안에 갇혀 있다는 것을. 이 순간적인 판단을 믿어도 좋을까? 그녀는 허공에 대고 물었다. 뒤에서 누가 회전문을 밀고 있었다. 유리문의 한쪽이 열렸고, 어떤 결심을 한 대개의 순간처럼 그녀는 결연히 한 발을 앞으로 내밀었다.

4
그녀를 처음 만났을 때

눈도 바람도 없는 일월이었다. 기온이 영하로 떨어지는 날도 드물었다. 모든 것이 희끄무레한 무채색으로 정지되어 있는 느낌이었다. 무표정한 일본 사람들 얼굴이 눈에 띄게 더 경직돼 보이는 것도 이맘때다. 해가 바뀌면서부터는 저절로 봄을 기다리게 되었다. 잠시 동안이지만 꽃을 바라보는 것은 평온을 가져다주는 일 중 하나였다. 동네 공동묘지 앞, 만개한 벚나무 밑에서 꽃놀이하는 사람들의 풍경이 기이하게 느껴지지 않는 유일한 순간도 그때다. 하늘과 나무와 꽃을 동시에 바라보는 순간이어서 그럴까. 그 일시적인 평온이 어떤 자유의 가능성처럼 느껴지기도 했다. 그것이 꽃을 바라보는 유일한 즐거움이었고 그는 이제 그 감정이 오래 지속되지 않는다는 것도 안다. 그런 감정이 가시적으로는 드러나지 않는다는 사실도. 혹독한 겨울 추위가 지나간 후 꽃이 피기를 기다리는 것은 천천히 일어날수록 더 좋은 일에 속했다. 세상에는 천천히 벌어질수록 좋은 일들이 더 많을지도 몰랐다. 봄이 오려면 아직 두 달은 기다려야 한다.

타탄 체크무늬 셔츠를 입은 설계 A팀의 나나에가 소매를 올려붙이고 찰흙으로 모형을 만들고 있었다. 디자인이 결정되면 보드지, 폴리코트, 혹은 스티로폼이나 플라스틱으로 건물의 모형을 만들어보기도 했다. 프로젝트를 이해하는 데 도움을 주는 방법 중 하나다. 건축이 아니라 조소를 전공하고 입사한 나나에는 조각 작품을 만들 듯 찰흙으로 정교하게 모형을 만들고는 했다. 지난 생일엔가 나나에한테 선물을 받은 적이 있었다. 나나에가 그 자리에서 찰흙으로 재빨리 그의 얼굴상을 빚곤 건네주었다. 남다른 데가 있는 솜씨였다. 그러나 나나에가 한 가지 간과한 게 있었다. 날이 더워지면 흙은 금이 가며 갈라지기 시작한다.

나나에의 손이 닿을 때마다 건물의 형태가 달라지는 것을 그는 지켜보았다. 저런 일을 몰입해서 하고 있을 때의 나나에는 회의를 할 때 하품을 하거나 텅 빈 사무실에 혼자 멍하니 앉아 오니기리를 우물거리고 있을 때와는 달라 보였다. 뭐랄까. 그녀의 손에서 흙을 빼앗는 것은 불가능해 보인다.

손 안의 어떤 것 없이는 자신을 세상에 설명하기 어려운 종류의 사람들이 있을 것이다. 그런 한 여자를, 그는 떠올렸다.

지난해 십이월 첫째 주쯤. 아베 겐고 사^社의 서울 지사격이자 서울과 도쿄에 사무실을 갖고 있는 건축사무소 KAC(Korea Architecture Company) 박대표가 마련한 저녁 모임이 있었다. 박대표는 실력도 실력이지만 발이 넓기로 정평이 난 사람이었다. 시부야에 있는 박대표의 맨션 거실에는 그날 밤 각계각층의 사람들이 모였다. 한국과 일본을 오가며 활동하는 배우들 몇이 있었고 화가, 조각가, 요리사, 와인 수입업자, 그리고 끝내 직업을 말하지 않던 몇몇 사람들이 더 있었다. 그중에 그녀가 테이블 모서리쯤에 우두커니 앉아 있었다. 얼떨결에 누군가에게 끌려와 있다는 기색이 짙었다. 그녀를 눈여겨본 것은 생김새나 옷차림 때문이 아니었다. 자리가 파할 때까지 그녀는 손에 쥐고 있는 지우개만한 크기의 찰흙을 끊임없이 만지작거렸다. 만약 그녀와 가까운 자리에 앉아 있었더라면 옆자리의 누군가 다리를 떤다거나 볼펜으로 테이블을 툭툭 내리치는 일련의 동작들처럼 신경에 몹시 거슬렸을 거였다.

그는 그녀 대각선 끝에 뒤로 물러나 앉아 있었다. 그녀의 행동은 조심스럽고 은밀했지만 한 사람의 시선을 끌 만큼 충분히 지속적인 데가 있었다. 감정을 숨기지 못하는 사람일 게 틀림없었다. 그는 그녀가 기린을 만들었다 뭉개고 유일하게 대화를 나누던 옆 사람의 두상을 만들었다 뭉개고 여우나 표범처럼 보이는 맹수를 만들었다 목을 비틀 듯 흙을 다시 뭉치는 것을 주시했다. 아주 작은 크기였어도 손을 만들었을 때는 손가락 관절과 손톱까지 정교하고 섬세해서 진짜 사람 손처럼 보였다. 한 번쯤 눈이 마주쳤던가. 한 번쯤 말을 걸어볼 수도 있었을 것이다. 특별히 그녀에 관해 소개해주는 사람도 없었고 만들고 있는 게 뭐냐고 물어보는 사람도 없었다. 그녀가 주로 대화를 나눴던 상대는 그녀 옆자리에 앉아 있던 머리가 벗어지기 시작한 중년 남자였다. 그날 모인 사람들 중에서도 조금 특이한 일을 하고 있어 몇 번인가 좌중의 관심을 끌던 사람이기도 했다. 무겁게 떠도는 시가 냄새를 쿵쿵거리며 그는 무료하게 잔을 비웠다. 그녀가 등진 거실 창으로 밤의 시부야 일대가 내다보였다. 도시의 야경을 만드는 것은 구조물이라는 생각을 잠시 한 것 같다. 어느 틈엔가 그녀가 옆자리 남자와 명함 같은 것을 주고받고 있었다. 그는 자리에서 일어났다. 찬바람이라도 한번 쐬고 올 작정이었다. 그로서는 아주 오랜만에 고층에 앉아 있는 셈이었다. 식은땀이 목덜미께로 흘렀다. 다시 자리로 돌아왔을 때 그녀는 보이지 않았다. 십 분쯤 지난 후에야 그는 그녀가 가버렸다는 것을 알았다.

그는 나나에한테 한 손으로 뭉쳐 쥘 수 있을 만한 크기의 진흙을 얻어 자리로 돌아왔다. 햇빛에 잘 달궈진 반들반들한 조약

돌처럼 흙은 찰지고 따뜻하고 단단했다. 책상에 몸을 비스듬히 기대고 섰다. 이름도 알지 못하는 종 모양의 단발머리 여자 생각을 하고 있다니.

그러나 그녀를 다시 만나게 되었을 때, 그는 그녀에 관해 생각보다 많은 것을 기억하고 있다는 사실을 깨닫고는 놀랐다. 그녀의 옷차림, 생김새, 눈빛, 그리고 또다른 것. 그것은 어떤 한 사람이 한 사람을 맨 처음 만났을 때 볼 수 있는 거의 전부이자 그 이상이었으며 어쩌면 가장 마지막까지 기억하게 될 종류의 것이기도 했다.

5
돌아오긴 할 건가?

그녀는 백에 관해 알고 있는 것들을 떠올려보았다. 질문 받는 것을 싫어하고 껍질에 털이 많은 과일과 오페라를 싫어한다. 오랫동안 화를 참을 수 있지만 한번 화가 터지면 어떤 자리에서도 그것을 숨기지 못하는 사람이다. 슬픔도 마찬가지다. 모친을 일찍 여의었고 나이 차가 큰 누나 손에 컸다. 아내 모르게 이 집을 갖고 있을 정도로 용의주도한 데도 있다. 삼 년 전, 그를 처음 만났을 때 마흔여섯인가 일곱 살쯤이라고 했다. 손꼽지 않아도 백에 관해 알고 있는 사실은 많지 않았다. 백이 육면체의 주사

위라면 그녀가 본 것은 겨우 백의 한쪽 면밖에 없을지도 몰랐다. 그런 것에 불만을 가진 적도 없고 다른 면을 더 보기 위해 애쓴 적도 없었다. 그것이 그와의 관계였을까. 오십 세. 저절로 기가 꺾이는 느낌이 들었다. 무엇을 하자고 하거나 어디로 가자고 하면 거절해서는 안 될 것 같은 상대. 백은 무엇을 하자고도 어디로 가자고도 말하는 사람이 아니었다. 그녀는 고개를 끄덕거렸다. 그것이 그동안 백을 만나온 가장 큰 이유였을지 모르니까. 한두 달쯤 연락도 없다가 석유 냄새 같은 것을 풍기며 한밤중에 불쑥 나타날 때도 있었다. 무엇을 약속할 필요도 없었고 요구할 일도 없는 관계였다. 그게 처음부터 백이 원한 관계였는지도 모른다는 생각을 한 건 그녀가 그런 만남에 익숙해진 뒤였다. 삼 년이었다. 많은 것들이 지나간 시간이었다. 다른 누가 필요하다고 느낀 적이 없다면 행복한 순간도 있었다고 말해야 하리라. 어쨌거나 지금은 그에게 집 열쇠를 돌려주려고 한다. 그녀는 백이 반듯하게 자세를 고쳐 앉을 때를 기다렸다가

여길 나가야 할 것 같아요,

라고 말했다.

백은 무릎을 덮고 있던 남요를 옆으로 밀쳐냈다.

어딜 가나?

네.

어떤 말에도 고개를 끄덕일 수 있는 밤이다. 어떤 것은 진심으로 또 어떤 것은 거짓으로. 그러나 이제 그 거짓이 두 사람 사

이에서 문제를 일으키진 못할 것이다.

어딜 가는데?

……도쿄.

멀진 않군.

그래요, 멀진 않죠.

얼마나 있을 예정인가?

지원 기간은 석 달이었다. 지난가을, 모리 미술관에서의 전시가 결정된 후 도쿄 아트센터와 서울예술재단의 공동 레지던스 프로그램에 지원해놓았다는 사실을 잊고 있었다. 전시를 계기로 다시 도쿄에 얼마쯤 머물러 있을 작정이었다.

그때와는 다른 마음이지만, 낯선 장소로 가도 좋을 것 같았다. 누구든 마지막까지 그녀의 신원을 파악할 수 없게 된다면, 그래서 나뭇가지에 걸린 채 바람 부는 대로 흔들거리는 익명의 사체 같은 것으로 발견되어도 나쁠 것은 없었다. 무엇보다 이 집에서 그가 치러야 할 곤혹스러운 일을 면하게 할 수 있었다. 도쿄라면 아주 낯선 장소도 아니다.

그녀는 열쇠를 테이블 위에 올려놓았다. 유리와 황동이 부딪쳐 딸각 소리가 났다. 열쇠는 그것 말고도 서랍 이곳저곳에 서너 개 더 있었다. 백은 무엇이든 잘 잊어버렸다. 지금 이 행동은 여러 개의 열쇠 중 하나를 건네는 일에 불과할지 모른다. 그러나 지금은 이런 의식이 필요한 순간이었다. 손을 움츠리는 그녀를 백이 뚫어지게 마주 보았다. 그녀는 레나테의 안부를 먼저 물어봤어야 했다고 후회했다. 궁금했지만 지금은 물어볼 수 없을 것 같다. 한마디라도 더 하게 된다면 모든 것을 알아차린 백이 그녀의 팔목을 꺾어 집 어딘가, 지하실 같은 데 가둬버릴지도 모른다. 그것도 아니라면 진지하고 냉랭한 눈으로 그녀가 하게 될 일을 끝까지 지켜볼지도. 둘 다 그녀가 원하는 백의 모습은 아니다. 그녀가 원하는 것은 조용한 저녁식사, 조용한 작별이었다. 한 가지 더 원하지 않는 것은 슬픔이 터졌을 때 백의 모습.

레나테는 백이 베를린 특파원으로 있을 때 가깝게 지낸 독일 기자였다. 권총 자살을 기도한 그녀의 남편은 시신경이 끊어져 맹인이 되었다. 총을 제대로 쏘지 못한 결과였다. 백이 그 이야기를 들려줄 때 그녀는 그건 죽는 것보다 더 불행한 결과이며 가장 나쁜 결말이라고 단정했다. 레나테는 이혼을 요구할 수도 있고 영원히 남편을 떠날 수도 있었을 것이다. 백이 그녀 이야기를 꺼낸 것은 레나테의 선택 때문이었다. 그녀는 앞을 볼 수 없게 된 남편 옆에 있기 위해 베를린을 떠났다고 했다. 백이 레나테의 선택을 인상적으로 생각하고 있다는 사실에 그녀는 실망했다. 백이 레나테가 위대한 선택을 한 것이라고 여기고 있는 건지도 알 수 없었다. 그녀가 아는 백이라면 레나테의 선택을 말렸어야 했다. 그건 결코 이성적이지도 현실적이지도 않은 선택이었으니까. 요즘도 이따금 연락을 주고받는 것 같았다. 그녀가 들은 마지막 소식은 레나테가 남편과 함께 날씨가 좋은 어바인이라는 해변 도시로 이사했다는 것이다. 맹인이 된 늙은 남편을 데리고 해변가로 이사를 하다니. 그것은 동정일까, 연민일까, 이해일까, 아니면 사랑.

그냥 갖고 있지그래.

돌아와도 여긴 아닐 거예요.

왜?

그런 생각이 들어요.

오늘은 내내 하나마나한 소리만 하고 있군.

짜증이 섞인 목소리였다.

고마웠어요.

오긴 올 건가?

짐 정린 대충 했어요. 나머진 그냥 처리해도 좋아요.

헤어지자는 말을 하는 건가?

비슷한 걸 거예요.

그 나인 다 그런가.

뭐가요.

뭐든 제멋대로군.

……

대답하지. 돌아오긴 할 건가?

터무니없이 꽉 조이는 옷을 입고 있는 느낌이었다. 마지막이라고 해도 그건 대답할 수 없는 질문이다. 거실 창으로 습기 찬 바람이 불어왔다.

백이 이렇게 말을 던졌다.

그런데 어딜 간다고 먼저 말하고 떠나는 건 처음이군. 안 그런가?

6
흰 돌과 검은 돌로

그는 휴대전화에 남아 있는 번호를 바라보았다. 십 분 전에 걸려온 전화였다. 잠결에 눈을 감고도 누를 수 있었던 번호였다. 길을 걷다 우연히 보게 된 숫자들처럼 낯설고 생소했다. 십 분 전. 그는 자신이 무엇을 하고 있었는지 떠올렸다. 전화가 울리는 것을 지켜보았고 전화가 저절로 끊어질 때까지 묵묵히 기다렸다. 받았어야 했을 것이다. 시내는 그저 예전처럼 나른한 목소리로, 혼자 있고 싶은데 고양이 밥도 줘야 하고 바람도 불고 창문은 덜컹거리고 그러네, 투정을 한번 하고 말았을지도 모를 테니까. 끊어진 휴대전화를 한 손에 그러쥐었다. 사랑에 관한 두 가지 큰 어려움은 사랑에 관해 질문하는 것, 그리고 그것을 마무리하는 것이었다. 거기에는 판단과 용기가 필요하기 때문이다. 그에게 없는 것은 판단과 용기였다. 시내를 납득시킬 수 있을 만한 이유 하나쯤은 있어야 했다. 당신은 비겁해. 시내는 그의 얼굴을 후려쳤다. 비겁해. 그녀는 울었다. 그래, 나는 비겁한 자식이다. 그는 속으로 웅얼거렸다. 그 이유가 형 때문이라고 설명하는 일은 더 그럴 것이다.

오모테산도 역에서 나와 베네통 옆 골목으로 들어갔다. 낡고 허름한 아파트를 건축가 안도 다다오가 리모델링한 쇼핑몰 오모테산도 힐스로 잘 알려진 거리지만 예전에는 가로수가 많아 산책하기 좋은 언덕길로 유명했다. 오모테산도 힐스 뒤쪽으로 골목들이 많았고 간판도 걸지 않은 독특한 상점과 식당들이 많았다. 오모테산도 힐스가 들어서기 전부터 시내가 좋아하던 거리였다.

그는 도주칸 갤러리 뒷골목 지하에 있는 desert의 문을 밀었다. 주택가에 이런 데가 있을 거라고는 짐작하기 어려울 만큼 오래되고 한적한 바였다. 셰이커를 흔들고 있던 문久이 눈인사를 보냈다. 손님이라고는 구석 자리에 앉아 바둑판을 앞에 둔 채 신문을 읽고 있는 남자밖에 없었다. 그도 손님이라기보다는 desert에 모인 대부분의 사람들이 그렇듯 주인인 문의 일본 친구들 중 하나처럼 보였다. 일부러 말하지 않는다면 문의 태도나 억양은 일본인처럼 느껴질 때가 많았다. 그는 바의 스툴에 걸터앉았다. 조명이 지나치게 어둡다는 생각이 들었다. 천장에 걸린 텔레비전 불빛이 스칠 때마다 얼굴에 얼룩덜룩한 게 묻은 것처럼 보인다. 그런 그의 얼굴을 들여다볼 때면 뭔가 우스꽝스러운 것을 보았다는 듯 시내가 킥킥거리곤 했다. 여길 오는 게 아니었다고 그는 생각했다. 문이 라임을 떨어뜨린 보드카 한 잔을 내밀었다.

더이상 시내와 함께 오지 않게 되었을 때 문은 그에게 말한 적이 있었다.

이것 봐. 그렇게 뭔가 대단한 일이 벌어진 것처럼 우울한 얼굴을 하고 있을 필욘 없어. 사랑이란 건 두 사람이 서로 바둑판을 사이에 두고 앉아 있는 것과 같은 거라네. 바둑판은 실은 정사각형이 아니야. 가로가 42.5센티미터고 세로는 그것보다 3센티미터 더 길지. 그러니까 보는 거와 달리 바둑판은 정사각형이 아니라 직사각형인 거야. 왜 그런 줄 아나? 그건 바둑을 두는 상대방과 적당한 거리를 유지하기 위해서지. 심리적 거리랄까. 사랑이라는 건 그 거리를 유지하면서 흰 돌과 검은 돌로 각자 자신의 집을 짓는 거야. 흰 돌과 검은 돌은 결코 섞일 수 없는 거라네. 세상에 얼마나 변수가 많은가 이해하기 시작하게 되면, 그 정도의 일은 정말 아무것도 아니지.

그는 씁쓸하게 웃었다. 말은 그렇게 하지만 이 바에 드나드는 사람이라면 문이 청춘 시절 첫사랑에 실패한 후 이십 년이 넘도록 혼자 지내왔다는 사실쯤은 알고 있다. 시내는 그런 문을 깊이 신뢰하는 것 같았다. 헤어진 후, 시내와 그는 따로따로 이곳에 온다. 고집스러운 데다가 체격이 남달리 크고 술을 많이 마시지만 문은 이해가 빠르고 입이 무거운 사람이었다. 웅장한 독일 레퀴엠이 흐르고 있었다. 볼륨을 줄여놓은 것이 다행이었다.

젖은 손을 행주로 문지르며 문이 뭐 더 필요한 게 있나? 하는 눈으로 물었다. 그는 고개를 저었다. 혼자 있고 싶다는 것도 괜한 핑계에 지나지 않을지 몰랐다. 시내에 대한 생각을 하기에 여긴 적당한 장소가 아니다. 문득 등뒤에서 문이 열린다면 시내가 들어오기를 바라게 될 것 같다. 우연처럼. 그러나 그런 만남은 더 좋지 않은 결과를 가져올 게 뻔하다. 얼음이 녹고 있었다. 그는 빠른 속도로 잔을 비웠다. 시내와의 관계는 아직 모호한 채로 남아 있다. 이럴 때 형이라면 어떻게 하겠어? 그는 빈 술잔을 들여다보며 물었다. 형 때문에 비로소 내가 내 삶을 한 번이라도 제대로 맞바라보게 되었다는 것을 어떻게 설명할 수 있겠어. 그리고 그것이 시내를 더이상 만나지 않아야 한다는 이유가 되는 것도.

바둑을 두고 있던 문이 술병을 들고 다가왔다. 그는 빈 술잔 바닥을 내려다보았다. 거기에 무엇이 담겨 있는지 알고 싶었다.

7
소립자

집을 비우기 위해선 해야 할 일들이 너무나 많았다. 어느 밤, 집에서 마침내 삶을 끝내야겠다고 생각한 것과는 큰 차이가 있었다. 집 안을 걸어다닐 때마다 사소해 보이지만 꼭 해야 하는 일들이 발밑에서 툭툭 터져나오는 느낌이었다. 여러 군데 전화부터 했다. 공과금을 처리해야 했고 정기구독하고 있는 신문과 잡지들, 위가 좋지 않아 줄곧 먹었던 요구르트와 생수도 끊었다.

작업실을 비롯해 집 안 곳곳의 쓰레기통을 비우고 냉장고와 쌀독도 비웠다. 상해서 썩거나 곰팡이가 생길 만한 것들은 버리거나 대문 앞에 내다놓았다. 붙박이장을 열었을 때는 더 난감한 기분이었다. 옷가지들이나 가방들은 썩지도 않고 곰팡이도 피지 않았다. 구두들도 마찬가지였다. 도쿄에 가져갈 것들만 제외하고는 그대로 두었다. 원치 않아도 누구든 죽을 때는 어떤 물건이나 사물들을 남기게 마련이다. 분신의 가장 큰 장점은 자기가 좋아하는 것 모두를 자신과 함께 태울 수 있다는 점이다. 그녀가 원하는 방식은 아니다. 사고처럼 보이지도 않으면서 태연한 죽음을 선택할 것이다. 그녀는 옷장 문을 닫았다. 옷과 신발들은 의도적으로는 보이지 않았다. 그러므로 남아 있는 자에게 큰 의미는 남기지 않을 터였다.

한 가지 더 해야 할 일이 남았다. 하지만 아버지를 만나는 일은 너무나 큰 숙제처럼 느껴졌다. 이번에 아버지를 만나게 된다면 아버지에게 영원히 잊을 수 없는 큰 후회가 될 만남으로 남게 될지도 몰랐다. 지금은 피할 수 있는 일은 피하는 게 좋았다. 아버지를 위해 이제 할 수 있는 일은 아버지를 만나지 않는 일이었다. 그녀가 택시에서 내리는 것을 가게 안에서 지켜보고 있던 숙희 고모가 식당 문을 밀고 나왔다.

예전에 고모는 이태원에서 오래된 물건을 파는 상점을 운영했다. 골동품 상점촌이 생기기 전부터였다. 가게 안에서 말린 쑥을 태우는 듯한 냄새가 났고 그것은 어렸을 적부터 맡아온 숙희 고모 냄새이기도 했다는 것을 그녀는 기억하고 있었다. 막내삼촌이 사라진 후, 고모는 골동품 가게를 접고 아버지 목공소 옆으로 옮겨왔다. 그리고 두부를 전문으로 하는 식당을 열었다. 그녀가 보기에 고모는 아버지를 지키느라 고모 자신의 많은 것을 포기한 사람처럼 보일 뿐이었다.

고모가 전기포트에 물을 데웠다. 고모에게선 아무 냄새도 나지 않았다. 세 고모들 중 둘째이자 아버지에게는 이제 막내가 돼버린 고모다. 언젠가 아버지가 숙희 고모를 두고 이쪽에서 다가가기도 전에 몸을 움츠려버릴 것 같은 사람 아니냐, 라고 말한 적이 있었다. 아버지와 숙희 고모가 만났을 때 하는 일이라고는 고작해야 두서너 마디 정도 나눈 채 적적히 술잔을 비우는 것밖에 없는 것처럼 보여도, 그녀가 아는 한 형제들 중에서는 가장 가깝게 지내는 사이다. 서로 다른 데를 보고 있어도 마치 이인용 자전거를 타고 같은 방향으로 가고 있는 것 같은 사람들. 고모를 찾아온 것은 아버지를 찾아온 거나 마찬가지다. 찻잔을 받아들며 그녀는 고모를 빤히 보았다.

대학 시절, 함께 회화과 수업을 듣다 가까워진 사임思林은 아무 때나 쓰러져버리곤 했다. 강의 시간이나 실기 시간에는 말할 것도 없고 화장실이나 구내식당, 교정 어디에서든 갑자기, 나뭇가지가 뚝 꺾이듯 순간적으로 쓰러졌다. 누구든 사임이 간질을 앓고 있다는 것을 눈치챌 수 있었다. 사임은 그녀에게 웃으며 말했다. 이게 우리 집안의 내력이야. 쓸쓸하고 자조적으로 느껴지는 목소리였다. 그런 것. 쓰러지는 것, 아무 데서나 잠들어버리는 것, 병적으로 술을 마시게 되는 것, 선천적인 우울증 같은 것, 누구라도 상관없이 사랑에 빠져버리는 것, 생선을 못 먹는 것, 가출해버리는 것, 그런 것들이 집안 내력이라면 차라리 나았을까. 자살 같은 게 내력이 돼버린 집안을 알고 있다고 그녀는 말하지 못했다.

내력. 그녀는 소립자라는 단어를 떠올렸다. 공기처럼 물처럼, 그녀에게는 언제나 죽음에 대해 생각하게 하는 소립자가 따라다니고 있었다. 그것은 한쪽을 누르면 누를수록 한쪽이 더 튀어나오고, 참으면 참을수록 터져나오는 감정과도 비슷한 데가 있었다. 짓누르고 으깰 것을 목적으로 아주 천천히 그러나 집요하게 조여오는 벽 같았다.

맨 처음 그 형체를 본 것은 막내고모가 밤바다에 뛰어들어 자살한 후, 막내고모와 쌍둥이처럼 가깝게 지냈던 막내삼촌이 병원에서 '원인을 알 수 없는 병'이라는 진단을 받았다는 소식을 들었을 때였다. 막내고모 장례식을 치른 지 한 달쯤 지난 후였다. 아버지의 형제들, 배다른 형제들은 한자리에 모여 의논했다. 가장 나이가 많은 큰고모와 아버지는 반대했지만 결국 막내삼촌을 신경정신과에 입원시키는 것으로 결론이 났다. 그날 아버지 형제들은 난투전을 한 번 더 벌였고 그것은 불가피한 선택처럼 느껴지기도 했다. 싸움을 끝내느라 아버지는 술병을 깨 스스로 오른손으로 왼손 손등을 수직으로 힘껏 내리찍었다. 목수인 아버

지가. 아버지 바지와 방바닥이 피로 흥건해졌다. 붉게 번지는 그
것이 진짜 피라는 것에 안도한 형제들은 그제야 정신을 차린 듯
입을 다물었다고 숙희 고모가 담담히 전해주었다. 입원하기로 한
전날 밤, 막내삼촌은 륙색을 메고 홀연히 집을 나가버렸다.

　그 소식을 들은 지 며칠 후였다. 석고를 개고 있다가 그녀는
퍼뜩 뒤돌아보았다. 작업 테이블 조명을 제외하고 실내 불은 모
두 꺼두었다. 등뒤에 아무것도 보이지 않아야 했다. 벽과 벽 사
이 놓아둔 붉은색 나무 의자에 누군가 앉아 있었다. 무거운 공
기가 수많은 촉수들처럼 그녀의 얼굴과 목덜미를 축축하게 쓸어
대는 느낌이었다. 눈을 부릅뜨고 허리를 곧추세웠다. 이성을 잃
지 않기 위해선 몸 어딘가에 힘을 주는 노력이 필요했다. 긴장
으로 온몸이 팽팽해졌다. 육중한 침묵이 놓여 있었다. 필사적으
로 피해 다녔던 것을 기어이 눈으로 확인하게 되는 순간이었다.
몸에서 뼈들이 쩍쩍 떨어져나가는 소리가 들리는 것 같았다.
……누, 누구세요. 입을 다문 채 그녀는 물었다. 망토처럼 검고
긴 옷을 입은 채 딱딱하고 네모반듯한 의자에 앉아 일 초 일 초
자신의 삶이 지나가는 것을 우두커니 지켜보고 있는 듯한 형체.
그녀는 호흡이 가빠지는 것을 느꼈다. 신발을 적시기 시작한 물
이 가슴께까지 차오른 느낌이었다. 입을 벌린다면 그 물을 삼킬
수밖에 없게 될 것이다. 물이 심장까지 차오르면 그때는 도리가
없을 거였다. 물속에서 출렁거리는 죽음의 소립자. 그녀는 진저
리를 치며 두 손을 허공에 대고 미친 듯 흔들어댔다. 거기 누군

가 있다는 사실보다 석고가 묻은 두 손이 굳어가고 있다는 게 더 큰 두려움을 불러일으켰다. 죽음은 오랫동안 그 자리에 앉아 그녀가 하는 양을 물끄러미 목도하고 있었다.

얼마 뒤 어둠 속에서 다시 그것과 마주치게 되었을 때 그녀는 더이상 놀라지 않았다. 그때는 이미 아버지와 아버지의 배다른 형제들처럼 그녀 또한 죽음을 피해 삶을 끌고 다니는 데 지쳐 있다는 것을 깨닫고 있었으니까. 그 결정에는 큰 에너지가 필요 했지만 아주 어려운 일은 아니었다. 이쪽에서 저쪽으로 몸을 움 직였을 뿐이다. 다른 세계를 선택했을 뿐이다. 다만 준비할 시간 이 필요했다.

그녀는 숙희 고모에게 도쿄로 떠나게 되었다고 말했다. 고모 는 다 읽어 내용을 훤히 꿰고 있는 책을 보듯 그녀를 볼 수도 있 었고 연민을 담은 눈, 의심하는 눈, 힐난하고 질책하는 눈으로 볼 수도 있었을 것이다. 고모는 그녀를 보지 않았다. 찻잔에 넣 은 말린 국화꽃이 벌어지는 것을 지켜보려는 듯 고개 숙이고 있 었다. 어렸을 적부터 아버지 형제들 중 가장 그녀를 편애해온 고모. 엄마가 죽고 나서부터는 그녀에게 엄마 대신이었던 고모. 그녀가 숙희 고모를 떠올릴 때 느끼는 감정을 한 가지로 요약한 다면 그건 경이로움이다. 고모가 아직 살아 있다는 사실에 대한. 그게 정말 내력이라면 고모는 진즉에 죽었어야 하는 사람이었 다. 도착증이 있던 술 취한 고모부가 고모의 육체를 물어뜯은 날이 있었다. 한쪽 유두가 떨어져나갔다. 아파트 십삼층 난간까지 올라갔다가 숙희 고모는 그냥 내려왔다. 밑에서 죽음보다 더 끔찍한 것을 본 사람의 얼굴로, 온몸을 덜덜 떨면서. 숙희 고모가 난간에서 내려올 때 고모를 받아 안아주었던 큰삼촌은 그후 갑자기 간암 말기 진단을 받고 석 달 만에 죽었다. 장례 기간 내내 숙희 고모는 얼굴을 일그러뜨린 채 입술을 깨물고 앉아 자리를 지켰다. 가족이라면 누구나 다 숙희 고모의 한쪽 눈과 입술이 쏠려나가버린 듯한 그 얼굴에 익숙해져 있었다.

식당 문을 밀고 들어오는 손님도 없었고 주방 쪽에서도 아무 소리도 들리지 않았다. 소음이 완전히 차단된 실내에 들어와 있는 것 같았다. 가게 앞 상수도 뚜껑으로 아지랑이 같은 먼지와 수증기가 희미하게 올라오는 것이 보였다. 침묵이 흘렀다. 고모가 불쑥 말했다.

너한테 줄 게 있다.

8
집을 고르는 방법

토요일 오후. 늦은 점심을 먹고 아버지는 다시 이층으로 올라갔다. 그가 설거지하는 동안 어머니는 아버지 주치의인 스즈키 박사와 통화했다. 어머니가 인정하지 않는 것이 하나 더 있었다. 어떤 불안과 고통은 약물로 치료할 수 있다는 사실을. 아버지 생각은 달랐다. 치료를 고집하는 사람은 아버지 자신이었다. 어머니는 목에 털목도리를 동여매고 있었다. 그는 반사적으로 시계를 쳐다보았다. 오후 세시. 눈비가 오고 기온이 무섭게 떨어진 날에도 어김없이 어머니가 산책을 나가는 시간이다. 앞으로 한 시간 동안은, 어머니 없이는 물 한잔 못 마시는 아버지도 끼어들지 못하는 시간이었다. 쟁반에 약과 물을 챙겼다. 오후의 산책은 이 년 전 이 집으로 이사 오고부터 생긴 습관이었다. 그 전에 살았던 맨션에는 작지만 정원이 딸려 있었다. 동네에 넓은 공원도 하나 있었다. 이 동네 역시 공원은 있지만 그것은 공원이라기보다 공동묘지에 속한 앞마당에 가까웠다. 1923년 대지진과 이차 세계대전의 폭격을 면한 유일한 지역이었다. 뱀처럼 구부러진 골목들마다 근대화 이전의 도쿄 모습이 아직 남아 있었다. 도시이면서 도시에서 멀리 떨어져나온 느낌을 주는 한적한 곳이라는 데 아버지는 안도했다. 아버지가 이곳으로 이사 오겠다고 한 것은 근방에 살고 있는 스즈키 박사 때문이었다. 그러나 이 맨션만큼은 어머니 말로 치면 산수도 흙도 없는 곳이다. 대문에서 서너 걸음이면 바로 현관이 나왔고 마당이랄 것도 없는 비좁은 공간만 버려진 채 있었다. 그런 것을 알아차릴 새도 없이 성급히 결정한 이사였다. 다시 집을 옮길 겨를도 없이 아버지의 병이 도졌다.

저도 갈게요.

왜?

장도 봐오실 거잖아요.

혼자 할 수 있어.

어머니.

놔둬라.

뒤에서 따라갈게요.

아버질 봐야지.

약 드실 시간이잖아요.

못마땅하다는 듯 어머니가 돌아봤다. 서너 시간쯤 아버지를 숙면으로 이끌 약이었다. 어머니가 원하는 것은 걷는 게 아니라 혼자 있는 시간이라는 걸 모르지 않는다. 그는 주섬주섬 스니커즈를 꿰신었다. 불안은 영원히 붙들고 있어야 할 순백색 끈처럼 그를 따라다녔다. 털털거리는 자전거를 끌고 어머니는 야나카 영원谷中靈園 묘지 앞을 지나 닛포리 역 북쪽 방향으로 길을 잡았다. 그는 몸이 빠른 예순 살의 어머니를 따라잡기 위해서 재게 걸었다.

어렸을 적, 어머니를 통해서 배운 것들은 시간이 지나도 잊히지 않았다. 종이비행기를 접는 법이라든가 연을 만드는 방법, 빨래는 해거름이 되기 전에 걷어야 한다는 것, 아버지 셔츠를 반듯하게 개는 법. 차남인 그를 어머니는 아들이 아니라 딸로 여겼던 것일까. 형에게는 그런 것을 가르치지 않았다. 어머니가 그에게 가르쳐준 것들은 더 많았다. 운동화 끈을 묶는 법, 몽정 후 속옷을 처리하는 방법, 첫 데이트 때 해서는 안 되는 일, 그리고 집을 고르는 방법.

어머니가 처녀 적부터 살던 곳은 북촌 옥인동이었다. 조선시대 궁을 드나들다 나온 중인들이 모여 살던 동네였다. 결혼 후에도 어머니는 그 근방을 크게 벗어나지 않았다. 아버지와 어머니가 평생 떨어져 지낸 기간이 유일하게 한 번 있었다. 오 년, 아버지가 와세다 대학에서 학위를 마치던 때였다. 초등학생이었던 형이 학교에 가고 나면 어머니와 그, 단둘이 집에 남았다. 성장한 어머니는 그의 손을 잡고 외출했다. 대부분 그 일대의 복덕방을 통해 집을 소개받았다. 어머니는 집을 사고파는 사람들이 평범해 보이는 사람에게는 보여주지 않는 집이 있다는 걸 알았다. 대여섯 살 무렵부터 그는 어머니와 성북동, 정릉의 비밀스러운 집들을 구경하러 다녔다. 어머니가 정말 살 집을 찾아다닌 것인지는 모르겠다. 어머니는 다른 사람이 살고 있는 집 거실이나 정원 의자에 잠시 앉아 있다 나오곤 했을 뿐이다. 그러나 어머니는 슥 훑어보는 것만으로도 그 집의 장점과 단점을 한눈에 구분해냈다. 그 집에서 산이 보이지 않는데다가 변변한 나무 한 그루 없다면 단박에 탈락이었다. 산수가 없으면 정신의 긴장을 풀 수 없이 그 집에서 사는 사람이 거칠어진다는 게 어머니 생각이었다. 정원이 있으면 쭈그리고 앉아 손으로 흙을 꾹 만져보았다. 흙이 흠치르르하게 윤이 나고 검지 않으면 사슴벌레나 곤충들이 살지 못한다고 했다. 생물이 살 수 없는 곳은 진짜 땅이 아니라고 말했다. 대여섯 살부터 그는 산수가 있는 진짜 땅에서 사는 것이 바로 어머니의 소망이라고 추측했다. 그것은 어떤 각인 현상처럼 그의 머릿속에 박혔다. 집을 보러 다니는 일은 아버지가 서울로 돌아올 때까지 계속되었다. 아버지가 없는 시간들을 어머니는 그렇게 견뎠다.

갑자기 어머니가 걸음을 멈추곤 돌아봤다.

왜요?

그만 따라와.

같이 가요, 어머니.

혼자 있고 싶다.

……

혼자 있고 싶대도.

네.

금방 돌아갈게.

그늘 밑은 미끄러워요, 조심하세요.

짧은 순간이었지만 혼자 있고 싶다고 말하는 순간, 그는 어머니 눈이 씁쓸함과 체념으로 어두워지는 것을 보았다. 물안개 같은 습한 바람이 불어왔다. 설령 꽃을 쳐다보고 있다고 해도 어머니는 의지하던 모든 것을 다 잃어버린 절망적인 표정을 짓고 있었을 것이다. 하루에 한 번만이라도 좋으니 웃어줘, 여보. 그것이 어머니가 입을 굳게 닫아버린 아버지에게 원하는 단 한 가지였다. 그리고 그건 그가 어머니에게 원하는 한 가지이기도 했다. 예전의 어머니는 절제된 표현으로 말을 구사할 줄 알고 계절의 변화에 누구보다 민감한 사람이었다. 어머니가 하루하루 훼손돼가는 모습을 보는 것은 고통이었다. 아버지나 형을 생각할 때와는 다른 감정이었다. 피가 얼어붙는 듯한 슬픔. 어머니를 볼 때마다 외면해버리고 싶었다.

어머니는 두부 식당 사사노유키 앞에 있는 육교를 오르고 있었다. 오래되고 낡은 육교였다. 어머니는 자전거를 들어달라는 부탁 같은 것도 하지 않았다. 그는 어머니 뒤에 주춤거리고 선 채 육교 맞은편 네기시 초등학교 건물 일부를 양각으로 조각한 소나무와 막 비상하려는 듯한 새떼를 올려다보았다. 맨 마지막 계단에서 자전거를 들어 내리던 어머니가 발을 헛디뎠는지 앞으로 고꾸라지는 것 같았다. 얼른 다가가 어머니 팔꿈치를 잡았다. 순간적으로 어머니 몸이 저항하듯 움찔하는 것이 느껴졌다. 곱슬곱슬한 어머니의 단발머리가 바람에 휘날렸다. 머리카락 몇 개가 잘못 그어낸 선처럼 어머니 뺨에 달라붙었다. 혼자서는 입을 수 없는 옷을 손에 들곤 벗은 몸으로 당황해하는 눈빛이었다. 옅은 갈색으로 흐릿하게 빛나는 눈, 젖어들어가는 눈. 그는 어머니 눈을 피했다. 형이 없는 시간들을 어머니는 언제까지나 이런 식으로 견딜 것인가.

어머니가 가르쳐준 게 하나 더 있었다. 사람이 자는 방은 따뜻해야 한다는 것. 그는 어머니 팔꿈치를 필사적으로 움켜잡았다. 어머니에게 필요한 것은 산책이 아니라 따뜻한 방에서의 숙면이다. 누구도 깨울 수 없는 깊고 평온한 잠.

9
그녀, 도쿄로 떠나다

일월 오일 월요일 오후에 그녀는 남지나해를 날고 있었다. 검게 칠해진 손톱이 낯설어 보였다. 오전에 짐을 다 챙겨놓고도 시간이 남았다. 동네를 한 바퀴 돌다가 경복궁역 근처에 있는 네일아트숍에 들어갔다. 작업을 하는 동안에는 하기 어려운 일이기도 했다. 매니큐어 색깔들은 수십 가지도 넘게 다양했다. 새 도시로 출발할 땐 목까지 올라오는 톡톡한 검은 스웨터와 검은 진을 입을 생각이었다. 거기에 어울리는 색을 고르고 싶었다. 빛의 각도에 따라 완전한 검정과 잿빛으로 보이는 색깔을 선택했다. 갈라지고 멍든 열 개의 손톱이 검정색으로 칠해지는 것을 바라보았다. 그 손으로라면 지금껏 해보지 않은 일도 해볼 수 있을 것 같았다. 강렬히 서로 얽어보고 싶은, 타인의 손처럼 느껴졌다. 펄이 들어간 검정 손톱은 빛을 받을 때마다 은은히 반짝거렸다. 꽃이 핀 나무의 그늘 밑처럼 농염해 보이기도 했고 계속 들여다보고 있으면 주변이 온통 몽롱한 검정으로 일렁이게 될 것 같았다. 검은 빛. 모든 것이 한 점으로 귀결되고 있었다. 많은 이야기들이 떠올랐다. 슬프지만 아름다운 이야기, 아름답지도 슬프지도 않지만 비극적일 수밖에 없는 이야기, 꼭 파국으로 끝나야만 하는 이야기. 모든 이야기에 끝이 있다는 게 다행일 만큼 이야기들은 많았다. 그녀는 한 손으로 다른 손 손등을 매만졌다. 오랫동안 이 오른손으로 힘겹게 이야기를 쓰고 있었지만 왼손은 그 오른손을 언제나 꽉 움켜쥔 채 미동도 안 했던 느낌이었다. 그녀는 세네카에 관해 생각했다. 철학자 세네카는 사람에게는 편하게 살 집을 고를 권리가 있듯 이 세상을 떠날 방법을 고를 권리도 있다고 말했다. 그는 아내 파울리나와 함께 팔의 정맥을 끊었다. 그러나 이미 너무 늙어서 몸에서 피가 제대로 흘러나오지 않았다. 상심한 세네카는 이번에는 혼자 옆방으로 가 자신의 종아리와 무릎 안쪽의 정맥을 끊어버렸다.

도쿄 아트센터 담당 직원이 알려준 대로 하네다 공항에서 모노레일을 타고 하마마쓰조 역에서 내렸다. 거기서부터는 JR야마노테선을 타고 닛포리 역에서 하차하라고 했다. 숙소에서는 우구이수다니 역이 더 가깝지만 그 역 북쪽 출구에는 에스컬레이터가 없어 불편할 거라고 했다. 그녀가 들고 온 건 작은 트렁크 하나밖에 없었다.

맨션은 십층 높이로 밋밋하게 지어진 건물이었다. 맨션 앞 좁은 인도에 두 그루의 나무가 적당한 거리를 두고 서 있었다. 그 김은 나무들이 맨션의 이정표처럼 보였다. 그녀가 살게 될 곳은 육층이었다. 잿빛 방음 천으로 둘러놓은 엘리베이터에서 내려 오른쪽으로 돌면 복도 끝에 605호가 있었다. 주방은 개수대와 통관대가 거실로 향해 있고 현관에서 거실로 통하는 통로 양옆에 변기만 있는 화장실과 욕실이 각각 있었다. 얼마 전까지 이 집에 살던 사람은 일본 정부에서 초청받아 온 이스라엘 화가였다고 들었다. 변기에 앉으면 보이는 화장실 문 안쪽에 세계지도가 한 장 붙어 있었다. 방은 두 개였다. 침대며 책상 같은 기본적인 가구들은 갖춰져 있었다. 작업을 하게 될 요량이라면 턱없이 부족한 공간이다. 혼자 지내기엔 좁지도 넓지도 않은 긴 공간이었다. 춥다, 라고 그녀는 중얼거렸다. 저녁이 가까워올수록 스웨터를 벗는다는 것은 물론 목욕을 한다는 것조차 불가능하게 느껴질 정도로 냉랭한 공기가 감돌았다. 낯선 집 안에 불을 환하게 밝히고 온기를 만드는 것이 가장 중요한 일처럼 느껴졌다. 붙박이장을 열어 전기담요를 찾아 거실에 깔고 거실 벽 위에 붙어 있는 온풍기 버튼을 눌렀다. 윙윙거리며 가전제품들 돌아가는 소리가 났다. 퀴퀴한 냄새를 풍기는 먼지들 속에서 미풍 같은 바람이 머리 위로 불어왔다. 거실 창을 열고 베란다로 나갔다. 윗부분이 청동기 시대의 움집처럼 뾰족한 삼각형들이 겹친 맨션들이 맞은편에 몇 채 우뚝 서 있었다. 창 안쪽으로 그림자들이 희끗희끗 지나갔다. 골목 바로 맞은편에는 요구르트 공장과 폐타이어를 쌓아놓은 공장 같은 건물이 나란히 붙어 있었다.

까마귀 울음소리가 들렸다. 크고 우렁찼다. 어둠은 서울보다 정확히 삼십 분 일찍 찾아올 것이다.

세네카의 이야기를 통해 그녀가 깨달은 점은 죽음은 결코 쉽게 찾아오지 않는다는 것이었다. 한 번에 완벽하게 끝내려면 충분한 연습과 준비가 필요하다. 레나테의 남편에게 부족했던 것.

일단 주변 환경을 잘 이해하고 있는 것이 중요했다. 환경이 죽음에 미치는 영향력은 크고 결정적인 데가 있었다. 투신자살이 증가한 것은 1969년을 기점으로 고층 건물이 증가하면서부터다. 총기를 구할 수 있는 캘리포니아 같은 도시에서는 총기를 이용해 죽는 빈도가 높았다. 숲이 많은 도시에서라면 목을 매 자살하는 경우가 대부분이다. 환경을 이해한다면 용이한 접근 방법을 찾을 수 있을 것이다. 그녀는 난간을 붙잡은 채 신중한 눈으로 아래를 내려다보았다. 염소나 개라면 모를까. 육층은 너무 높다. 투신은 좋지 않은 방법이다. 부서지고 싶지 않다. 오해를 남기고 싶지도 않다. 의도적이며 완벽한 방법을 찾아야 했다. 내수동 집이 떠올랐다. 모든 것을 준비하고 계획했던. 육체를 흩뜨리지 않으며 위엄 있게 앉아서 끝낼 수 있는 방법이었다. 이제 공간이 달라졌으니 생각을 다시 해야 할 필요가 있었다. 응축된 빛의 덩어리가 툭 풀어져버린 듯 서쪽 하늘이 짙게 물들어가기 시작했다. 해질녘 하늘을 올려다볼 때마다 고통이 밖으로 터져나오는 듯한 느낌을 받고는 했다. 이런 시간도 얼마 남지 않았어. 그녀는 그녀 어깨를 뜨겁고 완강한 힘으로 감싸고 있는 소립자에게 속삭였다.

#605, 3-5-19, Negishi, Taito-ku, Tokyo.

이것이 그녀가 이 세계에서 마지막으로 살았던 집 주소가 될 것이다.

10

그, 마로니에공원에서

슈트는 숨을 크게 들이쉴 때마다 신경이 쓰일 만큼 조이는 느낌이었다. 투 버튼의 블랙 슈트였다. 그냥 걸어놓기만 한다면 긴장감을 주며 절제된 라인으로 만들어진 심플한 옷이다. 서울로 출장을 갈 때마다 어머니는 옷걸이에 와이셔츠와 넥타이, 트렌치코트를 매치해 걸어두었다. 슈트를 먼저 고른 후 그에 어울리는 것들로 골라놓았을 것이다. 흠잡을 데 없는 조합이었다. 예전에는 헐렁한 재킷에 면바지를 입고 베이지색 스니커즈 차림으로 출장을 다녔다. 그 차림 그대로 회의에 들어가기도 했고 렌터카를 몰고 부석사든 경주든 잠시 떠났다 도쿄로 돌아오기도 했다. 어머니는 그가 이제 잘 차려진 옷을 입고 서울에 가기 바랐다. 거기에 어떤 뜻이 담겨 있는지 알고 싶지 않았다. 어쨌든 어머니 입장에서라면 목적은 달성한 것처럼 보일 것이다. 슈트라는 것은 완벽한 실루엣을 가진 옷일 테니까.

집을 짓는다면 밖에서 볼 때보다 살고 있을 때 더 편한 집을 짓고 싶다. 옷을 만드는 사람이었다면 걸어놨을 때보다 입었을 때 더 아름다워 보이고 편한 옷을 만들었을 거라고 그는 생각했다. 넥타이를 느슨하게 풀었다. KAC에서의 다음 회의는 내일 오전이었다. 숙소는 논현동 사옥의 오층 게스트하우스. 저녁에는 그곳에서 KAC 대표와 실무 담당자들, 현재 프로젝트인 W은

행 사옥의 리모델링 과정을 찍고 있는 포토그래퍼와 만찬이 있을 거라고 했다. 으레 있는 일이었고 요리는 주로 대표가 맡았다. 일곱시까지는 논현동으로 돌아가야 했다. KAC 일로 출장을 오면 숙소는 대부분 그 사옥 게스트하우스로 정해진다. 9·11테러 이후 사라진 그라운드제로 재건 프로젝트를 지휘하고 있는 건축가 대니얼 리베스킨트가 서울에 왔을 때도 거기서 묵고 갔다고 대표가 자랑을 늘어놓는 곳이다. 숙소를 제공받는 일이 있어도 형이 서울에 있을 때는 그의 아파트로 가고는 했다. 출장은 길어야 일주일, 대개는 사나흘이었다. 아침에 왔다 밤 아홉시 마지막 비행기를 타고 돌아가는 일도 잦았지만 단 삼십 분이라도 사적인 시간을 갖기 위해 발을 구르곤 했다. 지금은 아는 사람 하나 없다는 게 믿기지 않았다. 서너 시간이 남아도 만날 사람도 갈 곳도 없었다.

공원 바닥을 부리로 쪼아대며 비둘기들이 쿠쿠쿠 울었다. 겹쳐진 플라타너스 잔가지들 사이로 햇살이 성기게 떨어졌다. 대학생으로 보이는 여자들 넷이 둥근 벤치에 앉아 서로 사진을 찍어주고, 붉은 조화 하나를 귀 뒤에 꽂은 채 털실로 짠 자루처럼 보이는 옷을 입은 노파가 공원 놀이터 미끄럼틀 위에 앉아 쉴 새 없이 혼잣말을 하고 있었다. 규칙적으로 쓰레기를 치우러 오는 사람, 서류 가방이나 기타를 멘 사람들, 짧은 치마를 입은 여인들이 지나다녔다. 바닥엔 발에 밟힌 스낵 부스러기 담배꽁초 전단지 같은 것들이 떨어져 있었다. 도심 오후의 공원이라는 건 대개 다 이렇게 비슷한 걸까. 춥지는 않았다. 그는 트렌치코트 주머니에 손을 찔러넣었다. 시간을 보낼 만한 장소가 필요했다. 십여 분쯤 걸으면 형이 재직했던 대학이 나온다. 시간에 쫓기지 않는다면 병산서원 누각의 곡선을 보고 올 수도 있을 것이다. 누각의 틘 공간으로 보이는 낙동강과 병산의 일부를 그는 떠올렸다. 대학에 자리를 잡게 돼 서울 생활을 다시 시작한 형이 자주 찾던 장소 중 하나인 곳. 그가 보기엔 형에게 썩 잘 어울리는 장소였다. 정신적이며 금욕적이기까지 한.

아르코 미술관 쪽으로 걸음을 옮겼다. 혼자 있는데도 몸이 긴장하는 것은 슈트 때문이다. 모르는 사람 눈에는 제대로 차려입은 차림이 아니라 지나치게 굳은 얼굴 때문에라도 엄격한 칼뱅주의자처럼 보일 것 같았다. 눈앞으로 빛이 확 번져들었다. 붉은빛이 그를 향해 입체적으로 스며드는 느낌이었다. 손차양을 만들고는 고개를 들었다. 햇빛 속에서 미술관 외벽의 돌출된 붉은 벽돌들이 건물을 뒤덮은 담쟁이덩굴처럼 짙은 음영을 만들고 있었다. 빛과 그림자가 생생하게 살아 불타듯 활활 움직이는 것처럼 보였다. 그는 붉은 벽돌 건물을 햇빛 속에서 바라볼 때 느낄 수 있는 가장 큰 아름다움 속에 서 있었다. 벽돌로 건물을 짓는 것은 유리나 철, 콘크리트를 선택할 때와는 다르다. 그때는 '쌓아올린다'라는 느낌을 갖기 어렵다. 그것도 한 장 한 장 사람의 손으로 틈처럼 얇은 줄눈을 만들면서. 그가 이해하는 한 벽돌은 건물의 가장 인간적인 외장재였다. 따뜻한 느낌을 주면서도 동시에 견고함과 웅장함, 그리고 신뢰를 주는 재료는 많지 않았다. 햇빛을 받아도 그대로 반사하거나 흡수하지 않고 그 자체로 더불어 그림자를 드러나게 한다. 햇빛의 각도가 달라질 때마다 빛과 그림자의 비율도 달라진다. 구축성과 수용. 이것이 그가 붉은 벽돌에 대해 갖고 있는 개인적 이론이기도 했다.

영원히 살게 될 집을 짓는다면 붉은 벽돌을 쓸 생각이다. 그런 집이야말로 밖에서 봐도 아름답고 살기도 편할 것이다. 언젠가 서울로 다시 돌아와 살아야 한다면 그 이유 중 하나는 붉은 벽돌로 짓게 될 집 때문일지도 모른다. 샌프란시스코나 도쿄처럼 지진이 잦은 도시에서는 사용할 수 없는 재료다. 깨진 유리와 흠집 난 시멘트로는 외벽을 마감할 수 없다. 하지만 붉은 벽돌은 달랐다. 네모반듯한 붉은 벽돌은 말할 것도 없지만 뒤틀리고 흠집이 난 붉은 벽돌들로 쌓아올려 지은 건물의 외벽으로 아침 햇빛이 떨어질 때, 그 강렬한 아름다움과 역동성은 그 어떤 것보다 압도적인 데가 있다.

햇빛 속에서라면 휘어지고 터지고 깎이고 뒤틀리고 돌출된 부분이 더 돋보이고 아름다운 집. 형의 슈트를 입은 채 그는 머릿속으로 붉은 벽돌들을 하나둘씩 쌓아올리고 있었다.

11
익사체는 왜 주먹을 쥐고 있었을까

강물에서 검은 물체 하나가 떠올랐다. 수상스키 보트를 타던 사람들이 혼비백산해 흩어지는 것까지 카메라에 잡혔다. 사십대 가량으로 추정되는 남자의 익사체로 밝혀졌다. 앵커는 남자가 주먹을 꽉 쥔 채 숨져 있었다고 말했다. 채널을 돌려보았다. 그 사건에 대한 보도는 더이상 나오지 않았다. 주먹을 쥔 채 익사체로 발견된 남자 생각을 하다 잠들기는 했다. 그녀가 알고 싶었던 것은 그 죽음이 자살인가 타살을 위장한 자살인가 아니면 단순한 사고인가 하는 것이 아니었다. 어느 쪽이라고 해도 결론은 마찬가지다. 남자가 죽었다는 것. 그녀가 궁금해한 것은 한 가지였다. 익사체는 왜 주먹을 꽉 쥐고 있었을까.

그녀는 벌떡 몸을 일으켰다. 침구며 몸이 흠뻑 땀에 젖었다. 양손 다 주먹을 세게 쥐고 있었다. 불길한 상상을 떨쳐버리기라도 하듯 펼친 두 손을 허공에 대고 흔들어댔다. 손톱이 손바닥 안쪽을 파고들어 네 개의 깊고 붉은 자국을 남기고 있었다. 무서운 것은 죽는 게 아니다. 가장 두려운 건 자신도 모르는 사이에 잠든 채 죽는 거다. 아무 준비도 의지도 없이. 핏방울처럼 붉었던 자국이 서서히 선홍색으로 돌아왔다.

무릎까지 내려오는 두툼한 윈드브레이커를 입고 사각 프레임 선글라스를 썼다. 맨션에서부터 우에노 공원上野公園까지 갈 수 있는 방법은 몇 가지 있었다. 미노와 역에서 히비야선을 타고 두 정거장째인 우에노 역에서 내리는 방법, 우구이수다니 역을 지나 오르막길을 지나 걸어가는 방법, 그 역에서 JR야마노테선을 타고 한 정거장 지나서 내리는 방법. 가장 가까운 것은 미노와 역에서 히비야선을 타고 가는 방법이다. 자전거로 가면 이십 분쯤 소요되었고 걸어서 가면 대략 사십 분쯤 걸렸다. 그녀는 남서쪽으로 방향을 잡았다. 닛포리 역 쪽이다. 오늘은 자전거를 타지 않고 걸어서 공원까지 가볼 요량이었다. 의자는 자전거에 실리지 않았다. 걸어서 가는 방법밖에 없었다. 몇 번쯤 연습이 더 필요할 듯싶었다. 예기치 못한 장애물들이 나타날지도 몰랐다. 햇빛이 냉랭하게 쏟아졌다. 집집마다 도둑고양이를 쫓기 위해 현관 앞에 물을 담아 세워놓은 페트병들이 햇살을 반사하며 낮은 은빛 울타리처럼 빛났다.

유난히 폐공장들이 많은 동네였다. 폐타이어, 폐휴지, 폐플라스틱과 깡통들, 검은 폐타이어들이 눈앞에 산더미처럼 쌓여 있었다. 까맣고 단단하고 둥근 폐타이어들은 금방이라도 우르르 무너져 비좁은 골목을 뚫고 빠르게 흩어져버릴 탄탄하고 거대한 공처럼 보였다. 마땅히 와 있어야 할 장소에 서 있는 느낌이었다. 먼저 연락하지 않는다면 아무도 아는 사람이 없는 것과 마찬가지였고 맨션 위치도 마음에 들었다. 도쿄에서 가장 자주 갔던 우에노 공원이 인근에 있었다. 무료하면 폐타이어나 폐휴지가 어떻게 처리되는지 구경도 할 수 있었다. 맨션 앞에서 동북

쪽으로 십여 분만 걸어가면 커다란 재래시장이, 닛포리 역 언덕을 넘어가면 절과 무덤이 많은 동네가 나왔다. 그 동네에 있는 오래된 목욕탕을 개조해 만든 SCAI THE BATHHOUSE라는 미술관에서 사임이 전시를 해 같이 머문 적이 있었다. 사람이 살 것 같지 않은 비좁은 골목들도 많았다. 불안했던 많은 날들이 있었다. 그 이유를 열 개의 조각으로 나눈다면 그중 하나는 그녀가 적절한 곳에 있지 않았기 때문이기도 할 거였다. 그녀는 팔을 앞뒤로 흔들며 걸었다. 팔이 스칠 때마다 윈드브레이커 옆구리쯤에서 사각사각 스치는 소리가 경쾌하게 들렸다. 운동하러 나온 사람들도 눈에 띄었다. 이른 아침부터 그냥 걷는 것이 목적인 듯 보이는 깡마른 체격의 청년들도 여럿 지나갔다. 그녀는 순례자처럼 걷지 않았다. 걷는 데 분명한 목적이 있었고 지금은 그것을 향해 가는 중이다. 싸우는 것이 불가능해진다면 그것을 향해 나아갈 수밖에 없었다.

　결정을 내리고 싶은 순간이나 혼란스러울 때 그녀는 자신을 둘로 나누어보곤 했다. 그녀는 그녀에게 왜 지금 스스로 죽음을 택하지 않으면 안 되는가? 질문했다. 혹은 왜 지금이 아니어야 하는가? 물었다. 그 두 가지 질문은 서로 길항하는 것 같지만 거기엔 '죽음'이라는 전제조건이 있었다. 그게 신념이 되었다는 것은 더 큰 조건처럼 느껴졌다. 인간이 능숙하게 해낼 수 있는 일들 중 하나는 자신의 신념을 합리화시키는 거다. 그것이 비록 잘못된 신념일지라도. 생래적으로 느껴지는 그 죽음의 욕구에 대해서, 끌려들어가는 그 신념에 대해서 누구도 그녀에게 잘못된 것이라고 말해주지 않았다. 설령 그것이 잘못되었다는 걸 알아차렸어도 포기하지 못했을 것이다. 신념은 합리화시켜야 하니까. 그녀는 다른 그녀를 수차례 제지했다. 사랑에 실패했을 때, 무기력함과 슬럼프에 빠져 있을 때, 조각가로서의 자존심을 다쳤을 때, 아무도 알아주지 않았을 때, 작업에 대한 자신감을 모두 잃었을 때, 작품으로 도약한다는 것이 불가능하게 느껴질 때마다. 다른 그녀는 아직은 때가 아니라고 말했다. 실패한 채로 죽는 것, 무엇도 이뤄보지 못한 채 죽는 건 죽음을 선택하는 것이 아니라 삶을 팽개치는 거라고 말했다. 그녀는 삶을 버리는 게 아니라 시시각각 목을 조여오던 죽음을 스스로 선택한 사람으로 자신을 기억하고 싶었다. 그녀는 작업을 지속했다. 필사적이었고 그 작업으로 무언가 이룬다면 도약과 추락을 반복해야 하는 이 삶에서 벗어나도 좋을 거라는 일말의 기대가 있었다. 행복. 그것은 예술가에겐 영원히 열리지 않을 문이었다. 도약은 끝내 눈에 보이지 않을 것이다. 반복적인 삶. 포기하지 않는다면 언제까지나 지속될 삶. 그녀는 깊은 피로감을 느꼈다. 이번 전시가 성공적인 데 안도했나. 고리가 있다면 그만 끊고 싶었고 지금이 가장 적절한 때였다. 그렇다는 데 그녀와 그녀 사이엔 말없는 동의가 이루어졌다. 이제 죽음만 남았다. 스스로 선택하는 죽음. 그러므로 누구의 동정도 받지 못할 것이다. 어느 누구의 눈물도 위로의 말도. 그런 걸 원한 것도 아니다. 그러나 마지막까지 부끄러움은 남을 것 같았다. 잘못되었을지도 모른다고 느끼면서도 결국은 그 신념 쪽을 선택했다는 데서 나온 부끄러움만은. 사람들은 아무 이유 없이 죽지 않는다. 그것이 무엇이든 그 죽음에는 한 가지 감정은 존재할 것이다. 미움이든 분노든 슬픔이든 원망이든 치욕이든 사랑이든. 부끄러움, 그건 그녀의 것이었고 때때로 돌연한 고통을 느끼게 했다. 그러나 사람은 누구나 다 자신의 고통 속에서 죽는다.

육교를 지나자 오르막길이 시작되었다. 오후 서너시가 되면 이 길에서 짧은 반바지를 입은 중학교 학생들이 마라톤 연습하는 것을 볼 수 있었다. 흰 체육복을 입은 채 수십 명이 줄지어 달려가는 모습은 생동감 있고 활력이 넘쳤다. 밤이 되면 간혹 자전거를 타고 늦은 귀가를 하는 사람들뿐 인적이 드물었다. 도쿄에서 가장 익숙한 공원이 맨션 근처에 있다는 것을 안 순간부터 마음이 편안해지기 시작했는지도 몰랐다. 도쿄도 미술관, 우에노노모리 미술관, 국립서양미술관, 도쿄 국립박물관, 도쿄 대학의 미술관뿐만 아니라 시노바즈 연못과 동물원까지 우에노 공원엔 익숙했다. DIY로 만들어진 나무 의자는 책 네 권을 합해놓은 무게쯤 되었다. 무겁지도 않았고 등받이를 손으로 들고 걷기에도 크게 불편하지 않았다. 연습이 다 끝나면 그 의자를 든 채 걸어서 우에노 공원까지 갈 생각이다. 동물원을 지나 분수대까지, 분수대에서 오른쪽으로 틀면 숲이 나왔다. 두 달 후면 만개

할 벚나무들이 빽빽이 군락을 이룰 장소.

눈앞에 채도가 높은 청록색 둥근 덩어리가 보이기 시작하면 공원이 가까워졌다는 표시였다. 그녀는 케이세이선이 지나가는 철교 밑에 있는 카페 pronto 일층에 자리를 잡고 앉았다. 공원 입구로 통하는 계단이 훤히 내다보이는 자리였다. 카페 문에 가려 있긴 하지만 바로 오른쪽에 교차로가 있었다. 웅크린 행인들이 길을 건너 공원 계단을 올라갔다. 그녀는 토스트와 커피 한 잔을 시켰다. 실내는 터무니없을 만큼 비좁았다. 이층은 흡연석이었다. 케이세이선이 지나갈 때마다 테이블과 의자가 진동하듯 떨렸다. 주머니에서 종이와 연필을 꺼냈다. 지도 한 장을 그리다 말고 손을 멈췄다. 직선과 타원형, 휘어지고 곧은 선들이 그려져 있었다. 단순하면서도 목적이 있고 의미가 함축된 선이었다. 설득과 이해가 가능한 선. 이런 선을 그어대느라 밤을 지새우곤 했던 시간들이 떠올랐다. 지금은 갈 수 없는 시간이다. 회화는 선 두 개를 긋는 것으로부터 시작되었다. 그것은 조소의 첫걸음이기도 했다.

12
벌어질 수 있는 일

그는 기타쥬켄가와 운하를 따라 걷고 있었다. 하네다 공항에서 곧장 사장인 아베 겐고와 윤상무가 있다는 아사쿠사의 한 식당에 들러 KAC와의 회의 결과를 전하고 저녁을 먹고 나온 길이었다. 서울에서도 내내 두통이 떠나지 않았고 좋지 않은 냄새들이 공기처럼 따라다녔다. 이맛돌이 흔들리기 시작한 커다란 아치 하나를 손발이 묶인 채 코앞에서 목도하고 있는 듯한 느낌이었다. 지금 불안한가? 위태로운가? 그는 질문했다. 원인을 아는 것이 중요했다. 그렇지 않다면 이유도 알 수 없는 불가항력적인 힘에 이끌려 원치 않는 곳으로 날아가버리게 될지도 알 수 없다. 정신을 똑바로 차리고 있어야 한다. 어머니는 언제나 그런 눈으로 그에게 말했다. 석연치 않은 낌새를 띤 일은 아무것도 없었다. 잠깐 예민해진 상태일지 몰랐다. 아무 생각도 하지 않는다면 차갑지 않으면서 약간 습기 찬, 잘 아는 여자의 입김 같은 바람이 불어오는 밤길을 태연하게 거닐 수 있을 터였다. 그는 운하 옆에 바짝 붙어서서 걸었다. 스미다 강에서부터 시작해 흐르는 폭이 좁고 구불구불한 운하였다. 질문을 바꿀 필요가 있었다. 그는 이렇게 물었다. 지금 나는 슬픈가?

운하 옆으로 접근금지 그물망이 낮게 둘러쳐져 있었다. 2011년 완공을 목표로 신新타워를 건설하고 있는 중이었다. 그는 걸음을 멈추었다. 골조는 이제 한 10미터쯤 올라가 있다. 그 높이라면 윗면에서 내려다보았을 때 아직 세모꼴 형태를 띠고 있을 것이다. 2011년 모든 텔레비전이 디지털화되면 도쿄타워 외의 전파수송타워가 필요해진다. 타워의 밑면은 균형을 고려한 대개의 세계적인 타워들처럼 삼각형이다. 위로 갈수록 사각형이 될 것이고 꼭대기에 이르면 원의 형태로 바뀐다. 선의 모서리를 깎아원을 만들면 내부로 강한 힘이 모이게 된다. 힘을 고르게 분배하면서 황금분할의 비율을 찾는 게 관건이었다. 신타워를 밑에서부터 단면으로 자른다면 세모와 네모 그리고 마지막엔 동그라미가 된다. 완성된 타워의 옆면을 본다면 길고 날렵하면서도 휘어진 니혼도, 즉 일본 칼의 옆면처럼 보이도록 설계되었다. 지진에 대비해서 무너지지 않도록 디자인을 고안해내는 데 시간이오래 걸렸다. 그는 오층석탑을 떠올렸다. 그 아이디어는 호평받았다. 총 634미터 높이의 고층 타워였다. 완성되면 전파탑으로는 세계 최고의 높이가 될 터였다. 타워의 형태를 결정짓고도가장 큰 숙제가 하나 남았다. 층수가 높은 모든 건물을 지을 때설계자가 고민해야 하는 일이다. 바람을 어떻게 다룰 것인가, 하는.

완성된다면 타워는 지금 초승달이 떠 있는 저 까마득한 높이까지 올라간다. 실제로 그런 높이가 아닐지라도 사람들에게 그런 가능성을 상상하게 하는 게 타워의 역할이기도 했다. 높은건축물은 하늘에 더 가까이 다가가고 싶은 인간의 욕망에서 탄생된다고 해도 과언이 아니다. 초승달은 손톱으로 꾹 찍어놓은듯 가느다랗게 떠 있었다. 신타워를 건설하는 일을 계속할 수있었을 것이다. 산책을 다른 곳으로 갈 수도 있었을 것이다.

형은 설계도에 관심을 보였다. 그는 타워의 입면도, 측면도를 보여주고 타워가 완성되었을 때의 시뮬레이션도 보여주었다. 그 무렵, 모든 것에 흥미를 잃은 듯한 형이 자신이 하는 일에 관심을 보인다는 게 뜻밖이었고 그것은 기대와 당황스러움이 뒤섞인 그런 감정이기도 했다. 형은 타워의 높이나 디자인보다는 완성된 타워를 밤에 보게 될 때의 아름다움과 빛에 흥미를 갖고 있는 것 같았다. 빛, 조명이 그의 영역의 일이 아니라는 것에 아쉬움을 느낄 정도였다. 형은 물었다. 여기서 누군가 떨어질 수도 있나? 아니. 그는 대꾸했다. 누군가 타워같이 높은 곳에서 떨어지는 것을 원하더라도 이제 그것은 불가능하다. 호텔에 사람 두상이 통과할 수 있는 창문을 만들지 않는 것과 똑같은 이유였다. 프랑스에서 사람들이 가장 많이 떨어져 죽은 곳이 에펠탑이다. '자살자의 탑'이라는 오명이 붙을 정도였다. 에펠탑에서는 겨우 일층에서 떨어져도 죽음으로 이어졌다. 형은 왜 그런 걸 묻냐? 그는 투덜거렸다. 궁금하잖아. 이 타워에서 벌어질 수 있는 많은 가능성에 대해 생각한다면 말야. 그는 형에게 충고했다. 세계적인 모든 탑에는 자살방지조치가 취해져 있어. 그리고 그는 또 부주의하게 말했다. 떨어져 죽을 거라면 삼층 높이에서도 가능해, 그렇게 높은 곳에 올라갈 필요도 없다고. 그때 형이 웃었는지 아니면 어떤 대꾸를 했는지 기억나지 않는다. 재직하던 대학을 갑자기 그만두고 다시 도쿄 집으로 와 있던 때였다. 형은 아무 데도 나가지 않고 아무도 만나려고 들지 않았다. 그래도 형이 혼자인 서울이 아니라 도쿄로 돌아왔다는 데 가족들은 마음을 놓았다. 그것은 거의 방심에 가까웠다는 걸 그때는 알지 못했다. 그 무렵, 이따금 스즈키 아저씨가 형의 방에 올라갔다 내려올 뿐이었다.

2006년 3월 29일 금요일 오후에 형은 창문에서 뛰어내렸다. 그가 전화를 받고 달려갔을 때, 형은 한쪽 뺨을 바닥에 댄 채 사지를 뻗고 골목에 누워 있었다. 눈앞에 있는 게 형이라는 것, 사람의 몸이라는 걸 알아보는 데 시간이 걸린 것은 기이한 각도로 꺾인 목과 팔다리 때문이었다. 파열된 내장이 밖으로 쏟아져나와 있었고 관자놀이에서 피가 흘렀다. 겨우 오층 높이였다. 그러나 의지를 갖고 뛰어내렸다면 성공이 틀림없는 높이다. 형. 그는 고통을 삼켰다. 형은 뛰어내렸다. 그것은 자신의 몸에 스스로 손댈 용기가 없는 사람들이 선택하는 죽음의 방식이었다. 삼층 높이에서도 가능해. 그는 자신이 한 말을 떠올렸다. 형을 위해서라면 무엇이든지 해야 하는 때였다. 가족이라면 누구나 다. 그런 걸 깨달았을 때는 모든 것이 늦어 있었다. 얼룩 같은 것들이 길바닥에 점점 번져들었다. 피는 붉지 않고 검녹색 액체처럼 보였다. 그는 다가오는 모든 것들을 막아 세울 태세로 팔을 벌린 채 골목에 서 있었다. 어떤 것, 형체는 없지만 꼭 있어야 하고 살아서라면 영원히 좋아야 한다고 믿고 있던 것이 자신의 삶에서 스르르 빠져나가고 있었다.

타워가 완성될 2011년은 영영 오지 않을 것처럼 멀었다. 도쿄 스카이 트리Tokyo Sky Tree. 이 타워에 불이 켜지는 걸 내가 지켜볼 수 있을까. 그는 이것이 오늘의 마지막 질문이 되었으면 좋겠다고 생각했다. 집으로 돌아가는 일은 두렵고 부모를 지켜보는 일은 더 그랬다. 그러나 철골의 뼈대들은 아직 이루지 못한 꿈을 향해 달려가는 거대한 구조체로 보였다. 희미하게 물소리가 들렸다. 귀가 아픈 사람처럼, 그는 양손으로 얼굴을 감싸 쥐곤 고개를 푹 꺾었다.

13
스위티를 먹는 시간

그녀는 롯폰기 역에서 내렸다. 미드타운 맨 위층 산토리 미술관에 가 일본 칠기공예전이 열리고 있는 전시장을 한 바퀴 돌았다. 엘리베이터를 타고 한 층 내려가 주방용품을 파는 상점과 주름 잡힌 천으로만 옷을 만드는 상점에 들어가 기웃거렸다. 구두와 가방을 파는 상점들은 쇼윈도만 훑어보아도 충분했다. 잘 만들어진 쇼윈도일수록 그랬다. 에센스 오일을 파는 상점 앞에서는 베개에 한두 방울씩 떨어뜨리고 자는 베르가못 오일을 한 병 살까 말까 망설이기도 했다. 잠을 잘 오게 하는 데 도움이 되는 방법이었다. 무언가 갖고 싶거나 사고 싶다는 충동은 낯설었고 불편함을 느끼게 했다. 대나무로 만든 도마, 다기 세트, 소가죽 구두와 가방, 그리고 센서가 들어 있는 공룡 로봇, 몇 번씩이나 들었다 났다 했던 두꺼운 노트와 깃털 펜. 사물들이 갖고 있는 첫번째 힘은 소유욕이다. 평범한 욕망에서 시작되는 감정. 그녀는 사물들이 가진 힘에 대해 생각해왔었다. 그런 생각의 일부가 작품 속의 특별한 오브제에 대해 사고하게 만들기도 했다. 지금은 아니다, 라고 중얼거렸다. 그리고 곧 모든 것이 끝을 향해 달려가고 있잖아, 라고 말했어야 한다고 후회했다. 지금은 타인에게 하는 말보다 자신에게 하는 혼잣말이 더 크고 중요한 때였다. 하루. 그녀는 딱 하루, 라고 다시 말해보았다. 해가 지기 시작하려면 한 시간쯤 더 기다려야 했다. 에스컬레이터를 타고 지하로 내려갔다.

어두운 청색, 맑은 파랑, 밝은 황록색, 산뜻한 자주, 녹색을 띤 황색, 깨끗한 노랑, 눈부신 연두. 수십 가지 빛깔의 마카롱들이 투명한 유리관에 고가의 장신구들처럼 진열돼 있었다. 그녀는 진열대를 내려다보면서 마카롱의 색깔들을 하나씩 호명해보았다. 그런 색깔을 자유자재로 만들어내고 다루고 했던 일이 까마득하게 느껴졌다. 사쿠라라는 이름이 붙은 흐린 노랑의 마카롱도 보였다. 그녀는 에스프레소 더블과 뉴트럴 그레이에 가까운 회색과 파꽃을 닮은 흰색 마카롱 두 개를 주문했다. 마카롱은 차와 잘 어울리는 스위티다. 그러나 단것은 뜨겁고 진한 커피와 먹어야 제 맛을 느낄 수 있다. 은색 쟁반에 담긴 두 개의 동그란 마카롱을 손끝으로 갉작거리다가 흰색을 먼저 한입에 넣었다. 혀끝을 마비시키는 것 같은 지독한 단맛이 퍼졌다. 단박에 확

퍼지는 맛, 입안을 압도하는 맛. 슬픔의 맛이었다. 불안한 밤, 극단을 생각하던 밤, 우울한 밤, 무수히 많은 밤 들을 단것을 먹으며 보냈던 기억이 스쳐갔다. 마카롱도 있었고 크림으로 범벅이 된 밀푀유, 케이크, 슈, 무스, 순도 백 퍼센트에 가까운 초콜릿도 있었다. 불안을 견디는 힘은 작업을 하던 시간이 아니었을지도 모른다. 깊은 밤 혼자 막막한 얼굴로 스위티들을 먹는 시간이 아니었을까. 하나 남은 회색 마카롱이 희끗 금속성 광택을 띤 것처럼 보였다. 유채색을 띠지 않은 빛깔인데도 눈물 속에서 광택을 볼 수 있다는 게 신기하기도 했다. 헛것이었어도 그 반짝거림은 아마 기억해도 좋을 것이다. 순간적이었으니까.

미드타운에서 나와 교차로 쪽으로 걸었다. 롯폰기 힐스가 보였다. 모리타워 오십삼층에 모리 미술관이 있었다. 거기에 그녀 작품 〈Childhood〉가 전시돼 있다. 실리콘이라는 재료에 매료되기 시작했던 2002년도에 만든 작품이었다. 지금보다 젊었고 더 큰 불안과 갈등과 싸우던 시기였다. 눈을 감으면 아직도 그때 절벽에 내몰린 심정으로 그 작품을 만들던 시간을 떠올릴 수 있다. 작업을 하던 시간만큼은 모든 게 정지된 듯 평온했던 그 기이한 순간에 대해서도. 〈Childhood〉를 한번 보러 갈 수도 있었다. 그러나 그건 너무 오래전에 쓰인 자신의 연대기를 읽는 것과 비슷할지 몰랐다. 그녀는 히비야선 방향으로 돌아섰다. 과거는 이제 힘이 되지 못한다.

가미야초 역 1번 출구로 나갔다. 해가 지는 것을 지켜보고 싶었다. 아주 높은 곳, 사람이 많아 누구도 자신을 눈여겨보지 않는 그런 장소라면 더 좋았다. 러시아 대사관 맞은편에서 왼쪽으로 길을 틀었다. 도쿄는 모퉁이가 많은 도시다. 길을 잃지 않도록 주의해야 했다. 이정표처럼 거대한 오렌지 불빛을 뿜어내는 도쿄타워가 나타났다. 빛에 둘러싸인, 하늘을 떠받치고 있는 나무 같았다. 벌써 라이트 업이 시작된 모양이었다. 걸음을 서둘렀다. 완전히 어두워진 후에 볼 수 있는 것은 창에 비친 자신의 얼굴밖에 없을 게 분명했다. 그녀는 보고 싶었다. 아직 어두워지기 전의 세상을, 그것이 먼 데서부터 서서히 어두워지며 하나둘씩 불이 들어오는 모습을. 작품으로 표현하고 싶었으나 끝내 하지 못한, 빛과 어둠의 조화를.

14
여자는 서쪽에

춥고 흐린 날이었다. 잿빛 구름이 두껍게 내려앉아 있었다. 전망을 보기엔 좋지 않은 날씨였다. 전망대로 올라가는 고속 엘리베이터 안에서 그는 시간을 확인했다. 여섯시 삼분. 준리Jun Lee와의 약속은 여섯시 반이었다. 준리는 시카고 대학에서 건축학을 배울 때 가까워진 친구였다. 서울에서 열린 세계 대타워 포럼을 마치고 뉴욕으로 돌아가는 길이었다. 한국인 아버지와 베

트남 어머니 사이에서 태어난 준리는 한국에 대해 아는 것이 거의 없었다. 기숙사에서 한 방을 썼을 때는 그가 한국어를 가르쳐주기도 했다. 아시아로 출장 올 때마다 준리는 서울에 들렀고 도쿄에서 몇 시간이라도 그를 만난 후 비행기를 갈아타고는 했다. 오늘은 두 시간이야, 두 시간 동안이나 널 만날 수 있다고. 서울을 떠나기 전에 전화를 걸어 준리는 큰 소리로 말했다. 이 년 만의 만남이었다.

그는 대전망대 기프트숍에서 준리에게 줄 티셔츠 몇 장을 사고 다시 아래층으로 내려왔다. Cafe 333에 자리를 잡고 앉았다. 밖을 향해 앉을 수 있는 자리였다. 남쪽이었다. 날씨가 좋았다면 후지산 꼭대기도 볼 수 있을 거였다. 사람들이 카페 안쪽의 스테이지 주위로 하나둘 모여들었다. 수요일과 목요일 밤엔 인디 밴드들이 출연해 음악을 연주했다. 카페가 가장 붐비는 날이기도 했다. 깜박 잊고 있었다. 스테이지와 너무 가까운 데 앉아 있었다. 이야기를 나누기에 적당한 자리가 아니다. 그는 커피잔을 든 채 주위를 두리번거리며 일어났다.

여자는 서쪽에 서 있었다.

그가 본 것은 여자의 뒷모습이었다. 다시 본 것은 저녁이 오는 전망대 유리창에 희미하게 드러난 여자의 프로필이었다. 엉겁결에 그는 아무 자리에나 주저앉았다. 앉고 나서야 그게 카페

자리 중 가장 후미진 데라는 것, 대전망대로 연결된 계단의 철
조가 사선으로 돌출돼 있어 몸이 절반쯤 가려지는 자리라는 것
을 알게 되었다. 여자가 뒤돌아본다고 해도 그가 일부러 고개를
내밀지 않는다면 그저 왼쪽 어깨와 왼쪽 팔밖에는 볼 수 없는
자리였다. 커피잔을 내려놓았다. 귀가 뜨거워지는 것 같았다. 여
자는 유리에 이마를 갖다댈 듯한 자세로 골똘히 밖을 응시하고
있었다. 그는 여자가 서 있는 뒷자리에 앉아서 여자가 바라보는
쪽을 보았다. 롯폰기 힐스와 시부야 방면이었다. 수평선처럼 펼
쳐진 후지산의 흰 정상까지 보이는 쪽. 지금은 윤곽만 희붐하게
보였다. 거기 후지산이 있다는 사실을 모른다면 그게 산이라는
걸 알지 못할 정도의 형태였다. 여자 뒤, 그가 앉아 있는 전망대
의 통로 쪽으로 공연을 보려고 자리를 잡는 사람들, 노모의 팔
꿈치를 잡고 전망대를 몇 번씩 돌고 있는 남자, 게다를 딱딱거
리며 중년 여자들이 지나가고 있었다. 짙은 회색 구름들이 배경
처럼 펼쳐진 하늘을 여자는 올려다보고는 팔짱을 꼈다. 입술을
다물었고 창에 어린 명암 때문인지 이마에서 콧등으로 이어지는
선이 날카롭게 느껴졌다. 그런데도 뒷모습은 어느 한군데가 툭
터져버린 봉제인형처럼 허룩해 보이는 데가 있었다. 몸에서 뭔
가 빠져나가는 것을 알면서도 수습할 생각을 하지 않는 사람처
럼. 긴장이랄까, 혹은 의식이랄까. 그것을 뭐라고 말해야 좋을지
몰라서 그는 미간을 찌푸렸다. 시계의 완벽한 움직임과 악기를
조율하고 있는 젊은 뮤지션들과 비어 있는 옆자리 의자를 번갈

아 바라보았다. 처음부터 여자를 훔쳐보려고 했던 것은 아니라
고 그는 변명처럼 웅얼거렸다.

그날, 그 모임에서 그가 마지막으로 본 여자의 얼굴은 그저
한번 이쪽을 쳐다보는 듯한 무연한 눈동자, 무감각해 보이던 얼
굴이었다. 그가 찬바람을 쐬기 위해 의자에서 일어난 순간이었
다. 눈썹이 너무 새카맣고 어딘가 질린 듯한 기색이었던 것은
조명 때문이었을 거라고 그는 짐작했다. 십이월 첫째 주였지만
박대표는 벌써부터 연말 분위기를 내고 싶어한 것 같았다. 테이
블 가운데에는 사각 재생지에 구멍을 뚫고 그 안에 초를 넣은
장식용 등이 일렬로 놓여 있었다. 촛불 주위로 솔방울들이 흩어
져 있었다. 겨울에 잘 어울리는 조명이었지만 테이블에 둘러앉
은 사람들의 얼굴은 왜곡되고 일그러져 보였다. 그는 의자를 뒤
로 빼고 앉았다. 누군가 크게 소리 내서 웃을 때마다 심지들이
더 일렁거렸다. 대각선으로 앉아 있는 여자 얼굴이 얼룩덜룩해
졌다. 오래전에 말라붙은 눈물 자국처럼 보였다. 자리로 다시 돌
아왔을 때 여자는 보이지 않았다. 여자가 앉았던 등뒤로 십층
높이의 거실 창이 있었고 블라인드는 말끔히 걷혀 있었다. 밤의
시부야를 내려다볼 수 있는 자리였다. 그러나 여자는 등지고 있
었다. 출입구를 의식한 행동이었으며 자신에게 다가오는 것을
관찰할 수 있는 자리였다. 최소한 한쪽 면이라도 보호받고 있다
는 느낌을 주는. 비밀스럽고 기이한 유년 시절을 보냈을 것 같

은 여자였다. 그런 게 첫인상이라는 것은 좋지 않다. 그저 어디엔가 홀린 밤이었다고 그는 생각했다. 시라 품종의 에르미타주 와인이든 아니면 한 번 스친 여자한테든. 그로서는 막 서른다섯 살이 되던, 자주 현기증이 일고 잘 말린 이불을 뒤집어쓰고 누워 있어도 바짓단이 축축하게 젖어들어가는 것 같던 계절의 일이었다.

휜빛과 오렌지빛 조명이 전망대 유리벽을 마주 보고 선 여자의 옆모습을 반사하고 있었다. 각도에 따라 색과 투명도가 달라 보이는 게 유리의 가장 큰 특징이었다. 빛이 투과되고 있는 것처럼 여자의 뺨이 희거나 붉게 물들었다. 준리가 도착할 시간이었다. 그는 고개를 들어 입구 쪽으로 돌릴 생각이었다. 여자가 뒤돌아봤다. 여자 등뒤로 빌딩 사이를 느린 뱀처럼 지나가는 메트로의 붉은 선들이 휘갈겨 쓴 큰 대자처럼 보였다. 눈이 마주쳤다고 느낀 순간 그녀가 십오 도쯤 고개를 돌렸다. 그를 알아보지 못하는 눈이었다. 어디인지 몰라 두리번거리는 눈, 한 가지 생각에 골몰했다 나온 눈이었다. 저 얼굴. 뭔가 빠져나가버린 듯한 얼굴. 저런 얼굴을 본 적이 있었다. 완강히 버티던 것. 그것을 스스로 놓아버린 사람의 얼굴.
　……형.
　일 초가 정수리를 때리는 것처럼 지나갔다. 그날 여자 옆자리에 앉았던 남자의 직업이 떠올랐다. 머릿속에서 불꽃이 탁 터지

는 것 같았다. 그는 자리에서 벌떡 일어났다. 한 걸음, 여자 쪽
으로 다가갔다.

15
그렇다면 이제부터 넌 뭐든지 할 수 있겠구나

남자가 자신의 목소리를 기억하고 있다는 것에 그녀는 놀랐
다. 전화를 끊고 나서야 그건 놀라움이 아니라 일종의 수순이
맞아떨어질 때의 감정이라고 정정했다. 지난해 겨울 개인전을
앞두고 있을 때 도쿄도 미술관에서 열리는 기획전에 참석하기
위해 도쿄에 잠깐 머물렀다. 에이전트를 따라 다른 작가들 몇
명과 함께 미술품 컬렉션을 한다는 한 건축사 대표가 마련한 모
임에 간 적이 있었다. 거기서 만난 사람이었다. 직업 때문이 아
니라면 특이할 게 없어 보이는 중년 남자였다. 대개의 그런 모
임처럼 모르는 사람들이 대부분이었고 지루했다. 손에 유토를
쥐고 있지 않았다면 한 시간도 견디지 못했을 것이다. 옆자리에
앉아 있던 남자가 그녀가 미니어처로 만드는 것들을 유심한 눈
으로 보았다. 그녀는 남자의 희미한 특징을 잡아 대머리가 벗어
지고 코끝이 동그스름하고 타원형 안경을 쓴 얼굴을 만들어 보
여주었다. 안경 밑, 뺨의 동전만한 모반을 보며 남자가 소리 없
이 웃었다. 자연스럽고 이완된 표정이었다. 무엇을 해도 그림자

처럼 말없이 해낼 사람처럼 보였다. 따분함을 견디느라 그녀는 남자에게 말을 건넸다. 남자의 명함을 받아들었을 때 그녀는 자신이 이름 옆에 붙은 일본어를 잘못 읽은 줄 알았다. 그대로 잠시 고개를 숙이고 있었다. 이 일에 관해 아주 잘 알고 계시겠군요. 그녀는 물었다. 그렇다고 할 수 있지요, 꽤 오래 이 일을 하고 있으니까요. 남자는 대수롭지 않다는 듯 대꾸했다. 그러면서도 옆 사람들이 귀 기울이는 것이 불편했는지 남자는 곧 화제를 돌렸다. 그녀는 남자의 명함을 주머니에 넣고 분위기가 어수선해진 틈을 타 먼저 자리를 떴다.

두어 달 전이지만 많은 사람들 속에 섞여 있던 만남이었는데 남자는 용케 그녀를 기억했다. 오전 일곱시. 전화 속으로 지하철 소음이 들려왔다. 그녀는 남자에게 내일 아침쯤 집으로 와주었으면 한다고 말했다. 남자가 무슨 일이냐고 물었다. 그녀는 말하지 않았다. 남자가 거절할까봐 얼른 집 주소를 불렀다. 받아적는 기척도 그다음 질문도 없었다. 수고비는 테이블 위에 올려둘게요. 전화를 끊을 낌새를 알아차렸는지 남자가 잠깐만요, 하고 그녀를 잡았다. 네, 말씀하세요. 그러니까, 자살입니까. 남자는 정중하게 물었다. 그녀는 내답하시 않았다. 남자가 거설할 것 같았다. 오지 않을 것 같았다. 십 초쯤 기다렸다가 그녀는 수화기를 내려놓았다. 딱히 유품이라고 할 만한 게 있을 리 없었다. 그러나 이 집에서 잠시 살았던 흔적들을 처리해줄 사람은 필요했고 남자가 하는 일은 그런 것이었다. 유품 정리遺品整理.

열 시간 후에 그녀는 머리를 빗고 윈드브레이커 위에 주머니가 달린 패딩조끼 한 벌을 더 껴입었다. 가죽벨트는 돌돌 말아 맨 윗주머니에 넣었다. 마지막에 침 같은 것을 흘리게 될지도 몰라 손수건 한 장도 챙겼다. 신분을 확인할 수 있도록 여권은 간밤에 미리 윗주머니에 넣어놓았다. 여권을 챙길 때 잠깐 사임을 떠올리기도 했다. 자신이 쓰러졌을 때 행인들이 가방을 뒤지는 것이 싫어 이름과 연락처가 적힌 펜던트를 언제나 목에 걸고 다니는 사임. 이 선택에 대해 사임은 그녀를 용서하지도 이해하려고 하지도 않을 게 분명했다.

한 손에 DIY 의자를 들고 현관을 나왔다. 밖에서 현관문을 잠그고 열쇠는 주머니에 넣었다. 주머니가 불룩해졌다. 우에노 공원까지 걸어서 사십 분. 걸어가는 동안 느릿느릿 해가 기울 것이다. 그녀는 우구이수다니 역 쪽으로 걷기 시작했다. 내일 저녁쯤 남자가 올까. 남자는 오지 않을 수도 있었다. 남자는 올 거라고 확신했다. 정리할 것이 많지 않아서 다행이라고 생각할지도 몰랐다. 그녀가 써놓은 대로 서울예술재단 레지던스 프로그램 담당자에게 연락하고 곧바로 고모에게 전화할 것이다. 순서가 바뀌어도 상관없는 일이다. 냉장고도 쓰레기통도 서랍도 모두 다 비웠다. 굳이 남자에게 연락을 안 해도 됐을지 모른다. 그녀는 고개를 흔들었다. 공원 안이라고 해도 장소는 금방 눈에 띄지 않는 곳이다. 숨이 끊어진 후. 늦어도 서너 시간 안에는 발견되어야 한다. 오 분만 지나도 십조가 넘는 세포로 만들어진 육체는 서서히, 그러나 한 번 속도가 붙으면 무서운 기세로 부패하기 시작한다. 몸 가장 안쪽에서부터 녹아내리며 흐물흐물한 덩어리로 변해버린다. 그녀는 진저리를 쳤다. 남자에게 들었던 말이 잊히지 않았다. 육체의 최후의 모습이 뭔지 아십니까? 드러내놓고 남자가 하는 일에 관심을 보이는 것이 그를 불편하게 만들었는지 어땠는지 그녀를 보지 않으며 옆에서 남자가 조용히 말했다. 그건 액체 상탭니다. 그러니까 끔찍한 시취를 풍기는 끈적끈적한 액체 말입니다. 적어도 나뭇가지가 무게를 못 이겨 바닥으로 떨어지기 전에는 발견되는 게 좋겠다고 그녀는 생각했다. 모인 사람들은 호스트가 특별히 내왔다는 프랑스 와인을 음미하고 있었고, 빙 크로스비가 부르는 〈화이트 크리스마스〉가 낮게 들렸다. 그녀는 가사를 기억했다. 난 내가 전에 알던 것과 똑같은 하얀 크리스마스를 꿈꾸죠. 남자가 경직된 그녀 얼굴을 돌아봤다. 그리고 종지부를 찍듯 낮게 말했다. 사실 액체 상태가 끝은 아닙니다. 그건 곧 기체가 돼버리지요.

그녀는 걸음을 재촉했다. 허기가 졌다. 어제 미드타운에서 먹은 커피와 마카롱 두 개, 약간의 물이 먹은 것의 전부였다. 나무에 목을 매겠다는 방법을 선택했다면 여러 가지 상황을 고려할 필요가 있었다. 나무에 올라갈 수 있는 방법도 궁리해야 했고, 어떤 끈을 사용할 것인가, 자세는 어떻게 잡을 것인가, 타이밍과 혹시 마지막 순간에 바뀔지도 모를 결단에 대한 대책도. 버지니아 울프처럼 강으로 걸어들어갈 때는 주머니 속에 돌멩이를 집어넣거나 허리 같은 데 무거운 돌을 매달아야 한다. 몸이 너무 무거운 상태라면 목을 맨 나뭇가지가 지탱하지 못해 도중에 떨어질 수도 있다. 그녀는 일주일 동안 투명한 병을 비우고 닦듯 몸을 비웠다. 목을 매고 죽을 때의 자세는 장소나 사물에 따라 발을 바닥에 붙이기, 무릎을 바닥에 붙이기, 몸을 바닥에 누이기, 의자에 앉기, 바닥에 쭈그리고 앉기 등 수십 가지나 된다. 나무에 목을 맬 때는 딱 한 가지다. 뛰어내리듯 떨어지기.

오르막길이 시작되었다. 숨이 가빠졌고 의자 다리가 자꾸만 정강이께에 부딪혔다. 숲을 이룬 청록색 군락이 보였다. 뒤에서 목을 조이는 것 같던 불안과 두려움에 떨며 진흙 덩어리를 이겨대던 밤도 안녕, 눈물도, 갑자기 터지곤 했던 큰 웃음소리도, 서로를 막대기로 찔러대던 것 같았던 사랑도, 낙석을 피하듯 두 팔로 얼굴을 감싼 채 지하실에서 벌벌 떨고 있던 밤도, 아버지도 모두 안녕. 그동안 불안을 야기했던 모든 것에 작별을 고해야 할 때였다. 그녀는 안녕, 이라고 어두워진 숲을 쳐다보며 타들어가는 목소리로 말했다.

주위를 두리번거려보았다. 공원을 산책하던 사람들은 출구를 찾아 나가는 중이었고 집 대신 자루와 박스를 떠메고 다니는 노숙자들이 하나둘 보였다. 오줌을 지리는 것도 침을 흘리게 되는 것도 원치 않았다. 그녀는 여자 화장실 앞에 의자를 놔두고 안으로 들어갔다. 등에서 땀이 흘렀다. 소변은 잘 나오지 않았다. 깨끗이 손을 씻었다. 거울을 들여다보지 않기 위해서 고개를 숙였다. 물방울이 거울로 튀었다.

레이스가 달린 모자를 쓴 한 꼬마 여자애가 의자에 앉아 다리를 흔들고 있었다. 화장실에 들어간 엄마라도 기다리는 것일까. 그녀는 초조한 나머지 아이에게 노골적으로 인상을 쓰곤 이것은 앉는 의자가 아니란다, 라고 말했다. 이것은 의자가 아니다, 라고 말해야 했다고 생각했다. 겨드랑이께로 땀이 찼다. 긴장할 것 없어, 서툰 일본어 때문이야. 여자아이가 대꾸 없이 말간 눈으로 그녀를 올려다봤다. 일어날 생각이 없어 보였다. 화장실에서 한 여자가 나왔다. 의자에 앉아 있는 아이와 그 옆에 서서 팔짱을 지르고 있는 그녀를 번갈아 보더니 덥석 아이를 안아 일으켰다. 스미마센. 아이를 안은 채로 여자가 연거푸 사과했다.

공원 화장실 앞에 그녀와 빈 의자만 남았다. 또 누군가 그 의자에 와서 앉을지 몰랐다. 그녀는 다시 의자를 한 손으로 들었다. 국립박물관 옆으로 빠지는 길이었다. 사람을 거의 볼 수 없었던 방범 초소 같은 것이 가까운 곳에 하나 있고 오른쪽으로 작지만 울창한 숲이 있었다.

높고 우람한 나무 한 그루가 서 있었다. 겹벚꽃나무였다. 그녀가 공원을 헤매며 오래 찾았던, 그리고 선택한 나무였다. 좋은 종이를 고를 때처럼 햇빛에 비춰보고 빛이 지나가는 시간에도 비춰보듯 골랐던 나무.

남자는 그 일을 이십 년째 해오고 있었다. 주소를 불러준 맨션이 죽을 장소라고 믿지 않을 것이다. 수고비를 올려놓은 봉투 옆에 간단히 메모를 남겨두었다. 우에노 공원, 동물원을 지나 분수 오른쪽, 국립박물관을 향한 쪽의 벚나무 군락지. 그녀가 알아낸 건 저녁이 오면 그 길로 향하는 인파가 줄어든다는 것, 다섯 시면 국립박물관이 문을 닫는다는 사실이었다. 벚나무들은 온몸을 통째로 부딪쳐보고 싶을 정도로 강건하고 듬직해 보였다. 특히 공원 안쪽의 이 벚나무들은 유달랐다. 아직 아무도 발견하지 않은 듯한 상태로, 나무둥치들은 건강한 흙처럼 검은빛을 띤 채 흠치르르 빛났다.

서늘한 공기가 어깨를 끌어안는 것 같았다. 죽음을 의자라고 치자. 그녀는 나무 밑에 의자를 내려놓았다. 이제 손을 내리는 일만 남았다. 기우뚱거리지 않도록 의자의 네 다리를 돌려가며 주의 깊게 고정시켰다. 뒷일은 전문가들이 처리할 것이다. 숨을 깊게 쉬었다. 목덜미로 한기가 느껴졌다. 뜨거운 차 한 잔이 간절했다. 짙은 남보랏빛으로 어두워진 하늘을 올려다보았다. 의자 위에 올라서서 일 분 후, 사력을 다해 매달리게 될 검은 나무를 쳐다보았다. 그녀는 방금 자신이 한 가지 사실을 깨달았다고 생각했다. 나무에 목을 맬 사람들이 마지막으로 자발적으로, 숨 쉬듯 자연스럽게 하게 되는 행동은 바로 고개를 들어올리는 것이라고. 우선 끈을 고정시킬 데부터 찾아야 하니까. 그녀는 고개를 꺾은 채 굵고 가느다란 선으로 뒤엉킨 듯한 나뭇가지를 아래서 위로 쳐다보았다. 눈을 비벼보았다. 마찬가지였다. ……그 위에, 가장 굵고 높은 나뭇가지에 한 조그만 사람이 앉아 있었다.

고요했다. 절대적인 고요였다.

할머니세요.

그녀는 주머니에 손을 찔러넣으며 물었다.

알아보는구나.

나무 위에서 조그만 사람이 말했다.

안녕하세요.

넌 나를 본 적이 없잖아.

그래도 할머니라는 것쯤은 알아요.

그런데 지금 여기서 뭘 하는 거니.

할머니가 짐작하시는 거요.

지금 내가 너를 도와줄 수도 있지. 네가 원한다면.

만약 할머니가 지금 희망이라든가 삶에 대해 설교하실 거라면 다른 장소로 옮길 거예요.

나는 그런 것을 너한테 말해줄 만큼 잘 알지도 못한다.

그리고 오래 살지도 않으셨죠.

맞아.

전 지금 할머니보다 일곱 살이나 더 많아요.

내가 언제 죽었는지, 잊어버렸구나.

1951년. 서른 살 겨울에요.

네 기억이 맞겠지.

할머닌 반달무늬가 그려져 있는 밤색 롱스커트를 입고 있었어요.

그랬었니.

그날, 말이에요. 그리고 검은 머리를 단정히 귀밑으로 자르고 있었어요.

오래 전 일이지.

겨울이었어요.

이월이었다.

음력 설을 이틀 앞둔 날이었어요.

그랬지.

눈코입이 다 떨어져나가는 것처럼 추운 날이었어요.

본 것처럼 말하는구나.

아버지랑 오래 살았거든요.

그래.

할머닌, 옳지 않았어요.

뭐가 말이냐.

아버지 인생은 할머니 때문에 망가졌어요.

네 아버질 두고 그렇게 말하면 안 되지.

인정하세요. 할머닌 이기적이었다고.

너도 지금 너 자신밖엔 생각하지 않고 있지?

네.

난 그때 너보다 더 어렸다는 걸 알아주겠니.

혼자가 아니었잖아요.

다르지 않았을 거다.

아뇨.

그럼, 넌 혼자가 아니었다면 이렇게 하지 않았을 것 같니.

……이건 제 스스로 선택한 거예요.

나도 마찬가지였다.

제가 한 선택이 저의 삶이었어요. 지금도 마찬가지구요.

그래 말릴 생각 없다.

거긴, 춥나요.

추운 걸 잊게 되는 곳이지.

그리고 또요.

신념 같은 게 필요 없어지는 곳이기도 하다.

그런데, 여긴 왜 나타나신 거예요.

내 아들의 딸을 한번 보고 싶었다. 네가 죽기 전에.

할머닌 내 아들이라고 말할 자격이 없는 사람이죠.

내 열매였다.

그땐 아니었잖아요. 할머닌 아버지를 버렸어요.

너도 그랬지.

전 아니에요. 성인이 됐고 분가한 것뿐이에요.

넌 부모 같은 게 끼어들 수 없는 시간을 살고 있었다, 그때.

할머닌, 이상한 사람이에요.

너도 마찬가지야.

뭐가요.

서울에서도, 네 집에서도, 얼마든지 할 수 있는 일이었잖아.

일이 이렇게 흘러온 거예요.

아니지. 네가 나를 만나러 온 거지.

할머니가 평생 저를 쫓아다니신 거예요, 그렇다고 하세요.

난 이미 그쪽에 있는 사람이 아니다. 널 쫓아다닐 이유가 없어.

저를 이쪽에서 끌어내리려고 하는 사람이 할머니 아닌가요.

보기에 따라 다른 일 아니냐.

고모들, 삼촌들이 죽어가는 걸 봤겠죠.

그랬지.

할머니 때문이에요.

그 애들이 선택한 삶이다. 너도 말했잖아.

뭘요.

네가 선택한 거라고.

어떤 선택은, 영향을 받기 때문이기도 해요.

난 아니다.

할머닌 정말 비겁해요.

왜.

……

서둘러라. 경비원들이 올 시간이야.

난 무섭지 않아요.

무섭지 않다고? 네가 부럽구나.

왜요.

넌 가장 큰 두려움을 끊어버렸으니까. 죽음에 대한 두려움.

네, 맞아요.

그렇다면 이제부터 넌 뭐든지 할 수 있겠구나.

할머니.

그런 게 없다면 진짜 죽는 순간엔 도움이 될 테니까.

16
걸어서 십오 분

그는 인파로 북적이는 센소지漢草寺 입구에 서 있었다. 도쿄에서 가장 오래된 절이었다. 입구에 걸려 있는 대형 가미나리몬 앞은 사진을 찍는 사람들로 북적거렸고 그때마다 그는 옆으로 비켜서야 했다. 중국인, 독일인, 한국 사람들이 많았다. 나카미세와 센소지 입구로 이어지는 길은 삼백 미터쯤 되었다. 일자로 뻗은 긴 골목 같은 길 양쪽에는 백 년 이상 대를 이어가며 성업하는 상점들이 있었다. 일대가 도쿄 관광지로 유명한 아사쿠사였고 가미나리몬에서 나카미세를 지나 센소지까지가 그 관광의 중심 코스였다. 일 년 내내 인파가 몰리는 장소였다. 곧 나카미세 길 양쪽으로 옅은 분홍색 벚꽃들이 아치처럼 피어 흩날릴 것이다. 입구부터 본당까지 무슨 공사를 하고 있는 중인지 버팀목들이 절을 떠받들듯 세워져 있었다. 가로세로로 얽혀 있는 버팀목들 사이로 비둘기들이 공기를 끌어올리며 날았다. 비둘기가 아니라 비닐봉지일까. 햇빛 때문에 눈이 부셨다. 정문으로 걸어오는 사람들은 빛을 등지고 있었다. 바닥에 뒤섞인 그림자들처럼 그 얼굴이 그 얼굴들 같아 보였다. 그는 초조해졌다. 그녀가 오지 않는 것보다 그녀가 왔을 때 얼굴을 알아보지 못할까봐. 그림자가 길어졌다. 그는 자리를 비켜주기를 기다리는 관광객들의 시선을 무시한 채 가미나리몬 바로 밑에서 움직이지 않았다. 눈에 가장 잘 띄는 자리였다. 메트로를 타고 오는 거라면 그녀는 이 길로 올라올 것이다.

그녀는 오지 않을지도 몰랐다.

그녀는 누구와도 비슷하지 않고 누구와도 닮은 데가 없는 사람일지도. 세상의 수많은 회의주의자들처럼 삶에 연결된 거의 모든 관계에 대해 무관심하거나 방치해버리는 사람들 중 하나에 지나지 않을지 몰랐다. 그녀를 처음 보았을 때 느낀 불편함 때문에 잘못 짐작했을 가능성도 있었다.

도쿄타워에서, 그녀는 그를 알아보지 못했다. 말을 걸기는 했지만 이름을 알고 있던 것도 아니었다. 수작을 거는 남자처럼 오해받을 수 있었다. 다행히 그녀는 지난 십이월의 그 모임을 기억했다. 그는 호스트였던 박대표의 이름을 댔다. 테이블 위에 놓여 있던 촛불과 그녀가 만지작거리던 진흙에 대해서도. 만약 그것도 기억하지 못한다면 그녀 옆자리에 앉았던 남자 이야기를 할 참이었다. 기억난다는 듯 조금쯤 경계를 푼 얼굴로 그녀가 이마로 흘러내린 단발머리를 쓸어넘겼다. 검은 매니큐어를 칠했던 흔적이 손톱에 군데군데 남아 있었다. 뒷모습에서 느낀 것처럼 부주의한 데가 많은 여자 같았다. 그러나 그녀가 앞머리를 넘기고 나서 그를 다시 보았을 때 그는 그녀의 눈빛이 조금 전과는 달라졌다는 것을 알아차렸다. 확신을 갖고 어떤 일을 하고 있는 대개의 여자들처럼 그녀는 도도해 보였다. 순간적이었지만 그 점이 그를 실망시키기도 했다. 그녀는 다른 여자들과 다를 게 없어 보였으니까. 그러나 그는 자신의 짐작에 확신을 가졌다. 방금, 자신을 만나기 전 그녀가 혼자였던 때 보고 느낀. 한 번 비껴가면 중요한 결과를 초래할 수 있는 짐작이었기 때문에 신중해야 할 필요가 있었다. 그녀의 검은 눈동자를 집요하게 마주 보았다. 힘을 끌어모았다. 그녀가 먼저 고개를 돌렸다. 그리고 그는 그녀에 관한 첫번째 확신이 맞았다는 것을 알았다. 그녀가 도도해 보이는 것은 자신의 어떤 걸 지키기 위해서가 아니라 가장 큰 것을 포기하고 났을 때의 두려움 없는 무표정 때문이라는 것을. 그 흔들리지 않는 미묘한 표정이 그녀를 돋보이게 하는 이유라는 것을.

　네기시라면 야나카와 같은 다이토 구區였다. 그의 집에서 걸어서 십오 분. 거기에 그녀가 살고 있다고 했다. 어리둥절한 기분이었다. 그녀는 곧 몸을 돌릴 태세였다. 한 손을 번쩍 치켜든 준리가 걸어오는 게 보였다. 그는 그녀가 사는 곳에서 멀지 않은 장소들을 떠올렸다. 누구라도 찾을 수 있는 데여야 했고 이

틀 후라면 일요일이니 연중무휴인 장소이기도 해야 했다. 헤어지고 나서야 관광지보다는 우에노 공원 같은 데서 만나자고 할 걸 그랬다고 후회했다. 연락처를 주고받을 기회도 없었다. 약속도 건성으로 흘려듣는 눈치였다. 그녀가 약속 장소로 나오지 않는다면 별다른 도리가 없을 것이다.

약속 시간은 삼십 분 지나 있었다. 그는 움직이지 않았다. 인파들 속에서 그녀를 못 알아볼지도 모른다는 불안이 사라지는 걸 잠자코 느끼고 있었다.

특별한 이유가 있어서 여자들을 만나오지 않았던 것은 아니다. 시내를 만나는 데 익숙해 있었고 그 만남엔 부족한 것도 책임을 느껴야 할 만한 일도 없었다. 적어도 형이 죽기 전까지는 그랬다. 깊이 생각할 만한 문제도 없었고 살아온 시간을 돌아다볼 필요도 느끼지 못했다. 이유라면 그게 다였다. 게다가 여자로서 시내에게는 더 바랄 것이 없었다. 시내는 세상의 모든 긍정을 끌어안고 사는 사람에 속했다. 좋은 향기와 웃음소리가 그에게 다가오는 불안들을 떨쳐내주곤 했다. 다른 여자를 만나야 할 아무런 이유를 알지 못했다. 시내가 다른 남자와 결혼한 후로는 더.

그는 지금 다른 여자를 기다리고 있었다. 시내가 아닌.

그 여자는 첫인상처럼 검은 물속으로 가라앉고 있는 사람 같았다. 손도 거칠어 보였다. 복잡하게 얽히기 싫다면 피해가야 할 종류의 사람이었다. 그 물 밑에 가라앉은 이야기들을 듣고 싶다고 느꼈다. 돌연한 감정이었다. 피하고 싶진 않았다. 사랑은 믿기 어렵지만 그는 감정의 힘은 믿었다. 그는 어쩌면 그 힘이 자신을 끌고 가게 될지도 모른다고 짐작했다. 이것이 그녀에 관한 두번째 확신이기도 했다.

17
내가 만일 산다면

아버지는 톨스토이를 읽었다. 그녀가 보기에 대개는 삶의 의미를 묻거나 왜 사는가에 관한 내용의 책들이었다. 죄를 묻고 용서를 구하는 책들. 모든 것을 다 이뤘다고 느낀 순간 그 작가가 원한 건 죽음이었다. 행복과 성공은 그에게 자신의 삶이 기대고 있던 것이 부러져버렸다는 느낌도 동시에 가져다주었다. 그래서 톨스토이는 자살에 대해 생각하게 되었을까. 그는 충동적으로 목을 매달지 않기 위해서 밧줄을 숨기고 권총의 유혹으로부터 벗어나기 위해 사냥도 하지 않았다. 너무나 도덕적인 사람은 죽음을 선택할 수 없다. 용기의 문제라기보다는 원칙이랄까 신념 같은 것과 관련 있을 것이다. 톨스토이는 죽음에 대해 도스토옙스키와 카프카와는 다른 생각을 갖고 있었다. 톨스토이의 신념은 성스러움에 있었다. 톨스토이는 고행자로서의 삶을 살았다. 마지막 삶을 고독과 고요 속에서 보내기 위해 그는 모든 것을 버리고 수도원으로 들어갔다. 말년의 톨스토이는 결국 폐렴에 걸려 아스타포보 역 역장의 관사에서 숨을 거뒀다. 죽음에 관한 한 그 작가는 자신의 신념을 지킨 셈이다. 그러나 그가 싸워야 했던 건 자신의 원칙이나 신념이 아니라 파괴의 욕구가 아니었을까. 스스로 자기 파괴의 강박관념에 사로잡힌 사람들에 대한 명확한 이론은 처음부터 불가능할지도 모른다. 예술가들은 헛된 노력을 지속하고 있는지도 모른다. 전혀 설명할 수 없는 어떤 것들도 있다. 그 설명할 수 없는 것들, 그 파괴의 욕구에 관한 노력을 작품 속으로 끌어들이려는 시도를 해볼 수 있을 뿐이다. 아버지가 톨스토이를 읽는 것은 자연스러운 선택처럼 보였다. 작가들의 글쓰기라는 것은 결국 자기 자신의 경험을 바탕으로 할 테니까. 경험이 갖고 있는 가장 큰 의미는 두 가지로 귀결된다. 삶과 죽음.

실리콘으로 처음 공기 작업을 시도했을 때 평론가들은 그녀 작품을 두고 '변질과 회복'이라고 명명해주었다. 그녀가 '죽음과 삶'이라고 생각했던 것.

자살의 충동과 싸우던 시절의 톨스토이의 기록들은 이렇게 시작되었다. '내가 만일 산다면.'* 톨스토이가 자신의 원칙을 지키며 죽을 수 있었던 이유는 자신의 일부가 이미 죽은 거나 다름없다는 판단을 했기 때문인지도 알 수 없다. 아버지의 독서법은

---

* 『자살백과』(마르탱 모네스티에, 한명희·이시진 옮김, 새움, 2008)

좋은 편이 아니었다. 다양하지도 않았고 창조적이지도 않았다. 아버지 일기가 그걸 말해주고 있었다. 어쩌다 들춰본 일기의 첫 문장은 매번 내가 만일 산다면, 으로 시작되었다. 신비주의자나 이성주의자라면 쓸 수 없는 일기였다. 그녀는 집을 떠났다. 아버지는 혼자 남았다.

　지붕 위에 올라갔다면 뛰어내려야 하고 나무 위에 올라갔다면 올라가는 데 그치지 않고 끈을 매고 떨어져야 완성되는 것이 자살이다.

　그녀는 묵묵히 의자를 든 채 다시 길을 되짚어 맨션으로 돌아왔다. 그녀는 그것이 기다리는 소립자 때문에 벌어진 일이라고 믿고 싶었다. 그래서 이렇게 질문해보았다.

　내가 만일 산다면.

　확인하고 싶은 것들이 있었다.

　그리고 그것은 타인의 도움이 필요한 일일지도 몰랐다.

　그녀는 인파에 섞여 센소지 마당 한가운데 놓인 화로 앞에 서서 타오르는 연기를 쐬고 있었다. 본당과 입구 사이였다. 남자는 수호문이라는 가미나리몬 중앙에 매달린 붉은 제등 밑에 서 있었다. 백 킬로그램도 넘어 보이는 거대한 등이었다. 남자가 바라보고 있는 쪽은 곧게 이어진 나카미세라는 관광길이었다. 긴자센 메트로와 연결돼 있었다. 올라올 때 길 양쪽으로 터널처럼 꽃을 피운 흰 벚꽃 가지들이 늘어져 있는 것을 보았다. 아직 일월인데. 걸음을 멈추고 고개를 들어보았다. 상점들 지붕 위에 깃발처럼 매달아놓은 조화들이었다. 그녀는 다시 고개를 숙이고 걸었다. 가지에 붙은 올망졸망한 벚꽃 그림자들은 진짜 벚꽃처럼 보였다. 도쿄에 체류할 때 두어 번쯤 와본 곳이다. 그때는 평일 아침이었고 한적하다고 느낀 순간도 있었다. 지금은 돌아나가고 싶을 만큼 많은 사람들로 북적거렸다. 지킬 약속이라고 생각했다면 이런 관광지가 아니라 미술관이나 카페 같은 데로 장소를 정했을 거다.

남자가 도착한 것은 약속 시간보다 이십 분 정도 이른 시간이었다. 관음상이 있는 오층석탑과 경내를 둘러보고 난 후, 그녀가 향을 사와 화로에 꽂아넣을 때였다. 한 남자가 제등 밑에 와 걸음을 멈췄다. 그녀는 그대로, 화로에 둥글게 모여 연기를 쐬고 있는 사람들 속에 서 있었다. 사람들은 손바닥을 주걱처럼 모아 연기를 자기 쪽으로 끌어들였다. 나쁜 기운을 쫓아주는 힘을 갖고 있다고 했다. 그녀는 소멸하듯 모래 속에서 타들어가는 한 뭉치의 향과 남자의 뒷모습을 번갈아가며 보고 있었다. 남자가 경내 쪽을 한번 돌아봤다면 그녀를 발견하고도 남을 거리였다.

남자는 무릎까지 내려오는 카키색 바바리를 입었고 베이지색 면바지에 누른빛 스니커즈를 신고 있었다. 전체적으로 안목이 있는 차림새이긴 했지만 남자는 그 모임에서 처음 보았을 때처럼 옷차림에서나 표정에서 두드러지고 싶어하지 않는 것 같았다. 멀지도 가깝지도 않은 대각선 자리에 앉아 있던 사람이었다.

한 번쯤 말을 걸 수도 있었을 것이다. 그러지 않은 건 전적으로 남자의 인상 때문이었다고 그녀는 도쿄타워에서 그를 만났을 때 생각했다. 그날 남자에 관해 기억하는 것은 입고 있던 터틀넥 스웨터를 턱과 입술, 얼굴 아래쪽으로 끌어당기던 모습이었다. 소심한데다 겁이 많지만 고집이 센 남자일 거라고 추측했다. 그런 남자를 일별하며 쥐고 있던 유토로 양 한 마리를 빚었다. 온 순하지만 예민하며 주도적인 일은 못 하는 동물.

약속 시간이 지났는데도 남자는 주위를 두리번거리거나 뒤돌아보지 않았다. 그녀가 그 길 끝에서 올라올 거라고 확신하는 듯 보였다. 남자를 실망시킬 이유도, 그 자리를 지나치지 않고 절 밖으로 나갈 수 있는 문도 없어 보였다. 그녀는 공기처럼 몸에 달라붙은 연기를 탁탁 털어내며 남자 쪽으로 걸어갔다.

제2장

18
거긴 생선밖에 없습니다

플랫폼 쪽에서 그녀가 걸어왔다. 온통 까맣게 입어서인지 막대기 몇 개를 건성으로 이어붙여 만든 깡마른 나무 인형에 검은 천을 씌워놓은 것처럼 보였다. 해 뜨기 전이나 어둠 속을 걷고 있는 사람은 더 주의해서 볼 필요가 있었다. 실루엣은 과장되거나 왜곡돼 보이기 십상이었다. 그녀 모습은 크게 달라 보이진 않았다. 그는 벤치에서 일어났다. 새벽 네시 삼십분. 약속 시간에서 일 분도 넘지 않았다. 맨션에서 여기까지는 택시를 탔을 거였다. 걸어서 오기에는 아직 어두운 새벽이었다. 네시 사십분 첫차를 타는 게 어떻겠냐고 제안한 사람은 그녀였다. 잘 맞지 않은 구두를 신었을 때처럼 그녀 걸음걸이는 불안정한 데가 있어 보였다. 휘뚝휘뚝거리다가 금방이라도 철로 쪽으로 떨어져버릴 것 같았다. 지금의 그녀를 봤다면 누구라도 그렇게 생각할 수밖에 없을 거라고 그는 단정했다. 우구이수다니 역은 아직 난간도 다른 안전 장치도 없는 역이다. 주춤거리다가 그는 그대로 서서 기다렸다. 그녀가 다가오기를.

양팔을 불규칙적으로 흔들어대며 그를 향해 걸어오던 그녀가 갑자기 멈춰 섰다. 1미터. 아니 1미터 50센티미터. 그녀는 이것이 적정거리라고 말하고 있는 듯했다. 입술을 다문 채로 그녀는 고개를 까닥 숙여 보였다. 잠을 전혀 못 잔 얼굴이었다. 첫차가 들어오려면 오 분쯤 더 남았다. 그는 그녀가 앉을 수 있도록 벤치 끝에 엉덩이를 걸치고 앉았다. 그녀는 서 있었다. 그는 앞을 보고 있다고 생각했다. 뜻밖에 그녀가 다 보인다는 게 당황스러웠다. 그녀는 손가락 하나도 끼워넣기 힘들 정도로 어깨와 목을 넓은 털목도리로 단단히 둘러매고 있었다. 어디서 구했는지 그가 당부한 대로 검은색 비닐 장화를 신고 있었다. 오전 내내 그들은 질척질척한 곳을 돌아다녀야 할 터였다. 그녀 부탁이 아니라면 그런 길은 한 발짝도 걷고 싶지 않다. 어깨가 으슬으슬 떨렸다. 기온이 더 떨어진다면 부슬비는 진눈깨비로 바뀔 가능성이 컸다. 비가 자주 내렸고 한 번 오면 이삼 일씩 이어졌다. 그녀는 날씨 같은 것은 아무래도 상관없다는 표정을 짓고 있었다. 새카만 단발머리와 눈썹, 눈동자 때문에라도 한 번쯤 뒤돌아볼 만한 얼굴이기는 했다. 하지만 그날, 센소지에서 만나 스미다 강 쪽으로 산책을 하는 동안 그는 그녀의 얼굴 어딘가 움푹 팬 데가 있다고 느꼈다. 아름답지도 매혹적이지도 않았다. 침울하고 음울해 보였던 그녀의 첫인상처럼. 그는 자신이 그녀를 너무 뚫어지게 본다고 생각했다. 그녀가 아니라 어쩌면 다른 얼굴. 겨우 지탱하며 살고 있는 자의 얼굴 같은 것. 수상버스 승선장을 지난 지점쯤에서였을까. 그녀를 다시 만날 이유가 없을지도 모른다고 생각했을 때 그녀가 어딜 좀 안내해줄 수 있느냐고 물었다. 들어줘도 그만 안 들어줘도 그만이라는 어투가 신경에 거슬렸다.

첫차가 들어왔다. JR야마노테선을 타고 신바시 역에서 내려 거기서부터 츠키지 시장까지는 택시를 타기로 했다. 미노와 역에서 한 번에 츠키지 역을 갈 수 있는 히비야선을 타지 않은 것은 첫차 시간이 늦기 때문이었다. 아침 시장은 여섯시에 열렸다. 그런 사실을 말해준 사람도, 우구이수다니 역의 첫차 시간을 알려준 사람도 그녀였다. 첫차인데도 전철 안에는 승객들이 꽤 여럿 앉아 있었다. 생김새는 달라도 모두 굳은 얼굴을 하고 있는 것만은 엇비슷해 보였다. 그녀는 손잡이를 잡고 차창 밖을 내다보고 있었다. 그는 노선도를 쳐다보며 정거장 수를 셌다. 그녀에게 일곱번째 정거장에서 내려야 한다고 말했다.

뭘 좀 볼 게 있어요.

그녀가 말했다. 그는 아무것도 묻지 않았다고 생각했다.

거긴 생선밖에 없습니다.

생선이면 돼요.

잘 찾아갈지 모르겠어요.

가보신 적 있다고 하셨죠?

서너 번쯤, 친구들이 왔을 때요.

미안해요.

뭐가요?

이렇게 새벽부터.

그런가요.

네.

그럼 이렇게 하죠.

어떻게요.

다음엔 제가 원하는 곳에 같이 한번 가주시겠습니까?

그러죠.

도쿄엔 더 좋은 곳이 많아요.

네, 가요.

오늘 날씨가 좋지 않네요.

아직 겨울이잖아요.

그녀는 미소지었다. 그는 비틀거리지 않도록 손잡이를 움켜잡
았다. 어떤 것을 제안했어도 그녀는 순순히 승낙할 얼굴이었다.
그런 표정을 마주하고 있는데도 모든 것을 거부당한 듯한 느낌
인 게 당혹스러웠다. 막대기 같은 목을 한 손으로 틀어쥐고 다
른 손을 목 아래로 집어넣는다고 해도 저항하지 않을 것 같은
얼굴. 몸이 흔들리는 대로, 그의 손이 더듬는 대로, 무심한 눈을

천천히 깜박거리면서.

부옇게 밝아오는 아침 햇살 속에서 그녀의 얼굴은 갑작스런 생기로 빛났다. 몇 번 만나지는 않았지만 처음 보는 얼굴이었다. 그녀에 관한 모든 짐작들이 틀렸을까. 생각보다 집요하고 끈질긴 데가 있는 사람인지도 몰랐다. 그녀가 가고 싶어하는 곳은 도쿄 최대의 수산시장이었다. 거기에서 그녀가 무엇을 보고 싶어하는지, 무엇을 찾게 되는지 알고 싶었다. 수산시장이라는 특별할 것도 남다를 것도 없는 장소를 그녀는 자신이 지금 얼마나 굳은 얼굴로 가고 있는지조차 모르고 있었다. 그녀는 태연한 척 뭔가를 숨기는 데 급급했고 그러느라 정작 자신이 어떻게 비치고 있는 줄 몰랐다. 신바시 역에서 전차가 멈췄다. 내립시다. 그는 딱딱한 소리로 말했다.

19
츠키지 시장에서 본 것

명확하게 구분하기 어려운 것들이 있다. 추상이나 구상, 혹은 정형이나 비정형 같은 것들. 그리고 어슴푸레하게 밝아오기 시작하는 이른 아침의 저 하늘. 깊숙한 땅 밑에서 끌어올린 것처럼 빌딩들 사이로 붉은 띠 같은 빛이 불쑥 떠올랐다. 붉은빛 위로 짙은 분홍과 옅은 파랑, 그 위로 겹겹이 노란빛을 띤 파랑이

물에 푼 듯 번져들었다. 비린내가 훅훅 풍기는 수산시장 입구에 선 채 그녀는 오전 여섯시 이전의, 전체적으로는 아직 옅은 먹빛 보자기 한 장으로 뒤덮여 있는 듯한 하늘 밑에서 그런 여러 겹의 빛깔들, 켜켜이 쌓여 있는 빛깔들을 보고 느끼고 있었다. 저런 풍경은 그림으로도 선으로도 그릴 수 없을 것 같았다. 그리고 저 빛깔이 이어주고 있는 것은 이 세상인지 아닌지도. 명확하게 구분할 수 없는 것은 또 있었다. 그가 질문했을 때 그녀는 생각했다. 나를 이곳으로 이끈 것은 할머니인가 나 자신인가. 아니면 누구인가. 그것은 두 사람인가 아닌가. 그런 생각에 몰입해 있기엔 여긴 너무 현실적이고 구체적인 장소였다. 수산시장 바닥은 축축했고 얼음 속에 발을 집어넣은 것처럼 금세 시렸다. 비린내라는 것이 이토록 구체적이고 생생할 수 있다는 생각도 미처 해보지 못했다. 턱이 덜덜 떨렸다. 옆에 한 남자가 같이 걷고 있었다. 누군가 옆에 있다는 사실을 자주 잊어버렸다. 이 남자, 이름도 생각나지 않는다. 그 남자 뒤를 따라 그녀는 종종걸음 치며 시장 안, 경매장으로 들어섰다.

정확히 여섯시가 되자 종소리가 들리기 시작했다. 실내 체육관만한 참치 경매장은 냉동고 문 앞에 선 것처럼 차가운 기운이 밀어닥쳤다. 천장의 말아놓은 마분지 모양의 백열등들에서 흰빛이 쏟아졌다. 좋은 자리를 차지하기 위해 양쪽으로 나뉘어 있는 경매장 안을 관광객들이 이리저리 몰려다녔다. 그가 알려준 게 맞다면 한쪽에서 경매가 끝나면 다른 쪽도 시작할 것이다. 바닥에 믿을 수 없을 만큼 많고 커다란 냉동 참치들이, 상처처럼 뱃구레가 벌어진 채 한 마리씩 일렬로 놓여 있었다. 등에는 붉은색으로 十一, 三十一 같은 숫자들이 휘갈겨 있었다. 경매사들이 참치 꼬리 쪽 단면의 살을 손전등으로 비춰보고 갈고리 같은 것으로 탁 찍어낸 붉은 살점을 손끝으로 매만져보고 만지던 것을 입에 넣고 우물거려 품질을 검사했다. 경매사들의 동작은 한 가지 일을 오래 해온 사람들만이 만들어낼 수 있는, 불필요한 것은 일체 배제한, 적절하고 효율적인 움직임처럼 보였다. 대패로 나무를 밀고 있는 아버지 모습이 떠올랐다. 그녀는 두 팔로 가슴께를 끌어안은 채 바닥에 널려 있는 냉동 참치들보다 그 생선을 다루고 있는 경매사들의 동작을 눈여겨보았다. 저 미세한 맛과 신선도를 가려낼 수 있을까. 그들의 손이 닿을 때마다 생선은 생선이 아니라 곧 팔리기를 기다리는 한 채의 집이나 귀한 가구처럼 보였다. 구상적이면서도 추상적으로 보였다. 무릎까지 올라오는 검은 장화와 허리춤에 찬 날카로운 갈고리와 이마를 감싼 흰 수건, 땀내, 코를 찔러대는 비린내. 온통 남자들뿐이었다. 관광객들을 제외한다면 이 경매장에서 작업하고 있는 사람은 남자들밖에 없었다. 마치 고기잡이배들처럼. 생선 냄새, 남자 냄새. 속이 울렁거렸다. 이마에서 땀이 배어나왔다. 주머니를 뒤져보았다. 종이도 연필도 없었다. 뭐 필요한 게 있냐고 그가 물었다. 그녀는 아니라고 말했다. 이 순간에 갖고 싶은 게 종이와 연필이라는 것이 못마땅했다. 크로키. 그녀는 주머니 속에서 재빨리 손을 움직였다.

참치 경매가 시작되었다. 참치를 고르고 기록부 같은 것에 신중히 뭔가를 써넣곤 하던, 가장 눈에 띄던 남자가 박스를 엎어놓고 세운 단 위에 올라서서 종을 흔들었다. 빠른 노래 같기도 하고 아시아 변방의 언어 같기도 한 소리들이 쏟아져나왔다. 참치를 팔려는 사람과 참치를 사려는 사람들 간의 손짓이 허공을 잡아챘다. 경매장은 순식간에 다른 문이 열리면서 열기가 훅 끼쳐오는 것 같았다. 관광객들은 연신 셔터를 눌러대고 경매사는 목청을 높이고 팔린 참치들은 벌어진 아가미에 갈고리가 찍힌 채로 질질 끌려나갔다. 이곳이 하루에 이천 톤 이상의 생선을 취급한다는, 세계에서 가장 큰 어시장이라는 게 실감났다. 종을 흔들어대는 소리, 경매 소리, 탄성 소리, 생선들이 끌려나가는 소리들이 웅웅거렸다.

시간이 어디론가 격하게 빨려들어가는 느낌이었다. 그녀는 새처럼 한쪽 발을 들어 구부렸다. 열기도 현기증도 아니야. 너무 추워서 그런 거야. 그녀는 발을 바꿔 들어올렸다. 흰 입김이 뿜어져나왔다.

파장이 시작되기 전. 경매장을 빠져나왔다. 칠만여 평 되는 시장이라고 했다. 하루 종일 돌아본다고 해도 다 볼 수 없을 것 같았다. 아니면 길을 잃고 헤매거나. 경매장 입구에서 그가 오른쪽 길로 접어들었다. 본격적인 장내시장으로 이어지는 길이었다. 바닥은 물과 생선 핏물과 떨어져나간 내장과 창자들로 질퍽했고 끈적거렸다. 비린내 때문에 관자놀이께가 조여오는 것 같았다. 다랑어는 물론이고 방어, 도미, 고등어, 학꽁치, 오징어, 문어, 가오리, 조가비, 노래미, 연어알, 청어알 등이 나무 상자와 스티로폼에 담겨 널려 있었다. 생선들 사이로 좁은 길이 나 있었고 상인들은 전동차를 몰고 용케 그 사이로 날쌔게 빠져나갔다. 경매장에서 참치를 사온 상인들은 짧고 단단해 보이는 칼로 참치를 본격적으로 분해하고 있었다. 살점은 붉고 생생하고, 도드라져 보였다.

시장으로 올라가던 택시 안에서 눈여겨봤던 커피전문점으로 들어갔다. 머릿속으로 다시 한번 위치를 확인했다. 길을 잃지 않고 혼자 찾아올 수 있도록. 이제 그의 도움은 필요 없을 것 같다. 길을 잃으면 이 찻집이 이정표가 되어줄 것이다. 그 역시 추위에 떨고 있었는지 커피를 성급히 후룩거리며 마셨다. 턱 밑이 파르스름해 보였다. 가랑비는 그쳤고 하늘은 완전히 개어 있었다. 이상한 곳에 와 있다고 그녀는 생각했다. 도쿄, 수산시장, 그리고 테이블 밑 플라스틱 바구니에 가방과 외투를 넣고 다닥다닥 붙어앉아야 하는 비좁은 카페. 아무노 웃지 않고 아무도 큰 소리로 말하지 않는 것 같은 일본 사람들. 그녀는 코를 킁킁거렸다. 생선 비린내가 머리칼과 코털에까지 흠씬 배어 있는 것 같았다. 냄새. 그녀는 그 남자를 떠올렸다. 그 남자, 유품 정리인. 남자가 말했다. 시취는 정말 무섭습니다, 아무리 씻어도 사라지지 않거든요, 맨 마지막에 기껏 해볼 수 있는 일은 코털을 자르는 겁니다. 냄새가 거기까지 와 달라붙어 있거든요. 저녁 모임 같은 데는 어울리지 않는 남자였다. 커피는 아직 뜨거웠다. 그 남자를 만난 것이 다행일까 아닐까. 그는 잠자코 밖을 내다보고 있었다. 뭔가 골똘히 생각하는 표정이었다. 그가 바라보는 쪽으로 눈길을 던졌다. 그는 손가락으로 밖을 가리켰다. 횡단보도를 지나 곧장 내려가면 집으로 가는 히비야선을 탈 수 있다고 했다. 같이 타자고 했다. 그리고 그는 곧 보게 될, 그 길 중간에 있는 혼간지라는 고대 인도 양식의 건물에 대해 이야기했다. 처음에는 사원인 줄 알고 불쑥 들어가봤다고. 농담을 해보려는 것 같았다. 그녀는 그게 무슨 건물이냐고 건성으로 물었다. 장례식장요. 주말엔 이따금 장이 서기도 하죠. 그는 말하고 있었다. 그녀는 생선에 관해 생각했다. 어느 날 문득 오늘 본 생선에 대해 다시 떠올린다면 그것은 꽝꽝 얼어 있으며 딱딱해 보이고, 몸통은 서리가 낀 듯 하얘 보이지만 아가미와 잘린 꼬리는 선연히 붉고, 죽어 있으나 힘차고 완강해 보이는 거대한 덩어리가 될 거라고.

보고 싶은 걸, 봤습니까?

아니.

그녀는 부정했다. 방금 자신이 한 생각을.

뭐가요?

오늘 본 거요.

참치요?

네.

뭐가 아니라는 겁니까?

제가 찾는 거요.

그게 뭔지 궁금한데요.

그저 생선.

그녀는 웃어 보였다. 그는 웃지 않았다.

그녀는 속으로 말했다.

오늘 본 것, 그것은 복어가 아니다.

20
왜 지금에서야

그는 차가운 침대 시트에 얼굴을 묻었다. 덧신을 신은 어머니가 집 안을 걸어다닐 때마다 삐걱거리는 소리가 그림자처럼 따라다녔다. 오래된 목조 건물이었다. 층계를 오르내릴 때는 아버지에게 소리가 들리지 않도록 뒤꿈치를 들어올려야 했다. 어머니가 현관문이 잠긴 것을 확인하고 아래층 전등을 모두 소등하는 소리, 거실에 우두커니 서서 칼라 화분을 들여다보다가 아래층 방으로 들어가는 소리가 들렸다. 한 시간 후. 어머니는 창문을 잠그기 위해서 부스스 일어나 이 방으로 들어올 것이다. 어머니가 방으로 건너오기 전에 잠들고 싶었다. 그는 몸을 뒤척거렸다. 어머니는 무엇을 기다리는 것일까. 정말 하루에 한 번만이라도 아버지가 웃어주는 걸로 되었다, 라고 생각할 수 있는 것인지 묻고 싶었다. 아버지가 호전되지 않으리라는 것, 지금으로써는 아버지의 병을 주시하고 가까이서 지켜보는 것밖에 다른 방법이 없다는 것을 어머니가 모를 리 없었다.

형이 자살한 후 아버지는 은퇴했다. 친구인 스즈키 박사와 가까운 동료들, 아버지의 잠재된 우울증에 관해 알고 있던 사람들은 모두 반대한 일이었다. 충격을 이겨낼 수 있는 최선의 방법은 변화가 아니라 일상을 유지하는 거라고 스즈키 박사는 거듭 아버지를 설득했다. 아무도 고집을 꺾지 못했다. 형이 죽은 게 아버지 탓이라고 여겼는지도 알 수 없다. 아버지가 의학을 공부한 것은 친가 쪽의 유전적인 우울증이 계기였다. 은퇴를 한 후 아버지는 신경정신과 닥터인 스즈키 박사에게 다시 치료받겠다고 약속했다. 그것도 성실히. 그러나 그는 성실하게 받는 정신과 치료가 어떤 것인지 모른다. 아버지는 다만 아버지 방에서 나오지 않았고 어머니 부탁으로 동료들이 번갈아가며 찾아와도 간신히 목례만 하고 삐걱거리는 계단을 올라가버리곤 했다. 아버지가 약속을 지키고 있는 게 있다면 한 달에 두 번 스즈키 박사를 만나러 병원에 가는 일, 챙겨주는 약을 먹는 일, 오래된 흔들의자에 앉아 창밖을 내다보는 일이 고작이었다. 퇴근길에 이따금 스즈키 박사가 들르기도 했다. 아버지는 하루에 한 번도 웃지 않았고 어머니는 기다렸다. 아버지는 어머니가 굉장히 중요하게 생각하는 대부분의 일들을 하지 않았다. 그런 것을 다 잊어버린 사람처럼. 어머니를 사랑하게 된 모든 순간까지.

그는 팔베개를 하고 고쳐 누웠다. 어서 잠들어야 했다. 어머니가 방에 들어오면 저도 모르게 벌떡 일어나 뺨을 칠 것만 같은 심정이었다. 그는 똑바로 뜬, 이성적으로 빛나는 어머니 눈을 보고 싶었다. 모든 사실을 있는 그대로 받아들일 때는 지났다. 그는 손바닥으로 얼굴을 문질렀다. 어머니는 아버지를 바라보고 산책을 하고 그의 창문을 잠그는 것으로 하루를 더 견딜 수 있을지 모른다. 그러나 그렇게 일 년을, 삼 년을 견딜 수 있을까. 바람이 지나갔는지 커튼이 부풀었다 꺼졌다. 아무 생각도 하지 않고 잠들 수 있는 방법이 필요했다. 형 생각도, 시내 생각도, 아버지가 죽을까봐 두려워하지 않고도 잠들 수 있는 방법. 그는 입체에 대해 생각했다. 길이와 폭, 깊이를 가진 것. 사랑이 그런 거라고 가르쳐준 사람이 젊은 시절의, 아프기 전의 아버지와 어머니였지 않은가 말이다. 커다란 슬픔이 어깨를 치고 지나가는 것 같았다.

한 번쯤 시내를 만나야 한다는 걸 알고 있다. 언젠가 그가 다시 돌아올 거라고 믿고 있는 여자. 그는 말할 것이다. 자신의 망각에 대해서. 형이 죽은 후 깨닫게 된 사실에 대해서. 자신이 시내를 이해하고 받아들이고 채워줄 수 있을 거라고 믿었던 것은 망각이었을 뿐이었다고. 그는 머리를 흔들었다. 시내의 아이가 태어나기도 전부터, 십 년 동안 만나온 여자다. 그래도 이제는 진심을 말해야 한다. 사랑은 입체적인 거라고. 그 입체의 부피를 헤아려야 하는 복잡하고 어려운 일이라는 것을. 계단 밑에서 삐걱거리는 소리가 들렸다. 눈을 감았다. 그런데. 그는 눈을 떴다. 왜 지금에서야 그런 것을 시내에게 말해야 한다는 생각이 들었을까. 복도를 지나는 수굿한 기척. 어둠 속에서 그는 걸을 때마다 절뚝거리는 것 같던 한 여자의 실루엣을 떠올렸다. 방문 열리는 소리가 들렸다. 그는 눈을 꾹 감았다. 머릿속으로 입체의 부피를 내는 열여덟 가지 방법을 차례차례 떠올리기 시작했다.

21

불안한 눈으로

그녀는 들고 있던 칼을 떨어뜨렸다. 전화벨이 울렸다.

가스 불을 줄이고 주방에서 나와 집 안을 둘러보았다. 소파 옆 협탁 위에 전화가 놓여 있었다. 그 전화를 자신이 사용할 수 있다는 것, 그리고 전화가 울릴 수 있다는 생각은 하지 못했다. 그녀는 주춤거렸다. 이 집의 번호를 알고 있는 사람은 누굴까. 서울예술재단과 도쿄 아트센터 직원들과는 이메일로 연락을 주고받기로 했다. 로밍은 물론, 휴대전화는 사용하지 않을 거라고 말해두었다. 서울을 떠날 때 한 일 중 하나는 휴대전화번호를 없앤 것도 있었다. 벨소리는 점점 더 커지는 것 같았다. 그녀는 소파에 앉아 젖은 손바닥을 위로 향하게 한 채 무릎 위에 올렸다. 저녁이 왔고 이 맨션에 온 후 주방에 들어가 처음으로 뭔가 음식을 만들던 참이었다. 납득할 수 없고 까다로운 데가 있는 허기였다. 편의점에서 사온 삼각김밥이나 식당에서 사 먹는 하이라이스 같은 것으로는 달래지지 않았다. 아주 오래 잠복해 있다가 한꺼번에 밀어닥친 듯한 허기였다. 그것은 달지도 짜지도 맵지도 않은 음식을 요구하고 있었고 그녀는 그런 음식이 뭘까 고민했다. 전화벨 소리를 들었을 때 당근과 양파, 표고버섯을 잘게 다지고 있던 참이었다. 육수가 끓고 있었고 쌀은 불려두었다. 버섯죽을 쑤어볼 요량이었다. 그것으로도 달래지지 않는다면 그건 더이상 허기가 아닐 거라고 생각하면서. 손에서 물기가 떨어졌다. 상대방은 그녀가 지금 전화 옆에 앉아 있는 것을 들여다보는 듯했다. 벨소리는 끈질기게, 신경질적으로 울렸다. 사임일까? 그러나 지금은 사임이 어딘가에 쓰러져 있다 해도 달려갈 수 없다. 백이라고 다시 짐작했다. 그러면 이런 전화번호를 알아내는 것쯤 아무 일도 아닐 테니까. 서울을 떠난 지 겨우 보름 정도다. 이런 식으로 전화하는 것은 백답지 않은 일이다. 그녀는 벨소리가 멈추기를 기다렸다. 미안한 마음, 반박하고 싶은 마음, 갈구하는 마음, 회피하고 싶은 마음들이 소용돌이쳤다.

손에서 떨어진 물방울이 카펫에 떨어지는 것을 지켜보았다. 바닥으로 칼이 떨어지는 수직적인 움직임을 볼 때와는 달랐다.

발등에 꽂힐 염려도 피가 나는 것을 볼 염려도 없었다. 망설이 듯 물이 똑똑 떨어지는 걸 보는 느낌은 비현실적이며 촛불을 오래 응시하고 있을 때처럼 환각적이기도 했다. 잿빛 카펫이 한두 방울씩 물에 젖어들어갔다. 선명하진 않아도 얼룩은 화장실에 붙어 있는 세계지도 중 아직 가보지 못한 작고 먼 나라들의 지도처럼 보였다. 나는 여기 있어요. 그녀는 중얼거렸다. 아직 이렇게 살아 있어요, 백. ……손바닥이 말끔히 말라 있었다. 바닥의 얼룩도 옅어졌다. 거실 공기에도 습기와 음식 냄새가 사라진 것 같았다. 벨소리도 들리지 않았다. 한 번도 쓰지 않았고 한 번도 쓸 거라고 생각하지 않았던 전화. 아니. 그녀는 정정했다. 그날, 의자를 들고 우에노 공원으로 가던 날. 그녀는 그 남자에게 전화를 걸었다는 사실을 떠올렸다.

수화기를 들었다. 연결음이 들렸다. 가슴이 조금 뛰는 것 같았고 머릿속으로는 해야 할 말들을 재빨리 정리하고 있었다. 저녁 식사나 날씨에 관한 것, 아픈 데는 없냐는 그런 식의 대화를 나누고 싶어졌다. 길어도 채 이 분을 넘기지 못하고 반 박자씩 비껴가는 대화들. 아버지는 전화를 받지 않았다. 여섯시 반. 아직 목공소에 있을 시간이다. 기계 소음 때문일지도 모른다. 그녀는 다시 전화를 걸어보았다. 받지 않았다. 털털거리는 아버지 스쿠터 소리가 귀에 들리는 것 같았다. 수화기를 귀에 대고 눌렀다. 아무리 옆에 있어도 알 수 없었고 영원히 곁에 있어도 알 수 없을 것 같은 아버지. 그 아버지를 떠난 것은 막 서른한 살이 되던

해였다. 첫번째 친할머니 존재를 처음으로 알게 된 지 얼마 안
된 때. 만약 아버지가 집을 떠나는 이유를 묻는다면 어떤 대답
을 해야 할까 고민하기도 했다. 핑계도 필요했다. 그저 서른한
살이 되었다는 이유만으로는 부족한 데가 있었다. 큰 소리로 싸
운 적도 없고 서로 해를 끼친 것 없이 담담하게, 그저 흘러가는
물처럼, 때로는 친밀함과 때로는 어떤 강렬한 공존의 느낌 속에
서 어딘가 약간씩 닳아지는 돌처럼 단둘이 서른 해 가까이 같이
살아왔으니까. 아버지는 이유를 묻지 않았다.

그녀는 아버지에게 말하고 싶었다.

아버지. 난 더이상 아버지 잠꼬대를 견딜 수가 없어요. 깊은
잠 속에서 아버지가 흐느끼며 몸부림치는 것, 그럴 때마다 아버
지 어깨를 흔들어 꿈에서 빠져나오게 하는 것 모두 난 지쳤어
요. 아버지였더라도 그랬을 거예요. 아무리 잠결이라지만 육십
이 넘은 사람이 엄마! 엄마! 소리치고 애원하고 흐느끼는 소린
정말 들어주기 어려운 거라는 걸, 아버지도 이해하셔야 해요. 그
것도 매일 밤. 정말 매일 밤. 불길한 계절도 아픈 상처도 곧 지
나가버려요. 하지만 아버지의 잠꼬대는 달랐어요. 그건 지나가
비리지도 결코 달라지지도 않았어요. 제가 말을 배우기 시작한
후부터 서른 해가 지나가는 동안. 더이상 그 소리를, 땀에 젖은
아버지를, 허공을 붙들고 놓지 않는 아버지의 버둥거리는 두 손
을, 듣고 싶지도 보고 싶지도 않았어요. 새로운 땅에서 혼자 시
작하고 싶었어요. 아버지와 할머니와 아버지의 형제들이 없는

깨끗한 장소에서.

그건 신중한 목소리로 오직 한 번만 말할 수 있고 다시는 말해서는 안 되는 그런 이야기에 속했다. 그녀는 수화기를 내려놓고 바싹 마른 두 손에 얼굴을 파묻었다.

아홉 살의 아버지. 불안한 눈으로 젊은 엄마를 지켜보던 사내아이. 할머니가 국그릇을 두 손으로 받쳐들었을 때 할머니의 반달무늬 긴 치맛자락을 와락 잡아당겼던 아이. 할머니는 할아버지와 내 아버지가 지켜보는 앞에서 단숨에 국그릇을 비우고 쓰러졌다. 아홉 살의 아버지는 다 보았다, 그 모든 순간을. 독이 든 복엇국을 마시고 눈앞에서 엄마가 자살하는 모습을. 아버지는 기억했다. 아침부터 복어를 손질하고, 아궁이를 지키고 앉아 오래 국을 끓인 사람도 엄마였다는 것을. 아홉 살의 아버지는 다 보았다. 쓰러진 엄마, 버둥거리는 엄마, 경직되는 엄마, 피를 토하는 엄마, 눈을 부릅뜬 엄마, 마침내 반쯤 눈을 감은 채 꼼짝도 하지 못하게 된 엄마. 깨끗이 죽어버린 엄마를.

밤마다 아버지는 아홉 살 아이로 돌아갔다. 꿈속에서. 꿈을 꾸지 않은 날이 없었다. 술도 소용없었다. 아홉 살의, 엄마를 애타게 불러대는 아버지를 더는 견딜 수 없었다. 이유라면 그게 다였고 그것보다 더 지독한 이유를 그녀는 찾지 못했다.

22
그 사람, 여자야?

공간이 갖는 힘은 다양하다. 공간은 사람을 들뜨게 할 수도 있고 긴장하며 고독하게 만들 수도 있다. 사람을 우울하게도 만들고 분노할 수 있게 하며 비통하게도 만든다. 무엇보다 공간은 사람을 내밀하게 만드는 힘을 갖고 있다. 그런 것은 한 치의 오차도 허용하지 않는 유클리드적 이해로는 접근할 수 없으며 설명할 수도 없다. 공간이 주는 내밀함. 그 특별함을 그는 공간의 사유라는 말로 불렀다. 지상이나 마천루 같은 곳에서는 느끼기 어려운 감정이었다. 어딘가 적당히 어두침침하면서도 다육식물들이 있고 알코올과 적당히 뒤섞인 담배 냄새가 배어 있는 곳, 이런 지하 같은 공간이라면 더 잘 느낄 수 있다. desert의 내부 수리 공사를 맡았을 때 문이 맨 처음 한 요구는 생각할 수 있는 공간이 될 수 있도록 만들어달라는 것이었다. 그건 불가능한 공간에 계단이나 창문을 만들어달라는 것보다 더 까다롭게 들렸다. 그는 수염투성이인 뚱뚱한 주인을 물끄러미 맞바라보았던 생각이 났다. 그때나 지금이나 문을 이해한다고 말하진 못하지만 문이 어떤 공간을 원하는지는 짐작할 수 있었다. 내장 마감재인 벽돌에 흑백사진들을 걸어놓겠다는 것은 문의 아이디어였고 출입구를 두꺼운 철문으로 만들어놓은 건 그의 아이디어였다. 문을 미는 데 큰 힘이 들었고 한 번 드나들 때마다 시간이 뒤바뀌는 듯한 느낌을 줄 만큼 무겁고 육중한 문.

그 문을 밀고, 녹색 스커트와 베이지색 트렌치코트를 입은 시내가 걸어들어오고 있었다.

이제 이 공간에서 나는 어떻게 흘러갈 것인가. 그는 물방울이 맺힌 온더록스 잔을 손끝으로 한 번 문지르며 생각했다. 시내가 다가와 옆에 앉자 잘 말린 라벤더를 옷 안감 어디쯤에 살짝 문지른 듯한 향기가 났다. 익숙했고, 잘 알고 있는 시내의 냄새였다. 몸 위에서도 아래에서도 나는 냄새. 한 번 바람이 지나간 듯 일정하게 흐르던 실내 공기가 흩어졌다 모이고 있었다. 잘못 떠내려온 유리병 하나가 수면에 부딪혀 이리저리 밀려왔다 밀려가는 것을 목도하고 있는 기분이었다. 등을 곧게 폈다. 이럴 때 예민해지는 것은 좋지 않았다. 쉽게 불안을 느끼게 되고 또 불신감 같은 것을 수반하게 되는 감정들이 몰려들기 십상이었다. 그럴 때마다 시내의 가슴께에 얼굴을 파묻곤 했다. 그런 채로 십년쯤 지나간 것 같았다. 그는 헐렁해진 터틀넥을 턱 위까지 끌어올렸다.

시내는 민트 잎을 짓이겨 담은 모히토를 한 모금 마셨다. 헤밍웨이가 좋아하던 술. 그는 왼쪽 벽에 걸려 있는 헤밍웨이 사진을 보았다. 상반신을 벗은 채 양손에 권투 글러브를 끼고 거울을 들여다보고 있는 사진이었다. 정말 웃기는 책을 쓰기 위해서는 수많은 벌을 받아야만 한다고 믿었던 사람이라고 시내가 말해준 적이 있었다. 덥수룩한 수염과 장난기 섞인 눈빛. 문과 비슷한 데가 있어 보였다. 헤밍웨이 옆에는 노년의 존 스타인벡이 털이 북슬북슬해 보이는 개 한 마리와 함께 커다란 나무 아래 앉아 있는 사진이 붙어 있었다. 헤밍웨이와 존 스타인벡이라. 딱히 어울리는 조합은 아니라고 그가 말했을 때 문은 심드렁한 투로 대꾸한 적이 있다. 이유 같은 것은 없어, 다만 두 사람 다 개를 좋아했다는 공통점이 있지, 그리고 사막을 동경했고. 문에게는 종류가 다른 세 마리 개가 있었고 그중 한 마리는 바에서 키웠다. 로버라는 이름의 산양을 닮은 개. 만약 문이 바에 나오지 못하게 된다면 개는 하루 종일 바에 갇히는 신세가 될 것이다.

무슨 생각 하고 있어?

시내가 물었다.

개에 관한 생각.

뜬금없어.

그런가.

그는 웃었다.

럼주가 많이 들어갔어.

얼음 더 달랠까.

아니.

시내가 뚫어지게 그를 바라봤다.

올해는 더 습한 것 같아.

그는 중얼거렸다. 시내는 잔을 비우고는 문에게 한 잔 더 주문했다.

정말 웃기는 책이란 어떤 책일까?

밥 먹고 싸우고 자는 일, 그걸 다음날 되풀이하는 이야기들.

그건 슬픈 얘기지.

그게 그거야.

시내는 덤덤히 말했다.

한 번도 들어보지 못한 말투처럼 느껴졌다. 시내도 어딘가 달라진 것일까. 밥 먹고 싸우고 자는 일을 아름답다고 생각하는 게 시내였다. 눈앞에서 죽음 같은 게 저벅저벅 다가오고 있다 해도 그것 역시 가치 있는 일이라고 생각할 사람이 그가 알고 있는 시내였다. 누군가 그동안 왜 시내를 만나왔느냐고 묻는다면 그녀 옆에서라면 세상의 모든 불안과 불신감이 다 사라져버리는 느낌이 들어서라고 말해야 할 것이다. 거기서 오는 안도와 일시적인 평화는 그만큼 뜨겁고 뿌리치기 어려운 것이었다고. 시내는 그런 것을 만들어낼 줄 아는 여자였다. 그게 그녀를 떠날 수 없는 이유가 된 것을 다행이라고 해야 할지 아니라고 생각해야 할지 그는 판단이 서지 않았다. 그녀가 다른 남자와 결혼을 하고 그 남자의 아이를 낳고 키우는 동안에도. 형의 죽음이 그에게 남겨준 것이 있다면 자신을 돌아보게 된 것이었다. 뜻밖에 그것은 큰 감정을 불러일으켰다. 지금 내가 무엇을 하고 있는가? 이 질문이 불러온 것은 바로 슬픔이었다. 사랑이라고 믿었던 게 사랑이 아니었다고 깨닫게 되었을 때 할 수 있는 것은 무엇이 있을까. 형이 죽은 후 이 년 동안 그는 시내를 만나면서 그 생각을 되풀이

해온 느낌이었다. 불을 피웠다고 생각했던 것은 겨우 짚불 하나
에 불과했다. 계속 지켜서서 볏짚을 넣어주지 않으면 금방 꺼져
버리고 마는 불. 그런 것을 사랑이라고 말할 수는 없었다. 시내
에게 어떻게 말하는 게 좋을지 아직 몰랐다.

형하고 닮은 사람을 만났어.

그는 말했다.

닮은 사람들은 많아.

형하고 정말 닮은 사람을 만났다고.

형은 죽었어.

그 사람은, 그렇게 만들고 싶지 않아.

그게 무슨 소리야.

형을 살릴 수도 있었어, 내가.

당신 때문에 죽은 게 아니잖아.

형이 마지막으로 전화한 사람이 나였어.

어쩔 수 없는 일이었어.

아냐. 내가 형을 계속 보고 있었다면 그렇게 되진 않았어.

피해의식이야.

살리고 싶어.

누굴?

그 사람.

그 사람…… 여자야?

아니, 모르겠어. 정말 모르겠어.

23
천의 거리

맨션 정문 오른쪽에는 거주자들을 위한 자전거 거치대가 있었다. 자전거를 여러 대 갖고 있는 집이 많아서인지 거치대는 이층으로 만들어져 있었다. 일 년에 한 번 제비뽑기를 통해서 자리를 바꾼다고 들었다. 올해 605호에 배당된 곳은 이층이었다. 머리 높이쯤에서 자전거를 들어내리고 올릴 때마다 어깨에서 관절이 꺾이는 것 같은 소리가 났다. 이곳에 온 뒤로 육체가 서서히 쪼그라드는 느낌이 들곤 했다. 쪼그라들고 위축되는 것은 육체가 아니라 뇌, 그 속에 있는 주름들일지 몰랐다. 태어난 순간에는 주름이 거의 없이 깨끗하고 말랑말랑했을 뇌. 그 속에 주름보다 먼저 들어찬 것은 죽음에 대한 욕구다. 그것은 태어난 순간 맹렬히 순환하기 시작한 피보다 먼저 몸에 들어찼을 것이다. 그랬는데 그녀는 지금 자전거를 내리기 위해 안간힘 쓰고 있는 자신을, 의심하는 눈으로 지켜보고 있었다. 나란히 세워져 있는 수십 대의 자전거들이 아침 햇살을 받아 은빛으로 빛났다. 궤도를 이탈하듯 문득 죽음에 대한 생각을 잊게 되는 순간들이 있다. 이렇게 빛나는 것을 보고 있거나 어떤 것이 빛을 끌어들이는 순간을 느끼는 때. 맨 처음 그림을 그리기 시작한 것은 그것이 찰나에 불과하다는 걸 알아차리고 이해한 순간이 아니었을까. 자전거를 끌고 맨션 오른쪽 모퉁이를 돌았다. 두 그루의 나

무에는 'ケヤキ(느티나무)'라는 푯말이 붙어 있었다. 수령을 짐작할 수도 없을 만큼 오래돼 보였다. 봄이 와도 싹을 틔울 수 없을 것 같았다. 나뭇가지는 짧게 잘려 있었다. 직진하다 삼거리에서 오른쪽으로 꺾어지면 닛포리 역 남쪽 출구로 이어졌다. 그 길을 사람들은 천의 거리布の街라고 불렀다. 맨션에서부터 왕복을 한다면 이십 분 거리.

서울은 연일 강추위가 이어지고 있었다. 도쿄의 이월은 삼월 같은 바람이 부는 늦가을 날씨였다. 온순 기후대에 머물고 있다는 실감이 났다. 계절도 추상이나 구상처럼 명확히 구분할 수 없는 종류일 것 같았다. 지금은 겨울도 봄도 아니다. 지금은 겨울의 일부, 봄의 일부였다. 지금 걷고 있는 거리에 쏟아진 빛, 그것을 물들이고 있는 빛을 억제된 올리브색이라고 표현하고 싶었다. 차가운 색이 희미해지는 느낌을 주고, 따뜻한 색이 앞으로 나아가는 느낌을 준다면 억제된 올리브색은 그 경계쯤 될 것이다. 왜 나는 색이 아니라 형태를 선택했을까. 그녀는 자전거를 일부러 털털 소리 나게 끌며 하늘을 올려다봤다. 색들은 조합되고 소리들은 섞이고 길들은 이어져 있었다. 닛포리 역까지 길은 곧게 뻗었다. 길은 마을에 있고 마을은 도시 안에 있었다. 그가 하는 일은 그런 것을 계획하고 설계하는 일이라고 했다. 그는 설명했다. 그러니까 길을 이해하고 집을 만들고 거기에 잘 맞는 의자를 들여놓는 일. 그녀는 고개를 끄덕이는 척했다. 결심을 하기 전이었다면 그의 말에 모두 공감할 수 있었을지 모른다. 그러나 길이라는 말도 집이라는 말도, 의자라는 말도 마음에 걸렸다. 이제는 모두 그녀가 내려놓으려고 하는 것들이었으니까. 지금 먼 데서 내려다본다면 그녀는 길 위의 까맣고 작은 점으로만 보일 것 같았다.

조형은 물질을 변화시키는 작업이다. 끊임없이 재료를 찾아야 하는 일이다. 자신에게 맞는 질료를. 그것은 순응적인 예술의 방식에 가까웠다. 그녀는 가위와 줄자에 대해 생각했다.

고모가 준 상자에는 가위와 줄자, 손거울 하나가 들어 있었다.

할머니의 상자였다.

오랫동안 고모가 갖고 있던 것. 가위도 줄자도 모두 닳을 대로 닳아 있었다. 먼지처럼, 손끝을 대기만 해도 가위 손잡이며 줄자가 맥없이 끊어져버릴 것 같았다. 가위와 줄자는 단순한 사물이었지만 상자를 여는 순간 생물로 뒤바뀌었다. 밋밋한 페이지 속에 그려져 있던 파란 양동이가 갑자기 페이지 밖으로 툭 튀어나오면서 양동이에 담긴 물이 넘쳐 발을 적시는 것 같은 느낌이었다. 다 확인했다고 해서 바로 상자 뚜껑을 닫아버리기 어려웠다. 깊이 생각할 필요가 있었다. 상자가 말해주는 것. 그리고 그것을 여기까지 끌고 오게 된 힘에 대해서.

그녀는 천의 거리에 서 있었다.

텍스타일타운 중심이었다. 가장 화려하고 북적이는 지점. 도쿄의 많은 타운들 중에서도 특히 토요일 아침에 성시를 이룬다는 장소였다. 도로를 사이에 두고 길 양쪽으로 가죽을 파는 상점,

전통 옷감을 파는 상점, 단추를 전문으로 파는 상점, 방화 같은 특수 자재를 파는 상점들이 늘어서 있었다. 길을 가로질러 뒷골목으로 들어갈 생각이었다. 지나치게 화려하고 장식적인 것은 보는 것도 만드는 것도 낯설었다. 상점도 상점이지만 거길 들어가고 나가는 사람들, 각국에서 몰려온 디자이너, 패션 일을 하는 사람들의 차림새도 이국적이고 눈에 띄는 것이 많았다. 길을 건너기가 쉽지 않았다. 택시들과 자동차들이 뒤엉켜 있었다. 레이스를 파는 상점 앞, 가판대 위에는 야요이 쿠사마의 작품을 연상시키는 흰 바탕에 빨간색 물방울무늬의 넓은 레이스가 차양처럼 펄럭거렸다. 한 시간쯤 후, 태양이 머리 위로 십오 도쯤 더 올라온다면 이 거리의 모든 풍경이 순백색으로 더욱 빛나 보일 것 같았다. 그녀는 자신의 옷매무새를 내려다봤다. 헐렁한 재색 바지와 번들거리는 프라다 천의 두툼한 여행용 외투. 얼굴을 가린다면 여자도 남자도 아닌 것처럼 보일 차림새였다. 여자도 남자도 아닌 사람이 돼 있는지도 몰랐다. 죽음에 대해 진지하게 생각하기 시작한 후론. 휘발되어버렸던 성性이 이 거리에서 깨어나는 느낌이었다. 그것은 배고픔을 느낄 때보다 더 큰 부끄러움을 불러일으켰다. 조나단이라는 패밀리레스토랑 앞에서 그녀는 자전거 클랙슨을 울려대며 성급히 길을 건넜다.

24
무덤이 많은 동네

그는 서너 걸음쯤 떨어져서 걷고 있는 그녀를 돌아다봤다. 추위 때문인지 그녀 얼굴은 핏기가 가셔 창백해 보였다. 햇살은 따뜻했지만 산책을 포기해야 하지 않을까 싶을 만큼 바람이 찼다. 절 입구에 돌로 만들어진 만화 캐릭터가 놓여 있었다. 마당에 별채처럼 지어진 단층 보육원이 딸린 절이다. 기웃거리는 그녀에게 문을 밀어 들어가게 했다. 아이들은 모두 돌아갔는지 마당은 텅 비었고 알록달록한 우산 두어 개가 한쪽에 세워져 있었다. 그는 그녀를 따라 마루 끝에 엉거주춤 엉덩이를 걸치고 앉았다. 아침이면 창문을 통해 무릎까지 올라오는 긴 양말을 신고 노란 모자를 쓴 아이들이 두 팔을 흔들어대며 한 줄로 걸어가는 것을 볼 수 있었다. 아이들은 이곳이 절이라는 것을 알고 있을까. 그것도 지어진 지 백 년도 넘은.

처음부터 이런 외진 절에 와 앉아 있을 생각은 아니었다. 그는 그녀에게 약 열 평쯤 되는 땅을 빌려 쓸 수 있게 해놓은 가시하랏파라는 빈터를 보여줄 생각이었다. 빈터에는 달걀만큼 작은 화분들이 몇 개 놓였고 땅을 빌려준다는 푯말이 하나 세워져 있었다. 어떤 사람은 그곳을 빌려 벼룩시장이나 바자회를 열고 어떤 사람은 악기를 연주하기도 했다. 누구든 빌려 쓸 수 있는 공간이었다. 그는 그녀가 그 빈터에 관심을 보일 거라고 짐작했다.

조각가라면 공간에 관한 남다른 흥미를 가질 거라고 생각했던 게 잘못이었을까. 그녀는 그 빈터에도, 목욕탕을 개조해 만든 SCAI THE BATHHOUSE 미술관에도 전혀 관심을 보이지 않았다. 아무것에도 관심이 없는 것 같았다.

닛포리 역에서 만나 북쪽 출구 쪽에서부터 걷기 시작했다. 자전거를 타고 왔다면 그녀 맨션에서부터 십 분도 안 되는 거리였다. 그녀는 걸어왔다고 했다. 다른 것은 몰라도 걷는 것은 좋아하는 사람처럼 보였다. 목조 주택가와 골목들, 공동묘지, 베이글 가게를 지나쳐 걸었다. 그녀는 걷는 것을 좋아하는 게 아니라 걷지 않고 있는 상태를 두려워하거나 회피하는 것인지도 몰랐다. 60센티미터. 그녀 보폭은 생각보다 넓고 일정했다. 그것 때문인지 자신이 가야 할 곳을 명확하게 알고 있는 사람의 걸음걸이처럼 보였다.

토요일 오후, 정적 속으로 까마귀가 낮게 날았다. 그녀는 주머니에 손을 찌른 채 앞을 보고 앉아 있었다. 그늘 밑에서 이끼가 자라는 소리가 들려올 것만 같은 고요한 일 분. 보육원이 딸린 이 절은 관광객이나 동네를 처음 온 사람이라면 발견하기 어려운 장소였다. 대칭형의 단순한 절 구조가 이 정적을 끌어들였을 것이다. 그가 좋아하는 구조였다. 움직임과 활동성이 강조된 동적인 구성보다는 어떤 영속성과 신념을 느끼게 하는 정적인 구성. 절 밖에는 운동장처럼 넓은 땅에 벤치 같은 긴 의자들 몇 개만 놓여 있는 공터도 있다. 그 의자에 멍하니 앉아 운동을 하는 사람들이나 원추형으로 떨어지는 가로등 불빛 속으로 개나 고양이를 데리고 산책하는 사람들을 바라보는 느긋함도 처음에는 있었다. 공터는 지진이 났을 때 대피하기 위한 장소였다.

이사를 잘못했을지도 모른다는 생각이 든 것은 일주일도 지나지 않아서였다. 보육원이 파한 오후 무렵이 되면 공원묘지 관리자들이나 걷는 법을 새로 배우기 시작한 것처럼 느릿느릿 걷는 노부부들밖엔 보이지 않았다. 다른 사람들 눈에는 어머니도 그들 중 하나일 터이다. 복잡하고 떠들썩한 동네로 옮길 수도 있었다. 그건 혼자 살 수 있을 때의 일이 될 것이지만 정말로 그럴 수 있을지는 의문이었다. 그는 그녀에게 바로 이 정적인 구성을 보여주고 싶었다. 확고함과 신념이 공기처럼 퍼지는. 시내와 desert에 나란히 앉아 있던 그 순간에도 이 여자를 떠올리고 있었다. 그는 그녀에게 왜 이런 것을 말해주고 보여주고 싶은가? 자신에게 물어야 한다고 생각했다. 언제부터였는지 모른다. 그녀에 관해 떠올릴 때 자신에 관해 생각하고 있는 듯한 느낌에 휩싸였다. 어렵고 복잡한 문제 같았다. 그는 머릿속에 상자 하나를 그렸다. 어떤 복잡하고 풀기 어려운 문제를 만났을 때 하듯. 모든 물체는 상자 안에 넣을 수 있다는 것은 설계의 기초에 속하는 항목이다. 집도 자동차도 나무도 가구도. 단순한 선으로 그는 그녀를 상자 속에 그려넣었다. 선을 그을 때마다 희미했던 것들이 손에 잡히듯 뚜렷해지는 느낌이었다. 천천히, 형태 같은 것이 생긴다. 덧붙인 형태, 빼낸 형태, 그리고 추상적인 형태. 만약 그녀가 집이라면 그녀의 형태는 완성된 형태가 아니라 원래의 형태에서 부분을 자르거나 제거한 모양처럼 보였다. 빠지거나 구멍이 뚫린 창문들이 많은 형태.

여기 오래 살고 있나요?

한 이 년쯤 됐어요.

그 전에는요?

여기보단 좀 떠들썩한 곳에요.

꼭 누군가 따라다니는 것 같은 느낌이 드는 동네예요.

무덤이 많아서 그럴까요.

한적해요.

이런 데 관광객이 찾아온다는 게 놀랍죠.

골목만 들어서면 도시라는 걸 잊게 되는 거 같아요.

생각하기엔 좋은 곳이죠.

걷기도요.

교토에 가본 적이 있나요.

철학의 길을 말씀하시는 거라면.

네, 벚꽃 필 때가 좋아요.

혼자 걸은 적이 있어요.

맞아요, 누군가 따라다니는 느낌이 자주 들어요.

누가요?

죽은 자겠죠.

지켜보고 있다는 생각도 들어요.

네, 항상.

지금도요.

네, 지금도.

그는 머릿속에 있는 그녀 형태를 지웠다. 처음부터 다시 그리고 싶었다. 응달 속에서 그녀의 눈은 한낮의 창문처럼 어두워 보였다.

25
복어를 사러 온 손님이 아닌 것처럼

츠키지 시장 전체를 다 걸어다닌다는 것은 불가능한 시도 같았다. 넓이 때문이 아니라 생선 내장처럼 구불구불하고 젖은 골목들 때문이었다. 막다른 길일 거라고 짐작하고 가면 새로 골목이 시작되었고 그 골목은 또다른 골목으로 이어지는 휘어진, 숨은 길들과 연결돼 있었다. 그녀는 수첩을 꺼냈다. 맑은 청색으로 빛나는 생선의 등과 눈, 꼬리를 쓱쓱 그렸다. 몇 개의 선만으로도 가능했다. 그것은 한 마리의 등 푸른 청어처럼, 그녀가 아직 정확히 형태를 알 수 없는 복어처럼 보이기도 했다. 알고 싶은 대상의 형태를 모른다는 것은 희미한 불안감을 불러일으켰다. 불안감이 호기심으로 뒤바뀔 때가 있었다. 작업을 하고 있을 때, 작업에 관해 골몰하고 있을 때. 생선 그림은 나쁘지 않았다. 단순한 선 몇 개로만 그린 대개의 그림들처럼. 아버지가 좋아하는 작가는 말했다. 알고 있는 것을 쓰되 그것에 대해 너무 많이 쓰지 말라고 말이다. 이해하고 있는 것을 표현하되 너무 많이 표현하는 것은 좋지 않았다. 사진을 찍듯 어떤 순간이나 사물에 대해 쓰고 그리는 것은 오래된 버릇이었다. 어떤 것은 눈에 띄게, 어떤 것은 점진적으로 사라진다. 그녀 작업의 시작은 그 소멸에 대한 기록의 출발이기도 했다. 그녀는 이해하다, 라는 문장 앞에서 망설이다가 수첩을 탁 덮었다. 제대로 한 번 보지 않은 것에 대한 이해란 있을 수 없는 일이다.

칠만 평이나 되는 수산시장에 복어를 파는 상점은 한 곳밖에 없었다. 장외시장 골목이었다. 복엇집 양옆으로는 콩과 건어물을 파는 가게가 있었다. 그녀는 도로 맞은편, 음료 자판기와 흡연실이 있는 시장 휴게소 앞 계단에 선 채 복엇집을 지켜보았다. 중절모를 쓴 배가 불룩한 플라스틱 복어 모형이 간판 끝에 대롱대롱 매달려 있었다. 오전 열한시 반. 몇 시간 전에 비하면 거리 전체에 벌써 파장 느낌이 났다. 아침 일곱시부터 시장을 걸어다니며 찾아낸 가게였다. 생선과 생선요리에 관한 전문 서적을 파는 상점들, 커피와 차와 건어물, 그릇, 칼, 토스트, 마구로 덮밥, 국수를 파는 집들은 많았다. 아무리 걸어다녀도 복어가게는 눈에 띄지 않았다. 다리가 무거워지고 목덜미가 시렸다. 옷을 더 따뜻하게 입고 오지 않은 것은 부주의한 행동이었다. 애초에 시장에 올 생각은 아니었다.

토스트 한쪽을 먹고 우에노 공원으로 산책을 나가던 길이었다. 너무 춥다면 교차로 카페 pronto에 앉아 공원 입구로 들어가는 사람들을 바라보고 있을 생각이었다. 현기증이 일었다. 가로수 밑에 기대섰다. 누군가 등뒤에서 검은 천으로 눈을 가리고 손을 잡아끄는 것 같았다. 그녀는 그것이 이끄는 대로 몸을 맡겼다. 그것, 이월의 바람, 분명한 목적 없이도 있는 그대로 나타났다 사라지는 빛들. 그런 것들. 새 작업을 시작하기 전이나 어떤 한 가지 것에 대해 오래 골몰하고 있을 때 느끼곤 했던 어지러움. 눈을 떴을 때, 그녀는 자신이 물에 젖은 츠키지 시장 골목을 밟고 서 있다는 사실을 깨닫고 있었다. 헤치듯 시장 골목을 빠져나오며 그녀는 이렇게 소리 내보았다.

복어.

그동안 귀로 듣기만 해왔던 생선의 이름. 그녀로서는 이것이 복어에 대한 첫번째 발화이기도 했다.

세 개의 낮은 계단을 내려와 맞은편으로 걸어갔다. 몸 전체를 검은 비닐로 휘감은 것 같은 시장 사람들이 전동차를 몰고 쌩하고 스쳐갔다. 복엇집은 한산해 보였다. 상점 안에 등을 돌린 한 남자가 전화 통화를 하고 있었고 비린내와 피 냄새 같은 것이 뒤섞인 실내는 어둡고 음침한 느낌을 주었다. 한기와 오래 찌든 담배 냄새가 났다. 울컥 헛구역질이 나왔다. 주인이 기척을 느끼고 돌아볼까봐 그녀는 입을 틀어막은 채 가게 앞 쇼윈도로 상체를 구부렸다.

복어 한 마리가 흰 면보를 깔아놓은 사각 스테인리스 접시에 놓여 있었다. 몸통은 검은색과 흰색이 뒤섞인 무늬로 덮였고 배는 희었으며 꼬리와 지느러미는 작은 부채처럼 벌어져, 뒤돌아 놓여 있었다. 아가미와 눈과 입 같은 것을 보려면 안쪽으로 들어가야 할 것이다. 다른 생선들처럼 매끈하거나 싱싱해 보이는 데라곤 없었다. 통통하고 몽땅한 게 우스꽝스럽게 보이기까지 했다. 저런 놈 한 마리가 서른두 명을 죽게 할 수 있을 만큼의 독을 품고 있다는 사실이 믿기지 않았다. 쇼윈도에는 희고 까슬까슬해 보이는 복어 껍질 뭉치와 내장이나 알의 일부처럼 누르죽죽하고 미끄덩해 보이는 것들이 각각 스테인리스 접시에 놓여 있었다. 고작 이런 것. 헛구역질이 가라앉은 것 같았다. 그녀는 몸을 일으켰다.

사내가 안쪽에서 걸어나왔다. 한 손에는 담배를, 한 손에는 날이 아래쪽으로 향하게 칼을 쥐고 있었다. 무거워 보이는 칼이었다. 제멋대로 헝클어진 곱슬머리와 얼굴 아래쪽을 뒤덮고 있는 수염과 비닐 앞치마와 무릎까지 올라오는 장화, 그리고 부리부리한 눈과 위압감을 주는 크고 건장한 몸. 사내는 벌써 복어에 대한 그녀의 생각을 읽은 사람처럼 보였다. 그녀에겐 어떤 것도 팔고 싶은 마음이 없어 보인다고 느꼈다. 사내의 시선을 피하지 않았다. 복어를 사러 온 손님이 아닌 것처럼. 사내를 똑바로 쳐다보았다. 서너 계단 아래쯤 밑에 서 있는 그녀 어깨 위로 담배꽁초를 휙 내던지며 사내가 입을 열었다. 이랏샤이마세?

26
두려움만 없다면

나나에가 KAC 서울 지사로 발령 받았다. KAC 쪽에서도 새로운 직원이 이쪽 도쿄 지사로 온다는 소식이었다. 지난가을 다국적 부동산회사인 P&O사의 사장이 아시아 시장을 둘러보기 위해서 도쿄에 머문 적이 있었다. 아시아 부동산 시장에 큰 성장 가능성을 점치고 있는 P사와 그 후 서로 칠 년 동안 협력관계를 맺었다. 칠 년이면 도쿄나 서울에 거대한 빌딩을 새로 짓거나 사고팔 수 있는 긴 기간이었다. 그 밑바탕에는 아시아, 특히 서울과 도쿄의 부동산 시장 규모가 커지고 있다는 판단이 작용한 것 같았다. 경제가 더 어려워질 거라는 풍문 속에서도 실제로 한국의 공실률은 사 퍼센트로 전 세계에서 가장 우량한 시장으로 주목받고 있었다. 도쿄의 사정은 특별히 나아질 것이 없었지만 P&O사는 KAC에 지사를 두고 있는 아베 겐고사와 파트너십을 맺기 원했다. P사처럼 거대한 다국적 부동산회사가 아시아 시장의 매출 비중이 사십 퍼센트에서 내년에는 오십 퍼센트까지 늘어날 전망이라고 예측하는 것은 긍정적이었다. 하지만 부동산회사와 협력관계를 맺는 데 대해서 회의적인 반응을 보이는 동료들이 많았다. 두 회사 사이의 이해관계가 서로 얼마나 이득을 보게 될 것인지는 누구도 장담할 수 없는 상황이었다.

사장은 한때 P&O사의 서울 지사에서 오피스 빌딩이나 물류 창고 같은 상업용 부동산들의 자문과 관리를 맡은 경력을 갖고 있었다. 회사의 그 모든 일들은 다른 파트의 일에 속했고 그로서는 그 일이 자신에게 미칠 영향 같은 것에 대해서는 생각해볼 여유가 없었다. 다만 나나에가 KAC로 가게 되었다는 것, 그리고 지금 하고 있는 일을 서울에서도 하게 될 수 있다는 사실에 대해서만은 특별한 느낌이 들었다는 것뿐. 건물을 사고파는 데는 관심이 없었다. 허물어뜨리는 일은 달랐다. 그 속도와 규모를 조절하지 않는다면 가치있는 한 도시가 쇠락하는 것은 순식간의 일이다. 그러나 그는 사장의 경영 마인드를 신뢰했다. 아베 겐고 사에는 있는 것만큼 없는 것도 많았다. 무야근, 무잔업, 무해고 같은 것들. 직원이 행복하지 않으면 클라이언트도 행복하지 않다고 믿는 경영인이었다. 일주일에 서른세 시간 근무 범위 내에서 탄력적으로 시간을 쓸 수 있었다. 그에게는 클래식 연주를 들으며 식사를 할 수 있는 구내식당이나 피로를 풀 수 있는 마사지실, 실내 체육관 같은 시설들보다 매력적인 조건이었다. 무엇보다 아베 겐고 씨는 자신에게 건축 일을 다시 시작할 기회를 준 사람이기도 했다. 아버지를 병원에 모시고 가야 하는 날엔 오전 일곱시쯤 출근해 두세시쯤 퇴근하고는 했다. 원한다면 이보다 더 나은 조건의 직장을 찾을 수도 있을 것이다. 그가 원하는 것은 단순했다. 종이에 그린 것을 실제로 짓고 세우는 일. 거기에 나무가 있고 창문과 의자가 있는 낮은 건물 혹은 타인의 집. 아베 겐고사에서 더 요구할 것도 불만족스러운 일도 없었다.

고요한 삶. 가장한 채 사는 것은 아니었다. 그러나 어딘가 빛이 잘 들어오지 않는 유리병 속에 눈을 막은 채 쭈그려 앉아 있다는 느낌에 휩싸일 때가 있었다.

형이 아니었다면 계속 타워를 세우는 일을 했을까. 나나에의 송별파티를 하고 있는 떠들썩한 이자카야에서 그는 자문했다. 십층 통유리 아래로 긴자 일대가 내려다보였다. 밤이라는 걸 잊을 만큼 화려한 네온과 옥외 간판의 불빛들로 긴자는 일 초도 정지된 순간 없이 번쩍거리는 것 같았다. 아무리 작은 상점이라고 해도 최소 백 년의 역사를 갖고 있는 데가 대부분인 거리였다. 반듯하게 생겨서 어디든 따라다니면 길을 잃지 않는다는 것, 그리고 현대적인 건물들 못지않게 고풍스럽고 고전적인 건물들이 많다는 이유로 어머니가 좋아하는 장소이기도 했다. 봄과 여름이면 화려한 꽃무늬 양산을 받쳐든 어머니 또래의 노부인들이 한가하게 거니는 것을 자주 볼 수 있다. 어머니가 긴자에서 가장 자주 가는 상점은 4쵸메에 있는 단팥빵을 파는 빵집이었다. 와코 백화점의 시계탑이 아홉시를 가리켰다. 2차로 가라오케까지 갔다 나오면 빵집은 문을 닫았을 것이다.

높은 곳에서 야경을 바라볼 때는 순수한 즐거움 같은 것을 느낄 수 있었다. 두려움만 없다면. 너무 과장 없이 보이는 것은 때로 씁쓸하고 측은하게 보인다. 사람이든 건축물이든. 형이 죽고 근 일 년 동안 높은 곳에는 올라가지 못했다. 얼마 전까지만 해도 엘리베이터도 마찬가지였다. 자낙스도 프로작도 세렌틸도 도움이 되지 못했다. 형처럼 되지 말아야 한다는 강박, 그 강렬한 분노가 아니었다면 견뎌내지 못했을 것이다. 그는 지난겨울 이후 처음으로 높은 곳에 앉아 팔짱을 낀 채 창밖을 내다보고 있다는 걸 깨달았다. 그 풍경을 한 손에 거머쥐었다는 느낌을 가진 적도 있었다. 그래도 타워 같은 걸 설계하는 일은 다시 하지 못할 것 같다.

옆에 앉은 설계 담당 소요 씨가 첨잔을 해주었다. 한국인 직원 비율이 높았다. 회식을 하면 다른 자리와 달리 떠들썩한 데가 있었다. 그는 넥타이를 느슨하게 풀고 노릇노릇 구워진 시샤모 하나를 집어들었다. 나나에는 멀리 앉아 있었다. 이제 서울로 출장을 가게 되면 적어도 나나에와 점심 정도는 할 수 있게 될 것이다. 서울에서 일을 하게 되는 건 어떤 느낌일까. 그는 손을 뻗어 맥주병을 집었다.

27
한 여자와 독毒

복엇집 주인에 대해 생각했다. 그 사내에게 자신을 설명해야 할 게 뻔했고 목적에 대해 털어놓아야 할 거였다. 어렵고 난감한 일이었다. 혼자 오래 생각해왔던 문제를 객관화시켜 짚어봐야 했다.

그녀는 이렇게 말할 참이었다. 어떻게 죽을 것인가 하는 문제는 어떻게 살 것인가 하는 문제처럼 어려운 데가 있다. 죽음을 스스로 결정하는 것은 여기가 아닌 다른 한 세계로 들어간다는 것을 의미했다. 희망도 절망도 치욕도 분노도 용서도 사랑도 없는 세계. 타인을 설득시킬 수도 없는 암흑과 고독의 세계. 그러므로 그 선택에는 사랑을 포기하지 않는 것과 같은 열정이 필요하다. 논증은 어렵다. 특히 스스로 택한 죽음에 대한 논증이라면 더욱 그러할 것이다. 다만 이 세상엔 삶보다 죽음에 더 깊이 빨려들어가게 되는 운명을 갖고 태어난 사람들이 있다. 내 할머니에 관해 알기 위해서라면 이 '복어'에 관해 알아야 할 것 같다. 이 생선에 관한 깊은 이해가 나를 어디로 끌고 갈 것인지 목도하고 싶다.

아니, 이렇게 말하는 게 나을 것 같다. 복어에 관해 배우고 싶습니다. 부탁합니다.

그녀는 아무 말도 할 수 없었다.

첫째 날, 쇼윈도 안에 있는 복어 껍질을 샀다. 천 엔. 귀찮은 표정으로 사내는 짧게 말했다. 두번째 갔을 때는 흰색 명란처럼 보이는 팩에 든 알 하나를 샀다. 껍질의 두 배도 넘는 가격이었다. 사내는 아무 말도 하지 않고 검은 봉지에 둘둘 말아 한 손으로 내밀었다. 의심하고 불신하는 눈으로 그녀가 시장 골목을 다 돌아나갈 때까지 지켜보고 있다는 것이 뒷덜미에서 느껴졌다.

냉장고 속에 든 복어 껍질과 알―그게 시라고라고 불리는 복어의 정자라는 것은 나중에 알게 되었다—을 쟁반에 담아 식탁에 내려놓았다. 비린내도 나지 않았다. 특히 껍질은 생선의 일부라는 생각도 들지 않을 만큼 깔깔하고 희귀한 어떤 가죽처럼 보였다. 알은 대리석으로 빚어놓은 굵은 손가락 같았다. 둘 다 조리해서 먹을 수 있다는 게 믿기지 않았다. 게다가 이런 까슬까슬한 껍질을 먹을 수 있다니. 한 번도 복요리를 먹어본 적이 없었다. 가족이라면 아무도 먹지 않았다. 아버지는 말할 것도 없었다. 그녀는 아버지가 평생 복어, 라고 발음하는 소리를 단 한 번도 들어보지 못했다. 돌아보니 그것은 집안 전체를 짓누르는 몇 개의 금기 같은 것이기도 했다.

그녀는 검은 봉지에 복어 껍질과 시라고를 담아 꽉 묶었다. 맨션 일층에 있는 쓰레기 분류장으로 가 일반 쓰레기통에 넣었다. 음식물 쓰레기통은 꺼려졌다. 복어의 어느 부위에 독이 있는지 알 수 없었다. 쓰레기를 버리고 엘리베이터에 탔을 때 독은 이미 사내가 다 제거해서 파는 거라는 데 생각이 미쳤다. 그 생각은 곧 복어에 대해 너무나 무지하다는 걸 상기시켰다. 그것은 별자리나 철도의 역사에 대해 전혀 모르는 것과는 달랐다. 필요를 느꼈다면 별자리나 철도의 역사에 관해서 배울 수 있을 것이다.

세번째 갔을 때 그녀는 종이처럼 얇게 저며 팩에 담아놓은 복어 살을 샀다. 사내는 노골적으로 성가시다는 표정을 지었다. 요리법을 묻는 말에도 대꾸하지 않았다. 그녀는 불쾌했지만 자신이 산 게 껍질이나 시라고가 아니라 요리법이 따로 필요 없는,

그냥 쯔유만 찍어 먹으면 되는 복어 회라는 사실조차 알아차리
지 못했다.

팩의 검정 바탕에 그려진 꽃무늬가 고스란히 비춰지도록 얇게
뜬 복어 회를 손가락으로 집어보았다. 얇은 옷감처럼 둘둘 말렸
다. 창호지처럼 손으로 잘 찢어지지도 않았다. 입에 넣는다면 질
기고 얇은 것과 달리 육감적인 맛을 낼 게 분명해 보였다. 그녀
가 산 것 중 독을 포함한 부위는 전혀 없었다. 그런데도 그 독에
한 발 가까이 다가간 느낌이 들었다. 회 한 점을 쯔유에 찍지 않
은 채 입에 넣어보았다. 특별하지도 뜻밖의 맛이 느껴지지도 않
았다. 종이를 씹고 있을 때처럼 밋밋하고 약간 질긴 정도의 감
각만 입안에 남았다. 완전히 그렇지는 않으면서도 거의 무취, 무
미에 가까웠다. 실망스럽고 맥이 빠졌다. 접시를 통째로 비닐에
넣어 쓰레기통에 버렸다. 그래도 껍질과 손바닥에 중량감이 느
껴지던 시라고를 버릴 때와는 달리 가벼운 기분이었다. 모르는
사이에 어려운 일 하나는 이미 해치워버린 것 같았다.

복어의 말린 지느러미를 사온 건 그 집에 네번째 갔을 때였
다. 사내는 아예 그녀를 보려고 들지도 않았다. 눈을 딴 데 둔
채 기계적으로 돈을 받고 거스름돈을 내줬다. 그녀는 맨션 근처
에 있는 대형 슈퍼마켓에서 정종도 한 병 사왔다. 술을 데운 후
오징어 껍질같이 바삭 말라 있는 지느러미를 바닥이 두꺼운 주
전자에 넣었다. 지느러미가 우러나기를 기다렸다가 미지근한 정
종을 한 모금 마셨다.

할머니의 죽음의 방식은 납득할 수 없는 것이었다. 그 이야기를 처음 듣게 된 순간부터 지금까지. 스스로 죽음을 결정하게 된 순간부터 사람들은 다양한 죽음의 방식에 대해서 고민한다. 그 문제에 대해 고민하는 이유는 가능한 한 흔적을 남기고 싶어 하지 않기 때문이다. 다른 한 가지 이유가 더 있다면 많은 경우, 자살은 오해의 여지를 남길 수 있었다. 원하는 형식으로 죽음을 선택하기 위해선 신중해야 했다. 실수는 돌이킬 수 없는 파국을 불러일으킬지도 몰랐다. 단 한 번에 해치워야 하는 일이다. 그만큼 치밀함과 정교함이 필요한 마지막 행위. 할머니는 칼을 사용할 수도 있었고 목을 맬 수도, 앞마당 우물이나 여수 바다에 투신할 수도 있었다. 불을 지르거나 농약이나 손에 닿는 모든 날카로운 물건들을 집어삼킬 수도 있었을 것이다. 할머니의 상자를 열 때였다. 할머니는 가위를 쓸 수도 있었고 줄자를 이용할 수도 있었을 거라는 상상이 들었다. 거울을 깨 손목을 그을 수도 있었다. 아홉 살의 내 아버지 앞에서 할머니는 당신이 끓인 복엇국을 사발째 늘이마실 필요는 없었다. 그녀에게 할머니의 죽음은 극단적인 이기주의자를 연상시켰다. 동정할 필요도 연민을 느낄 필요도 없는 죽음이었다. 한 가시 자세히 알고 싶지 않은 사실이 있다면 그 복어는 선장이었던 할아버지가 먼 바다에 나가 잡아온 생선들 중 하나였다는 것이다.

누군가 그녀를 끌고 다닌다는 것, 따라다닌다고 느끼기 시작한 것은 재희 고모와 숙희 고모의 대화를 엿듣고 난 후부터였다. 첫 개인전을 준비하던 때였다. 그때까지만 해도 친할머니라는 사람은 가난한 항구도시로 시집을 왔다 젊은 나이에 파도에 휩쓸려가버린 불행한 사람인 줄 알았다. 그 이야기를 처음 들려줄 때 고모들은 물거품처럼, 이라는 표현을 썼다. 그 말이 너무 적적하게 들려 한 젊고 도회적인 여성이 파도에 잘못 휩쓸려 꽃송이처럼 떨어지는 모습이 눈앞에 저절로 그려지는 것 같았다. 순간 모두가 침묵했던 기억이 있다. 그리고 그녀는 그 침묵이 슬픔과 동일한 언어로 사용될 수 있다는 걸 깨닫기도 했다. 사실이 아니었던 그 말 앞에서.

방 한구석에서 깊이 잠든 척, 그녀는 고모들의 대화에 귀를 세우고 있었다. 아버지 형제들은 더 이야기했다. 그녀에게는 감추고 있던 첫번째 친할머니에 대해서. 할머니와 복어에 대해서. 한 여자와 독에 대해서. 그녀는 꼼짝하지 않았다. 잠든 것처럼 모로 누워 있었다. 영원히 일어나지 않을 것처럼. 목소리들은 더 부주의하게 흩어졌다. 아버지 일생을 단번에 읽어버린 느낌이었다. 어렸을 때부터 서른 살까지 들어야 했던 아버지의 잠꼬대가 비로소 이해되기 시작했다.

고모들 중 누군가 이렇게 말했다. 큰오빠가 그러더라, 저 애, 생긴 거랑 하는 짓이랑 꼭 큰오빠 엄마 닮았다고.

그녀는 돌아누웠다. 나의 아버지. 아버지가 내게서 본 것은 누구였을까.

히레사케는 차갑게 식어 있었다. 비린내가 풍겼다.

이월 셋째 주 토요일 아침. 다섯번째 갔을 때 그녀는 아무것
도 사지 않았다. 복어에 관한 거라면 더이상 살 게 없었다. 사내
가 복어의 내장을 건네줄 리도, 더더군다나 내장에서 떼어낸 복
어의 독을 내줄 리도 없었다. 아무리 이 집 앞을 기웃거려도 복
어 한 마리를 통째로 내주지 않을 것이다. 그녀는 고집스럽게
가게 입구에 선 채로 사내가 퍼붓는 말들을 고스란히 다 받아내
고 있었다. 당신, 뭐하는 사람이야? 왜 자꾸 여기 와서 기웃거리
는 거야? 사내는 단단히 화가 난 것 같았다. 바닥에 침을 뱉었고
담배꽁초를 그녀 발밑으로 집어던졌다. 그녀는 더 담담하고 차
분해졌다. 자신의 무엇이 사내를 저렇게 만들었는지 알고 싶지
않았다. 아직 아무것도 하지 않았다. 복어를 사러 온 사람들이
그녀와 사내를 번갈아 보다가 발길을 돌렸다. 이 시장 안에서는
아무 데서도 복어를 살 수 없다는 걸 모르는 모양이었다. 손님
처럼 보이는 사람이 다시 가게 앞으로 왔을 때 그녀는 길을 터
주듯 안으로 성큼 들어갔다.

사내가 손님을 응대하는 동안 그녀는 실내 안쪽, 피가 배어
있는 커다란 나무 도마 맞은편의 파란색 플라스틱 의자에 앉아
있었다. 수없이 칼자국이 난 도마는 가운데가 움푹 패었다. 한쪽
벽을 가린 수조 속에 복어 몇 마리가 꾸물꾸물 좌우로 움직였
다. 살아 있는 놈이라고는 하나 그 역시 생동감도 활기도 없어
보이긴 마찬가지였다. 요령부득의 생선이라고 생각하는 동안 손
님이 돌아간 모양이었다. 사내가 얼굴이라도 후려칠 것 같은 기

세로 그녀 쪽으로 돌진해 걸어왔다. 그녀는 자리에서 일어났다. 젖은 바닥에 가방을 내려놓았다. 사내가 코앞으로 바짝 다가왔다. 부리부리한 눈에 핏줄이 툭툭 터져 있었고 심한 구취가 풍겼다. 그녀는 두 손을 맞잡은 채 고개를 숙였다. 사내가 멈칫했다. 사내도 그녀도 아무 말도 하지 않고 서로 똑바로 눈을 들여다보았다. 사실과 은유와 거짓. 그녀가 선택할 수 있는 것은 세 가지였다.

그녀는 이제 이렇게 말할 수 있을 것 같았다.

복어는 내 감각의 새 조건이 된 것 같다, 라고.

은유도 거짓도 아니었다. 그녀는 사실을 말하고 싶었다.

28
옆에 누가 있는가

그는 와코 대학 쪽으로 차를 몰았다. 시속 60킬로미터를 넘지 않도록 주의했다. 아버지는 속도에 민감하게 반응했다. 뒷좌석에 앉은 아버지는 집을 떠난 후부터 입을 다문 채 차창 밖으로 눈을 던지고 있었다. 스즈키 박사와의 약속은 세시였고 언제나처럼 아버지는 진료 시간보다 삼십 분 일찍 병원에 도착하고 싶어했다. 진료 시간을 기다리는 동안 아버지는 골똘한 표정으로 병원 정원을 한 바퀴 걷곤 한다. 스스로 위험에 처했다고 느낄 때마다 아버지 자력으로 입원을 결정하고 퇴원을 반복하는 병원이었다. 그는 사이드미러를 보며 라디오라도 트는 것이 좋지 않을까 망설였다. 아버지는 밤빛 캐시미어 외투에 버버리 체크무늬 머플러를 두르고 머리에는 검정색 중절모를 썼다. 테가 가늘고 거북 껍질로 만들어진 안경은 아버지 생신 때 형이 사준 선물이었다. 삼 년 전이었다. 은발에 가까운 머리가 귀 밑에서 단정히 잘려 있었다. 모든 것이 어머니 솜씨였다. 아버지를 얼핏 보면 아직 왕성하게 현역으로 활동하고 있는 대학병원의 산부인과 닥터나 정년을 앞둔 중후한 교수처럼 보인다. 그러나 한 걸음만 더 가까이, 그러니까 문의 표현대로 45.5센티미터의 선을 넘어와서 본다면 아버지 얼굴에 드리운 짙은 무력과 체념의 기색을 발견하지 않을 수 없을 것이다. 그 기색이 기정사실이며 아버지가 얼마나 큰 고통을 끌어안고 있는지도.

아버지는 자신의 감정에 관한 한 모든 것을 숨기지 않았으며 표현하려고 애썼다. 스즈키 박사는 아버지가 그 끈질긴 병에 맞서 아직도 자신을 지킬 수 있는 것은 바로 그 점 때문이라고 설명했다. 우울하게 만드는 이유에 대해 말할 수 있고 슬픈 것, 억누르는 것, 두렵게 하는 것에 대해 모두 털어놓고 표현할 수 있는 용기. 그는 반박하지 않았다. 그가 어렸을 적부터 아저씨라고 불러왔던 아버지의 친구이자 주치의였다. 하지만 아무리 가까워도 가족이 아니고서는 알 수 없는 일들이 있다. 스즈키 박사는 아버지의 그런 점이 가족들에게는 얼마나 큰 상처가 되는지 몰랐다. 특히 하루 종일 아버지의 일거수일투족을 지켜봐야 하는 어머니에게. 이론으로만 알고 있는 일과 경험을 통해서만 알 수 있는 일이 있다. 한낮엔 까마귀 소리밖에 들리지 않는 적적한 집에서 그런 아버지의 감정들을 빈 유리병처럼 다 받아내고 비워내야 하는 사람은 어머니였다. 어렸을 적 그의 손을 잡고 햇빛이 잘 드는 미래의 집을 찾아다니는 것으로 아버지가 없는 시간을 견뎠던 젊은 어머니.

어머니에게 아버지를 지켜보는 것만으로도 충분하지 않느냐고 말한 적이 있었다. 아버지는 나아질 기색이 없어 보였다. 스즈키 박사 말대로 아버지 같은 태생적인 우울증은 흔히 말하는 마음의 감기 같은 것이 아니라 질병이었다. 특효약도 완치의 가능성도 없는. 그가 더이상의 기대는 버리고 아버지를 지켜보라고 말했을 때, 어머니가 손에 들고 있던 오차 잔을 다탁 위로 소리 없이 내려놓는 것과 동시에 자신을 바라보던 눈빛을 잊을 수 없다.

차갑게 이글거리는 눈, 화살처럼 날아와 그의 뼛속까지 꿰뚫어버리는 듯한 눈빛이었다. 그 눈빛을 이해하는 데 시간이 걸린 것은 지금껏 누구도 드러내놓고 그런 눈으로 자신을 본 적이 없기 때문이었다. 경멸과 분노가 담긴 눈. 그런 눈으로 자신을 바라보던 그 순간의 어머니는 어머니가 아니었다. 오랫동안 한 남자만을 사랑하는 여자의 눈. 어머니는 노골적으로 그를 무시하고 있었다. 사랑을 아는 사람이 사랑을 모르는 사람을. 아주 짧

144

은 순간이었을 것이다. 어머니가 다탁 위에 내려놓은 오차 잔에서 손을 떼었다가 다시 집는 시간. 꼭 그만큼. 어머니는 다물고 있던 입술을 두어 번 움직이는 것으로 순식간에 표정을 수습하곤 거실 창으로 고개를 돌렸다. 그리고 말했다. 곁에 두고 긴 시간 동안 그저 지켜보기를 바란다면 개 한 마리 키우면 되지 않겠냐. 엄격하고 냉정하게 들리는 목소리였다. 아버지에 관해 말할 때 저도 모르게 어머니 눈치를 보게 되는 건 그후부터인 것 같았다. 세 사람이 사는 이 집에서 자신에 관해 가장 정직한 사람은 아버지밖에 없다. 어머니가 없는 아버지의 삶. 그런 것에 대해서는 처음부터 상상하지 않는 게 좋았고 그건 형제가 일찌감치 깨달아온 점이기도 했다. 그러나 형은 일찍부터 다른 징후를 갖고 있었는지도 몰랐다. 아무도 알려고 하지 않았을 뿐. 자살의 위험이 높은 부모 밑에는 자살의 위험이 높은 자식이 있다는 통계적 사실을. 아버지가 평생 두려워한 것은 할아버지의 자살이었고 그 원인은 선천적 우울증이었다. 가장 큰 특징이 바로 죽음의 성향이라는, 종결되지 않는 병.

아버지 같은 사람은 그만큼 예민하고 민감하다. 그는 어머니를 다시 바라봤다. 혹시 어머니는 어머니의 사랑이 변하는 것을 그런 기질의 아버지가 눈치채게 될까봐 두려워하는 건 아닐까. 그래서 한사코 아버지에 대한 마음이 아직 변치 않았다는 것을 스스로 확인시키려 애쓰는 것은 아닐까 하는 의심의 눈으로. 다행히 어머니는 그의 눈을 피하고 있었다.

아직 언 데가 남아 있는지 바퀴가 헛돌기도 했다. 뒷자리에
앉은 아버지는 고개를 한쪽으로 돌린 채 움직이지 않았다. 귀밑
으로는 한때 강인해 보였을 사각턱이 각도 때문인지 격하게 깎
인 듯 선병질적으로 보였고 반쯤 벌어진 입술과 부은 듯한 뺨과
코가 기우뚱하게 붙어 있는 것 같았다. 밖의 풍경을 내다보고
있다기보다 자신이 지금 거기 앉아 있는 사실 자체를 잊은 듯
보였다. 병원 주차장에 차를 세웠다. 저럴 때의 아버지는 방해하
지 않는 게 좋았다. 아무 말도 없이 한곳만 지켜보고 있을 때.
아버지가 보고 있는 것은 이쪽 세상이 아니었다. 다만 주시하는
게 아니라 가늠하고 있는 것. 그는 시동을 끄고 오 분쯤 그대로
앉아 있었다. 뒷좌석 문을 열고 잠든 아버지의 어깨를 가볍게
짚고 아버지, 하고 작은 소리로 불렀다. 아버지가 손바닥으로 얼
굴을 한 번 쓸곤 그의 부축을 받고 자동차에서 내렸다. 토요일
오후. 병원 마당은 한적했다. 삼월과 사월이 되면 그때는 산책하
는 환자들이 늘어난다. 무표정한 사람들이 꽃핀 나무 사이를 느
릿느릿 떠도는 풍경은 매번 비현실적이고 부조리해 보였다.

기온이 낮지는 않아도 쌀쌀한 날씨였다. 짧은 산책이라도 아
버지는 삼월이 되어야 시작할 수 있을 것이다. 그는 아버지 팔
꿈치를 잡은 손에 힘을 주고 계단을 올라갔다. 단단하고 굵직했
던 팔이 뼈가 도드라질 만큼 야위었다. 복도에 스즈키 박사가
나와 있었다. 그는 목례를 했다. 오늘은 상담실까지 따라 들어갈
요량이었다. 그는 스즈키 박사가 아버지에게 하는 말들을 잘 들

고 기억하고 싶었다. 그런 이야기들을, 그녀에게 들려줄 시간이 올지도 몰랐으니까. 아버지가 저쪽 세계를 가늠하고 있는 동안 그는 안심이 되는 것을 느꼈다. 아버지에게는 어머니도 있고 오랜 친구이자 주치의인 스즈키 아저씨도 있었다. 형이 죽고 났을 때 스즈키 박사는 그에게 말했다. 중요한 건 죽음의 성향이 아니라네. 자네가 주의 깊게 생각해야 할 건 자살을 생각하고 있는 사람 옆에 누가 있는가, 하는 문제지. 형에겐 아무도 없었다는 질책같이 들리는 말이었다.

아버지와 스즈키 아저씨는 날씨 이야기를 주고받으며 병실로 들어섰다. 그녀에게는 누가 있는가? 그는 알고 싶고 묻고 싶었다. 그는 아버지 모자를 받아드는 시늉을 하면서 진료실 구석에 서 있었다. 어머니가 자신을 경멸의 눈으로 일별하던 그때, 그는 반박하고 싶었다. 사랑을 모르는 것이 아니라 단 한 번도 누군가에게 당당히 사랑을 요구해보지 못했을 뿐이라고. 정말 그것뿐이라고.

29
유품 정리인을 만나다

약속 시간은 한 시간 후였다. 우에노 공원 입구에는 아마추어 화가들이 자리잡고 앉아 손님을 기다렸다. 한 사람이 그녀를 손짓해 불렀다. 앉아 있기만 하면 돼요. 치렁치렁한 레게 머리를 어깨 밑으로 늘어뜨린 사내가 그녀가 무슨 말을 하기도 전에 연필을 잡으려고 했다. 타인이 그리는 내 얼굴은 어떨까. 무엇을 먼저 보고 무엇을 먼저 그릴까. 많은 사람들 속에 섞여 있다면 누구도 알아보지 못할 얼굴이었다. 눈에 띌 만한 미모도 특징도 없이 밋밋한. 까만 단발머리와 툭 튀어나온 이마를 제외한다면 캐리커처를 그려야 하는 사람조차도 특징을 잡기 위해서 고민해야 할 그런 얼굴 말이다. 그러나 지금은 다를지도 모른다. 두 눈은 구멍이 난 것처럼 뚫린 채 텅 비어 있을지도. 자화상을 그려본 적이 있었다. 거울로 얼굴을 똑바로 맞바라본다는 것은 짐작보다 큰 용기를 필요로 하는 일이었다. 그녀에게 자화상이라는 것은 자기와의 대결의식이나 인식이 아니라 그저 내가 내 얼굴을 한 번 그렸다, 외에는 아무런 의미가 없는 행위였다. 많은 화가들이 특히 말년에 자화상에 열중하는 이유를 그녀는 알 수 없었다. 그것이 설령 그 작가가 살아온 삶의 배경이나 시원을 말해준다고 하더라도.

머리 위에서 마른 가지들이 너붓거리며 땅으로 떨어져내렸다. 605호 화장실 문 안쪽에는 한 장에 일 년치가 들어 있는 달력이 붙어 있었다. 이스라엘 화가가 붙여놓은 세계지도 위에 있어서 변기에 앉아서는 고개를 높이 들어올려야 자잘한 숫자들이 눈에 들어왔다. 이월 첫째 주에 벌써 입춘이 지나간 모양이었다. 우수가 십팔일이었고 그게 지나면 경칩이 다가올 거였다. 삼월. 그것은 봄에 관한 생각을 하는 것과 마찬가지였다. 삼월이 오면 공원의 이 넓은 산책길은 벚꽃을 보러 나온 상춘객들로 발 디딜 틈이 없을 것이다. 한가한 공원을 거닐 수 있는 시간도 얼마 남지 않은 것 같았다.

분수대와 국립박물관 쪽으로 난 길 앞이었다. 걸음을 멈췄다. 시시각각으로 어두워지던 저녁도 싸늘하게 불어오던 바람도 의자도 그걸 들고 걸어왔던 한 여자의 모습도 보이지 않았다. 둥치가 까맣고 흠치르르하게 빛나는 벚나무를 올려다보았다. 나무 위, 조그만 사람도 보이지 않았다. 그 모든 것이 강렬한 이미지처럼 실제적이며 동시에 꿈에서 본 듯 아련하게 느껴졌다. 캄캄한 어둠 속에서 부옇게 열린 길을 잠시 따라 들어갔다 빠져나온. 이 어지러움, 미미하고 비릿한 날계란의 냄새. 그녀는 이것이 오늘, 이월 십삼일 금요일 오후 세시의 이미지라고 기억했다. 모든 것을 기억하고 기록하고 싶었다.

그 저녁, 의자를 든 채 서성거렸던 숲 앞 공터에 사람들이 둥그렇게 모여 있었다. 땅바닥에 흰 직사각형 깔개를 깔아놓은 자리에서 커다란 노란색 풍선을 든 한 남자와 여자가 시선을 끌었다. 공원 어기저기 오카리나를 연주하는 사람들, 가방에서 색소폰을 꺼내고 있는 거리 공연 팀들이 보였다. 그녀는 맨 뒷줄에 서서 애드벌룬처럼 점점 커지고 있는 풍선을 보았다. 남자가 힘껏 풍선을 불고 있었다. 피에로 분장을 한 여자가 그 옆에서 박수를 치며 격려했다. 풍선을 불던 남자가 일순 동작을 멈추곤

관객들을 향해 장난스럽게 웃었다. 그러곤 풍선 입구에 머리를 집어넣었다. 순식간에 남자는 팔과 다리는 그대로인 채 목 윗부분만 풍선으로 변해버렸다. 구경하던 사람들 틈에서 탄성이 새 나왔다. 여자가 남자의 팔과 다리를 꼬집고 때리는 시늉을 할 때마다 남자의 몸은 풍선 속으로 더 깊숙이 들어갔다. 팔과 허리, 그리고 다리까지. 남자의 몸은 두껍고 조직이 질겨 보이는 풍선 속으로 온전히 다 빨려들어가버렸다. 남자는 이제 풍선이 돼버렸다.

그녀는 갑자기 머리에 비닐봉지를 뒤집어썼을 때처럼 숨이 막히는 것 같았다. 한 걸음 뒤로 물러났다. 남자는 풍선 속에서 숨 죽인 채 그대로 앉아 있는 듯했다.

정적.

구경꾼들도 까마귀 소리도 바람 소리도 불시에 멈춘 것 같았다. 그녀는 손을 뻗어 허공을 낚아채는 시늉을 했다. 밖에서 보기엔 둥글고 컬러풀한 색깔의 저 우스꽝스러운 풍선이 남자에게는 평생 빠져나갈 수 없는 거대한 벽처럼 느껴질지도 몰랐다. 남자의 몸이 점점 쪼그라드는 것 같았다. 공기가 서서히 빠지고 있었다. 다이조부? 사람들이 웅성거렸다. 침묵이 효과가 있었다고 생각했는지 풍선이 된 남자가 바닥을 공처럼 통통통 튀어다니기 시작했다. 구경꾼들이 박수를 보냈다. 여자가 풍선에 대고 얍! 하고 기합을 넣었다. 노란 풍선을 뒤집어쓴 남자가 차렷자세로 몸을 벌떡 일으켜세웠다. 바람은 다 빠져 있었다. 남자의 몸 전체를 뒤덮고 있는 것은 노란 고무 조직이었다. 똑바로 선 남자의 몸은 노란색 콘돔을 뒤집어쓴 거대한 페니스처럼 보였다. 풍선을 찢듯 남자가 머리를 쑥 내밀었다. 머리카락과 얼굴이 땀에 젖어 있었다. 절정이 지나간 표정이었다. 박수 소리가 커지는 사이에 여자가 구경꾼들 앞으로 다가와 빈 모자를 내밀기 시작했다.

흩어지는 구경꾼들 사이로 한 남자의 모습이 보였다. 남자가 올라오는 곧게 뻗은 길 위에 까마귀 두 마리, 비둘기 일곱 마리가 점처럼 앉아 부리를 쪼았다. 까마귀가 노리고 있는 것은 비둘기였다. 바닥은 창백한 회백색으로 젖어 있었다. 남자를 만난 게 삼 개월 전. 한눈에 알아볼 수 있었다. 납작한 서류 가방을 옆구리에 낀 샐러리맨 같은 모습이었다. 그냥 스쳐갈 수도 있었을 것이다. 눈에 띄고 싶지 않을 때 검은색을 입는 것은 잘못된 선택이었다. 모든 색을 압도하고 흡수하는 게 바로 검은색이다. 그녀는 그 유품 정리인이 자신을 알아봤다고 짐작했다. 확신을 갖고 이쪽을 향해서 다가오고 있는 걸음이다. 손목시계를 봤다. 약속 시간보다 삼십 분이나 빠른 시간이었다.

30
수용과 강화

그녀는 서향으로 쏟아진 빛처럼 금빛 오렌지색을 띠며 빛나고 있었다. 그는 그쪽으로 고개를 돌리며 걷느라 발을 헛디딜 뻔했다. 강렬한 빛은 아니지만 그 빛은 그녀와 그녀 주위를 넓게, 은은히 물들였다. 빛에게도 태도가 있다면 망설이며 주춤거리는 듯 느껴지는 것이었다. 국립신미술관, 탁 트인 이층 카페에서 그녀는 정면을 응시하고 있었다. 처음에는 불길한 검은 그림자처럼 피해가고 싶다는 느낌을 준 여자였다. 그래서 더 오랫동안 머릿속에 남아 있던. 그 여자에게 빛 같은 것을 보게 될 거라고는 생각지도 못했다. 그는 가슴이 두근거리는 것을 느꼈다. 그녀도 내가 하는 말을 유심히 듣고 내가 입는 옷을 유심히 보고 내 표정을 유심히 살피곤 할까. 그녀가 이쪽으로 시선을 돌렸다.

구로카와 기쇼가 설계한 국립신미술관에 올 때마다 뉴욕의 구겐하임 미술관이 떠올랐다. 건축가 프랭크 로이드 라이트가 직사각형과 같은 일반적인 형태를 벗어나 특별한 의도와 경험을 수용할 수 있는 공간의 형태를 고민하다 내놓은 건축물이었다. 각각의 공간은 개별적으로 분리돼 있으면서도 전체적으로는 트인 구조였다. 처음과 끝이 명확하지 않으며 어디에 있어도 로비와 천장을 훤히 바라볼 수 있는. 국립신미술관은 구겐하임과는 많은 차이가 있었지만 외벽을 쓴 강화유리와 그것을 지탱하는 철골 구조물 때문에 실내 어디에 있든 밖으로 열려 있다는 느낌이 들었다. 이런 건물들의 공통점은 수용에 대해서 사색하게 한다는 데 있었다. 그것이 바로 곡선의 힘이었다. 수용과 강화. 기존의 형태를 벗어나 새로운 공간을 디자인할 때 심사숙고해야 할 사항이었다. 그는 그녀를 보고 있었다. 그녀에 관해 생각했다. 그날 저녁 도쿄타워에서 그녀를 만난 후부터, 줄곧.

그는 이것이 겨우 세번째 만남이라는 데 안도했다. 더 많은 이야기, 더 깊은 이야기를 나눌 수 있을 것 같았다. 알 수 없는 것은 그녀였다. 그녀는 자신에 관해서는 거의 말을 하지 않았다. 같이 있을 때는 몰랐다가 돌아서서 떠올리면 언제나 그랬다. 여자 같지도 않고 살아 있는 것 같지도 않은 사람. 무엇에도 흥미를 느끼지 못하는 것 같은 사람. 그는 그녀의 히스토리 속으로 조금만 더 깊이 들어가고 싶었다.

그 뒤 서울에서 박대표를 만난 적이 있습니까?

그는 커피에 각설탕 하나를 떨어뜨리며 물었다.

누구요?

KAC 대표요.

네, 옥션에서 만난 적 있어요. 다른 작가 오프닝 때 같이 논현동 사옥으로 저녁 먹으러 간 적도 있구요.

그는 혹시 그 건물 사층 벽에 걸린 그림을 본 적 있느냐고 묻고 싶었다. 박대표 이야기를 꺼낸 것은 두 사람이 유일하게 공통적으로 알고 있는 사람인 것 같아서였다. 그때까지만 해도 그는 자신이 시부야 맨션에서 그녀 옆자리에 앉았던 남자, 그 유품 정리인을 만나게 될 거라는 사실은 알지 못했으니까.

도쿄엔 언제까지 머무실 예정입니까?

그녀는 대답하지 않았다. 고개를 기울인 채 미술관 로비 쪽을

내려다보았다. 둥근 테이블들이 바닥에 떨어뜨려놓은 물방울무
늬처럼 보였다. 빛은 고도와 시간에 따라 변하고 이동했다. 그녀
주위를 둘러싼 오렌지빛은 그녀 왼쪽으로 물러나듯 옮겨가 있었
고 흐린 잿빛이 섞였다. 빛이 머물던 자리에 이제 곧 선명한 그
림자가 생길 시간이었다. 이월의 오후는 짧았다. 낯선 사람과 사
물들로 가득한 밀폐된 공간이 아니라 뜨락에 나와 앉아 있는 듯
익숙한 기분이었다. 너무 꽉 끼지도 헐겁지도 않은 느낌. 찰나에
불과했을 텐데 그건 그녀를, 그녀 주위에서 머물던 빛을 오래
바라본 후 찾아온 흔들림 때문인지도 몰랐다.

그는 불쑥 형의 기일이 다가오고 있다고 말했다.

그녀는 형이 어떻게 죽었느냐고 물었다.

출근한 지 얼마 안 지났는데, 형한테 전화가 왔어요.

전화, 했군요.

네.

신호를 보낸 거예요.

그게 마지막이었어요.

형이 의지한 사람이었나봐요.

서로 가깝다고 믿고 있었어요.

전화로 무슨 말을 하던가요.

웃었어요. 그래서 농담하는 줄 알았어요.

그런 전화는, 대개가 그렇죠.

그런데, 목덜미가 오싹해지는 느낌이었어요.

왜요.

형이 회사로 전화한 적은 한 번도 없었거든요.

아침이었다고 했죠.

나중에 생각하니까 그건 별로 좋은 방법은 아니었어요.

뭐가요?

전화요.

형이 뭐라고 했어요?

빨리 와.

빨리, 와.

네. 그렇게 말하고 웃었어요. 빨리 집으로 오라고.

……

이상하게, 난 그때 다 알아버린 거예요.

이해할 것 같아요.

지금 내가 뛰어가도 한발 늦겠구나, 이게 형 마지막 목소리겠
구나, 하구요.

순간적으로 다 떠오른 거겠죠.

어쩌면 결국 그렇게 될 줄 짐작하고 있었던 것 같기도 해요.

누려웠던 게 아니었을까요.

모르는 척하고 싶었던 것 같기도 해요.

형은 어떤 사람이었나요.

죽음에 관해서라면, 반드시 살아야 할 필요는 없다는 쪽에 가
까웠어요.

에피쿠로스 학파의 태도로군요.

그녀가 웃었다. 쓸쓸하고 어딘가 비뚤어진 데가 있어 보이는 웃음 같았다.

사는 게 즐거운 일이 아니라고 생각하는 그런 사람 있잖아요.

그런 사람은 자신을 고통스럽게 하는 것에서 헤어날 수 있는 방법에 대해 생각해요.

우리 형을 이해할 수 있다는 뜻같이 들리는군요.

좋아하는 조각가가 있어요.

조각가요?

네. 그런데 그 작가가 이런 고백을 했어요. 평생 죽음의 욕구에 시달렸다구요. 그런 욕구는 말로 설명할 수 없는 거예요. 뭐랄까, 무척이나 뜻밖이면서도 낯설고, 그러면서도 활기차게 느껴지는 기운이에요. 칠십 세가 넘었을 때 그녀가 말했어요. 그 생생하고 뜨거운 충동에서 어떻게 벗어날 수 있었는지는 기억이 안 난다구요. 그런 욕구가 찾아올 때마다 작업을 했고 그러다 보니 칠십 세가 됐다고. 그건 좀 슬프죠.

뭐가요?

기억이 안 난다는 거요.

그래서 그 조각가는 어떻게 되었어요?

예술가란 자살의 충동을 이겨낸 것만으로 유명해지지는 않아요. 그녀는 나이가 들수록 점점 더 규모가 방대하면서도 단순한 작품에 손대기 시작했어요. 아마 충동을 견디느라 그러지 않았을까 싶어요. 독창적인 작품을 만들게 됐죠. 더 아름답고 고요한 세상에서 살고 싶다는 게 그녀의 마지막 욕망이 됐어요.

신비주의자로군요.

편집증일지도 모르죠.

왜요?

그 충동을 이겨내려면 무엇이든지 붙잡고 있지 않으면 안 되거든요.

형에게는 그런 게 없었을까요?

있었더라도, 순간적으로 놓친 걸 거예요. 아니면 그게 순간적으로 형을 물처럼 덮친 거거나요.

회사에서 택시를 타고 집으로 달려갔을 땐 이미 늦었어요. 겨우 십오 분 거리였는데. 창문으로 뛰어내렸어요.

……

부모님이 병원에 간 시간이었어요. 형 전화는 그 어느 때보다 진지했던 거예요. 빨리 와서 부모님이 보시기 전에 처리하란 뜻이 담겨 있었던 겁니다.

좋은 사람이었나요, 형은.

일반적인 의미로라면요.

그렇지 않은 의미라면?

이해하기 어려운 데가 있었어요.

사람은 누구나 다 그런 데가 있어요.

그렇지 않은 사람도 있어요.

없는 것을 기대해서는 안 돼요, 어떤 사람한텐.

그 조각가는 아직 살아 있습니까?

아뇨. 죽었어요.

31
밑선들

복엇집을 찾아간 일곱번째 날이었다. 사내가 그녀를 손짓해 불렀다. 그녀는 맞은편 휴게소 앞 계단에 서 있었다. 며칠째 기온이 급강하했다. 사방에서 찬바람이 몰려들었다. 그녀는 사내가 자신을 부른 것은 복어를 가르쳐주기 위해서가 아니라 다른 이유일 거라고 추측했다. 몸은 딱딱하게 얼어 있었다. 그러나 모든 감각이 깨어 예민하게 벌어져 있었다. 만약 한 마리 생선이었다면 수만 개의 자디잔 비늘들이 촉수들처럼 살아올라 찬바람과 따뜻한 바람, 물의 흐름보다 한 박자 먼저 반응했을 거란 느낌이 들기도 했다. 온몸 전체가 거대한 빨판으로 변해버린 것 같았다. 그 감각이 어디서부터 오는지 알 수 없었다. 돌연했고 생생했으며 끈질겼다. 불쾌했으며 뜨거웠고 갑작스러웠다. 국에 밥을 말아 먹다 말고 갑작스럽게 울음이 터져나오기도 했다. 온몸이 근질거리고 발바닥에서부터 어떤 뿌리가 은근한 힘으로 서서히 척추를 타고 기어오르는 느낌을 떨쳐버릴 수 없었다. 아침에 눈을 뜨면 어시장으로 달려와 복엇집 주변을 서성거렸다. 폭이 좁은 도로 하나를 사이에 두고 그녀는 사내를, 사내는 그녀를 지켜봤다. 아무것도 할 일이 없었다. 딱 한 가지 일만 제외한다면. 그 전에, 그녀는 알고 싶었다. 깊이 이해하고 싶었다. 이토록 뜨거운 감정을 느껴본 것이 언제인지 기억할 수도 없었다. 그녀는 자신이 다른 사람이 된 것 같다고 비아냥거렸다. 맹신하고 있던 어떤 것을 하루아침에 포기하고 돌아서버린 사람에게 하듯. 그래봐야 소용없었다. 그녀는 통통 부은 얼굴로 츠키지 시장으로 왔다. 발바닥의 잔금들이 깨지는 것 같았다. 눈에 보이는 유리들마다 소금꽃처럼 하얀 성에가 끼어 있었다. 몸 안에서 파닥파닥 뛰는 그것을 잠재우기 위해서라도 그녀는 유리에 납작하게 낀 채 얼어버렸으면 좋겠다고 입술을 깨물었다. 그때 가게 앞에서 담배를 태우고 있던 사내가 인상을 쓴 채 그녀를 향해 손짓하는 게 보였다.

열두 걸음 앞이었다. 얼굴에 묻어 있을지도 모를 당혹감을 손바닥으로 한 번 쓸어내곤 그녀는 언 발을 땅에서 떼어내듯 한 걸음, 복엇집 앞으로 걸었다.

그녀는 말했다.

사내는 듣지 않았다.

그녀는 다시 말했다.

사내는 조금 듣는 것 같았다.

사내는 침묵했다. 긴 시간은 아니었다. 그녀는 서 있었다.

아베상은 수조를 가리켰다. 희미한 자줏빛이 도는, 배가 통통해 보이는 복어 두 마리와 고등어처럼 등이 짙푸르고 날렵해 보이는 복어 한 마리가 수조 속에서 지느러미만 느리게 움직이고 있었다. 두 개를 위아래로 올려놓은 수조는 좁은 실내 한쪽 벽을 거의 다 차지할 만큼 옆으로 길고 넉넉해 보였다. 수조가 작으면 복어가 스트레스를 받아 죽는다는 걸 그녀는 알고 있었다. 이것을 보라. 아베상은 침묵으로 말했다. 기이할 만큼 말을 하지 않으면서도 하고 싶은 말은 다 하는 사람이라고 느낀 것은 그 첫번째 날부터였다. 아베상은 그녀 어깨를 손끝으로 꾹 눌렀다. 비명이 튀어나올 만큼 센 힘이었다. 그 힘은 말하고 있었다. 오래 보지 않은 것은 이해할 수 없다. 그녀는 고개를 끄덕거렸다. 여러 번 해야 알 수 있는 말이 있고 여러 번 봐야 눈에 들어오는 게 있었다. 대개의 사물들이 그랬다. 마음에 오래 남는 사물들일수록 그랬다는 것을 그녀는 떠올렸다. 질료를 찾을 때처럼. 복어는 생경한 사물이었다. 더욱이 한 번도 만져본 적이 없는 사물이었다. 이해의 첫번째 방법은 오래 지켜보는 거라고 배웠다. 맨 처음 그림을 시작했을 때.

복어들은 이십 와트짜리 형광등 불빛 아래서 침울한 녹청빛을 띠고 있었다. 저것은 참복, 저것은 범복. 그녀는 그 이름들을 외웠다.

스미다 강가를 걸을 때였나. 그가 한 말이 떠올랐다. 빈 종이에 첫번째 선을 그릴 때의 두려움에 관한 이야기였다. 잘 아는 이야기였다. 작품을 구상하기 전, 맨 처음 그걸 스케치할 때. 그는 형태가 완성될 때까지도 처음 그은 밑선들을 지우지 않는다고 말했다. 그 선 또한 생명력을 갖고 있다고 믿기 때문이라고 했다. 흔적이라는 것은 그런 거라고. 그녀는 세상에 태어나 맨 처음 그은 선을 떠올려보듯 고집스럽게 수조를 들여다보고 있었다.

그 다음날. 아베상이 플라스틱 간이 의자를 끌고 왔다. 그녀는 앉았다. 아베상이 노트를 내밀었다. 빈 종이에 선 하나를 일자로 쭉 그었다. 그 밑을 둥글게 이었다. 한쪽 끝에 작은 직사각형을 그렸다. 그러자 칼이 되었다. 아베상은 연필로 그림을 쿡쿡 찍어가며 짧게 끊어 말했다. 여긴 칼등, 칼배, 칼중앙, 칼밑, 칼턱, 그리고 이건 칼끝. 그녀는 네, 하고 대답했다. 칼에 대한 이해 없이는 복어를 만질 자격이 없다고 믿는 모양이었다. 칼에 대해서라면 그녀도 조금은 알았다. 그러나 생선을 다루는 칼은 조각에 필요한 칼들과는 생판 달라 보였다. 더 리얼했고 구체적이었으며 잔혹해 보였다. 그녀는 노트가 아니라 아베상 등뒤에 놓인, 두꺼운 나무 도마 위의 칼 한 자루를 보았다. 입구에서 한 중년 남자가 기웃거리다 돌아갔다. 냄새만 맡아도 알지. 아베상은 손님을 돌아보지도 않고 중얼거렸다. 복어를 살 사람인지 안 살 사람인지. 저는 어땠나요? 그녀는 묻지 않았다. 그녀야말로 냄새 때문에 코를 틀어막고 싶은 심정이었다. 사이각으로 벌어져 앉은 아베상한테서 비린내가 흘러나왔다. 땀구멍 전체에서 비린 내가 녹아 나오는 듯 찐득한 냄새였다. 그녀는 고개를 돌리지 않았다. 여지가 없을 것 같아 보이던 인상을 지우는 건 바로 그 숨길 수도 없는 날것 그대로의 냄새였다. 아베상은 말했다. 도마 를 떠나면 이 칼끝은 항상 아래를 향하게 한다. 오늘은 그만 돌 아가라는 듯 아베상은 노트를 덮었다. 그녀에겐 칼에 대한 사용 법이 아니라 칼의 법처럼 들렸다.

32
아름다움이 모두 사라진 상태

갈비뼈가 반으로 쩍 갈라지면서 수천 개의 벌떼 같은 것들이 날아올랐다. 손톱만큼 작은 크기의 나비떼였다. 흰색이었다. 오 랫동안 밀폐된 상자 속에 갇혀 있다 튀어나온 것처럼 나비들은 방향감각을 잃은 채 먼 곳으로도 날아가지 못하고 고작 팔을 뻗 으면 닿을 수 있는 높이에서 파득거렸다. 그렇게 작은 나비들이 있을 리 없었다. 그는 의문을 버린 채 도로 자리에 누웠다. 갈비 뼈가 갈라졌는데도 통증 같은 것은 느껴지지 않았다. 꿈치고는 이상한 꿈이었다. 눈을 뜨고 있는데도 어둠 속에서 계속 꿈이 이어지고 있었다. 그는 허공을 날아다니고 있는 것을 뚫어지게

봤다. 벌이나 곤충떼는 아니었다. 그래도 흰나비라는 것은 찜찜한 데가 있었다. 어머니는 흰나비를 보면 슬픈 표정으로 고개를 돌리곤 하였다. 게다가 저것은 너무 숫자가 많고 작았다. 나비라기보다 포말, 누군가의 눈물처럼 보이기도 했다. 눈을 가느스름하게 뜨고 보면 책을 후르르 넘길 때처럼 아직 이어지지 못한 낱말들, 해독할 수 없는 문장들처럼 보였다. 이 꿈은 언제 끝날까. 그는 깍지 낀 손으로 머리를 받쳤다. 나비가 아닐 수도 있었다. 나비가 아닐지도 모른다는 추측이 그를 긴장시켰고 잠들지 못하게 했다. 방 안이 희붐해지는 것 같았다. 그 상태로 화석처럼 긴 시간을 산 것 같았다. 나비떼로 보였던 것들이 물고기 비늘들처럼 반짝거렸다. 이마께가 선득했다. 그는 이마 위로 잘못 떨어진 것을 손끝으로 집어보았다. 거울 조각처럼 반짝거리고 축축했다.

창문을 열었다. 얼음같이 찬 공기가 몰려왔다. 방금 본 것, 손가락에 느껴진 감각에 대해서 다시 생각했다. 기껏해야 먼지 같은 것들일지 몰랐다. 그는 밤의 골목을 노려보았다. 어딘가 다른 사람이 된 것 같았다. 더 예민하고 더 겁쟁이가. 형이 죽고 난 후부터. 더 예민해진 점은 불면의 가장 큰 원인이 되었다. 스즈키 박사는 외상 후 스트레스라고 진단했다. 작은 기척에도 냄새에도 높이에도 그는 신경을 곤두세우고는 했다. 얼마 동안은 잊고 있었다. 그는 신경이 다시 바늘 끝처럼 예민해지는 것을 느끼기 시작했다. 이 꿈이 지시하는 것은 무엇일까? 방금 전의 환각은 멀리 날아가려는 나비떼도, 평화로운 물거품들도 허수히 떨어져버리는 먼지들도 아니었다. 불안한 결정체들이 모여 허공에 집 한 채를 지으려는 것처럼 보였다고 그는 기억했다.

국립신미술관에서 그녀를 만난 그날, 그녀 가방에 들어 있던 책은 『ふぐに対する理解』였다. 그녀의 일본어는 완벽하지는 않지만 생활을 하는 데 지장은 없어 보였다. 일본어를 더 익히기에 생선에 관한 책이 좋은지 아닌지 그는 판단할 수 없었다. 독서 취향이 특이한 편인지도 몰랐다. 남다른 것에 관심이 많고 그런 데 관한 책을 찾고 싶다면 도쿄만한 도시도 없을 것이다. 자살을 하는 다양한 방법을 설명한 책도 출간되는 데가 이 나라다. 그녀가 자리에서 일어났을 때 그녀 허리 뒤, 낙타색 의자에 놓인 가방을 보았다. 그 가방 위에 올려져 있던 목도리가 바닥으로 떨어지면서 드러난 책. 『복어에 관한 이해』. 책 제목에서 눈을 떼기 어려웠다. 확실히 그것은 바다나 동물, 원예에 관한 책들을 발견했을 때와는 달랐다. 그는 그녀의 등장이 처음부터 그의 눈을 잡아끌었던 건 아니었다고 믿고 있었다. 그건 우격다짐에 불과하다는 것을 가방 속에서 드러난 그 책을 보고 알았다. 그녀와의 첫 대면은 지금처럼 그를 이해하지 못할, 의문투성이의 방으로 밀어넣은 것이 틀림없었다. 복어에 관한 책을 읽는 여자. 이것이 그가 지금까지 그녀에 대해 알아낸 마지막 단서였다. 그는 테이블 밑에서 목도리를 주워 맞은편 가방 위에다 올려두었다. 화장실에 갔던 그녀가 저쪽에서 걸어오고 있었다.

아름다움이 모두 사라진 상태가 밤이라고 말한 사람이 있다. 완전히 행복할 수 없는 상태, 그 시간이 밤이라고 말한 사람이. 그가 보고 있는 밤은 빛들의 변화를 느낄 수 있는 시간이었다. 가장 민감하고 가장 순수한 상태로. 그 움직임은, 눈을 떼지 않은 채 날아가는 새 한 마리를 지켜볼 때처럼 깊은 인내심을 요구하기도 했다. 조소에 관한 특별한 지식은 없었다. 한 가지 알고 있는 것은 건축이나 조소나 빛에 대한 이해와 해석 없이는 존재하기 어렵다는 사실이었다. 음악과 언어의 유사성 같은. 그런 이해 없이 건축이나 조소를 한다는 것은 엘리베이터 없는 칠십층 높이의 건물을 짓겠다는 생각만큼이나 허황된 꿈이다. 그는 밤의 한가운데 서서 찬 공기를 맞고 있었다.

도쿄타워에서 훔쳐보았던 그녀 옆얼굴, 죽음에 잠겨 있던 그 표정을 잊을 수 없다. 복어라니. 그는 두 손으로 창틀을 세게 쥐었다. 이 그램만 먹어도 치명적인 독을 품고 있는 생선이다. 청산가리보다 열 배는 독한. 그녀가 츠키지 시장을 안내해달라고 한 이유가 그것이었을까. 그는 무엇인가가 황급히 자신을 낚아채는 것을 느꼈다. 그녀에게 대체 무슨 일이 일어나려고 하는 거지, 형? 그는 허공에 대고 자신에게 물었다. 아름다움이 모두 사라진 상태가 밤이라고 말한 사람은 형이었다. 완전히 행복할 수 없는 상태도. 그는 고개를 내저었다. 지금은 깊은 밤. 밤은 그저 일상의 형식이 바뀌는 시간일 뿐이다.

33
오브제의 힘

그는 다른 때와는 달라 보였다. 그녀에게 먼저 의견을 묻지도 않았고 풀오버를 끌어올려 턱을 덮으려는 시늉도 하지 않았다. 망설이지도 소심해 보이지도 않았다. 오늘의 처음부터 끝까지를 머릿속으로 하나하나 계획하고 나온 사람 같았다. 그녀가 더이상 그를 만나야 할 필요가 없다고 생각한 것을 눈치채기라도 한 것처럼. 그녀는 그가 이끄는 대로 술집 문을 밀고 들어갔다. 그는 연상의 여자 앞에서 몸에 맞지 않는 옷을 입은 채 어른 흉내를 내고 있는 사내아이처럼 보였다. 그가 어린애라면 툭하면 집 어딘가 찾기 힘든 장소로 숨기를 잘할 아이일 것 같다. 그에 관해 깊은 생각을 해본 적은 없었다. 그래도 이 남자를 보면 저절로 떠오르는 이미지 같은 것들이 있다. 그가 산책을 하자고 하는 것, 저녁을 먹자고 하는 것, 연락처를 알려고 하는 것, 그녀는 모두 거절할 수 있었다. 이제는 혼자서도 츠키지 시장에 갈 줄 알고 복엇집도 찾아냈다. 그에게 특별히 부탁을 하거나 도움을 청할 일은 없을 것이다.

그를 만나는 이유를 그녀가 깨닫게 된 것은 desert를 나와 그와 헤어질 때쯤이었다.

그녀는 이 술집이 그에게 매우 특별한 장소라는 것을 단박에 알아차렸다. 술집 주인과 인사를 나눌 때 그가 어색해하는 것을

보았고 주인 역시 자신을 주의 깊게 보는 시선을 느꼈다. 술이
나오기를 기다리는 동안 그녀는 어쩔 수 없이 한 '여자'에 관해
상상했다. 두 남자가 주고받는 눈빛 속에 존재하는 여자. 혹시
그 사람이 칼라꽃을 키운다는 여자일까. 그가 한 번 그런 여자
에 관해 말한 적이 있었다. 키가 훤칠하게 큰 뿌리식물. 우아하
고 순결해 보이는 꽃이다. 그 꽃잎 끝에서 하루 종일 똑똑 물이
떨어진다고 했다. 그 물방울이 눈물 같아 보일 때가 있다고. 그
런 꽃을 매일매일 쭈그리고 앉아 들여다본다는 여자. 그 여자
이야기를 할 때 그는 눈에 띄게 침울해 보였다. 그 꽃의 알뿌리
에도 독이 있다는 말을 그녀는 하지 못했다.

체구가 큰 카페 주인은 느린 움직임 때문인지 신중하고 과묵
해 보였다. 그녀의 짐작이 맞는다면 바로 그런 이유 때문에 그
가 여길 자주 오게 되는 것이리라. 그녀는 진토닉 한 모금을 마
셨다. 그는 말을 아꼈다. 긴장한 얼굴이었다. 각도에 따라선 왼
쪽으로 휘어져 보이는 콧날이 예민하게 서 있었다. 형 이야기를
할 때도 서런 표정이었다는 것을 그녀는 기억했다.

그에게 형의 이야기를 처음 들었던 밤이었을까. 그녀는 그의
죽은 형에 관해 생각했었다. 쌍둥이처럼 닮은 형제였을 것이다.
어쩌면 앞으로도 오랫동안 그는 형의 죽음의 충격에서 헤어나기
어려울지 몰랐다. 그날 밤 잠을 설쳤다. 한 번도 본 적 없는 그
의 형이 잘 알고 지냈던 사람 같았다. 더 아름다운 세상에서 살
고 싶다고 했다면 남자의 선택이 맞을 것이다. 그러나 그런 건

이 세계에서 더 살아봐야 알 수 있는 거라고, 분노와 슬픔을 억누르며 말하던 그의 말에도 그녀는 문득 고개를 끄덕였다. 그가 왜 자신에게 형의 이야기를, 그것도 자살해버린 사람의 이야기를 했는지 알 수 없었다. 그녀는 잘 알지도 못하는 사람에게 큰 친절을 받은 것 같은 꺼림칙한 기분이었다. 틀린 데가 많은 답안지를 받아든 느낌이었다. 늘 관계가 시작된 후에야 깨닫게 되지만 사람에 대한 접근 방법은 많은 것을 암시하고 있었다. 그가 작곡을 하는 사람이라면 낭만적인 노래보다는 사색하는 노래, 비극에 대한 통렬함을 담은 노래를 만들었을 것 같다. 슬픔을 감추고 있으면서도 그런 감정을 수반하는 것을 원치 않는 노래. 그것도 순서를 정해서 차례차례. 구조적인 데가 있는 사람이었다. 그렇다고 말하자 그는 피식 웃었다.

그런 말은 처음 들어봐요. 엉뚱하고 허술한 데가 많거든요.

자신만의 어떤 얼개나 방식이 있는 것 같아요.

칭찬인가요?

반쯤 맞고 반쯤 틀려요.

그 구조의 재료는요?

아마, 나무?

그는 웃었다.

그것보단 인공적인 거예요.

유리 같은 것?

반쯤 맞고 반쯤 틀려요.

반은 맞았군요.

유리 한 가지만으로는 뭘 구축할 순 없거든요.

그는 진지한 소리로 말했다. 그녀는 음악에 귀 기울였다. 술을 건네준 후 신중하게 음반을 고르고 있는 주인의 뒷모습을 지켜보았다. 토마스 크바스토프가 부르는 슈베르트의 〈겨울나그네〉였다. 밤 인사부터 시작되었다. 흔한 음악이었다. 기대가 깨진 느낌이었다. 그는 술잔 밑바닥을 들여다보고 있었다. 이렇게 손님이 없는데도 이십 년째 한자리에서 문을 열고 있다는 게 의아할 지경이었다. 음악은 깊고, 멀리 퍼졌다. 음악은 성큼 그녀 안으로 걸어들어왔다. 젤렌카의 〈예레미아의 애가〉나 〈독일 레퀴엠〉을 들을 때처럼 커다란 동요가 일었다. 그것은 마음을 꿰뚫고 들어오는 뜨거운 화살 같았다. 음악을 바꿔달라고 말하고 싶었다. 그녀는 마음이 움직이지 않도록 손을 꽉 움켜쥐었다. '누구라서 그녀를 말할 사람 있으랴, 누구라서 그녀를 말할 사람 있으랴.' 갑자기 토마스 크바스토프의 목소리는 활력을 잃은 것같이 들렸다. 그 부분이 끝나자 울림이 있고 강처럼 느리게 굽이치는 부분이 다시 찾아왔다. 깊은 몽상에서 깨어난 것처럼 그녀는 실내를 둘러보았다. 주인은 바의 구석 자리에서 맥주 한 병을 놓고 선 채 신문을 읽고 있었다. 옆자리에서는 그가 물방울이 맺힌 술잔을 톡톡 두드리는 중이었고, 벽에는 흑백사진들이 보였다.

위대한 작가였을지 몰라도 불행이 많은 사람이었어요.

누구 말입니까?

그녀는 손가락으로 사진을 가리켰다.

죽음 때문에요?

어머니가 크리스마스 선물로 보낸 게 아버지가 자살한 권총이었어요.

설마요.

사실이에요. 어머니와 원만한 관계는 아니었죠.

그럼 저 작가가 죽을 때 사용한 게 그 총입니까?

아뇨. 그건 사냥총이었어요.

헤밍웨이에 관해 꽤 자세히 알고 있군요.

그는 그녀를 봤다. 시내는 헤밍웨이의 사진을 보면서 그가 즐겨 마셨던, 얼음이 기분 좋은 소리를 내면서 사각사각 씹히는 달콤하고 시원한 모히토의 맛에 관해 이야기하는 사람이다. 이 여자는 평생 그 작가를 따라다닌 우울과 패배와 파멸에 대한 두려움, 그리고 그의 자살 방법과 총기의 종류까지도 알고 있는 사람처럼 보였다. 그녀가 왜요? 하는 얼굴로 그를 보았다. 그는 그녀 얼굴에서 시내를 지웠다. 그녀의 얼굴만 오롯이, 독자적으로 남았다. 창백하고 무심하게 올라가 있는 입술. 그 입술이 벌어지며 말했다.

복어에 관해 배우고 있어요.

복어요.

네, 생선이요.

그녀는 웃었다. 바람 빠지는 소리처럼 들렸다.

무슨, 특별한 이유가 있습니까?

알고 싶어요.

복어에 대해서요?

왜요, 이상한가요?

아닙니다.

그는 고개를 저었다.

어떤 계기라도 있나요.

그냥 끌린 거예요. 복어한테.

자연스럽게 말입니까?

그런 셈이죠.

분명한 목적도 없이요.

오른손이 왼손을 이끄는 것처럼요.

그럼 복어는 오브제 같은 것이로군요.

……오브제요?

그렇죠. 자연스럽게 끌리면서도 나를 움직이게 하는 거요.

……!

그것이 예술가들이 아니 특히 화가들이 어떤 오브제를 선택하
는 기준 아닌가요.

작품 속에 말인가요?

그렇죠. 사물로서 말입니다.

사물.

네.

건축에도 오브제라는 개념이 있나요?

설계의 개념에요. 바탕에 그린 그림을 형태라고 하죠. 오브제요.

남겨진 빈 종이는 그럼 여백이겠군요.

그렇죠.

그건 이쪽도 마찬가지예요.

그 오브제를 만들어내는 게 설계의 기초가 되죠.

오브제가 신기했던 건, 제가 그 앞에서 뭔가 하게 된다는 거예요.

이를테면요?

그걸 만들거나 재구성하는 거요.

그냥 바라볼 때도 있어요.

그것도 행동하는 거죠.

맞아요. 그 힘이요. 먼저 눈에 들어오고 이해하고 싶게 만들고 재발견하게 만드는 거요. 운명처럼요.

운명처럼.

네, 운명처럼. 그게 오브제의 이상한 힘이죠.

이상한 힘.

복어도 그럴 거예요.

어떤……?

그러니까 오브제요. 당신한테.

34
예술가는 모든 사람들을 행복하게 만들기 위해서
작품을 만들지 않는다

　졸업을 앞둔 무사시노 미술대학 건축과 학생들에게 특강을 하기로 한 날이었다. '건축가란 무엇인가'라는 주제였다. 실용성을 추구한다는 점에서 건축가는 목수와 비슷한 직업이다. 가치에 차별을 두지 않는다는 점에서 건축가는 지휘자와 비슷한 직업이며 수용성을 추구한다는 점에서는 정치가와 비슷할 것이다. 상호작용을 추구한다는 점과 결과보다는 과정을 중시한다는 점에서는 철학자와 비슷할 것이다. 아름다움을 추구한다는 점에서 건축가는 예술가와 같다. 건축을 하는 궁극적인 목표는 모든 사람들을 행복하게 만든다는 점에 있다. 그러나 그 점은 건축가와 예술가의 차이가 될 것이다. 예술가는 모든 사람들을 행복하게 만들기 위해서 작품을 만들지 않는다. 그 모든 사람들보다 자기 자신을 더 중요하게 생각하기 때문이다. 건축과 예술에 있어서 필요한 것은 의도와 욕구라고 그는 믿었다. 그 욕구는 열정이다. 이런 이야기늘이 이제 막 대학을 졸업하는 학생들에게 도움이 될 것인가 아닌가 고민했다. 최저치로 떨어졌던 일본의 실업률은 아직 사 퍼센트를 밑도는 형편이었다. 지금까지 한 강연들에서 느낀 점은 학생들은 취직에 도움이 될 만한 팁이나 정보에 대해 더 알고 싶어한다는 사실이다. 메트로 차창에 얼굴이 비칠 때마다 그는 자신에게 건축가란 무엇인가, 라고 질문하는 것 같았다. 나는 목수인가 지휘자인가 철학자인가 아니면 예술가인가? 그는 대답할 수 없었다.

자신이 잃어버린 것, 지금은 너무나 희미해서 보이지도 찾을 수도 없는 의도와 욕구. 그 열정. 그런 것을 잃어버린 사람이라고 스스로 인정하기는 어려웠다.

고통과 슬픔과 절망과 행복은 어디에나 있었다. 그러나 열정 같은 건 의식하고 있지 않으면 언제나 달아나버리고 마는 종류의 것이었다.

앵두나무 지팡이 같은 게 있다면 어땠을까. 그는 무기력한 소리로 혼자 말했다.

그녀 할머니의 어머니. 그녀는 그 어머니 이야기를 들려주었다. 집안의 귀한 물건이 없어지거나 할아버지가 오래도록 집에 돌아오지 않을 때마다 증조모는 앵두나무 가지로 만든 지팡이를 든 채 마당에 서서 기도를 했다고 한다. 취기 때문이었을까. 그녀는 그런 증조모를 본 적이 있기라도 한 듯 자리에서 일어나 흉내를 냈다. 눈을 감았다, 두 손으로 지팡이를 움켜잡았다, 땅을 두드리며 말했다, 기도했다. 그런 그녀를 그는 물끄러미 올려다보았다. 바 한쪽에서 맥주를 마시고 있던 문도 그녀를 흘긋거렸다. 밤이 늦었고 다른 손님은 아무도 없었다. 그녀 이마가 젖어갔다. 시늉을 내고 있는 것뿐인데도 땀을 흘리고 있었다.

그러면 앵두나무 지팡이가 말을 알아들은 듯 어느 쪽으론가 움직이기 시작하는 거예요. 증조모는 앵두나무 지팡이가 이끄는 대로 따라가요. 방물장수가 훔치려고 숨겨두었던 시계는 밀짚 속에서 찾았고 할아버지는 동네 외딴집이나 술집 벽장 같은 곳에서 찾아냈죠. 그때 어린아이였던 할머니는 엄마가 그럴 때마다 무서워서 벽장에 꼭꼭 숨어 있곤 했대요. 앵두나무 지팡이를 든 엄마가 꼭 불타는 나무처럼 보였다고 해요. 게다가 증조모는 언제나 흰옷을 입고 있었거든요. 그녀는 말했다. 그는 그 딸, 그녀의 친할머니도 그 앵두나무 지팡이 같은 걸 갖고 있었느냐고 물어보았다. 그로서는 증조모의 이야기보다 벽장 속에 숨어서 간절히 기도하고 있는 엄마를 훔쳐본 할머니가 더 궁금했다. 그녀는 증조모의 앵두나무 지팡이를 떠올리고 있는지 그후 침묵을 지켰다. 그날 간신히 막차를 타고 닛포리 역 앞에서 헤어질 때까지.

그는 지금 자신이 떠올린 것들, 그 열정들이 촛농처럼 한순간 뜨겁게 떨어졌다 재빨리 굳어져버릴까봐 두려워졌다. 쿵쿵쿵 땅을 세차게 두드리며 말하고 싶었다. 기도하고 싶었다. 그 앵두나무 지팡이가 향하는 곳으로 가고 싶었다. 그가 잃어버린 것, 찾고 싶은 것들이 있는 쪽으로. 어떤 것을 말없이 견디지 않으면 안 될 때가 있다. 어떤 것은 숨기고 어떤 것은 찾지 않으면 안 될 때도. 그는 알고 있었다. 자신의 인생의 새 막간극이 시작되었다는 것을. 무사시노 대학의 침침하고 긴 회랑을 걸어가며 그는 뜨거운 땀을 흘렸다.

제3장

35
모리 미술관

오십이층에서 엘리베이터를 타고 한 층 더 올라갔다. 높이 때문인지 모리 미술관은 '천국에서 가장 가까운 미술관'으로 불렸다. 천장이 6미터도 넘어 보였다. 내벽이 온통 흰색으로 칠해져 있는 전시장 넓이는 대략 사백 제곱미터. 아시아 최대 미술관이었다. 'Imagining a Future for Life and Love'라는 소제목이 붙은 〈과학의 예술Medicine and Art〉전이 열리고 있었다. 예술과 과학은 어디에서 만나는가? 하는 주제로 인간의 몸을 표현한 작품들을 모아놓은 기획전이었다. 여섯 개의 섹션 중 〈Childhood〉(36×31×48cm, 2002)는 두번째 공간 끝에 전시돼 있었다. 옆은 질 바르비에의 〈The Nursing Home〉. 한쪽 팔과 다리가 기형적으로 늘어난 한 남자가 작고 흰 책상에 문고판 책을 펼쳐놓고 앉아 있고, 그 뒤로 원더우먼 복장을 한 간호사가 들것에 실린 환자 옆에 무표정한 얼굴로 서 있는 설치 작품이었다.

〈Childhood〉는 소년의 두상이다. 처음엔 유리 상자에 담았다. 소년의 얼굴에서 차츰 공기가 빠지면서 볼이 움푹 팬 노인의 얼굴로 변할 때마다 관람객들이 손으로 만지곤 해 흰 실리콘에 지문처럼 손때가 묻기 때문이었다. 미술관으로 작품을 보낼 때 유리 상자를 벗기고 단의 높이를 50센티미터쯤 더 올렸다. 얼굴을 밀봉하듯 유리 상자에 넣어둔다는 게 마음에 걸렸다. 처음의 의도는 관람객들이 다가와 손으로 만지고 싶은 욕구를 느끼게 하는 것이었을지도 몰랐다. 소년의 얼굴이라도 그런 것은 담겨 있어야 마땅했다.

관람객들은 많지 않았다. 그녀가 지켜보고 있는 동안 노부부로 보이는 일본인 커플과 등에 커다란 배낭을 멘 서양 여자 한 명이 그 작품 앞에 머물렀다 비켜갔다. 작품 앞에 아무도 없을 때를 기다렸다가 그녀는 〈Childhood〉 앞으로 갔다. 소년은 동자가 없는 눈을 무료한 듯 벌린 채 조명 밑에서 냉담한 푸른색으로 빛나고 있었다.

석사학위 청구전을 위한 작품이었다. 지도교수와 동기들은 왜 소녀가 아니고 소년인가, 궁금해했다. 그녀에게 소녀인가 소년인가 하는 것은 남자와 여자, 나와 타인을 규정짓는 불필요한 선에 불과했다. 그 시절만 해도 변화나 변질 같은 주제까지는 깊이 염두에 두지 않던 때였다. '부풀리기'라는 방식으로 사물을 새롭게 표현해보는 것이 목적이라면 목적이었다. 그녀를 향해 빠른 속도로 회전하며 날아오던 거대한 공이 잠시 멈춘 듯한 시기였다. 이상할 만큼 평온했고 공의 궤적은 지워져버린 것 같았다. 단 한 번의 짧은 기회를 맞은 것처럼 밤낮없이 작품에 몰두했다. 그 시절에 실패를 거듭하면서 완성시킨 첫 작품이었다. 성년의 얼굴을 선택할 수도 있었다. 성년의 얼굴에는 시대나 사회에 대한 기대나 장점을 표현하기 어려웠다. 성년이 되었을 때는 대부분 잃어버리는 그런 것들을 소년은 갖고 있다. 인생에 아직 위험이란 것이 일어나지 않는 시기. 처음 드로잉할 때 그 얼굴이 열한 살이라고 가정했다. 통계상으로 가장 적게 죽는다는 나이다. 석고로 모형을 만들고 난 얼굴은 열한 살보다는 많아 보였다. 그래도 아직 위험을 모르는 얼굴이었다. 그 속으로 집어넣을 노인의 얼굴을 실리콘으로 떴다. 에어호스를 연결했다. 삼분. 소년의 얼굴이 노인으로 변하는 데 삼 분이 걸렸다. 서서히 노인으로 변해가는 소년의 두상을 손으로 쓰다듬으며 그녀는 속삭였다. 사람은 누구나 다 죽는다, 아이야. 잠재된 성인, 아직 성징이 나타나지 않은 소년은 말이 없었다.

시간이 흘렀는데도 소년의 얼굴은 그대로였다. 이 작품을 만들었던 방은 상수동의 채 열한 평도 되지 않는 지하 작업실이었다. 처음 거기 왔을 때 백은 구두도 벗지 않고 입구에 우뚝 서 있었다. 한밤중이었고 두번째 만난 날이었다. 그 표정은 노골적으로 일그러지면서 이런 데서 어떻게 작업이란 것을 하나? 질책하고 있었다. 그녀는 그런 질책을 받을 이유가 없다고 생각했다. 태연하게 코트를 벗었고 석유난로를 켰다. 백의 눈빛을 무시하는 듯한 그 행동의 이면에는 대개의 가난한 젊은 예술가의 작업실이 이보다 더 낫기는 힘들다는 자부심, 여기서 나는 최고의 것을 만들고 있다는 자존심이 뒤섞여 있었다. 그런 것 없이는 버티기 어려운 시절이었다. 백이 내수동 집을 보여준 건 그 삼개월인가 후였다.

여기, 이 전시장에서 백에 관한 생각을 하는 게 어떤 의미가 있을까.

어느 날 백이 말했다. 그녀는 그 장면을 또렷이 기억한다. 여느 때처럼 갑자기 백이 찾아왔고 그녀는 작업실에서 흙을 주무르고 있었다. 원치 않은 상황이었다. 일을 중단해야 하는 것도 이렇게 땀을 흘리고 있는 채로 섹스를 해야 하는 것도. 그녀는 작업대 한쪽 모서리에 기댄 채 이제 그만하지, 라고 말하는 백에게 삼십 분만 기다려달라고 말했다. 그런 적은 처음이었다. 백이 뭐라고 짧게 말하는 것 같았다. 뭐라고 했어요? 그녀는 되물었다. 그걸 계속해야 하냐고 물었어. 그거, 라뇨? 그녀는 허리를 펴고 백을 돌아봤다. 삼십 분이면 걸작이 완성되나? 그녀는 백의 눈에 비치는 그림자를 보았다. 그 조롱을 가만히 응시했다. 아직 끝나지 않은 조롱이었고 오래 갖고 있었으나 터뜨릴 기회가 없어 참아온 조롱이었다. 그거라뇨? 그녀는 다시 묻지 않을 수 없었다. 조소란 게 결국 먼지를 만들어내는 일 아닌가. 백이 말했다. 힐난을 하는 것도 뭔가를 찔러볼 요량으로 던져본 말투도 아니었다. 언제든 하면 되는 일 아닌가. 그녀는 백에게서 눈을 떼지 않았다. 얼굴을 휘갈기며 바람이 지나간 것 같았다. 그녀는 눈을 깜박이거나 표정을 일그러뜨리지 않기 위해서 어금니를 물었다. 입속에서 찝찔한 맛이 느껴졌다. 아주 짧은 순간이었고 그녀는 그때껏 하지 못한 한 가지 결정을 비로소 할 수 있었다. 백은 아직도 모를 것이다. 그녀가 헤어지기로 결심한 이유를.

모욕감.

그것이 다른 모든 감정을 잃은 후에도 예술가에겐 끈질기게 남아 있을 단 하나의 감정이었다. 그 감정이 사랑이 아닌 것에 대해서 그녀는 깊이 안도했다.

미술관은 고요했다. 화요일 오전이었다. 고층 빌딩이 아니라 하늘이 한 뼘도 보이지 않는 빽빽한 숲에 들어와 있는 것처럼 깊은 정적이 흘렀다. 〈Childhood〉는 이 세계와 무관한 흐름으로 삼 분마다 소년에서 노인으로, 노인에서 다시 소년의 얼굴로 부풀었다 꺼졌다, 꺼졌다 부풀었다. 그 정태적인 느낌 때문이었다. 그녀는 손을 뻗어 소년의 머리를 껴안을 뻔했다. 내가 쓴 것을 믿는 작가, 내가 만든 것을 믿는 작가가 되는 것이 단 하나의 소망이었던 시절에서 지금은 너무나 멀어져 있었다. 그녀는 손바닥으로 눈을 가리고 싶었다. 그 손을 제지하듯, 뒤에서 목소리가 들렸다.

숨 쉬는 조각이군요.

뚜렷한 한국어였다. 한 여자가 그녀 등뒤에 서 있었다.

그렇지 않은가요?

그 여자가 물었다.

그녀는 할 말을 찾지 못했다. 백을 떨쳐버리는 데 시간이 걸렸다. 백이 그렇게 말할 때 격렬하게 저항할 수도 있었다. 그렇게 하지 않은 이유를 그녀는 잘 알고 있었다. 그저 먼지나 만들어내는 그런 조각가가 될지도 모른다는 불안을 들켰기 때문일지도 몰랐다. 백은 영원히 알 수 없다. 그 말이 그녀에게 어떤 육체적인 고통을 불러일으켰는지를. 그녀는 신중히 한 걸음 뒤로 물러섰다. 〈Childhood〉는 숨쉬고 있다. 움직이고 있었다. 한때 그녀가 그 시간을 살았다는 증거. 그것은 말하고 있었다.

네, 맞아요.

그녀는 말을 걸어온 관람객에게 대답했다. 무엇에 대한 대답인지 정확히 몰랐다. 여자를 향해 그렇게 말했다. 여자는 전시 작품들이 실린 두꺼운 책과 팸플릿을 들어 보이며 그녀가 그 작품을 만든 사람이라는 걸 알고 있다고 했다. 같이 차 한잔 마실 수 있겠느냐고 물었다. 그녀는 그제야 유심히 여자를 봤다. 하나로 올려 묶은 검고 긴 머리에 입술을 붉게 칠한 여자. 샤넬의 클래식한 흰색 트위드 정장에 딱딱해 보이는 클러치를 두 손으로 모아 쥐고 있었다. 둥근 콧망울 밑에 측각기를 대고 잰다면 완벽하게 대칭을 이룰 것 같은 얼굴이었다. 양쪽 귀의 높이도 같아 보였다. 그런 대칭에 가까운 얼굴형은 흔치 않다. 여자한테 라벤더 향이 짙게 풍겼다. 그럴까요. 그녀는 향기를 피하듯 한 발짝 뒤로 물러서며 대답했다. 바로 아래층에 카페가 있어요. 여자의 눈동자는 생기로 반짝이는 것 같았다.

36
두 가지 삶

　본부장들과 인테리어 팀 회의에 참석하고 자리로 돌아와 한숨 돌리고 있을 때였다. 묵직한 것을 밀어내는 소리와 함께 팩스가 한꺼번에 여러 장 들어왔다. 그는 돌아보지 않고서도 그게 뉴욕에서 준리가 보내는 팩스라는 것을 알았다. 그곳은 이른 새벽이었다. 팩스의 맨 마지막 장에는 여느 때처럼 우스꽝스러운 스케치들이 그려져 있을 거였다. 여자 친구가 생겼을 때는 그 여자의 캐리커처를, 벼룩시장에서 수동식 타자기를 샀을 때는 타자기를 그린 그림을 보내곤 했다. 이상적으로 느꼈던 유일한 친구였다. 언젠가 세계 어느 도시에 둘이 설계한 타워를 꼭 한번 만들어보자고 기세 좋게 의기투합하던 시절들은 다 흩어져버렸다. 팩스머신에서 씻씻거리는 소리가 들렸다. 다섯 장. 그는 속으로 숫자를 세고 있다가 팩스가 멈춘 후 용지를 한꺼번에 모아 스테이플러로 고정시켰다. 검은 매직펜으로 쓴 크고 활달한 준리의 글씨가 기분 좋게 눈에 들어왔다.

장 수에 비해 내용은 간단했다. 뉴욕에 건축사무실을 갖고 있
는 준리의 삼촌 이야기였다. 도쿄와 시카고에서 준리와 셋이 두
어 번쯤 식사를 한 적이 있었다. 미트패킹을 중심으로 도시 설
계가 들어갈 예정이고 준리 삼촌 회사에서 입찰을 따낸 모양이
었다. 도시 설계팀의 빈자리에 준리가 그를 추천한 듯싶었다.
전 세계적으로 도시 재활성화 계획에 대한 관심이 커지고 있었
다. 특정한 지역 전체의 건축물과 공간을 기능적인 측면과 디자
인적인 측면의 균형을 이루게 하면서 동시에 자연친화적인 공간
을 만드는 게 목적이었다. 한번쯤 도전해보고 싶었던 프로젝트
이기도 했다. 게다가 뉴욕이라면 집과도 멀리 떨어진 도시였다.
가장 합당한 이유로 그는 이 도시와 부모를 떠날 수 있을 것이
다. 그럴 수 있는 기회는 여러 번 있었다. 번번이 주저앉았던 건
다른 누구 때문도 아니었다. 도망치듯 이 도시를 떠나고 싶지
않았다. 스스로를 설득시킬 수 있는 확실한 이유가 있어야 했다.
지금이 바로 그때일까?

그는 책상에 어깨를 구부리고 앉아 자신이 뉴욕으로 옮겨가
새 프로젝트를 맡게 되는 모습을 떠올려보았다. 도시의 일부, 그
선택된 공간을 재구성하는 일은 모서리가 열두 개인 평범한 직
사각형 지우개를 책상 위의 저 가도케시 플라스틱 지우개로 바
꾸는 일과 비슷하다고 느꼈다. 모서리가 열두 개인 직사각형 지
우개는 몇 번만 써도 모서리가 다 닳아버려 정교한 작업을 하기
어렵게 된다. 열 개의 입방체 모양으로 이어 만든 가도케시 지

우개에는 스물여덟 개의 작은 모서리가 생긴다. 일반 지우개보다 단단해 쓰기도 좋고 디자인도 좋다. 일의 능률이 오르는 건 말할 것도 없다. 준리라면 도시를 재구성하는 일을 새로 지우개를 만드는 일 따위가 아니라 청년 시절에 둘이 이루려고 했던 건축의 꿈에 한 발 더 가까이 다가가는 그런 원대한 일이라고 말할 것이다. 사나이다운 일이라고 치켜세울 거다. 준리의 말이 맞을지도 몰랐다. 이렇게 고작 책상 앞에 앉아 지우개 따위나 주물럭거리며 지우개 같은 생각이나 하고 있어서는 안 될 것이다. 언제까지 이렇게 살 수 있을까. 그는 이 도시를 떠나는 것과 떠나지 않을 가능성에 대해 다시 그려보았다. 그는 뉴욕으로 떠난다. 그리고 자신이 왜 떠나왔는가, 이곳에서 무엇을 하고 있는가에 관해 생각한다. 또다른 한 가지. 그는 떠나지 않는다. 남아서 자신이 왜 이곳에 남았는지 질문하고 또 질문한다. 앞의 방법은 선험적이고 뒤의 방법은 귀납적이다. 절대적인 방법은 아니다. 추리는 가능했다. 그러나 이 막연한 추리는 그에게 아직은 이 도시를 떠날 마음이 없다는 것을 말해주었다. 되레 그 어느 때보다 더 이 도시에 남아 있어야 한다는 것을 알려주고 있었다. 준리의 제안은 거부하기 힘든 종류의 일이다. 후회하게 될지도 몰랐다.

두 가지 삶이 있었다. 타고난 삶, 구축하는 삶. 선택의 문제였다. 그는 팩스의 마지막 장을 펼쳐보았다. 준리가 그린 그림은 맥주잔과 피자 한 조각, 그리고 예각을 두드러지게 표현한 뉴욕시 5번가에 있는 플랫아이언 빌딩의 이십이층 외관이었다. 이십세기 초 뉴욕에서 대대적인 도시계획을 단행했을 때도 원주민 마을의 시골길이었던 자리를 남기고 삼각주 같은 그 터에 뾰족하게 올려 세운 건물이었다. 준리가 좋아하는 장소였다. 빨리 와서 같이 그 빌딩에 있는 식당에서 한잔 마시자는 메시지. 그는 팩스 종이를 반듯하게 접었다. 떠나고 싶은가 머물고 싶은가 하는 문제는 잃어버린 가방 하나를 찾는 것과는 전혀 다른 일이다. 그는 자리에서 일어났다. 하늘이 꺼끔히 개고 있었다. 빛이 필요했고 그러자면 블라인드 방향을 틀어줘야 했다. 진정한 대답은 추리나 의도적인 선택을 필요로 하지 않을 것이다. 그것은 자발적으로, 무의식에서 걸어나올 거라고 그는 믿기로 했다.

37
이름들

아베상은 칼등으로 복어 대가리를 세게 내리쳤다. 복어가 허공으로 두어 번 튀어올랐다. 몸통에 남아 있던 물기가 사방으로 튀었다. 핏방울이 튄 것처럼 그녀는 엉겁결에 한 걸음 뒤로 물러섰다. 뜰채로 수조 안의 1.5킬로그램 정도 되는 참복 한 마리를 건져 도마 위로 올려놓곤 마른 행주로 몸통의 물기를 닦은 후였다. 거기까지의 동작이 채 일 초도 안 돼 보일 만큼 빠르고 갑작스러운 칼놀림이었다. 아베상의 손에 칼이 들려 있는지조차 보지 못한 것 같았다. 대가리를 정통으로 맞은 검자줏빛 복어는 꼬리와 몸통을 좌우로 세차게 꿈틀거렸다. 왼손으로 몸통을 쥔 아베상의 팔에 힘줄이 두드러졌다. 죽이는 게 아니라 기절시키는 것이다. 생선 중에서도 쉽게 죽는 놈이 아니다. 책에서는 그걸 생명력이 강하다고 표현해놓았다. 아가미에 붙어 있던 낚싯바늘을 빼내자 아베상은 칼날로 몸통을 흔들며 저항하는 복어의 콧잔등 위를 툭툭 가리켰다. 이번엔 혀를 자를 차례. 그리고 그 위를 단번에 내리쳤다. 칼끝으로 콩알만한 크기의 뇌를 제거했다. 가슴 지느러미와 배지느러미를 제거한 후 머리 부분에 깊숙이 칼집을 넣었다. 칼날을 꼬리 쪽으로 밀어 분리하듯 껍질만 벗겨내기 시작했다. 복어는 죽은 듯 완전히 움직임을 멈췄다. 아베상은 두 개의 칼을 번갈아가며 사용했다. 뼈가 있는 부분에는 두껍고 묵직한 칼을, 껍질을 벗길 때는 길쭉하고 날렵한 작은 칼을. 복어가 아니라 칼에 대한 특별한 철학을 가진 사람이었다. 칼을 쉬는 형, 누르는 형, 손가락질형, 이 세 가지 사용방법 중 그는 어떤 작업이나 가능한 형태인 손가락질형을 이용하고 있었다. 칼은 도구가 아니라 몸의 일부처럼 보였다. 그런 사람에게도 복어 껍질을 벗기는 일은 간단해 보이지 않았다. 한 손으론 질긴 껍질을 잡고, 다른 손으로는 칼을 쥐고 칼집을 넣어가며 껍질을 벗겼다. 벗긴 껍질도 그냥 버리지 않았다. 등 쪽 껍질의 이물질 같은 것을 칼날로 슥슥 밀어 제거한 후 가시를 반대쪽 방향에서부터 밀어냈다. 물에 젖어 있어도 표면이 까슬까슬해 보였다. 손끝에 그 감각을 느껴보고 싶었다. 아베상과 약속한 것은 눈으로만 지켜보는 것이다. 그녀는 손의 감각을 눈으로 옮겼다. 아베상의 손놀림을 순서대로 머릿속에 그려넣었다. 붉고 싱싱해 보이는 아가미 부분에 칼을 집어넣고 거기 붙어 있는 살을 자른다, 반대편 아가미에 붙은 살은 자른다, 머리 부분을 누른 후 내장을 제거한다, 뼈에서 살을 발라낸다. 그 모든 동작들이 한 번의 헛된 손놀림도 없이 기계적으로 이루어지고 있었다. 아직도 그녀를 겁주고 싶은 마음이 남았는지 아베상은 몸통에서 줄줄이 딸려나온 내장덩어리들을 그녀 눈앞에 대고 흔들었다. 몸통이 온통 내장으로 이루어진 듯싶게 크고 육감적으로 보였다. 푸르스름한 쓸개와 손톱만한 심장, 비장과 방광, 그리고 내장 중 가장 커 보이는 검녹색의 쓸개. 쓸개는 물속에서 건져낸 매끈매끈한 차돌 같아 보였다. 손에 한번 꼭 쥐었다가 놓으면 손바닥 안에서 꽈리처럼 기분 좋은 소리를 내며 터질 것 같은. 아베상은 등뼈의 연골에 칼을 쑤셔넣고 세 토막으로 잘랐다. 마른 행주로 피를 닦고 살에 남아 있는 지저분한 것들을 정리했다. 나무 도마에는 내장과 껍질, 그리고 마른 행주엔 회를 뜰 수 있게 준비된 복어의 살만 남았다. 칠 분. 뜰채에서 건져낸 복어 한 마리를 손질하는 데 걸린 시간이었다. 두 자루의 칼, 젖은 도마, 수돗물, 핏물. 그녀가 그런 생각을 하는 동안 담배를 피우러 나갔던 아베상이 도마 쪽으로 다가왔다. 손을 씻고는 일회용 용기에 살만 담아 한쪽으로 치웠다. 행주로 도마를 닦더니 분리해놓은 복어의 내장과 뼈와 껍질 같은 것들을 늘어놓았다. 다시 학습이 시작되었다. 아베상이 늘어놓은 것들을 칼끝으로 하나씩 짚어가며 말했다. 쓸개라고 생각했던 것은 담낭이었고 신장이라고 짐작했던 건 심장이었다. 아베상은 엄지손가락 두세 개만한 것을 가리켰다. 시라고. 복어의 정자. 독이 거기에 있나요? 그녀는 처음으로 물었다. 아베상은 고개를 팩 돌렸다. 시라고엔 없어. 난자에 있지. 거기에만 있나요? 어이가 없다는 표정이었다. 독이 한 군데 몰려 있는 줄 알았나? 그녀는 입을 다물었다. 복어는 당신이 생각하는 것보다 그 구조가 복잡해. 여기, 여기. 아베상은 칼끝으로 복어의 등뼈와 아가미를 눌렀다. 그리고 안구 하나를 칼로 찔렀다. 여기에도 있지. 복어의 눈. 그녀는 두 개의 안구를 물끄러미 보았다. 가장 독이 많이 든 데는 난소지, 난소. 이건 수놈이라 안타깝게도 난소는 보여줄 수가 없군. 아베상은 웃었다. 킬킬거리고 싶은 걸 간신히 참는 듯한 웃음이었다. 그리고 먹을 수 없는 복어의 이름들을 들려주었다. 배복, 무늬복, 꼬리복, 별복, 벌레복, 별두개복, 잔무늬속임수복, 선인복, 폭포수복, 얼룩곰복, 독고등어복, 그리고 불길한복. 그녀는 아베상에게 먹을 수 있는 복어의 이름을 알려달라고 말했다. 그는 웃었다. 한 번 웃고 멈췄다가 한 번 더 웃었다. 야비해 보였고 그녀는 갑자기 기분이 좋지 않다고 느꼈다. 물에 젖은 칼 냄새와 비린내가 진동했다. 아무렇지 않게 느껴졌던 그 냄새가 갑자기 헛구역질나게 했다. 알아둬야 할 건. 아베상은 끊어서 말했다. 그녀가 자신의 말을 잘 알아듣지 못할까봐 일부러 그러는 것처럼. 그녀는 아베상을 바라봤다. 먹을 수 있는 복어와 먹을 수 없는 복어를 가려내는 데 한 십 년쯤 걸린다는 거지. 그녀는 피식 웃었다. 비웃음처럼 느껴질 게 분명했다. 그녀는 아베상을 냉담한 눈으로 쳐다보며 또 웃었다.

그 웃음 때문이었을까.

아베상은 현금보관통을 열어 열쇠 뭉치를 꺼냈다. 보고 싶지 않았다. 그녀는 아베상한테 눈을 뗄 수 없었다. 아베상도 그걸 잘 알고 있는 것 같았다. 아베상은 성큼 걸어가 입구 한쪽 위에 매달아놓은 플라스틱 복어 모형을 잡아끌었다. 그리고 모자를 뚜껑처럼 열곤 그 안에 열쇠를 던져넣었다. 아베상이 손을 놓자 복어는 화들짝 허공으로 튀어오르는 것처럼 보였다. 상점 앞을 지나는 사람은 없었다. 순간적인 일이었다.

당신이 처음에 한 말은 거짓이었지.

팔을 엇갈려 끼며 아베상이 말했다. 그녀는 얼굴에 남아 있는 웃음기를 지웠다.

내가 당신 부탁을 정말 들어준 것 같아 보이나?

……

약속대로 복어 다듬는 법은 알려주지. 당신 말대로 생선을 이해하든 뭘 하든 그건 당신한테 달렸어.

고맙게 생각하고 있습니다.

그녀는 정확하게 말하고 싶었다.

당신이 당신 인생을 조롱하든 나를 조롱하든 상관없어. 하지만 기억해두도록 해. 당신이 지금 다루고 있는 생선은 믿지 않으면 만질 수도 먹을 수도 없는 생선이라는 걸. 난 당신을 믿기로 했어, 바로 지금.

아베상은 다시 웃기 시작했다. 어깨까지 들썩거리며 키들키들 웃었다. 그녀는 입술을 깨물고 서 있었다. 변칙적인 게임에 말려든 느낌이었다. 불쾌했고 빠져나가고 싶었다. 하지만 그녀는 그 게임에 자신이 이미 너무 가까이 다가가 있다는 걸 알고 있었다.

중요한 것은 언제나 가까이 있는 법이지. 하지만 그건 위험한 것도 마찬가지 아닌가.

아베상은 앞치마를 풀어선 의자 위에 팽개치며 돌아섰다. 손을 씻을 요량인지 개수대에서 물소리가 요란하게 쏟아졌다. 파장이 시작될 시간이었다. 말끔히 닦인 도마 위에 늘어놓은 복어의 내장과 뼈와 껍질에서 물기가 말라갔다. 얇게 벗겨낸 껍질은 벌써 꾸덕꾸덕해 보였다. 그녀는 가방에서 복어 한 마리값이 든 봉투를 꺼내 핏물이 튄 아베상의 앞치마 위에 내려놓았다.

38
마주 본 그림자

이 동네에서 고양이 눈을 피해 다니기란 쉽지 않았다. 이쪽을 빤히 쏘아보는 검은 눈, 많은 것을 감추고 있어도 바닥까지 뚫어보는 듯한 무자비한 눈. 비좁은 골목에서 마주친 고양이는 피할 생각도 없이 그런 눈으로 그를 마주 보기 일쑤였다. 기른 적이 없어서 그런지 고양이란 짐승은 개나 오리, 혹은 산양 같은 것을 떠올릴 때와는 다른 느낌이 들었다. 등줄기가 서늘해지거나 흠칫 뒤돌아보게 만들었다. 무덤 같은 것은 상관없었다. 그것은 둥글거나 납작했고 움직일 줄도 소리를 낼 줄도 몰랐고 냄새 같은 것도 풍기지 않으니까. 고양이들은 달랐다. 아무 때나 출몰했고 혼자 다녔고 습한 날이면 심한 비린내를 풍겼다. 밤이면 특별한 야광 천을 한 겹 두른 것처럼 어둠 속에서도 스스로 빛을 방출했다. 그 빛은 희고 날카로웠다. 그는 그 빛을 피해 걷는 양 목을 외투 깃에 깊이 묻은 채 골목을 돌았다. 옆집 담장을 따라 걷고 있던 고양이 한 마리가 그를 지켜보았다. 동네 사람들이라면 다 알고 있는, 한쪽 다리가 없는 터줏대감격의 늙은 고양이였다. 자정이 가까웠다. 가방을 뒤져 키홀더를 꺼냈다. 이야아옹. 담장 위 고양이가 낮고 길게 울었다. 무슨 말인가 전하고 싶어하는 소리처럼 들렸다.

그는 한 발 안으로 내디뎠다. 어룽거리는 실루엣이 현관 미닫이문에 비치고 있었다. 두런거리는 소리가 희미하게 들렸다. 두 개의 마주 본 그림자가 다른 사람이 아니라 마주 본 어머니 아버지의 것이라는 사실을 알아차렸다. 그는 손아귀에서 힘을 풀었다. 부모는 현관문 소리도 듣지 못한 것 같았다. 그림자는 오래전부터 그랬던 것처럼 서로를 향해 있었고 이마가 닿을 듯 가까워졌다가 의자 하나 사이만큼 멀어지기도 했다. 구두를 벗지도 못한 채 현관 앞에 서 있었다. 이대로 들어가 그 공기를 흐트러놓는 게 좋을지 아니면 대화가 끝날 때까지 모르는 척 서 있어야 할지 판단이 서지 않았다.

많은 것들을 봤다고 생각했다. 슬픈 것, 즐거운 것, 비통한 것, 우울한 것, 돌이킬 수 없는 것들. 그는 눈을 비볐다. 지금 보고 있는 것. 두 개의 큰 그림자와 작은 그림자가 마주 보고 있는 장면을 이렇게 가까이 보기는 처음이었다. 그것도 늙고 죽어가고 있는 부모의 그림자를. 슬프거나 우울하거나 비통한 장면은 아니었다. 그런 게 있다면 이것은 사위어가는 장면이다, 라고 그는 생각했다. 발소리를 죽여 밖으로 나왔다.

아버지가 어머니에게 하고 있는 말, 하고 싶은 말, 그런 것 다 듣고 싶지 않았다. 어떤 결심의 말이나 설득의 말일 가능성이 컸고 어머니는 필사적으로 그것을 말리려고 할 것이다. 그림자의 형체가 그걸 말해주고 있었다. 밤을 잊은 저 대화는 이른 저녁이나 오후부터 시작된 것인지도 몰랐다. 이 밤이 다 가도록 끝나지 않을지도 몰랐다. 현관 옆에 심어놓은 조릿대가 사사삭

혼들렸다. 그는 계단에 엉거주춤 앉았다. 똑같은 자리에 서서 고양이가 다시 울었다. 거봐, 들어가지 말랬잖아. 고양이가 진득한 눈으로 내려다보았다. 방해하지 말아야 할 시간이 있지. 늙은 고양이가 다시 입을 쩍 벌렸다. 지척에 고양이 한 마리가 서 있는데도 오싹한 느낌이 들지 않는 것이 이상했다. 집이 있다는 게 다행처럼 느껴질 때가 있다. 오늘 같은 밤. 두 개의 그림자가 마주 보고 있는 것을 보게 될 때. 집은 내가 사는 장소가 아니라 나를 이해하고 내 말을 들어줄 사람이 살고 있는 그런 장소라는 것을 깨닫게 될 때 말이다. 아버지에겐 그럴 것이다. 그러나 집이 언제나 그런 공간만은 아니라는 걸 알게 해준 사람도 있다. 창백한 공기가 그를 에워쌌다. 앞집 베란다에는 빈 플라스틱 옷걸이가 매달려 있었다. 보름이 가까워 보이는 달 옆엔 일등성처럼 밝은 별 하나가 빛났다. 만약 그게 아버지가 어머니를 설득하는 말이라면 그 말들을 다 허공에 매달아놓고 싶었다. 아침이면 모두 태양에 가려 사라질 수 있도록. 죽음을 선택할 결심을 했다면 아버지는 어머니에게 미리 말할 사람이다. 어머니는 말한 적이 있었다. 아버지에게 행복한 상태가 있을 수 있다는 걸 알려줘야 해. 그 말을 할 때의 어머니 얼굴은 실수를 저지른 것을 막 깨달은 사람처럼 보였다. 아버지의 행복은 아버지의 의지에 달렸다는 것을 누구보다 잘 알고 있는 사람이 바로 어머니일 테니까.

긴 밤이 시작되고 있었다. 밤은 언제나 길었다. 밤은 고양이처

럼 까맸고 비린 냄새를 풍겼으며 안개처럼 축축했다. 아니다. 노
랗게 빛나는 달은 그의 머리 위에서 그렇게 말하고 있는 것 같
았다. 둥근 것을 계속 지켜보면 마음이 누그러지고는 했다. 무덤
을 지켜볼 때도 그랬다. 그는 달을 올려다봤다. 목이 아픈 건지
마음이 아픈 건지 알 수 없었다. 그는 눈으로 달 아래 세로로 긴
줄을 하나 그었다. 달은 팽팽히 부푼 노란 풍선처럼 보였다. 달
옆에 또 하나의 달을 그려보았다. 커다란, 세계의 눈동자처럼 보
였다. 그는 달의 한쪽엔 뾰족한 세모를 안쪽으로, 반대쪽엔 바깥
쪽으로 꼬리지느러미처럼 보일 선을 몇 개 그었다. 그러자 달은
적의 공격이나 위험에 처했을 때 몸을 부풀리는 복어처럼 팽창
돼 보였다. 스스로를 보호하는 방법들이 있었다. 그녀의 것을 알
고 싶었다.

39
낯설지도 가깝지도 않은 사람과

편의점 출입구 유리문에 얼굴이 비쳤다. 화가 난 얼굴이었다.
자신에 대해 실망할 때도 있고 슬픔을 느끼거나 동정하는 마음
이 생길 때도 있었다. 잠을 자거나 거리를 쏘다니는 것으로 그
녀는 그 순간을 넘기곤 했다. 가능한 울지 않기 위해 노력했다.
누군가 지켜보고 있다는 느낌이 가장 구체적으로 드는 순간이

어두운 곳에서 혼자 눈물을 흘릴 때였다. 할머니에게 보여주고 싶지 않은 모습은 많았다. 지금도 그런가? 그녀는 물었다. 거리에 선 채 단지 어떤 한 남자를 기다리고 있다는 사실이 왜 이토록 화가 나는 것인지 알고 싶지 않은 마음으로. 그녀는 편의점 출입구를 등지고 비켜섰다.

천의 거리에는 눈발이 날리고 있었다. 내일까지 폭설이 쏟아질 거라는 예보를 들었다. 기온은 크게 떨어지지 않았다. 까마귀들이 잿빛으로 물든 허공을 물고 태연히 날아갔다. 고개를 돌렸다. 익숙한 형체 하나가 먼 데서부터 보였다. 그녀를 향해 빠른 속도로 다가오는 것 같았다. 횡단보도에 초록색 불이 들어왔다. 길을 건너 폐지 공장의 모퉁이를 끼고 돌면 바로 맨션이었다. 그녀는 움직이지 않았다. 자전거를 탄 그가 닛포리 역 쪽에서 달려오고 있었다. 저녁에 눈이 온다면 술이나 한잔하자고 한 허술한 약속이었다. 약속이 아니었다고 해도 그녀는 저녁으로 요기할 삼각김밥과 우롱차를 사러 편의점에 와야 했을 거라고 생각했다. 손에 든 편의점 비닐봉지를 그러쥐었다. 자전거에서 내린 그가 그녀 오른쪽으로 와 섰다. 머리카락이 흐트러졌고 샤워코롱 냄새가 풍겨났다.

자전거 한 대를 사이에 두고 그녀는 그를 따라 걸었다. 길을 걸을 때마다 그는 이곳은 백 년쯤 된 어묵집이구요, 여기 돈가스는 도쿄 최고라고 해도 과언이 아니에요, 하며 동네 상점들을 소개했다. 어딘가 과장되고 들뜬 목소리였다. 창문이 닫힌 집들과 포렴을 내걸기 시작하는 이자카야와 무엇을 파는지 알 수 없는 상점들로 사람들이 드나들었다. 도시가 아니라 한 소읍에 와 있는 것 같았다. 기억에 흐릿한 형체로 남아 있는 어느 익숙한 장소. 그녀는 마땅한 장소를 찾기 위해 두리번거리고 있는 옆 남자를 올려다봤다. 길이라면 지나갈 사람이었다. 책이라면 한 번 읽고 잊어버릴 사람이었다. 그러자 화가 조금 누그러드는 것 같았다. 그와 같은 것을 느끼고 있을지도 모른다고 생각한 것이 틀릴지도 몰랐다. 그녀는 자신 있게 그의 뒤를 따라 이자카야 미닫이문을 밀고 들어갔다.

그는 복어를 배우는 일은 잘 되고 있느냐고 물었다. 안주로 시킨 깍지콩 껍질을 벗기다 말고 그녀는 손을 멈췄다. 시간이 돌연 다른 방향으로 흩어지는 것 같았다.

동네에서 가장 오래되고 좁은 술집이었다. 대여섯 개의 테이블들 사이에 시늉뿐인 파티션이 쳐졌고 혼자 온 손님들은 음식을 만드는 주인과 마주 볼 수 있게 된 바에 앉았다. 가츠오부시를 달이는 달짝지근한 냄새와 갓 지은 밥 냄새, 나무 냄새 같은 것들이 섞여 있었다. 작은 호리병만한 사케 한 병을 다 마시는 사이에 눈발이 거세졌다. 술집으로 들어오는 사람들이 입구에 선 채 옷에 묻은 눈을 털고 자리를 찾아 앉았다. 술은 취하지 않았다. 그 역시 취하려고 마시는 술은 아닌 것 같았다. 술잔을 비울수록 정신이 더 맑아지는 듯 눈이 투명해 보였다. 그런데도 언제나 그의 몸 어딘가에 붙어 있는 격심한 피로감은 사라지지 않았다. 그가 복어, 라고 말한 순간 멈췄던 손을 움직여 다시 깍지콩 하나를 집었다. 연둣빛 콩들을 입안에 넣었다. 그에게 복어이야기를 한 것은 실수였을까. 그녀는 테이블에서 떨어져 의자에 등을 기댔다. 그를 처음 만났을 때처럼, 너무 가깝지 않은 거리에서 남자를 살펴보고 싶었다. 그러기엔 턱없이 좁은 자리였다. 그는 모양이 흐트러지지 않도록 달걀말이 한쪽을 젓가락으로 반듯하게 자르고 있었다.

왜요?

그가 젓가락을 내려놓고 물었다. 아니라고, 그녀는 고개를 저었다.

정말 밤새 눈이 올 모양이네요.

여긴 눈이 자주 오는 도시는 아닌데 말입니다.

봄을 알리는 눈 같아요.

봄에, 서울로 가신다고 하셨죠.

삼월에요.

삼월.

네.

그럼 언제 다시 도쿄에 오십니까.

글쎄요.

전시할 때 소식 주시면.

그것도 잘 모르겠어요.

뭘 말입니까?

작업을 더 하게 될지 아닐지.

그는 침묵했다. 그 얼굴이 상대에게 어떤 새로운 말을 기대했다 거절당한 것처럼 보인다고 그녀는 여겼다. 출입문 격자무늬 사이로 흩날리는 눈발이 보였다. 눈이 그치자마자 삼월이 시작되기라도 할 듯 마음이 조급해지는 것을 느꼈다. 삼월이면 복어의 맛이 달라진다.

어려워요.

뭐가요?

복어요.

아, 네.

복어에 대해 물으셨잖아요.

그랬죠.

그가 정색을 하고 고쳐 앉았다.

할머니가 어렸을 적에, 이 거리에 잠시 살았어요.

어느 할머니요? 앵두나무 지팡이를 갖고 있던 증조모 말입니까?

아뇨. 그 할머니의 딸. 그러니까 제 친할머니요.

그 당시라면 1920, 30년내 정돈가요.

네. 할머닌 그때 시모노세키에 살고 있었대요. 소녀였는데, 거기서부터 열차를 갈아타고 여기 도쿄까지 오곤 했대요. 등에 타이어 하나씩 짊어지고요. 타이어 하나를 갖고 와 팔면 꽤 큰돈이 됐던 모양이에요. 타이어를 팔고 나면 열차를 기다리는 시간까지 이 거리를 배회하곤 했대요. 색색의 옷감들에 한눈을 파느라 기차를 놓치곤 했어요. 할머닌 옷 만드는 사람이 되고 싶어했나 봐요. 도쿄 오차노미즈 양장 전문학교에 들어가긴 했지만 형편 때문에 졸업은 못 했어요. 그리고 한국으로 돌아가야 했어요.

할아버지가 배를 타셨다고 했죠.

열아홉 살에 할머닌 얼굴도 모르는 사람과 혼인한 거예요.

할머니와 가까웠군요. 그런 이야기들을 나눈 걸 보면.

아뇨. 난 할머니를 만난 적이 없어요.

그럼?

고모들이나 삼촌들한테 듣고 자랐죠.

그 할머니한테도 앵두나무 지팡이 같은 게 있었을까요?

그러기엔 너무 젊은 여자였겠죠.

그렇겠군요.

만약 그런 게 있었다면, 할머니는 어떤 기원을 했을까요.

……그 할머니 때문입니까?

뭐가요?

여기 계신 이유가.

아뇨. 아니에요.

일찍, 돌아가셨겠군요.

왜 그렇게 생각하세요?

그렇지 않다면.

할머니와 내가 만났을 거란 말씀이죠?

202

아닌가요.

근방에선 옷 수선하는 사람으론 최고였대요.

아까운 솜씨였다고 생각하시는군요.

바늘하고 가위만 있으면 두려울 게 없었다고 해요.

네.

내가 어디서부터 시작됐는지 궁금할 때가 있어요.

그게 할머니로부터인가요?

나를 만든 건 아버지 이전의 할머니부터이지 않을까요.

기질 같은 거 말입니까?

그런 것도.

아니면 예술 같은 것?

그런 것도 있을 거예요. 뭐랄까, 나를 이루고 있는 것들 말이에요.

영향에 관한 거라면, 어떤 특정한 한 사람에게만 받은 건 아닐 겁니다.

그녀는 웃고 싶었다. 그의 말이 꼭 그녀가 예술을 선택하기로 한 것은 친할머니의 영향이 아니라 그녀가 알고 있는, 그녀가 보고 듣고 상상한 거의 모든 사람들의 영향 때문이라고 반박하는 소리처럼 들렸기 때문이다. 그런데도 그의 목소리는 확고하거나 단호한 것과는 거리가 멀었다. 금방이라도 꺼져버릴 것 같은 목소리였다. 삼월. 방금 전 삼월에 관한 이야기를 나누고부터였다. 그는 고개를 비스듬히 돌리고 있었다. 하마터면 그녀는 테이블 위로 손을 뻗어 그의 손을 덮어줄 뻔했다. 낯설지도 가깝지도 않은 사람과 어떻게 대화하는지 잘 알지 못했다. 다만 넘겨짚고 싶진 않았다. 그랬다간 상대방의 마음이 닫혀버릴 테니까.

그가 맨션까지 데려다주겠다고 했다. 그녀는 싫다고 했다. 그가 자전거 안장에 쌓인 눈을 손바닥으로 쓸어냈다. 신호가 바뀌었다. 횡단보도로 한 발 내려섰다. 뒤에서 그가 팔꿈치를 잡았다. 움켜쥐는 힘처럼 강하고 뜨거운 기운이었다. 그녀는 돌아봤다. 그의 입술이 뭐라고 말하는 것 같았다. 소리는 잘 들리지 않았다. 빠른 걸음으로 횡단보도를 건넜다. 그녀는 아직도 자신에게 화가 나 있는 것 같았다. 그와 공통적으로 느끼고 있다고 생각한 건 단지 고통의 유대감 같은 것만이 아닐지도 몰랐다. 불안이 커졌다. 불안은 더이상 불안이 아니고 화는 더이상 화가 아니었다. 이중의 슬픔 속에서 뺨에 닿는 눈송이가 눈물처럼 주룩 흘러내리고 있었다. 그녀는 말해야 한다고 생각했다. 그에게. 이렇게. 나는 복어의 독과 겨루고 있는 게 아닙니다.

그녀는 뒤돌아보았다. 거기에 꼭 누가 서 있을 것만 같았다.

40
개 한 마리와 사막에서

문에게 전화가 걸려온 것은 자정이 넘어서였다. 전화가 걸려

온 시간보다 전화를 걸어온 상대가 문이라는 사실에 그는 얼마쯤 당황스러웠다. 수화기를 들고 그는 기억을 더듬어봤다. 문이 전화를 걸어온 것은 처음이 맞았다. 문의 용건은 간단했다. 부탁이라고는 했지만 그가 듣기에는 일방적인 용건에 가까웠다. 괜찮으면 지금 desert에 가서 로버의 상태를 좀 봐줄 수 있겠느냐는 것이었다. 가게 문을 닫고 담배를 사러 밖에 나왔다가 아는 이를 만났다고 했다. 가게로 다시 들어가려고 한 이유는 며칠 전부터 장염으로 앓고 있는 로버 옆에 더 있어주기 위해서였다고. 그는 머뭇거렸다. 문의 말에는 설명이 안 되는 부분이 있었다. 문도 그걸 인정하기라도 하듯 침묵을 지켰다. 우연히 만난 사람이 누구인지, 근방이라면서 왜 가게에 가볼 수 없는지, 그런 걸 지금 전화로 묻는 것이 좋을지 좋지 않을지 몰랐다. 그는 곧 담담한 어조로 알겠다고 대답했다. 그래도 한 가지는 확인하고 싶은 게 있었다. 그는 혹시 시내가 자리를 만들어달라고 부탁한 거냐고 물었다. 문은 아니라고 대꾸했다. 로버에게 가장 친숙한 단골이 그와 시내, 이렇게 두 사람인데 이 시간에 시내에게 전화할 수는 없지 않느냐고 되레 동의를 구하듯 말했다. 그건 그렇지요. 그는 저도 모르게 고개를 끄덕였다. 오모테산도까지 가는 메트로가 끊긴 시각이었다. 개를 돌보러 택시를 타고 밤 외출을 하게 되다니. 그것도 남의 개를. 그는 고개를 절레절레 흔들었다.

열쇠는 문이 알려준 대로 움푹 들어간 스테인리스 소화기 밑에 있었다. desert의 육중한 문을 밀자 희미한 신음소리가 들렸다. 조명은 그대로 켜둔 채였다. 혼자 술이라도 마시다 나간 모양인지 문이 앉아 있곤 하는 자리에 빈 잔이 놓여 있었다. 로버! 그는 개의 이름을 불렀다. 주방 쪽 통로에서 로버가 비틀거리며 걸어나왔다. 허공에 대고 짧게 두 번쯤 킁킁거렸다. 그의 냄새라는 걸 알아차린 로버가 긴장을 풀고는 침이 질질 흐르는 주둥이를 바짓가랑이에 문질렀다. 문의 부탁대로 주방에 있는 로버의 약을 찾아 사료통에 넣어주었다. 가까운 곳에 있어도 지금 여기에 못 와볼 형편이라면 내일도 장담하기 어려울지 모른다. 곧 온다고 하곤 영원히 돌아오지 않는 사람들도 있다. 사료통에 충분한 양을 부어놓고 물통도 채워두었다. desert를 드나든 지 수년이 지났지만 주방에 들어와본 것은 처음이었다. 커다란 냉장고와 냉동고, 술병을 진열해놓은 셀러들, 개수대와 청색 타일이 깔린 바닥, 행주와 도마까지 티 한 점 없이 깨끗해 보였다. 잘못 떨어진 과일 껍질이나 땅콩 같은 것이 있겠지 싶어 두리번거려봐도 마찬가지였다. 정리하는 걸 유독 좋아하는 사람의 서랍장을 열어본 느낌이었다.

주방 입구 쪽에 원두를 담는 데 쓰였을 마대 자루 하나가 비스듬히 놓여 있었다. 어린아이 하나쯤 들어가고도 남을 만한 크기였다. 밖으로 나가려다 말고 마대 자루 입구를 묶어놓은 끈을 풀어보았다. 로버가 킁킁거리며 다가왔다. 자루 속에는 1.5리터짜리 생수병 세 개와 포장된 누룽지들, 참치캔, 비스킷 종류들과 초콜릿 등이 차곡차곡 담겨 있었다. 지진이 날 때를 대비한 비상식량이었다. 혼자라면 이 정도만 갖고도 일주일은 넉넉히 버틸 수 있는 양이었다. 그는 머쓱해진 느낌이 들어 여기 네 식량도 있다, 라고 로버에게 말하고는 자루 입구를 도로 묶었다. 그 자루가 문이라는 한 사람을 더 이해하는 데 도움이 될지 아닐지는 알 수 없었다. 언젠가 문은 사람을 만날 땐 그 사람과 다른 점이 아니라 같은 점에 대해 생각하면 관계에 훨씬 도움이 된다고 말해준 적이 있었다. 그런 것을 실천하고 있는 사람이라면 그 시간에 로버를 돌봐달라는 전화를 할 수 있는 사람들이 적어도 서넛은 있어야 할 것 같았다. 문이 전화한 사람이 자신이라는 것은 이래저래 이해가 가지 않는다. 문과 공통된 점에 대해선 한 번도 생각해본 적이 없었다.

흑맥주 한 병을 꺼내 바에 걸터앉았다. 로버가 다가와 구두에 한쪽 뺨을 대곤 털썩 누웠다. 문의 염려만큼 개의 상태는 나쁜 것 같지 않았다. 기운이 없어 보이는 것 외에 특별히 다른 증상은 없는 듯했다. 그는 자신이 개에 관해 아는 게 없다는 사실을 떠올렸다. 이따금씩 로버, 하고 이름을 불러주었다. 그때마다 로버는 고개를 위로 살짝 치켜들었다가 노로 엎드렸다. 앓고 있는 개였다. 본성만 남아 있을 거였다. 세 병째 술병을 비우면서 그는 문이 오늘밤 쉽게 이 자리로 돌아오지 못하리라는 것, 그리고 그도 로버를 혼자 둔 채 가지 못하리라는 걸 직감했다. 문이 밤거리에서 우연히 만났다는 사람, 그는 누구일까. 그는 그 우연한 만남이 문에게 어떤 변화를 가져다줄지 궁금했다.

바의 조명만 남기고 실내등을 모두 껐다. 새벽 세시가 가까웠다. 그는 이제 사막에 개 한 마리와 남겨졌다고 중얼거렸다. 그러자 밖에서 문이 잠긴 것처럼 두서없이 동요하던 마음이 차분해졌다. 시내가 찾아와도 놀라지 않을 것 같았다. 형이 걸어들어와 옆에 앉는다고 해도. 이상한 밤이었다. 소음도 없었고 발밑에서 개는 잠들었고 빈 술집에서 그는 아무리 마셔도 취하지 않는 술을 마시고 있었다. 손가락 마디를 우두둑 꺾어보았다. 이 체험적 고독은 그에게 어떤 한 가지를 가르쳐주고 싶어하는 것 같았다. 기어이 그는 이렇게 어둠 속에서 영원히 혼자 남겨진다면 어떻게 될까, 하는 불안에 누가 있는 것처럼 흠칫흠칫 뒤돌아보았다. 거기에는 아무도 없었다. 세계도 없었고 그녀도 없었다.

41

아버지는 어디 간 것일까

인천공항에서 홍은동으로 가는 셔틀버스 안에서 그녀가 생각한 것은 한 가지였다.

이월 셋째 주 수요일 저녁이었다. 숄더백을 옆자리에 놓아둔 채 차창에 머리를 기댔다. 짐이라고는 그 숄더백이 전부였다. 백에 든 것은 칫솔과 속옷 한 벌, 드로잉을 할 수 있는 작고 얇은 노트와 펜, 지갑. 그리고 가방에 무엇이 있는지 더는 몰랐다. 네 기시의 맨션에 두고 온 것들이 떠올랐다. 짐은 간단히 꾸릴 수 있었지만 현관문을 잠그기 위해서는 또다시 절차가 필요했다. 쓰레기통을 비우고 거실 문을 잠그고 썩기 쉬운 것들을 냉장고에서 비워내는 일을 해야 했다. 어떨 때의 집은 생물 같은 느낌이 들기도 했다. 떠날 때가 특히 그랬다. 어떤 식으로든 정리라는 것이 필요했다. 차창 밖을 내다보며 그녀는 자신이 희미하게나마 한 번 웃었다는 사실을 깨달았다. 만약 그가 옆에 있었다면 곤란하다는 표정을 지으며 집을 그런 식으로 생각해서는 안 됩니다, 라고 충고해주었을 것 같았다. 집에 관해 말하기 전에 우선 계단에 관한 이야기부터 할 사람이었다.

계단이 홀수인 이유를 그가 설명해주었다. 층계에 처음 올려놓는 발이 층계 끝을 딛게 해야 처음 층계를 올라갈 때와 다 올라갔을 때 모두 자신이 선호하는 발이 닿을 수 있기 때문이라고 했다. 로마 제국의 건축가였던 비트루비우스의 '계단 설계에 대한 디자인 지침'에 나오는 이야기라고. 그런 계단들이 모여서 이루어진 공간이 집이라는 게 그의 주장이었다. 그녀는 손가락으로 버스 창유리에 계난을 그렸다. 아무리 공간을 구분하는 정도라고는 해도 계단 하나로는 부족하다. 발이 걸려 넘어지기 십상이다. 세 개의 계단. 그것이 층간의 높이에 변화를 줄 수 있는 최소한의 계단 숫자다. 지진에도 견딜 수 있는 집. 그는 언젠가 그런 집을 짓고 싶다고 말했다. 건축의 의미로서의 집에 대해서 아는 것은 없지만 그녀는 보다 다각적이고 세밀하게 계획할 필요가 있지 않을까라고 말해주고 싶었다. 그럴 수 있는 기회는 오지 말아야 했다. 그녀는 계단을 문질러버렸다. 그에게 듣고 싶은 이야기, 들려주고 싶은 이야기들이 많다는 사실을 떠올리게 될 때마다 공기가 수축하듯 얼굴이 오그라드는 느낌이었다. 절대로 거울로 마주 보고 싶지 않은 자신의 얼굴.

아버지 생각을 하지 않기 위해서 더 많은 것을 생각해야 했다. 홍은동 고가가 눈앞에 보이기 시작했을 때 그녀는 지금까지 내내 매달리듯 생각했던 것이 집도 아버지도 그리고 그에 관한 것도 아니라는 걸 알았다. 한 가지 생각이 뿌리처럼 떠나지 않았다.

음력 정월 이틀 전. 할머니 기일이다.

목공소에는 아무도 없었다. 문은 잠겨 있지 않았고 불도 켜져 있었다. 바로 옆, 창고를 사이에 둔 고모 가게에는 셔터가 내려져 있었다. 할머니 기일이면 고모는 가게 문을 닫고는 했다. 아버지는 하루도 일을 쉬는 법이 없었다. 그녀는 인도에 우두커니 서 있다가 목공소 안으로 들어갔다. 난로에 손을 대보았다. 온기가 느껴졌다. 구식 주철 난로였다. 불씨가 살아 있었는지 바닥에 떨어져 있는 나무토막을 하나 집어넣자 타다닥 불꽃이 피어올랐다. 아버지 밑에서 십 년째 살문──門을 배우는 송씨 아저씨도 보이지 않았다. 잠깐 목공소를 비운 것뿐일지도 몰랐다. 나무 의자를 끌어다 난로 옆에 놓고 앉았다. 목공소에 와보는 것도 오랜만이었다. 작업을 할 때 받침대 역할을 하는 각목을 얻으러 틈틈이 다니러 오곤 했다. 톱밥 타는 냄새가 몸속으로 스며드는 것 같았다. 낙엽송에서 나는 냄새였다. 아버지의 체취. 남의 눈에 띄지 않게 영원히 사라지는 일은 어렵지 않을지도 몰랐다. 어려운 건 자신에게서 궁극적으로 벗어나는 것일지도. 자신의 눈으로부터. 내수동 작업실을 떠난 그녀, 일을 하지 않게 된 그녀, 죽는 것밖에는 생각하지 않는 그녀. 그것이 현재 자신의 모습이었다. 가슴이 뻐개지는 것 같은 통증이 느껴졌다. 아버지를 보러 온 것은 옳은 판단이 아닐 수도 있었다. 목공소는 거기서 누군가 지속적으로 일을 하고 있었다는 사실을 여실히 보여주었다. 불쏘시개로 쓸 수북한 톱밥과 벽에 세워져 있는 완성되지 않은 문짝들, 화이트보드에 적힌 주문 내용과 할 일들, 천장에 달린 두 대의 환풍기, 엔진톱, 회전톱, 홈파기용 드릴과 날카로운 쇠가 달린 그라인더 같은 공구들은 거기에 그녀가 있다는 걸 모르는 것처럼 냄새를 풍기고 삐걱거리며 움직였다. 목공소에서 굳어 있는 것은 오직 그녀 자신밖에 없는 것 같았다. 그녀는 손바닥을 비볐다. 어제까지는 칼을 들고 있던 손. 지금은 무엇을 해야 할지 모르는 그런 손을.

아버지는 어디 간 것일까.

바닥에 쌓여 있는 톱밥을 손바닥으로 퍼 난로에 부어넣었다. 연통에서 희미하게 연기가 새나오는 게 보였다. 어딘가 틈이 생긴 모양이었다. 겨울은 아직 남아 있었다. 난로를 손봐야 할 거라고 아버지에게 알려줘야 했다. 아버지는 밤이 다 가도록 돌아오지 않을 것 같았다. 고모와 아버지는 제사상을 보기 위해 장에 간 게 아닐 수도 있었다.

여느 해의 제삿날의 풍경이 아득하게 느껴졌다. 그녀와 아버지, 고모, 이렇게 세 사람만 데면데면하게 치르곤 했던 제사였다. 며칠 전부터 고모가 아무리 전을 부치고 생선을 말리고 나물을 데치고 과일을 사 나르며 준비해도 어쩐지 모든 음식이 모형 같아 보이고 식어빠져 보이던 제상. 기차를 타고 작은아버지나 큰고모가 생선이 담긴 스티로폼 상자를 들고 홍은동으로 올 때도 있었다. 할머니 제삿날이면 모두들 어딘가 조금씩 부서져나간 얼굴이었다.

창고. 그녀는 목공소 옆 창고를 떠올렸다. 아버지가 확보해둔 붉은 소나무, 참나무, 오리나무 등의 목재들이 서로 기대듯 세워져 있는 곳. 숲처럼 어둑하고 천장이 높고 오직 나무 냄새만 풍기는, 아버지 허락 없이는 누구도 들어갈 수 없는 은밀하고 귀한 곳. 어렸을 적부터 그녀가 좋아했던 장소였다. 몸을 숨기기도 좋은 곳. 수령이 오래된 소나무나 전나무 같은 특별한 나무를 손에 얻게 될 때면 아버지는 그녀를 창고로 데리고 가 은근한 소리로 자랑을 늘어놓기도 했다. 아버지는 나무 하나를 고르는 데도 시간이 오래 걸리는 사람이었다. 혹시 만들 물건에 적당한 나무를 고르러 창고에 가 있는 것은 아닐까. 그녀는 목공소 벽 한쪽에 걸려 있는 서랍장을 흘깃 쳐다봤다. 작은 서랍들이 열다섯 개 달린, 아버지가 청년 시절에 만들어 줄곧 갖고 있는 벽걸이용 서랍장이었다. 목공소 문을 열면 바로 오른쪽 벽에 붙어 있었다. 아무리 큰돈을 넣어두어도 없어지는 법이 없다고 했다. 창고 열쇠도 그 서랍들 중 한 군데에 들어 있었다. 아버지가 나무를 고르고 있을지도 모른다고 가정하자 지금은 기다리는 일밖엔 할 수 없다는 생각이 들었다. 혹은 이런 가정도 가능했다. 고모와 아버지는 아직도 저 아래 재래시장에 있을 것이다. 제상에 올릴 전을 부칠 애호박과 갓 쪄낸 떡과 따끈따끈한 두부와 고사리, 숙주, 시금치를 사고 있을 것이다. 언제나 제사 이틀 후가 음력설이라 설날 장까지 함께 보곤 했다. 시간이 길어지기 일쑤였다. 고모가 장바구니를 들고 앞장서면 아버지가 스쿠터를 끌고 따라갔다. 지금쯤이면 장을 다 보고 시장에서 막걸리와 파전으로 간단히 요기하고 있을지도 모른다. 그러자고 한 것이 조금 길어지고 있는 것일 뿐.

불씨가 타닥타닥 타올랐다. 불꽃은 푸르스름하며 끝은 노랬다. 뜨거웠고 맹렬한 기세였다. 공기가 훈훈해졌다. 차츰 마음이 가라앉았다. 아버지와 고모가 돌아올 때쯤이면 허기에 주려 있을 것 같다. 제사를 지내고 나서 커다란 양푼에 밥과 나물들을 섞어 비벼 먹으리라. 아버지와 고모와 밤이 늦도록 정종도 마실 것이다. 인도로 밤이 내려앉았다. 고가 위로 자동차들이 지나갔다. 흰 차도 검게 검은 차는 더 검게 보였다. 모든 풍경이 무연탄 색으로 변해갔다. 눈꺼풀이 무겁게 내려앉기 시작했다. 새벽에 홀연히 잠이 깬 후론 하루 종일 할머니 생각만 했다. 잠시 어디 머리를 기댈 수 있는 데가 없을까. 깊이 잠들지는 말아야 했다. 그녀는 목공소를 두리번거리며 아버지, 왜 나를 그런 눈으로 봐요, 라고 한 번도 못 해본 말을 잠꼬대처럼 웅얼거렸다.

42
밤은 한 달처럼 길고

어제, 그녀는 약속 장소에 나오지 않았다. 그는 인파로 북적거리는 모리 빌딩 앞 벤치에 앉아 있었다. 거대한 거미 상像이 눈앞에 있었고 다리 한 개가 그가 앉아 있는 벤치 뒤로 뻗어 있었다. 약속 시간이 한 시간쯤 지났을 때 그는 혹시 일방적인 약속은 아니었을까 의심해보았다. 그곳에서 만나자고 한 사람은 그녀였다. 그에게 보여주고 싶은 것이 있다고 했다. 자신에 관한 것이라고 말했다. 그는 여덟 개의 길고 단단한 다리를 벌리고 선 청동 거미를 올려다봤다. 거미 배에 커다란 돌멩이들을 감싸고 있는 검은 그물이 늘어져 있었다. 예술의 목적은 두려움을 극복하는 거라고 말했던 루이즈 부르주아가 만든 작품이었다. 그는 그 거미를 바라보고 있는 것만으로도 숨을 조이는 듯한 두려움이 몰려오는 것을 느꼈다. 막연하지만 언젠가 반드시 눈앞에서 일어나고야 말 순간이 다가오고 있는 듯했다. 두 시간이 지났다. 기다림은 의혹으로 의혹은 두려움으로 커졌다.

히비야선을 타고 미노와 역에서 내렸다. 남쪽 개찰구 쪽으로
빠져나왔다. 어디가 아픈 건지도 몰랐다. 약속 장소에 나오지 않
는 것으로 이별을 말하려 한 것일까. 그런 거라면 다행이다, 차
라리. 그는 걸음을 재촉했다. 도쿄타워에서 그녀 옆얼굴을 지켜
보고 있을 때와 흡사한 느낌을 떨쳐버릴 수만 있다면 어떤 것이
든 받아들일 수 있을 것 같았다. 형의 마지막 전화를 받고 집으
로 달려갈 때처럼 식은땀이 흘렀다. 그녀가 사는 맨션은 두 그
루의 오래된 느티나무로 유명했다. 이십 년 전 그 맨션이 지어
질 때 땅 주인이 건축업자에게 나무를 훼손하지 않는다는 약속
을 받아낸 후 세워지게 된 맨션이었다. 맨션 앞까지 걸어서 오
분. 그동안 아무 생각도 하지 않기로 했다. 그런 결심은 마음을
진정시키는 데 아무런 도움이 되지 못했다. 그는 그날 밤 벌어
질 수 있는 최악의 상황을 상상했다. 살면서 벌어질 수 있는 일
들은 셀 수 없을 만큼 많았고 거기에는 반드시 최악의 일들도
있었다. 그런 회의적인 생각에 기대고 싶었다.

맨션 현관문은 닫혔고 인터폰은 그 유리문 안쪽에 있었다. 자
전거 거치대에 그녀 자전거가 보였다. 귀퉁이가 벗겨진 초록색
안장이었다. 거기서 모퉁이를 돌면 바로 천의 거리로 이어지는
길이 나왔다. 그 길 끝에 닛포리 역이 있다. 그녀와 헤어진 후 그
녀 뒤를 따라갔던 게 언제였는지 기억나지 않았다. 그는 맨션 정
문에서 그녀 방일 거라고 짐작되는 쪽 골목으로 갔다. 그녀가 말

한 폐타이어 공장이 있었다. 공장을 등지고 선 채 맨션을 쳐다봤다. 육층. 아는 것은 거기까지였다. 베란다에 아직 세탁물과 이불을 걸쳐놓은 집과 아이들용 플라스틱 자전거나 커다란 종이 박스들을 세워놓은 집들도 있었다. 어스름 속에서 그 집에 사는 사람들의 그림자가 왔다갔다 하는 것이 보였다. 어느 것도 그녀가 사는 곳이라고 말할 수 없는 집들의 풍경이었다.

그녀에 관해 아는 것이 없었다. 그녀에 관해 아는 건 오직 이것뿐이었다. 끊임없이 죽음의 충동에 시달리는 삶을 견디고 있다는 것. 그리고 그것이 진짜 그녀의 삶이라는 사실을.

맨션을 등지고 섰다. 그는 지상에 없는 높은 사다리에 올라선 것처럼 먼 곳으로 눈길을 던졌다. 일 년 후면 그녀가 거실에서 십층 높이쯤 올라간 스카이 트리의 한쪽 측면을 볼 수 있는 자리였다. 바로 눈앞에서. 비록 지금은 아무것도 보이지 않는다고 해도. 그는 서둘러 맨션을 뒤로하고 걸었다. 그 일을 포기하지 않았다면 그녀에게 특별한 타워 하나를 보여줄 수 있었을 것이다. 그 미련이 그녀와의 관계에 어떤 불길한 징조로 느껴지지 않도록 걸음을 재촉했다. 집으로 가는 길에 걸음을 재촉하는 경우란 거의 없다는 사실조차 깨닫지 못하면서.

밤은 한 달처럼 길었다. 꿈속에서 그녀는 차갑고 단단한 얼음 위에 선 채, 그것이 금방 깨어지고 말 살얼음이라도 상관없다는 표정을 짓고 있었다. 그런 눈으로 그가 잠에서 깨어나는 것을 말없이 바라볼 뿐이었다.

이른 아침인데도 골목은 벌써 철시를 앞둔 것처럼 한가해 보였다. 그는 츠키지 장외시장 휴게소에 앉아 맞은편 가게를 주시했다. 복어가 그려진 포렴 밑으로 나와 담배를 피우고 들어가는 사내. 그녀가 말한 아베라는 주인 같았다. 아닌 게 아니라 사내의 손이 닿은 생선은 사고 싶지 않을 정도로 차림새가 후줄근한데다 우락부락해 보이기까지 하는 인상이었다. 가게 역시 쾌적함과는 거리가 멀어 보였다. 그는 긴장으로 뻣뻣해진 몸을 일으켜 휴게소 밖으로 나갔다. 물웅덩이를 피해 길을 건넜다. 가게 안쪽에서 팔짱을 끼고 앉아 있던 사내가 그가 들어오는 것을 보고도 자리에서 일어날 생각을 하지 않았다. 그는 멈칫거렸다. 자신이 그저 복어를 사러 온 손님처럼 보이지 않을 수도 있다는 생각이 스쳤다. 그는 사내가 등지고 있는 커다란 수조 두 개로 허둥지둥 눈을 돌렸다. 수조 바닥에 몸통에 점박이 무늬가 있는 복어 세 마리가 배를 댄 채 웅크리고 있었다. 복어는 움직이지 않는 무거운 돌덩이처럼 보였다. 동물적인 생기라곤 전혀 찾아볼 수 없다. 실망감이 몰려들었다. 복어는 더이상 자신의 관심을 끌지 못한다고 말하고 싶었다. 그는 가까스로 수조를 외면했다. 사내가 자리에서 일어났다. 비좁은 실내였다. 가운데가 눈에 띄게 팬 도마와 서너 자루의 칼들이 놓여 있었고 비린내가 코를 찔렀다. 사내의 눈빛은 날카로웠다. 그녀가 오전 시간을 함께 보내고 있는 사람이었다.

그의 계획은 이런 게 아니었다. 사내에게 부탁을 하거나 그녀에 관해 무언가 물어보는 일이 생기게 될 줄 몰랐다. 그의 계획은 사내의 입장에서 보면 협박이나 다를 바 없는 그런 종류일 것이었다. 앞의 것과 뒤의 것은 같을지도 몰랐다. 어떤 이유로든 사내가 그녀에게 손질하지 않은 복어 한 마리를 통째로 내주어서는 안 된다는 점을 강조해야 했다. 도쿄에서는 명백히 불법인 일이다. 부탁이 아니라 협박이 더 효과적일 것이다. 그러나 그런 말을 하게 된다면 그건 부탁에 가깝게 들릴 거라고 그는 예견하고 있었다. 생각보다 빨리 사내를 만나게 되었다. 사건들이 언제나 예측 가능한 방법으로 일어나는 건 아니다. 하지만 일어날 수 있는 희박한 가능성에 대해서도 신중을 기해야 했다. 그녀에 관한 일이었다.

주인은 그녀가 여기 오지 않았다고 말했다. 그는 할 말을 찾고 있었다. 주인은 그녀와는 삼월 첫째 주에 다시 만나기로 했다고 했다. 자신은 내일부터 복어 축제가 열리는 후쿠오카로 갈 거라고 말했다. 같이 가자고 제안했지만 그녀는 서울에 일이 있다며 거절했다고. 그는 두 손을 바지 주머니로 찔러넣었다. 가족에 관해 모르는 일을 다른 사람에게 상세히 전해 듣는 느낌이었다. 그럼, 지금 그녀가 서울에 있습니까? 주인이 담배를 꺼내 피워물었다. 그걸 내가 알 수 있겠습니까? 그럼, 아는 것에 대해 말해달라고 그는 말했다. 정중하지도 은근하지도 않은 말투라는 걸 잘 알고 있었다. 사내가 히죽 웃는 것 같았다.

43
두 개의 거울

밤의 도시는 껍질 속에 가시를 숨긴 낙엽송과 비슷해 보였다. 기대고 싶었지만 다칠 것 같았다. 광화문 사거리였다. 숄더백이 어깨를 짓누르기 시작했다. 오른쪽 발에 왼쪽 발이 걸려 자꾸만 휘청거렸다. 가야 할 곳은 한 군데뿐이었다. 그곳으로 가지 않기 위해 그녀는 안간힘을 쓰고 있었다. 같은 길을 몇 번씩 돌았다. 날아가는 새도, 잘못 걸린 것처럼 떠 있곤 하던 별들도 하나 보이지 않았다. 횡단보도를 건널 때 한 여자가 지나가면서 자신을 힐끔 보는 것 같았다. 눈에 익은 얼굴이었다. 누구인지 잘 기억나지 않았다. 거리는 경적 소리와 인파와 옥외 광고판에서 쏟아져나오는 불빛 때문에 한낮인지 밤인지 구분하기 어려웠다. 뒷골목 하나하나까지 아주 잘 아는 거리였다. 그녀는 어리둥절했다. 한꺼번에 너무 많은 불빛들이 얼굴을 비추는 것 같았다. 읽어낼 수 없는 도시의 위계와 함정 속으로 빠져든 느낌이었다. 지하 계단으로 발을 내디뎠다. 지하도를 지날 때 가벼운 금속성 물체 하나가 발밑에 떨어지는 소리가 들렸다. 누군가 등을 두드리며 단추 하나를 내밀었다. 그녀 외투에서 떨어진 단추였다. 상대에게 고맙다고 말하려는 순간 그녀는 손으로 입을 막았다. 단추를 주워준 사람의 얼굴이 그녀와 너무 똑같아 보였다. 안전한 곳으로 몸을 숨길 필요가 있었다. 지독하게 쓴 커피 한 잔을 마시고 싶었다.

침착해져야 한다고 그녀는 그녀에게 말했다.

할머니의 상자를 열었을 때 첫번째로 본 것은 가위와 줄자, 그리고 뒷면이 새까맣게 변한 은거울이었다. 할머니가 오래 써왔던 손거울이었다. 605호 세면대에 걸려 있는 거울 앞에서 할머니 손거울을 손에 든 채 큰 거울에 정면으로 비췄다. 큰 거울이 손거울과 손거울이 비추고 있는 그녀의 얼굴을 비췄다. 두 개의 거울들은 그녀를 블랙홀처럼 빨아들였다. 빛도 빠져나가지 못하는 소용돌이. 형체가 점점 작아지는 그녀의 수십 개의 얼굴이 두 개의 거울 속에 보였다. 마지막 모습은 너무 멀어 잘 보이지 않았지만 틀림없이 자신의 얼굴이었다. 할머니의 거울을 통해 본 것은 수십 개의 자신의 얼굴이었고 그것이 그녀가 상자를 열고 본 두번째 형체이기도 했다. 거울 속의 여자들은 입술을 굳게 다물고 말했다. 그것은 매우 짧은 문장이었다. 그녀는 손거울을 내려놓고 큰 거울을 피해 쭈그려 앉았다. 여러 개의 자신의 얼굴을 한순간에 본다는 것은 예기치 못한 슬픔을 느끼게 했다. 그런 순간이 다시는 오지 않기 바랐다.

레스토랑 안은 거의 비어 있었다. 빈 테이블에서도 연기처럼, 누군가 자리에 앉았다가 뜨고 테이블 사이를 무람없이 걸어다니는 기척이 느껴졌다. 그녀 얼굴을 한 여자도 있었다. 뜨거운 에스프레소를 재빨리 마셨다. 이 깊은 현기증에서 어서 깨어나고 싶었다. 그러나 할머니 손거울을 든 채 큰 거울 앞에 여전히 서 있는 느낌이었다. 어둠 속에서 죽은 자를 맞닥뜨릴 때와는 달랐다. 거기에 뭔가 두려운 것이 있다는 듯 그녀는 목을 꺾고 앉아 있었다. 음식은 차갑고 테이블보는 희다 못해 푸른빛이 돌았다.

경복궁역을 지나면서부터는 대로를 벗어나 골목으로 접어들었다. 좁고 어두운 길이었다. 가로등은 깨졌고 길고양이들이 맥없는 소리로 울어댔다. 골목 양쪽에 눈이 쌓여 있었다. 맹인학교 앞에서 한 여자가 지팡이를 양쪽으로 휘두르며 내려왔다. 여자가 지팡이로 땅을 짚을 때마다 딱딱거리는 소리가 났다. 여자의 얼굴을 보지 않기 위해서 그녀는 등을 돌리고 선 채 여자가 다 지나갈 때까지 기다렸다. 식은땀과 두려움으로 그녀는 작업실로 올라가는 내수동 길목에서 덜덜 떨었다.

두 개의 거울 속에 들어 있던 것. 그것은 부분들은 전체와 유사하다는 진실이었다.

44
불안은 아무도 보호해주지 못한다

스즈키 박사가 박하차 두 잔을 내왔다. 차 한 모금을 넘기고 그는 스즈키 박사를 아저씨, 라고 불러보았다. 형이 죽은 후 스즈키 박사를 그렇게 부르기는 처음이었다. 스즈키 박사가 고개를 끄덕였다. 그는 그녀에 관해 이야기했다. 안주머니에 오래 보관하고 있던 상자를 처음으로 다른 사람 앞에 열어 보이는 느낌이었다. 그녀 이야기를 다른 사람에게 하기는 오늘이 처음이다. 그녀 이야기를 할 만한 누구도 곁에 없다는 걸 인정해야 했다. 형이 있었다면 달랐을 텐데. 죽으면서 형은 그에게 터무니없이 많은 것을 남기고 갔다. 그게 형이 죽고 나서 든 분노의 첫번째 이유이기도 했다. 형이 죽기 전엔 두려움은 알았어도 외롭다는 게 어떤 것인지 알지 못했으니까. 그는 그녀 이야기를 했다. 다 털어놓았다고 생각했다. 스즈키 박사는,

그 사람한테 느끼는 가장 큰 감정이 뭔가?

라고 물었다. 스즈키 박사는 그녀를 그 사람이라고 부르고 있었다. 그 사람. 그러자 그녀에 대한 파편적인 생각들이 명확하게 보이는 것 같았다.

두려움입니다.

그 사람이 무슨 타워나 엘리베이터라도 되나?

아저씨는 껄껄 웃었다. 그러곤 곧 웃음을 멈추고 물었다.

어떤 것에 대한 건가?

그 사람이, 사라져버릴지도 모른다는 두려움이요.

그것 참.

왜요, 아저씨?

내가 아주 무능한 의사란 생각이 들어서 말야.

제 탓이에요.

우리가 했던 상담들이 자네한테 전혀 도움이 안 됐다는 느낌

이 드네.

그거완 다른 일이에요, 아저씨.

뭐가 다른가?

이건, 그러니까, 일종의 여자 문제잖아요.

여자라.

네.

그 사람을 만난 게 언제부터였다고 했지?

일월 첫째 주요.

이제 두 달쯤 됐겠구먼.

네.

그 사람을 본 순간 윤재가 떠올랐다고 했나.

윤재. 형의 이름. 오래 불러보지 못한 이름이었다.

자네가 모든 것을 그 사람 눈을 통해 보고 있다는 생각은 한 번도 안 해봤나.

……!

아버지가 몹쓸 짓을 할까봐 더 전전긍긍하게 된 것도, 그리고 그 사람이 그럴지도 모른다는 불안이 든 것도 말야.

저에게 영향을 줄 만큼, 가까운 사인 아니라고 생각했어요.

스즈키 박사가 미소지었다.

자네, 혹시 부적 같은 거 갖고 있나?

아마 방 어딘가엔 붙어 있을 거예요.

최여사가 붙여뒀겠지.

네.

자네 어머니가 왜 그러는지 생각해본 적 있나?

무엇에든, 기대고 싶지 않겠습니까.

맞아. 사람들은 모두 부적이 미신이라고 알고 있어. 그래도 부적을 무시하진 못하지. 특히 여기 일본 사람들처럼 부적을 맹신하는 민족이 또 어디 있겠나. 나도 여기 하나 갖고 있다네.

스즈키 박사는 지갑이 들었을 오른쪽 뒷주머니를 툭툭 치며 웃었다.

미신은 두려운 마음에서 나오는 거야.

그러니까 이성적이지도 합리적이지도 않잖습니까.

자넨, 자네가 가진 두려움을 이성적으로 설명할 수 있나?

......

모든 일이 합리적인 추론으로 설명될 수 있다면 얼마나 좋겠어.

그렇다고 부적 같은 걸 장려할 순 없잖아요.

그렇게 하면 나 같은 의사들은 어떻게 먹고살겠나.

농담 그만하세요, 아저씨.

깨진 거울에 대한 두려움을 합리적으로 설명할 수 있는 방법이 있을까?

그런 건 애당초 합리적으로 설명이 안 되는 거잖아요.

자네가 그 사람을 처음 만난 순간에 느낀 감정처럼 말이지.

그는 입을 꾹 다물었다.

사람들은 실수로 거울을 깨뜨린 순간, 그 사소한 사건에서 모두 불안감을 느낀다는 거지.

그 불안감을 없애줄 만한 것을 찾게 되겠군요.

믿는 마음이 없으면 안 된다네.

그게 부적이 돼서는 곤란한 거 아닌가요, 아저씨.

왜?

스즈키 박사는 몸을 앞으로 기울이며 물었다. 목 안이 따끔거렸다. 아저씨가 들려준 이야기들은 많았다. 우스꽝스럽거나 허탈하거나 쓸쓸한 이야기들, 두렵게 느껴지는 이야기들. 어떤 것은 기억할 수 있고 어떤 것은 문을 닫고 나오는 순간 잊어버린 이야기들. 그가 아직도 기억하는 것 중에는 자기 스스로 발뒤꿈치를 면도날로 자른 사람 이야기도 있었다. 아무 데도 가고 싶지 않았던 남자였다.

불안한 마음이 드는 것도, 그것 때문에 다른 것에 기대는 마음도 다 열정이 없으면 불가능한 거라네. 부적 같은 것에 기대는 것도 희망이지. 믿고 싶다는 희망. 부적이 왜 나쁜가. 그런 희망을 줄 수 있다면 말이지.

무슨 말씀인지 잘 모르겠어요.

열정에도 옳은 게 있고 옳지 않은 게 있지 않겠나?

제가 뒤에 걸 더 많이 갖고 있다는 말씀이시군요.

그래. 두려움이란 건 절대 수동적인 게 아니라 능동적인 거야.

아저씨.

말해봐.

그 사람을, 잃고 싶지 않아요.

붙잡고 있으면 되잖은가.

방법을 모르겠어요.

자네, 사랑할 때 가장 먼저 익혀야 할 게 뭔지 아나?

……

한꺼번에 원하지 않는 법이지. 그건 진실도 마찬가지야.

여전히 어리둥절한 기분으로 그는 고개를 끄덕거렸다.

부모 걱정은 너무 하지 않아도 되네. 그걸 다 잘 알고 있는 분들이거든.

현명한 분들이죠, 행복하진 않지만.

행복이 뭔지 아는 분들이지.

그는 대꾸하지 않았다. 아저씨는 대답을 기다리지 않았다.

그리고 그 사람에게 보여주게.

뭘요?

자네의 믿음을.

스즈키 박사 등뒤로 해가 지고 있었다. 보라와 짙은 청색으로 물든 하늘이 액자처럼 걸려 있었고 검은 새 한 마리가 날아갔다. 평범한 크기의 창문인데도 해가 지는 것인지 뜨기 시작한 것인지 확신할 수 없었다. 그것이 자신이 볼 수 있는 크기의 전부처럼 느껴졌다. 그는 그녀에게 아무것도 보여줄 수 없을 것 같았다. 나는 고작 그런 사람이다, 라고 생각했다. 아저씨. 그는

226

그대로 창에 눈을 던진 채 말했다. 저는 어떤 사람입니까? 묻고
싶었다.

나는 간절히 기도해본 적이 없었다.

별자리 같은 것에 대해서는 알지 못한다.

실천할 수 있는 조언만을 원했다.

나는, 사랑을 해본 적이 없었다.

그는 눈을 떴다. 깨달음은 왜 슬픔과 함께 오는 것일까. 해가
지는 것이 확실한 것 같았다. 하늘이 점점 어두워졌다. 침묵이 두
껍게 내려앉아 있었다. 그는 자리에서 일어났다. 몸이 움직이는
지 아닌지 확인해보고 싶은 사람처럼 느릿느릿. 공기들이 10센티
미터쯤 뒤로 밀려나는 게 느껴졌다. 상담실 입구에 걸려 있던
외투를 손에 든 채 문을 밀고 나왔다. 복도에서 스즈키 박사가
그의 어깨를 두드렸다. 아저씨는 이렇게 말하고 싶은 것 같았다.
명심하게, 불안은 아무도 보호해주지 못한다는 것을.

45
먹는 것은 죽는 것과 같은 맛

혼란은 뜻하지 않은 데서 왔다. 믿을 수 있는 것과 믿을 수 없
는 것을 구분할 수 있다고 믿어왔다. 손으로 만졌을 때, 그것이
특별한 느낌을 주거나 감정을 전달한다면 그건 믿을 수 있는 종

류의 것이었다. 찰흙을 만질 때, 꽃 이파리를 만질 때, 타인의
육체를 만질 때, 눈물을 문지를 때. 믿을 수 있는 것들은 사물이
나 무생물의 오브제에 지나지 않을 때도 그녀에게 각별한 감각
과 여운을 남겼다. 만져도 믿을 수 없는 것들도 있었다. 그림자,
거울에 비친 상. 그리고 사랑한다, 아프다, 같은 문장들은 변화
를 느낄 만한 아무런 감각을 일으키지 못했다. 그러나 아베상의
가게에서 꿈틀거리는 복어를 처음 보았을 때 느낀 현기증은 혼
란의 시작을 말해주고 있었다. 복어. 그것은 지금까지 한 번도
만져보지 못한 생선이었고 아베상을 계속 설득시키지 못한다
면—지금으로서는 전혀 가능성이 없지만—앞으로도 만져보지
못할 사물이 될 거였다. 아베상이 복어를 다룰 때, 그녀는 그녀
의 모든 감각을 아베상의 손끝으로 옮겨놓았다. 슬쩍, 그저 존재
를 이곳에서 저기로 잠시 옮겨놓듯. 살아 있으며 아직 숨이 끊
어지지 않은 복어를 한 번도 만져보지 못했으면서도 그녀는 이
제 복어를 생각할 때면, 복어가 저렇게 먹을 수 있는 부위와 먹
을 수 없는 부위, 독이 있는 부분과 독이 없는 부분으로 해체되
는 과정을 지켜보고 있을 때면, 복어가 더이상 관념이 아니라
하나의 생생한 육체처럼, 그것도 그것 외에는 아무것도 더는 믿
을 수 없는 확고한 자신의 육체처럼 느껴진다는 사실을 발견했
다. 과연 만지고 느꼈다고 해서 백의 육체가 믿을 수 있는 존재
인가, 거울에 비친 상이라고 해서 믿을 수 없다고 말할 수 있는
가. 그것이 그녀가 자신에게 던지는 질문인지 복어가 그녀에게

던지는 질문인지 알 수 없었다. 모든 움직임이 빛의 운동에 의해 일어나듯 지금은 모든 게 복어와 밀착된 상태에서 비롯된 것 같았다. 복어가 그녀에게 특별한 오브제가 될 거라고 했던 그의 말이 떠올랐다. 밀물과 썰물을 일으키는 거대한 기조력 같은 힘이 그녀를 압도하고 있었고 복어는 젖은 도마에 누워 차례차례 주둥이와 뇌가 잘리는 순서대로 그녀의 시선을, 그녀의 모든 감각들을 빨아들였다.

오늘 선택한 건 몸통에 검은빛이 홈치르르하게 도는 2킬로그램짜리 참복이다.

칼을 연필처럼 가볍게 놀리며, 쓸 때 정확하게 쓰고 내려놓을 때 정확하게 내려놓는 아베상의 동작은 군더더기 하나 없었다. 첫인상과는 달랐다. 칼을 들고 있을 때 장인처럼 느껴지는 사람을 본 것은 처음이었다. 생선의 맛은 모른다. 하지만 칼을 손의 일부처럼 쓰고 있는 아베상을 보면 생선의 맛은 칼에 달렸다는 말이 실감났다. 실한데다 팔 길이만한 복어를 칼로 때리고 치고 썰고 벗기고 밀고 자르면서 아베상은 문득문득 한 문장씩 말을 내뱉었다. 복어에 관한 말들이었다. 가장 까다로운 생선도, 마지막에 맛있는 생선도, 만질 때마다 항상 긴장감을 느끼게 하는 생선도, 난자에 가장 많은 독이 들어 있는 생선도 모두 복어라는 이야기였다. 아베상의 칼 밑에서도 복어라는 놈은 역시 쉽게 죽진 않았다. 아베상 이마에 땀이 배어 있었다. 그녀는 복어가 더 버텨주기를 바랐다. 참복을 다 손질하고 나면 아베상은 입을 완강히 다물어버릴 것이므로. 그녀는 아베상의 옆얼굴을 올려다봤다. 그가 어떤 사람이든, 그는 그녀에게 복어의 사실에 관해 말해준 첫번째 사람으로 기억될 것이다.

아베상은 깨끗이 치운 도마 위에 마른 행주를 깔았다. 그 위에 손질한 복어를 표본처럼 늘어놓았다. 그녀의 눈에 그것은 두 개의 덩어리로 보였다. 왼쪽에 놓인 건 먹을 수 없는 복어의 내장들. 오른쪽은 먹을 수 있는 살과 껍질과 뼈와 지느러미들. 그녀는 왼쪽, 복어의 신장과 심장과 방광과 눈알과 뇌와 난소와 비장을 보았다. 담녹색과 누리끼리한 미색과 탁한 빨강과 치자색을 뭉개놓은 듯한 빛깔. 오른쪽에 있는 것, 그녀는 수를 세어봤다. 가운데뼈 등지느러미 배지느러미 꼬리 겉껍질 가슴지느러미 뱃살 속껍질 연한뼈살 머리뼈 그리고 갈비. 열한 개의 부위. 먹어도 죽지 않는 부위들이었다. 아베상은 칼끝으로 왼쪽, 복어의 내장들을 가리켰다. 힘 하나 안 들이고 붉은빛이 도는 심장을 푹 찌르며 말했다.

죽기 위해서라면 일부러 독을 다루는 법을 배울 필요는 없지. 안 그런가?

그녀는 고개를 끄덕였다.

죽지 않기 위해서라면 독을 다룰 줄 알아야 하겠지. 그렇지 않은가?

그녀는 고개를 끄덕거렸다.

아베상은 복어의 맛이 뭔지 아느냐고 물었다.

아뇨.

그로테스크한 맛이지.

아베상은 말했다. 먹는 것은 죽는 것과 같은 맛. 바로 그런 맛.

그녀는 아베상에게 이제 한 번 더 수업이 남았다는 것을 상기시켰고 아무렴, 하는 얼굴로 아베상은 아래위로 턱을 흔들었다. 추적추적 비가 내리고 있는 골목을 내다보며 말했다. 이제 삼월이야, 삼월. 복어의 맛이 끝나갈 때지.

복어 지느러미와 살, 껍질, 머리뼈가 든 검은 비닐봉지를 들고 장외시장을 나왔다. 곧장 대로 쪽으로 나가지 않고 한 번 더 길을 돌아 골목으로 들어섰다. 거기가 메트로 방향으로 빠지는 지름길이었고 골목을 돌아 나가면 바로 그 커피숍이 나왔다. 맨 처음 츠키지 시장에 왔을 때 그와 함께 추위를 피해 달아나듯 들어갔던 곳. 대로변 삼층짜리 건물 옥상에는 커다란 생선 대가리가 옥외 광고판처럼 걸려 있었다. 햇빛을 받을 때는 대리석으로 만든 것처럼 반짝거리다가도 오늘처럼 비가 오는 날에는 웃는 얼굴로 비를 맞아야 하는 대가리. 장외시장을 오고 나갈 때마다 그녀는 그 허공의 생선 대가리를 일별하고는 했다. 오늘도 마찬가지였다. 올려다볼 때, 몸이 휘청거리는 느낌이 들었다. 그리고 두 걸음 앞으로 더 걸었다. 두 걸음 걷는 동안, 우산을 사야 할까 그대로 비를 맞고 집에 가야 할까, 이 비닐봉지를 메트로에 놓고 내릴까 아니면 맨션 쓰레기통에 버려야 할까 망설였다. 아니면 복어의 맛이 떨어진다는 삼월부터 돌아오는 가을까지 아베상은 어디서 무엇을 하고 지낼까 하는 생각을 하기도 했다. 무엇인가 자신을 들어올리는 것 같았다. 비틀거리며 그녀는 쓰러졌다. 포개놓은 나무상자들에 삽으로 얼음을 담고 있던 일꾼들, 상점의 주인들, 관광객들 모두 우왕좌왕 어디론가 뛰어가고들 있었다. 아랫도리가 척척했다. 고개를 흔들어봤다. 사람들이 한곳으로 달려갔다. 아! 그녀는 짧게 외쳤다. 땅 밑이 흔들렸다. 깊은 땅속의 생물이 그녀를 위로 한 번 들었다 쿵, 내려놓는 수직적인 움직임이었다. 누군가 지나가면서 그녀에게 니게테, 니게테! 소리쳤다.

그녀는 움직일 수 없었다. 두 손으로 땅바닥을 짚고 앉아 있었다. 쓰러진 채 곧 앞으로 멀리 달려나갈 사람처럼 눈을 먼 데 두었다. 겹겹이 포개진 잿빛 세계 속에서 희미하게 종소리가 울렸다. 강물은 흐르고 습지에서는 목 긴 흰 새떼가 날고 있었다. 틈이 벌어진 듯, 더 먼 곳을 보고 더 먼 데 있는 것을 느낄 수 있었다. 깊은 침묵이 골목에 내려앉았다. 그녀는 어떤 뜨거운 눈이 마주 보고 있는 듯 고개를 푹 꺾은 채 흐느꼈다. 슬픔은 극복할 수도 지울 수도 없었다. 아버지가 죽고 있었다. 극복할 수도 지울 수도 없는 슬픔은 죽음과 같았다. 언제나 거기 그 자리에 있다.

46
몸

폭이 넓고 길이가 220센티미터쯤이나 되는 소파는 소파라기보다는 싱글 침대에 가까웠다. 결혼 5주년 기념으로 시내가 남편에게 이 집을 선물받을 때 그와 함께 고른 가구들 중 하나였다. 시내는 쿠션을 서너 개 늘어놓고도 잠깐씩 누워서 쉴 수 있는 크기의 소파를 원했다. 데이크론과 폴리우레탄이 섞인 시트 쿠션은 탄력성과 안락감이 뛰어났다. 처음 앉아본 순간 시내는 이 소파로 결정했다. 그가 갖고 싶었으나 아직 갖지 못한 소파였다. 그런 것들은 이 집에 많았고 대개는 그의 취향에 따라 선택한 것들이기도 했다. 서재에 있는 필립 스탁의 촛대 모양 크리스털 전등도 그랬고 뱅앤올룹슨의 55인치 텔레비전도, 주방 천장에 달린 유기적인 라인의 초록빛 전등도 그랬다. 여느 때와 다른 점이 있다면 지금은 그가 벌거벗고 있다는 것이다. 그것도 완전히.

그는 지금 느끼는 이 부끄러움이 자신의 취향으로 채워놓은 사물들 때문인지 아니면 이제야 처음으로 여기가 그녀가 다른 남자와 사는 공간이라고 깨달은 데서 오는 부끄러움인지 알고 싶었다. 얼마쯤 더 이렇게 있어야 할까. 지금은 그것이 중요했다. 어떻게 되든 이 집을 나가게 될 것이다. 문이 닫히는 순간, 그도 시내도 이것이 마지막이라는 사실을 받아들이게 될 거라고 그는 확신했다. 시내가 그에게 옷을 모두 벗으라고 말한 순간. 그때 시내의 고통으로 일그러지던 눈을 마주 본 순간에. 시내가 원하는 게 무엇인지 알 수 없었다. 다만 그는 그녀가 시키는 대로 하는 것이 옳은 이별이라는 사실을 느끼고 있을 뿐이었다. 온몸을 발로 밟는 사랑. 그런 이별의 의식도 세상엔 있을 것이다.

시내가 온몸을 밟겠다고 명령한 것처럼 그는 천천히 옷을 벗었다. 통창으로 비스듬히 빛이 들어왔고 그는 자신이 지금껏 한 번도 상상해보지 못한 그런 일을 하고 있다는 것을 알았다. 머리부터 발끝까지 완벽하게 정장 차림을 한 시내 앞에서 그는 묵묵히 재킷을 벗고 셔츠를, 면바지를, 양말과 러닝셔츠를 벗었다. 옷을 벗고 있는데도 단추를 하나씩 하나씩 잠그고 있다는 느낌이 들었다. 팬티만 남았을 때 그가 잠깐 망설이는 기색을 보였는지 벗어, 라고 시내가 조용히 명령했다. 그는 다 벗었다. 옷가지들이 발밑에 쌓였다. 한 사람은 벗었고 한 사람은 다 차려입고 있는 장면은 에로틱하지도 부끄러움이나 분노를 자아내지도 못한다는 걸 그는 처음 알았다. 에로틱한 것은 오직 벌어진 입술의 틈이나 벌어진 손가락 사이, 벌어진 옷의 틈에만 존재하는 것 같았다. 십 년 동안 두 사람 사이에 존재했던 에로틱함은 그가 무기력하게 혼자 옷을 벗는 사이, 어디론가 휘발돼버렸다. 시내는 그의 눈을, 그의 얼굴을, 그녀가 각별히 좋아했던 비대칭적으로 생긴 그의 음낭도 일별하지 않았다. 축 처져 있어 더 무겁게 느껴지는 페니스도 보지 않았다. 공허하고 무감각한 눈빛. 그런 눈빛이 그의 얼굴로 그의 벗은 육체로 쏟아졌다. 뜨겁지도 차갑지도 않았다. ……시내와 그는 마주 보고 서 있었다. 솜털과 솜털, 뼈와 뼈, 피와 피를 서로 다 기억하는 두 개의 몸. 지금은 서로가 벽처럼 세우고 있는 몸. 앞으로 두 시간 동안은 아무도 오지 않을 집이었고 그도 나갈 수 없는 집이며 앞으로 두 시간은 모두 시내의 시간인 그런 공간에 서 있었다. 그는 꼼짝하지 않았다. 이렇게라도 이별이 가능하다면 할 수 있는 모든 것을 다 해야 했다. 그는 부끄럽다고 생각하지 않았다. 수치심도 죄책감 같은 것도 머릿속에서 지웠다. 지금은 결정의 시간이었다. 더이상 미뤄서는 안 됐다. 스스로 선택하지 않으면 세상이 그에게 먼저 원치 않는 선택을 강요하게 될지도 몰랐다.

시내는 거울처럼 서 있었다. 시내의 슬픔과 그 슬픔의 절반을 차지하고도 남는 상실과 헤어지는 것에 대한 의지, 그것을 말해주는 것은 붉어진 눈이 아니라 한 가닥도 남기지 않고 깨끗하게 틀어올린 검은 머리처럼 보였다. 그는 미소짓고 싶었다. 불에 물을 뿌리는 것처럼 목 안쪽에서 자꾸만 치익치익하는 소리가 났다.

긴 시간이 흐르고 있는 것 같았다. 그러나 그는 시내와 이토록 오래 마주 보고 있어도 자신의 몸이 익명의 육체들 중 하나로 보일 수 있을 때까지, 할 수 있다면 충분히 그만큼 서 있고 싶었다.

차를 가져오겠다며 시내가 몸을 돌려 주방으로 들어갔다. 그는 소파에 털썩 주저앉았다. 엉덩이께에 폴리우레탄의 탄탄하고 서늘한 감촉만이 그가 벌거벗고 있다는 사실을 일깨워주고 있었다. 시내는 나오지 않았다. 물 끓는 소리도, 찻잔을 달그락거리는 소리도 나지 않았다. 테이블 위에 놓인 책을 집어들었다. 『The House Gun』. 영문으로 된 나딘 고디머의 소설이었다. 언젠가 시내가 읽고 있다고 말한 책이었다. 우연히 집에서 발견된 총으로 한 사람이 한 사람을 죽음으로까지 몰아가게 되는 내용이라고 했다. 결부된 책임의 문제를 제기하는 책. 시내는 거기에 하필 총이 있었다, 로 시작되는 상황을 받아들이기 어렵다고 했다. 그것은 단지 소설적 상황이며 작위적일 뿐이라고. 그때 그가 무슨 말을 했는지 기억나지 않는다. 다만 그때도 지금과 같은 생각을 했던 것만은 틀림없을 것이다. 총 같은 것들은 어디에나 있다고.

창 앞으로 다가갔다. 이층 높이에서 정원이 내다보였다. 잘 가꾼 정원수들과 바위, 아이를 위한 그네가 놓여 있었다. 그는 벌거벗은 몸을 유리에 가까이 갖다댔다. 자신이 어떻게 보일지 알고 싶지 않았다. 변해버린 몸이었다. 마음을 은폐시킬 수 없게 된 몸. 어서 시내가 와서 이 숨길 것 없는 육체를 샅샅이 봐주기를 바랐다. 그동안 그의 육체가 물을 필요로 하듯 원했던 시내의 몸, 그것이 이제는 시내의 욕망이었을 뿐 그의 욕망은 아니었다고 말하고 싶어하는 몸을. 그 변종의 몸을, 물의 바닥을 들여다보듯 보고 싶었다. 출렁이듯 바닥이 흔들렸다. 진동이 느껴졌다. 공기들이 후다닥 흩어졌다. 주방 쪽에서 유리잔이 타일이 깔린 바닥으로 떨어지는 소리가 들렸다. 일 초. 아니, 이 초나 삼 초쯤. 그는 그 시간이 지나가길 기다렸다. 그 짧은 지진이.

거실에는 아무도 없었다. 처음부터 빈집 같았다. 처음부터 혼자였던 것 같았다.

47
빛도 소리도 없는

사임이 기하학을 미술의 영역으로 끌어들이는 작업에 몰두한 것은 이 년 전부터였다. 회화, 즉 평면작업으로 아시아 미술 시장에서 제 입지를 다진 후였다. 세밀화같이 정묘하고 시간이 오래 걸리는 사임의 그림은 호수에 상관없이 사려는 콜렉터들이 줄 서 있었다. 사임은 갑자기 일을 중단했고 사람들의 관심 밖으로 *스스로*를 빼어냈다. 그런 공백기를 긍정적으로 평가하는 사람들도 있었다. 슬럼프를 겪거나 작업 방향에 대해 질문을 갖는 대부분의 젊은 작가들과 달리 사임은 여행을 떠나지도 않았고 자신의 삶을 예술을 위한 체험으로 만들어보려는 인위적인 노력 같은 것도 하지 않았다. 가까운 이들은 사임이 병 때문에라도 새로운 체험을 하기 어려울 거라고 뒷말을 했다. 그 무렵 그녀는 사임의 작업실을 자주 찾아갔다. 사임은 여느 때와 다름

없어 보였다. 다만 작업실 테이블과 의자 같은 단순한 가구들 위에 흰 천을 씌워놓았을 뿐이었다. 곧 먼 곳으로 떠날 사람처럼. 그녀와 사임은 흰 천으로 덮인 나무 의자에 앉아 이야기를 나눴다. 천에 가려서 구분할 수는 없었지만 의자들 중에는 아버지가 질 좋은 붉은 소나무로 사임에게 만들어준 것도 있었다. 대학 시절부터 사임은 그녀를 따라 아버지 목공소에 가는 것을 좋아했고 사임이 처음 작업실을 갖게 되었을 때 아버지는 선물로 초등학교 의자 같은 단순한 의자 두 개를 만들어주었다.

아버지가 사임에 대해 남다른 마음을 갖고 있었던 건 사실이었다. 아버지는 그녀가 사임을 제외하고는 가깝게 지내는 사람이 거의 없다는 걸 알고 있었다. 친구도 동료도. 어느 날 아버지는 그녀에게 이런 말을 했다. 사임이 목공소에 들렀다 아버지가 시켜준 배달 커피를 한 잔 마시고 하릴없이 난로에서 곁을 쬐고 있다 돌아간 날 중 하나였다. 아버지는 그녀에게 우정이란 게 뭐라고 생각하느냐고 물었다. 그녀는 어리둥절한 얼굴로 아버지를 봤던 기억이 났다. 그건 정말 이상한 질문이었고 잠깐이었지만 아버지와 그런 대화를 나눌 거라고는 짐작도 못한 일이기도 했다. 농담인가. 그럼 웃어야 할까. 가방을 주섬주섬 챙기면서 그녀는 망설였다. 그러나 아버지 목소리에는 누구에 대한 것인지 막연한, 그러면서도 깊은 염려가 깔려 있었다. 너라는 사람을 말해주는 사람이다. 아버지는 그렇게 말하고는 어색하다는 듯 창고에 간다며 목공소 문을 밀고 나갔다. 아버지 말은 일리가 있는 것도 같았다. 하지만 가까운 친구 하나 없는 아버지가 그런 말을 하는 게 어색하게 들렸고 자신도 잘 알고 있는 단점을 지적받았을 때처럼 기분이 좋지 않았다. 나라는 사람을 말해주는 사람은 아버지였고 할머니였고, 그 할머니의 어머니가 아니지 않은가. 그렇게 반박할 기회는 한 번도 오지 않았다.

사임이 이야기했고 그녀는 들었다. 그녀가 이야기하는 날은 사임이 들었다. 작업에 관한 대화는 나누지 않았다. 모든 이야기들이 긴밀하게 그 주제에 닿아 있다는 것은 서로 모르는 척했다. 사임은 명예와 자존심에 관해 이야기했다. 이해와 희생에 관해 이야기했다. 동정과 두려움에 관해 이야기했다. 정신적인 확장과 실패에 관해 이야기했다. 사랑에 관해 이야기한 날도 있었다. 어느 날 그녀는 사임에게 말했다.

사임, 너의 이야기들은 모두 한 가지로 귀결돼 있어.

그 말을 사임이 이해했는지는 지금도 알 수 없다. 그녀는 죽음이라고 말하지 않았다. 그것은 발화하지 않을 때 더 큰 의미를 가질 수 있는 단어였으니까. 그녀는 사임을 기다렸다. 사임은 그녀와 그녀의 작업을 지켜보았다. 생각하는 사임, 견디는 사임. 그녀는 사임을 그렇게 정의했다. 그것은 그녀가 사임에게 갖는 믿음과 우정에 관한 최상의 표현이기도 했다. 완만해 보이지만 돌이킬 수 없는 변화를 누구나 다 겪게 마련이다. 예술가라면 피할 수 없는 때가 있었다.

기하학을 주제로 한 사임의 새 전시는 큰 주목을 받았다. 사임은 수학적 질서, 체계적이며 순수한 질서의 세계를 밀고나가고 싶어했다. 근본적인 질서를 추구한다는 점에서 미니멀 아트와 긴밀히 맞닿아 있었다. 다른 게 있다면 미니멀 아트에서는 불순물이라고 치부해버리는 노이즈noise를 끌어들여 빛과 교직시켰다는 점이다. 자신의 세계에 대한 도전과 발견의 기대, 그리고 의지가 없이는 불가능한 작업이었다. 사임은 공학의 연산을 이용해 구처럼 둥글고 즉물적으로 보이는 새의 이미지를 만들었다. 한 치의 오류도 없는 연산의 세계. 그런 수식으로 그린 그림이었다. 노이즈로 어둠을 반복시켜 만든, 거기서 탄생한 낯선 질서에 사임은 주목했다. 밤의 우주처럼 무한하며 정교한 질서의 세계.

아버지가 돌아가셨다는 고모 전화를 받았을 때 그녀는 사임의 그림을 떠올렸다. 그게 새였는지 아니면 구의 이미지였는지는 정확히 알 수 없다. 그녀는 무한한 세계, 거대한 질서 속에서 움직이는 하나의 작은 물체 같은 것을 본 것 같았다. 예측이 쉽지 않은 움직임을 갖고 있던 물체. 그녀는 수화기를 움켜쥐었다. 미안하다. 고모는 말했다. 자꾸만 그 말을 반복했다. 그녀는 질서를 벗어난 물체에 대해 생각하려고 애썼다. 고모, 고모, 숙희 고모. 그녀는 울고 있는 고모 이름을 부르면서 머리를 저었다.

아버지는 그런 물체와, 사임의 그림과는 어울리지 않았다.

아버지는 두 주먹으로 눈두덩을 가린 채 고개를 푹 떨어뜨린 모습이었다. 언제나 그런 것은 아니었는데도 아버지는 늘 그런 모습 같았다. 반 고흐의 〈슬퍼하는 노인〉처럼. 그 그림 속의 초라하고 가난한 노인처럼. 아버지는 언제나 그런 모습이었다고 그녀는 생각했다. 그 아버지가 목을 맸다고 고모는 전했다. 아버지를 지키지 못해서 미안하다고 그녀에게 사과하고 있었다. 예견하고 있던 일이다. 피할 수 없을 거라고 믿었던 일. 아버지가 죽었다는 사실보다 숨죽인 채 흐느끼는 고모 울음소리가 귀를 뚫고 들어오는 것만 같았다. 울지 마요, 고모. 그녀는 말하고 싶었다. 사람은 누구나 다 자신의 잘못 때문에 죽는다고 말하고 싶었다. 어둠을 맞바라봤다. 나를 비켜간 것이 아버지를 덮친 것이었을까. 그녀는 묻고 싶었다. 돌아나오기 어려운 숲 한가운데 홀로 서 있었다. 빛도 온기도 소리도 없었다. 한때 아버지와 살던 집이 그랬듯, 익숙한 폐허처럼 느껴지는 곳.

그녀는 손바닥을 들어 두 눈을 가렸다.

48
두려움 속에서라면

바 안쪽 벽에 음력이 표시된 작은 달력이 보였다. 설악의 사계가 찍혀 있었다. 3월 5일 목요일, 경칩. 오늘이었다. 그는 손목시계도 확인해보았다. 저녁 여덟시 반. 숫자들은 명확해 보였고 신뢰감을 느끼게 했다. 하지만 어딘가 불확실한 시공간 속에

사로잡혀 있다는 느낌은 사라지지 않았다. 일곱시 반부터 한 시간 동안.

옆자리는 비어 있었다. 누군가 앉았던 흔적도, 상대와 나누었던 이야기들도 모두 사라져버렸다. 그것을 증명해줄 만한 어떤 것도 없을 것 같았다. 남자, 그 유품 정리인을 만났을 때 긴장되거나 불쾌한 기분이 들지는 않았다. 돌아나오기 어려운 길로 접어들었다는 깨달음 같은 게 더 확실해졌을 뿐. 남자가 여태 옆에 앉아 있기라도 한 듯 그는 옆자리를 보고 또 보았다. 남자가 자리에서 일어난 것은 십 분 전이었다. 다른 테이블에서 들리는 대화 소리와 땅콩과 과일 냄새 같은 것들이 맡아졌다. 그는 술을 따랐다. 남자와 있을 땐 한 모금도 입에 대지 않았던 술이다. 남자를 만나지 않을 수도 있었다.

한 시간 전, 그는 desert에서 남자를 만났다.

오전에 클라이언트 집에 들렀다가 회사로 돌아오는 길에 근처 베이커리에서 혼자 늦은 점심을 먹고 있었다. 그녀 생각이 머릿속에서 떠나지 않았다. 어제 다시 만난 그녀는 며칠 서울에 다녀왔다고 말했다. 서울은 여기보다 춥고 바람이 세게 불어 가방 손잡이에 매두었던 스카프 한 장을 어디선가 잃어버렸다고도 했다. 그녀가 잃어버린 게 정말 스카프 한 장이었을까, 라고 그는 속으로 질문했다. 그녀가 차라리 말을 하지 않고 있을 때가 좋다고 생각하면서. 그녀의 말은 드러내고 표현하는 말이 아니라 감추고 숨기는 말이었다. 견디기 어려운 것은 그가 어떤 제안을 해도 그녀가 거절하는 법이 없다는 사실이었다. 뜨거운 감정도 호기심도 없는 눈으로. 그는 자신이 아닌 다른 곳을 맹렬히 바라보고 있는 한 여자에게 남자가 상상 속에서 할 수 있는 모든 것을 했다. 옷을 벗기고 그녀를 구타하고 음탕한 말을 퍼붓고 욕설과 사랑을 구걸하는 말들을 쏟아내기도 했다. 헤어질 때 문득 그녀는 그를 바라보며 웃었다. 환했고 거리낌 없는 웃음처럼 보였다. 닛포리 역 앞이었다. 웃는 그녀를 처음 보는 것은 아니었다. 그러나 그는 그녀처럼 웃을 수 없었다. 저렇게 사람을 긴장시키는 웃음은 짓고 싶지 않았다. 잘 가요. 그녀가 미소 띤 채 말했다. 그는 인상을 썼다. 그녀를 보는 대개의 꿈속에서처럼 원치 않는 그녀를 힘으로 제압하곤 입속의 검은 목구멍을 들여다보는 것 같았다. 패배의 느낌이라고밖에는 설명할 도리가 없는. 웃고 있는 그녀는 아름답지도 즐거워 보이지도 생기가 있어 보이지도 않았다.

식은 수프와 샌드위치를 그대로 두고 회사로 터덜터덜 걸어 들어왔다. 클라이언트가 수정을 요구한 설계 도면을 다시 폈다. 수개월 동안 진행했던 일을 처음부터 다시 시작해야 하는 작업이었다. 땅과 건물 사이에 고무판이나 단단한 구름쇠(베어링)를 넣어 땅의 진동이 전해지지 않도록 하는 면진 설계였다. 면진 설계된 건물은 강진이 지나가도 완전히 붕괴되지 않고 철골구조는 그대로 남아 피해가 적다는 장점이 있다. 하지만 막대한 비용과 시간이 들어 아직 활성화된 상태는 아니었다. 건축 공부를 하던 캘리포니아에서 강도 8이 넘는 규모의 대지진을 겪은 적이 있는 아베 겐고 사장이 투자를 아끼지 않는 건축설계 기술이기도 했다. 그러나 그는 흔들리는 땅 위에서 흔들리지 않는 건물이라는 게 세상에 과연 존재할 수 있을까 하는 회의를 떨쳐버리기 힘들었다. 그가 관심 갖고 있는 분야는 진동을 피하는 게 아니라 진동을 맞으면서 충격을 흡수하는 제진 설계 쪽이었다. 이 설계 방법 역시 아직 검증용으로만 몇 군데 설치된 상황이었다. 건축설계 방식을 진화시키고 있는 것이 다름 아닌 지진이라는 사실은 아이로니컬한 데가 있었다. 회의 전에 지금 설계 상태에서 사용 가능한 부분을 점검해야 했다. 집중이 되지 않았다. 헤어질 때 그녀가 한 말은 잘 가요가 아니라 고마웠어요였던 것 같았다. 웃는 게 아니라 울음을 꾹 참고 있는 것 같았다. 그는 셔츠를 연신 턱 위로 끌어올리고 있었다.

남자에게 전화가 온 것은 그때였다. 웃고 있던 그녀 모습을 떠올리고 있지 않았더라면 남자의 전화를 무시해버렸을지도 몰랐다. 남자가 하고 있는 일이 처음부터 그는 마음에 들지 않았으니까.

남자는 약속 시간보다 십 분 일찍 desert로 왔다. 박대표의 시부야 맨션에서 본 후 처음이었다. 그때보다 머리숱이 더 적어 보였고 회색 정장을 말쑥하게 차려입고 있었다. 남자는 문에게 얼음을 넣은 탄산수를 주문했다. 드러나지 않게 그와 남자를 한 번씩 바라보던 문이 고개를 끄덕였다. 그는 남자가 내민 명함을 말없이 들여다봤다. 남자는 최근에 그녀를 만난 게 언제냐고 물었다. 그게 남자의 첫 질문이었다. 그는 남자가 하는 일을 조롱하고 비난하고 싶었다. 어젭니다. 그는 사실대로 말했다. 처음 만나는 사람이지만 처음부터 사실밖에는 말할 수 없었다.

그녀가 위험합니다.

남자가 말했다. 감정이 실리지 않은 어투였다.

그는 대꾸하지 않았다. 얼굴이 갈라져나가는 것 같았다. 더 많은 것을 자신에게 말해주지 않는 남자에게 화를 터뜨리고 싶었다. 빨리 와, 라고 했던 형 목소리가 떠오르는 것도. 그는 고개를 세우고 앉았다. 커다란 분노가 그를 후려치는 것을 뻣뻣하게 앉은 채로 받아들이고 있었다. 그는 그 분노에 대해 생각했다. 모든 것을 앗아가기만 할 뿐 아무것도 주지 못할 분노에 대해서.

남자는 그녀가 도쿄에 온 후, 서너 번쯤 우에노 공원에서 만나 차를 마시거나 산책을 했다는 것도 말해주었다. 그리고 그녀가 오랫동안 생각해왔던 한 가지 것에 대해서도. 지난 일월, 처음으로 그녀가 남자에게 605호의 정리를 부탁하는 전화를 걸어왔던 일, 오늘 아침, 다시 그 전화를 한 것에 대해서. 그리고 남자는 담담히 전했다. 그녀가 도쿄에서 알고 지내는 유일한 사람의 연락처가 그의 것이라고도.

헤어지기 전에 그는 남자에게 한 가지 묻고 싶은 게 있다고 했다. 일어서려던 남자가 엉거주춤 다시 자리에 앉았다. 그런데 왜 이런 일을 하십니까. 그는 자신이 여전히 화가 나 있는 상태라고 느꼈다. 대답을 기다린 질문은 아니었다. 남자는 대답했다.

뭔가 도움이 되는 일을 한다는 생각이 들어섭니다.

누구한테 말입니까?

물론, 죽은 자한테요. 대개는 혼자인 사람들입니다.

혼자였던 사람들이겠죠.

그는 남자가 사막의 문을 두 손으로 힘겹게 밀고 나가는 걸 지켜보았다. 남자 역시 사실만을 말했을 것이다. 다시 고개를 돌렸을 때 예의 그 진공 상태에 있다 빠져나온 기분이 들었다. 저녁 내내 혼자 이렇게 앉아 몰트 위스키와 생수를 번갈아가며 마시고 있었을지도 모른다는 의구심이 들었다. 어제부터 그가 보고 느꼈던 모든 것이 상상 속에서 이루어진 일일지도 모른다는 두려움이 일었고 그는 그 두려움이 사실로 밝혀지기를 바랐다. 그 두려움 속에서라면 몸을 숨길 수 있을 것 같았다. 그는 문을 불렀다.

내가 여기 누구와 같이 앉아 있었나요?

그걸 내가 알겠나.

나도 모르겠어요.

뭘 말인가?

뭘 해야 될지요.

문은 무표정해 보였다.

한 가지를 오래 생각한 사람은 아무도 사랑하지 않는 거냐고, 그는 아무에게나 묻고 싶었다.

49

눈과 뼈

택시는 정확히 밤 열한시에 맨션 앞에 도착했다. 그녀는 소리 죽여 현관문을 닫고 나왔다. 각 집의 창틀마다 세로로 우산이 걸려 있었다. 복도는 군데군데 물웅덩이처럼 젖었다. 오후에 한 차례 비가 내렸고 내일 다시 비가 내릴 거라는 예보가 있었다. 예보는 맞지 않을 때보다 맞을 때가 더 많았다. 그녀는 비상계 단으로 일층까지 내려갔다. 계단은 폭이 깊고 어둑어둑했다. 폐타이어 공장에서 나는 것과 비슷한 냄새가 풍겼다. 검은색 나라시 택시가 맨션 입구에서 깜박이 등을 켜놓은 채 기다리고 있었다. 뒷좌석에 자리를 잡고 앉자 기사가 룸미러로 그녀를 보는 게 느껴졌다. 그녀는 행선지를 말했다. 택시 기사가 한 번 확인했다. 이 시간에 거기를 간다는 게 어떤 의미일까, 생각하는 성싶었다. 출발하라는 뜻으로 그녀는 차창 밖으로 고개를 돌렸다. 택시가 부드럽게 움직이기 시작했다. 맨션 모퉁이를 지나 쇼와 도리 거리 쪽으로 직진했다. 닛포리 역 반대 방향이었다. 젖은 도로 위로 전조등과 가로등의 붉고 노란빛이 어룽거렸다. 노인들도 맨종아리에 얇은 교복을 입은 아이들도 보이지 않았다. 취객도 없었다. 비가 내리고 며칠 영하의 꽃샘추위가 있을 거라는 보도 때문인지 대로도 괴괴한 느낌이었다. 떠들썩한 거리를 통과하고 싶은 그녀의 의도와는 달리 거리는 모든 것을 철시한 듯

엄중해 보이기까지 했다. 택시 기사는 음악을 틀지도 말을 건네지도 않았다. 차창에 서리가 두껍게 꼈다. 이따금 그녀는 공기를 바꾸려고 차창을 열었다 닫는 헛된 노력을 했다. 고개를 꼿꼿이 세운 채 앉았다. 담담했고, 시장 골목에 도착할 즈음엔 자신이 뜻밖에도 침착해져 있다는 사실을 깨달았다. 택시 기사는 추가 요금을 주면 여기서 기다릴 수도 있다고 했다. 그녀는 괜찮다고 대꾸하고는 차에서 내렸다. 일 분쯤, 택시는 그 자리에 가만히 서 있었다. 자신이 앞으로 중요한 것을 목도하게 될 거라고 기대하듯. 그녀는 보도에 선 채 택시가 떠나기를 기다렸다. 체념한 듯 택시는 느리게 골목을 벗어났다.

맞은편 휴게소 계단에서 고양이 한 마리가 괭한 눈으로 그녀를 쳐다보았다. 그녀는 가, 가버려, 라고 미미한 소리로 웅얼거렸다. 목은 더 잠겨 있었다. 고양이는 꼼짝도 하지 않았다. 골목은 밤새 어떤 불행한 일, 슬픈 일이 벌어져도 아무도 알지 못할 것처럼 적막했다. 낮이 되면 이미 철시가 시작되는 생선의 골목이었다. 밤이 겨우 끌고 가고 있는 것처럼 꺼무레한 그림자로만 남은 칠십여 미터의 골목. 그 골목에서 빛나는 거라고는 오직 고양이의 눈밖에 없는 것 같았다. 그녀가 원하는 것은 고양이의 눈이 아니다. 주머니를 뒤적거렸다. 수첩 하나가 손에 잡혔다. 종이 몇 장을 찢어 구겼다. 고양이를 향해 집어던졌다. 긴장도 방어도 하지 않고 있던 고양이가 도로 차단대로 날렵하게 뛰어올라갔다. 그녀는 골목 양쪽을 둘러봤다. 오가는 사람은 아무도 없었다. 지금은 폐허 같지만 곧 새벽 두시를 넘기면 상점들마다 하나둘씩 포렴이 걸리고 불이 들어올 거였다. 다시 보도 위로 내려온 고양이가 야옹, 한 번 기척을 내고는 흰 차선을 따라 느릿느릿 걸었다.

가로등 밑이었다. 그녀는 혼자 서 있었다. 그녀밖에 없었다. 바닥에 길게 늘어진 그림자는 한 여자인지 노파인지 늙은 남자인지 불분명해 보였다. 혼자가 아니라 세 사람이 함께 서 있는 것 같았다. 세 사람이 동시에 죽어 있는 것 같았다. 단지 아직 쓰러지지만 않았을 뿐.

그녀는 손을 뻗어 간판 왼쪽 끝, S자로 연결된 고리에 매달려 있는 플라스틱 복어 모형을 끌어내렸다. 복어가 쓴 모자 뚜껑으로 손을 집어넣었다. 아버지 목공소의 서랍장이 생각났다. 아베상 말대로 중요한 것은 언제나 가까이 있는지도 몰랐다. 가게 문을 열 수 있는 이 열쇠가 시험이라면 극복할 수 없는 거였고 게임이라면 이길 수 없었다. 아니 장담할 수 있는 건 아무것도 없는 것 같았다. 아베상이 자신을 믿는 것인지 그렇지 않은 것인지, 처음부터 이 변칙적인 게임을 시도한 사람이 아베상인지 아니면 그녀 자신인지. 열쇠는 아직 거기 들어 있었다.

차례대로 문 두 개를 열고 셔터를 1미터쯤 올렸다. 안으로 들어가 불을 켠 후 도로 셔터를 내렸다. 세 개의 수조 속에서 각각 세 마리의 복어들이 바닥에 배를 대고 있었다. 자주복과 검자주복과 범복. 그녀는 플라스틱 의자를 수조 앞에 갖다놓고 도마 옆에 엎어놓은 바가지를 들었다. 의자 위로 올라가 바가지 한가득 수조 물을 퍼올렸다. 물그릇을 바닥 한쪽에 놓고 뜰채를 들고 의자 위로 올라섰다. 맨 위 수조에 있는 자주복을 들어올렸다. 1.5킬로그램. 크지도 작지도 않았다. 사흘 전 시모노세키에서 올라온 자연산 복이다. 아베상은 양식복은 취급하지 않았다. 양식복엔 자연의 맛이 없다고 했다. 자기 고향인 시모노세키 바다의 맛. 양식복에 없는 것은 또 하나 있었다. 독. 복어의 독은 자연산에만 존재했다. 늘어진 뜰채 속에서 복어는 힘차게 파닥거렸다. 그럴수록 뜰채의 그물 윗부분만 더 얽힐 뿐이었다. 주머니 속에서 검은 쓰레기봉투를 꺼냈다. 뜰채를 봉투 속에 신중히 집어넣고 흔들었다. 복어의 힘을 이기지 못할 수도 있었다. 봉투 아가리를 비틀어 쥐었다. 복어가 봉투 바닥으로 떨어졌다. 뜰채를 꺼내고는 바가지에 든 물을 봉투 속으로 부었다. 죽음을 감지한 듯 복어는 신경질적으로, 봉투 속에서 맹렬히 몸을 파닥거렸다. 생선 중에서도 특히 좁은 공간과 물의 변화에 까다로운 종류였다. 집으로 가는 동안 스트레스 때문에 죽어버릴지도 모르는 놈이다.

한 손엔 복어가 든 검은 봉투를 들고 한 손으로는 얼굴로 쏟아지는 간판들, 자동차들의 불빛을 가리며 걸었다. 누군가 뒷덜미를 낚아챌 것만 같았다. 걸을 때마다 물방울이 뚝뚝 떨어졌다. 그것은 실낱처럼 희미하지만 누군가의 눈에는 돌이킬 수 없는 증거처럼 보일 것 같았다. 등줄기로 땀이 흘렀다.

한 시간 후, 그녀는 미노와 역 육교 위에 서 있었다. 동쪽 하늘 한귀퉁이가 짙은 황옥빛으로 물들었다. 비가 내릴 거라는 예보는 틀릴 것 같았다. 봉투 속의 복어는 안전한가, 그녀는 아가리를 묶은 봉투를 한 번 흔들어대곤 바닥에 내려놓았다. 검은 봉투가 옆으로 쓰러지면서 파닥거리는 움직임이 느껴졌다. 이제 십 분, 십 분만 더 걸으면 맨션에 도착할 수 있었다. 머릿속에서 그녀는 이미 605호에 도착해 있었고 잘 닦고 말린 도마와 칼을 식탁에 놓고 서 있었다.

이제부터는 한 번도 만져보지 못한 복어를 만질 것이다. 아베 상에게 배운 것은 많았다. 눈으로 육감으로 정신으로. 먼저 복어의 몸에 꽂혀 있는 낚싯바늘부터 빼내리라, 그러곤 망설임 없이 칼등으로 두 번 세게 내리쳐 기절시키리라, 주둥이를 자르고 대가리를 둘로 쪼개리라, 뇌를 제거하고 눈알과 등뼈를 분리하리라. 거기까지. 복어의 모든 것을 해체할 필요는 없었다. 거기까지가 그녀가 원하는 부분이었다. 복어의 독이 속속들이 스며 있는 곳.

눈과 뼈.

그녀는 어두운 거실 저편을 마주 보았다. 아직 오지 않은 누군가를 기다리듯. 비린내와 물 냄새로 가득 찬 거실에 서 있었다. 미묘하고 눈에 띄고 싶어하는 기적이 다가오기를 기다렸다. 의도적이며 오랫동안 따라다니고 조롱했던. 영영 비켜갈 수 없을 거라고, 포획한 느낌을 주었던. 아버지. 그녀는 아버지를 생각했다. 딱딱하게 굳어가고 있을 아버지의 시신을. 살아 있을 적에도 살아 있는 것 같지 않게 무표정했던 얼굴을. 정교한 죽음의 질서에 짓눌려 있던 혈육의 삶들을. 차가운 공기가 이쪽으로 훅 몰려왔다. 그녀는 한 뼘쯤 거실 창을 열어두었다. 영혼이 빠져나갈 수 있도록. 그녀는 위엄 있게 미소짓고 싶었다. 그녀는 자, 이제 시작해, 라고 그녀에게 속삭였다.

복어의 뼈. 복어의 눈을 보고 있었다.

50
내 말 좀 들어요, 제발

맨션 출입구 비밀번호와 605호 열쇠가 있을 거라던 위치. 유품 정리인의 말은 모두 사실이었다. 남자를 의심한 건 아니었다. 믿고 싶지 않았을 뿐. 그는 남자가 말한 시간에서 여섯 시간 일찍 맨션으로 갔다. 낮 한시까지 기다리고 있을 수만은 없었다. 자꾸만 웃음소리가 들리는 것 같았다. 그것만이 최선의 방어책이라는 듯 환하게 웃고 있던 그녀가 떠올랐다. 벨을 누르고 또 눌렀다. 복도식 현관을 지났다. 기습하듯 비린내가 몰려왔다. 거실 바닥에 그녀가 쓰러져 있었다. 나중에서야 그는 자신이 그녀에게 다가가기까지 장애물처럼 두 개의 문을 지나고 식탁과 사이드 테이블 하나를 지나쳤다는 사실을 알았다. 그러나 그가 맨 처음 605호에서 본 건 쓰러져 있는 그녀였을 뿐이다. 온통 흰

방에 길고 검은 형체가 누워 있는 듯 그것은 선명히 눈에 띄었고 그 검정은 다른 모든 빛을 흡수하고 있었다. 빛나지도 특별할 것도 없는 검정에 불과했지만 오랫동안 기다려왔던 것처럼 그 빛, 야성의 소리 같은 그 빛이 자신을 끌어당기고 있다는 것을 알았다.

그는 그녀에게 갔다.

바닥에 쓰러져 있는 그녀를 안아 다시 소파에 누이고 눈꺼풀을 들여다보고 119에 전화를 걸었다.

경미한 발작과 흡사한 상태였다.

구급대원들이 떠나자 그는 스즈키 박사에게 연락했다. 아저씨는 연락이 닿는 대로 가까운 의사를 보내겠다고 했다. 그녀가 눈을 뜨면 다시 잠들지 못하게 하라고 했다. 한동안은 혀가 굳어 말을 하는 데 불편할 거라고도. 그는 잠들어 있는 그녀를 흔들어 깨울 생각도 입술을 깨물 생각도 하지 않았다. 뜨거운 기운이 다리부터 몸통으로, 목으로 올라오고 있었다. 슬픔도 분노도 고통도 아니었다. 그는 거실 탁자를 두 손으로 짚은 채 자신의 몸을 훑고 있는 감정들이 지나가기를 기다렸다. 습관적인 우울이 깃든 얼굴로 그녀는 숨소리를 고르게 내고 있었다. 언제 그녀가 눈을 뜨게 될지, 지금이 낮인지 밤인지 알 수 없었다. 그가 알고 있는 거라고는 지금 이 공간에 그녀와 자신, 이렇게 두 사람이 함께 있다는 사실이었다. 오랫동안 지켜봤던 문. 급하게 닫히지도 급하게 열리지도 않을 것 같던 문을 간신히 비집고 들어온 것 같았다. 그는 시간이 자신을 스쳐가는 것을 느끼고 있었다. 그것은 고통의 징후처럼 일요일 아침 일곱시 사십칠분의, 서 있는 그를 관통했다. 그는 자신을 보호하듯 두 팔로 가슴을 끌어안았다. 쓰러져 있는 그녀 앞에서, 그는 지금 바로 자신의 시간을 살고 있다고 느꼈다. 깊은 숨을 내쉬었다. 언젠가 일어날 거라고 예견하며 달아나던 일이 실제로 벌어졌다는 데 대한 안도의 한숨이었다. 그녀가 아직 살아 있다는 것에 대한 안도의 한숨. 자신이 한 남자라는 자각, 결코 울지 못하는 동물이 아니었다는 데서 나온 안도의 한숨.

그녀가 깨어난 것은 두 시간 후였다.

그녀는 눈으로 허공을 더듬었다. 두 눈을 깜박거렸다. 그는 그녀 머리맡에 기역자로 놓인 일인용 소파에 앉아 있었다. 무언가를 자제하는 사람처럼 두 손을 얽어쥔 채로.

시간이, 많이 지났나요.

그녀가 몸을 일으켰다. 머리를 매만지지도 그를 보지도 않았다. 그녀는 앞을 보고 물었다.

일곱시쯤, 여기 들어왔습니다.

그는 자리에서 일어났다.

왜요.

물 갖다드릴게요.

괜찮아요, 그냥 거기 있어요.

네.

이런 건 보여주고 싶지 않았어요.

괜찮습니다.

……

……

입술이 뻣뻣해진 거 같아요.

좀 지나면 괜찮을 거예요.

아프긴 한데, 어디가 아픈 건지 잘 모르겠어요.

그럼 다 아픈 거예요.

계속 거기 앉아 있었나요.

서 있었어요.

왜요.

언제 가야 할지 몰라서요.

깨는 건 보고 가야죠.

그렇게 웃으니까 좋군요.

미안해서 그래요.

뭐가요.

처음부터, 다.

그만 말해요, 아파요.

괜찮아요.

다행이에요.

무서웠어요.

네.

안 그럴 줄 알았어요.

자요, 콧물 닦아요.

우리, 아주 추울 때 만난 것 같은데.

그랬죠.

여긴 봄이 올 것 같네요.

곧 벚꽃이 필 거예요.

아름답겠군요.

아름다워요.

정말.

정말이에요.

네.

같이 공원에 가요.

그래요. 좀 누울게요.

물 좀 가져다줄게요.

됐어요. 그냥 있어요.

고마워요.

뭐가요.

다요.

이제라도 가봐야겠어요.

어딜요.

아버지한테요.

어디 계신데요.

집이요.

서울요?

얘기하고 싶은데, 잠이 와요.

속은 괜찮아요?

모르겠어요.

얘기해요. 지금 자면 안 돼요.

졸려요.

얘기해요, 나랑.

나중에요.

안 돼요. 지금, 해요.

무슨 말을……

눈 좀 떠봐요.

……

자면 안 돼요. 안 돼요.

……

내 말 좀 들어요, 제발.

51
슬픈 것도 무서운 것도 아닌데

벚꽃은 흐린 분홍과 흰빛으로 겹겹이 피어 가지를 늘어뜨리고 있었다. 채 만개하기 직전의 꽃이었다. 상춘객들은 아련한 기대를 드러낸 얼굴로 길 양쪽을 걸어다녔다. 노인들이거나 등이 굽은 사람들이었다. 걷는다기보다 곧 큰 수확이 생기길 기원하듯 땅을 꾹꾹 밟는다는 느낌에 가까운 걸음걸이였다. 오후의 공원에서 활기를 느끼기는 어려웠다. 그러나 벚꽃 때문일까. 공원 전체의 분위기가 바뀐 느낌이었다. 무채색 면보를 걷어내고 열대과일들처럼 알록달록한 색의 천을 새로 깐 듯 보였다. 달라지지 않은 게 있다면 그 크기와 담대함으로 위용을 자랑하는 새카만 까마귀떼들과 그 까마귀들을 피해 다니면서도 그것이 자신에게 미칠 위험에 대해서는 전혀 알지 못한 채 구구구 바닥을 무람없이 쪼아대는 태평한 비둘기들뿐인 것 같았다. 비둘기들 거개가 한쪽 발이 없거나 날개가 뜯겨나가 있었다. 그녀가 화단 턱에 걸터앉아 있는 이 짧은 순간에도 독수리 한 마리가 산책로 위에 앉아 두리번거리던 비둘기를 날개부터 잽싸게 낚아채는 걸 보았다. 채 1미터도 안 되는 거리였다. 푸득거리는 깃털을 피해 그녀는 한쪽으로 얼굴을 돌렸다. 독수리들이 비둘기를 공격할 때 언제나 날개부터 뜯는다는 것은 이 우에노 공원을 산책하면서부터 알게 되었다. 비둘기들은 속수무책으로 당했다. 눈 깜짝할 사이에 비둘기의 잿빛 깃털들이 인도로 흩어지고 피가 떨어졌다. 그녀는 처음처럼 놀라지 않았다. 독수리와 비둘기의 삶이었다. 한순간의 삶은 빨랐다. 바람이 불고 동물원 쪽 방향에서 비릿한 냄새가 흘러왔다. 비둘기 목덜미를 문 독수리는 서쪽 숲을 향해 유유히 낮게 날아갔다. 비둘기의 루비빛 핏방울들 주변으로 겹벚꽃들이 하나둘씩 떨어졌다. 꽃이파리들은 하늘을 배경으로 가지에 매달려 있을 때보다 더 농염하고 유일해 보였다. 붉은 강에 폭설처럼 떨어져내리는 흰 벚꽃 이파리들의 이미지가 떠올랐다 사라졌다. 아직 응달에 있으면 한기가 느껴졌다. 만발한 벚꽃은 본 적이 없었다. 그 풍경이 갖고 있는 장관에 대해서도 알지 못했다. 앞으로 일주일 정도면 본격적인 벚꽃 시즌이 시작된다고 그는 말했다. 꽃이 얼마나 처연한 아름다움을 갖고 있는지에 대해서도 말하고 싶어했다. 아름다움. 그 말은 어쩐지 슬픔을 강요하는 목소리처럼 느껴졌다. 아름다움이라는 게 원래는 슬픔에서 시작된 것일까. 그녀는 생각할 게 너무 많고 알지 못하는 것들이 너무 많다고 느꼈다. 세상에 뚝 떨어진 순간부터 지금까지 오직 나갈 날만 세는 것 외엔 아무것도 한 게 없는 것처럼. 사방을 둘러봤다. 구름과 새와 꽃과 나무와 사람들. 공원은 그녀가 봐왔던 공원일 뿐 꽃이 피었다고 해서 달라진 건 없어 보였다. 아름다움에 대해서, 혹은 그 무엇에 대해서도 새로 알게 되진 못할 것 같았다. 다만 그 공원에서 사라져버린 것 하나를 그녀는 알았다. 벚나무 밑에서 나무 의자를 들고 하늘을 올려다보고 있던 일월의 그녀. 아직 반만 핀 꽃송이들은 그 기억을 떠올리는 것마저도 불가능하게 막아서고 있었다. 큰 울음소리가 들렸다. 단박에 터뜨리는 울음소리 같았다. 그녀는 동물원 쪽을 바라봤고 상춘객들은 그녀를 돌아봤다. 그렇게 꽃그늘에 앉아서는 울지 않는 게 이상한 일인 것처럼. 그녀는 어깨를 들썩거리며 소리 내서 울었다. 슬픈 것도 무서운 것도 아닌데 자꾸만 울고 싶었다.

해가 서쪽으로 완전히 사라진 후에 그녀는 자리를 털고 일어 났다.

오후는 길었으나 밤은 짧았다. 트렁크를 꾸린 후 항공사에 전화를 걸어 티켓을 확인했다. 불을 다 끄고 그녀는 자리에 누워 이불을 목까지 끌어올렸다. 두 팔을 귀 옆으로 들어올려 손목과 손목을 포개고 눈을 감았다. 그녀는 깊이 잠들었다. 어둠은 말하는 것 같았다. 그것은 마치 머리와 얼굴을 보호하려는 듯한 자세인 것 같았다고.

제4장

52
십이월, 서울

십이월 첫 주가 시작되자 사흘 간격으로 폭설이 두 번 쏟아졌다. 그는 창밖을 내다보지 않도록 애쓰곤 했다. 쌓인 눈과 반투명하게 비치는 구름들, 담장을 넘은 사옥 주변 빌라의 검푸른 소나무들은 약속이나 한 듯 어떤 연동 작용으로 창 안에 있는 자신을 밖으로 끌어내리려는 깃 같았다. 아침이면 누구보다 일찍 강을 건너 KAC로 출근했고 퇴근 후에는 사옥 근처 백화점 지하 매장에서 음식들을 포장해 혜화동 숙소로 바로 귀가했다. 날씨에 연연해하지 않게 되었고 두꺼운 외투를 몇 벌 더 장만했다. 혼자만 아는 산책길도 발견하게 되었다. 일상을 단조롭고 무미건조하게 만드는 데도 훈련이 필요했지만 짐작보다 어렵지는 않았다. 깊은 밤 혼자 생각에 빠지게 되는 순간만큼은 주의했다.

그런 생각과 질문들은 이성적이지도 않았고 애매모호한 데도 많기 일쑤였다. 잘못된 길을 연속적으로 빙빙 돌고 있다는 느낌이 들 때도 매번 그런 순간이었다. 걸을 땐 발뒤꿈치에 잔뜩 힘을 주고 걸었다.

눈이 오기 시작하면 사옥 마당으로 나가 현관 앞에 놓인 두툼한 제설 장갑을 끼고 눈을 쓸었다. 그것이 자신을 헤어날 수 없는 깊은 감상에 빠지게 하고야 말 거대한 질료라도 되는 것처럼. 사흘 전에 온 눈은 기록적이었다. 아무리 쓸어내도 소용이 없었다. KAC 사옥은 외관도 외관이지만 도심 한복판에서 보기 어려운 오래된 소나무들과 넓은 정원으로도 잘 알려져 있었다. 서너 걸음 쓸고 뒤돌아보면 쓴 흔적이 보이지 않을 만큼 다시 또 눈으로 덮여 있었다. 숨을 거칠게 토해내면서도 그는 눈을 쓸고 또 쓸었다. 어떤 실질적인 가치도 없는 낡은 물건들을 치워버리는 느낌이었고 뜻밖에 아무 생각도 할 수 없을 만큼 고된 노동이기도 했다. 그런 거라면 언제까지라도 할 수 있을 것 같았다.

맞은편 대각선 끝자리에 있는 나나에에게 메신저로 쪽지가 왔다. 오늘 저녁식사, 어때요? 육 개월 기념. 그는 답장을 보내는 대신 나나에 자리 쪽을 바라보았다. 그녀가 손을 한 번 슬쩍 들었다 내렸다. 그는 고개를 끄덕였고 곧 나나에가 약속 장소와 시간을 알려왔다. 엄지와 검지 끝을 맞붙여 오케이 사인을 보내기 위해 다시 고개를 들었다. 직원들 모두 긴 책상 하나를 공동

으로 사용했다. 파티션도, 쌓아놓은 책이나 서류들을 제외하고
는 파티션 대용으로 삼을 만한 것도 없었다. 박대표가 건축에
대해 갖고 있는 화두는 열린 공간이었다. 열린 공간이 열린 사
회와 열린 사람을 만든다는 게 박대표가 추구하는 건축의 이상
이기도 했다. 하루 대부분의 시간을 보내야 할 공간에 별도의
방도 파티션도 없다는 것을 처음 알았을 때는 돌아서 나가고 싶
을 만큼 당혹스러웠다. 그에게는 지나치게 오픈된 공간이었다.
열린 구조라기보다는 감정을 통제하려는 의도적인 구조처럼 느
껴졌다. 그러나 지금 자신에게 필요한 건 바로 이런 실용적인
공간일지도 몰랐다. 하지만 그는 아직도 이 공간이 광장에 나와
앉아 있는 것처럼 어색하고 그럴 필요가 없는 순간에조차 자신
이 쭈뼛거리고 있다는 걸 알고 있었다.

　택시가 멈춰 섰다. 잿빛 고층 빌딩들과 가지 끝이 뭉툭하게
잘린 가로수들과 간판들이 눈앞을 스쳐갔다. 곳곳에 구덩이처럼
움푹 패어 있는 부지들은 을씨년스러워 보였다. 사라진 것도 있
고 처음 보는 것들도 있었다. 서울은 언제나 새로운 것만을 원
하는 것처럼 보였다. 그건 모든 도시들이 갖고 있는 공통된 속
성일지 모른다. 의아한 것은, 그런 생각을 하게 되는 때가 다른
도시에 살고 있을 때가 아니라 잠깐씩 여기 서울에 머물고 있을
때라는 거였다. 육 개월을 잠깐이라고 해야 할지 오랜 시간이라
고 말해야 할지는 모른다. 나나에가 알려주지 않았더라면 그새
서울에 온 지 육 개월이 되었다는 사실조차 깨닫지 못했을 것이

다. 여름과 가을이 있었고 상하이로 출장을 한 번 다녀왔고 독
감과 복통을 앓기도 했다. 길게 느껴진 날은 없었다. 밤이 지나
가기를 기다리던 까마득한 순간이 있었을 뿐.

그는 반포대교 쪽 한강변에 있는 프라디아에서 내렸다. 외관
이 오렌지빛 조명으로 부드럽게 둘러싸여 있는 레스토랑이었다.
이층 창가 자리에 앉자 바로 창 너머로 강물이 일렁이는 게 보
였다. 반포대교에서 뿜어져나오는 불빛과 외관에서 반사된 불빛
들로 강물은 색색의 찬란한 조명 속에서 번들거리는 커다란 거
울 같았다. 레스토랑 밖 한쪽에는 정박해 있는 길쭉하고 날렵하
게 생긴 흰색 보트 몇 대가 어느 날엔가는 쏜살같이 물살을 가
르며 질주한 적이 있었다는 걸 말해주듯 미미하게 흔들거렸다.
회의를 마치고 오려면 나나에는 삼십 분쯤 후에야 도착할 수 있
을 것이다. 맥주와 스낵을 주문하고는 수심을 알 수 없는 강물
에 여전히 눈을 던져두었다. 아무 말도 필요 없었다. 심연은 그
런 의미를 주고 싶어하는 느낌이었다. 고개를 한 번 흔들곤 그
는 태연한 얼굴로 화려한 반포대교가 강물에 비치는 남쪽 풍경
을 바라보았다. 맥주를 한 모금 마셨다. 다시 한 모금 마셨다.
그는 말할 수 있을 것 같았다. 배를 저어가고 있다가 갑자기 노
를 수직으로 세워 급정거를 하듯 서울로 가겠다고 결심했을 때
그가 자신에게 던진 질문에 대해서. 그는 대답할 수 있었다. 그
녀가 사라지자 지금껏 평생 그녀를 만나왔었다는 걸 깨닫게 되
었다고. 이제 누구에게든 말할 수 있었다. 그는 잔을 다 비웠고

맥주를 더 주문했다. 출입구 쪽에서 커다란 귀마개 같은 분홍색 헤드셋을 끼고 있는 나나에가 걸어들어왔다.

53
그곳이 어디든

작업실을 둘러본 후 그녀는 큐레이터를 현관 앞 베란다로 안내 했다. 현사장이 아끼는 명민하고 안목이 있는 젊은 직원이었다. 큐레이터는 통유리 밖으로 보이는 내수동 일대와 첨탑처럼 우뚝 서 있는 N서울타워를 감탄하며 바라보았다. 높은 곳에서 내려다 보면 이 도시의 어디든 다 각별하고 반짝이는 것처럼 보였다. 특 히 이렇게 해질녘이면 도시의 전경은 순전한 적색으로 물들어 밤이 주는 깊은 고요와 평화를 간절히 기다리게 만들곤 하였다.

그녀는 큐레이터가 들고 온 파일을 넘겨보다가 자우메 플렌사 의 작품들을 발견했다. 모레 마이애미에서 열리는 아트 페어에 출품된다는 작품들이었다. K갤러리 현사장은 아트 바젤 마이애 미가 열리는 미국으로 어제 먼서 출발했다. 북미권에서 열리는 최대의 아트 페어였다. 유럽뿐만 아니라 세계 각국의 딜러들과 컬렉터들이 모이는 자리였다. 계획대로라면 그녀도 다른 젊은 작가들과 함께 관람객들과 대화를 갖는 섹션에 참여하기로 돼 있었다. 지난해 전시가 끝나자마자 잡힌 일정들 중 하나였다. 사흘 전, 그녀는 현사장에게 전화를 걸어서 가지 않겠다고 전했다. 아직 작업을 다 끝낸 것도 아니었고 생각보다 시간이 더 걸릴지도 모른다는 이유를 댔다. 연말 전시 일정이 다가오고 있었다. 날짜를 더 미룰 수도 늦출 수도 없는 상황이었다. 좋은 기회가 될 텐데. 현사장은 아쉬워했다. 뉴욕의 가고시안이나 영국의 화이트 큐브 같은 빅 갤러리들이 참여하는데다가 최근 몇 년 중 올해 가장 많은 컬렉터들이 모인다고 해서 페어가 열리기 전부터 공공연하게 화제가 되었다. 그녀 작품 중엔 〈Vacuum Packed Boy〉가 전시될 예정이었다. 넓고 천장이 높은 공간이 필요한 작품이었다. 지난해 침체됐던 시장 상황을 고려한 몇몇 국내 갤러리들이 참가하지 않은 탓에 상대적으로 K갤러리를 비롯한 다른 갤러리들의 부스 크기가 커졌다. 가장 눈에 띄는 위치에 진공 소년을 매달아놓을 거라고 했다. 화려한 페어 부스의 천장에 박쥐처럼, 미라처럼 매달려 있을 작품을 머릿속으로 그려보았다. 누구나 갈 수 있는 데도, 원한다고 해서 갈 수 있는 자리도 아니었다. 그녀는 가지 않는 쪽으로 결정했다.

도쿄에서 돌아온 후 한 일은 계획된 일들을 취소하거나 미룬 것이 전부인 것 같았다. 예정대로 하기로 한 것은 개발도상국 어린이들을 돕기 위한 자선 행사와 연말에 갖기로 한 새 전시밖에 없었다. 간밤 작업실에서 느낀 불안감 때문이라면 지금은 그것마저도 취소해야 할 형편이다. 큐레이터와는 국내 한 문학 월간지 표지에 실릴 작품을 고르고 새 전시 팸플릿을 위한 작품

촬영 날짜를 정하는 걸로 용무를 마쳤다. 그녀는 큐레이터에게 자우메 플렌사의 작품 〈Anna's white head〉에 관한 사진이나 엽서가 있으면 한 장 구해달라고 했다. 알파벳들을 연결해 인간의 흉상을 거대하게 만든 작품이었다. 긴밀하게 이어진 글자들 사이로 머릿속이 투명하게 들여다보였다. 실제로 본다면 그저 보고 있는 것만으로도 틀림없이 많은 생각들을 끌어내게 만들 작품이었다. 딜러들이 '지나간 시간의 귀환'이라고 올해 행사를 표현한 건 적절해 보였다. 예술가들이 싸우는 것은 두려움이나 고통과 욕망과 죄책감만은 아니다. 되돌릴 수 없는 시간과 그 시간을 살았던, 돌이킬 수 없는 자신의 모습 같은 것도 있다. 자신의 삶이 두려움과 고통과 욕망과 죄책감으로 채워져 있다는 걸 발견한 것은 작업에 매달려 있을 때였다. 그리고 그것이 그녀 삶의 과정이며 요소라는 것 또한. 그것은 거친 연습을 반복할 때 깨닫게 되는 점이기도 했다. 아무 데도 가고 싶지 않다는 마음은 두려움 속에서 나온 결정이었다. 다시 작업실로, 이 자리로 돌아오는 데 아주 많은 시간과 사건들을 통과해온 것 같았다. 그곳이 어디든 다시 떠난다면 영영 돌아오지 못할 거라는 불안감 때문에 잠에서 깼고 매일 진지하게 할 일을 하게 되었고 밤이면 발이 얼어붙을 것 같은 옥상에 올라가 밀지 않아도 삐걱거리는 그네에 앉아 있곤 했다. 중요한 것과 위험한 것이 어떻게 다른지를 알게 되었다면 무용한 시간을 보내고 있는 건 아닐지도 몰랐다.

무엇인가, 자신이 어떤 것을 기다리고 있을지도 모른다고 알아차린 건 겨울로 접어들면서부터였다. 그러자 그녀는 자신이 여러 개의 '그녀'로 쪼개지는 것을 느꼈다. 그것은 죽음에 끌려다니고 서로 질문하던 '그녀들'은 아니었다. 후미진 골목을 배회하는 그녀, 밥을 짓는 그녀, 지나간 시간을 보고 있는 그녀, 그저 기다리는 그녀. 분열의 징후처럼 끝도 없는 그녀들이 자신을 따라다니고 나누어지는 느낌이었다. 작업대에 매달린 채로 그녀는 지금 자신이 느끼고 있는 감정들을 표현해내려고 했다. 슬픔이 몰려올 때도 있었다. 그 끝에 오는 것은 깊은 피로감이었다. 익숙한 피로감이었다. 다시 반복하고 싶지 않은 피로감은 아니었다. 그런 게 아니라는 게 낯설 뿐이다. 작업실 나무 의자에서 몸을 웅크린 채로 잠들기 일쑤였다. 작업을 하는 그녀가 슬픔에 잠긴 그녀에게 말을 걸기도 했다. 밥을 짓는 그녀가 골목을 배회하는 그녀를 데리고 오기도 했다. 시간이 흘러가는 것을 그녀는 물끄러미 응시하였다. 여름이 가고 겨울이 흘러가는 것을. 어떤 그녀는 아직 천의 거리에 남아 서성거리고 있었다.

큐레이터를 배웅하고 나서 그녀는 집 위, 주차장으로 올라갔다. 교회의 흰색 건물은 추위 속에서 가만히 몸을 웅크리고 있는 것 같았다. 문을 닫아걸어도 들렸던 찬송 소리도 기도 소리도 들리지 않았다. 완만한 구릉 아래로 불빛들은 추운 사람들처럼 총총총 모여 있었고 구불구불한 길들은 어둠 속에서도 잎맥같이 연결돼 있었다. 그녀는 동쪽으로 눈을 돌렸다. 서쪽 풍경과

270

남쪽도 응시했다. 아무리 먼 데를 보고 있어도 자신을 완전히 잊게 되는 순간은 없었다. 작품을 완성하기 전까지는 불가능한 일일지도 몰랐다. 그녀는 주차장을 내려와 대문을 닫았다. 현관문을 열었고 지하 작업실로 내려가기 전 문득 뒤를 한 번 돌아보았다.

54
왜 그녀에게 가지 않니

도쿄에 있을 때와 크게 달라진 점이 있다면 혼자 있는 시간이 많아졌다는 사실이다. 특히 주말이 되면 더욱 그랬고 처음에는 무엇을 해야 할지 몰라 황망하게 거리에 서 있곤 했다. 아버지를 모시고 병원에 가야 할 필요도 없었고 산책을 나가는 어머니 뒤를 따라 나갈 일도 없었다. KAC에서는 아베 겐고 사에 비해 업무량도 접대용 술자리도 회식 자리도 적었다. 혼자 있는 시간이 많다는 게 즐거운지 아닌지 정확히 알 수 없었지만 슬픈 것도 고독한 것도 아니면 행복한 상태라고 말해야 한다고 그는 생각했다. 쓸쓸함 같은 것도 있었다. 그건 다른 종류의 감정이었다. 서울과 도쿄의 물리적 거리에서 온 환경의 차이나 변화에서 온 건 아니었다. 해야 할 일을 하지 않고 있으며 언제나 그것에 대해 골몰하느라 긴장 상태로 거리를 걷고 있는 자신을 들여다보게 될 때 느끼는 감정이었다. 아무리 밑창이 부드러운 스니커즈를 신고 있어도 스파이크를 박은 축구화를 신고 있는 것처럼 걸을 때마다 발밑에서 딱딱거리는 소리가 났다. 이상한 일은 더 많았지만 그것에 대해 말할 사람도 말하고 싶은 사람도 없었다. 그러나 여기, 거처가 있는 혜화동 주변을 어슬렁거리고 있을 때면 안도가 됐다. 이 도시에 붉은 벽돌로 지어진 건물들이 유독 많아서일까. 아르코 미술관뿐만 아니라 한국문화예술교육진흥원 예술극장도 있었고 샘터 사옥도 있었다.

그는 방금 막 자신이 닫고 나온 집을 돌아봤다. 이 집 역시 외관이 붉은 벽돌로 마감돼 있다. 서울에 숙소를 마련해야 하는 그에게 박대표가 이 집 지하를 보여주었다. 바로 앞이 주차장이고 골목으로 이어진 길이라 소음이 있긴 했지만 안으로 들어가면 한 사람이 살기에 딱 맞춤한 원룸 크기의 공간이 있었다. 한쪽 벽면에는 52인치 LCD 모니터가 붙어 있고 기역자 모양으로 진열된 서가에는 건축과 예술 서적들이 꽂혀 있었다. 부엌은 없지만 방 한쪽에 커피 머신과 미니 냉장고와 포터, 침대 겸용으로 쓸 수 있는 검은 가죽 소파가 있었다. 혼자 지내기에 부족할 것도 필요한 것도 없어 보이는 공간이었다. 밤이면 일층으로 올라가게 연결된 구석 나선형 계단에서 찬 공기가 불어왔다. 일층에는 박대표, 이층에는 박대표의 팔순 노모가 살고 있는 집이었다. 이따금 주말 오전이면 그는 계단을 올라가 두 모자와 함께 늦은 아침을 먹기도 했다. 짓찧은 연근으로 부친 전을 먹을 때 어머니를 떠올리기도 했다. 그런 요리법을 아는 사람은 많지 않았다. 일 년이 지나면 다른 곳으로 거처를 옮기거나 아니면 다시 도쿄로 돌아가야 한다. 모든 것이 불확실한 상황이었다. 그러나 그 붉은 벽돌집에 앉아 있으면 안전한 장소에 와 있다는 느낌이 들었다.

일요일 아침이었다. 아직 깨어나지 않은 도시의 거리로 남서풍이 불어왔다. 검은 봉지들과 신문지, 전단지들, 연극 포스터들이 무릎 높이까지 날아올랐다가 바닥으로 떨어졌다. 걸을 때마다 밟지 않기 위해 신경 써야 했던 비둘기들도 잘못 날아와 허둥지둥 날아다니곤 하는 박새들도 눈에 띄지 않았다. 그는 혜화역을 지나 한성대입구역 쪽으로 방향을 잡았다. 한성대입구역 6번 출구로 나와 백 미터쯤 걷자 삼거리가 나왔다. 삼거리에서 오른쪽으로 방향을 돌려 언덕길을 오르기 시작했다. 북악스카이웨이 산책로 입구까지 1.4킬로미터. 대략 사십 분쯤 걸릴 것 같았다. 그는 속도를 내며 걸었다. 이럴 때는 땀을 내는 게 좋았고 빨리 걷는 게 도움이 된다는 걸 안다. 장딴지에 힘을 주고 두 팔은 옆구리에서 서로 엇갈리게 내저었다. 성북구민회관 맞은편 선망대에 서자 도봉산 능선이 펼쳐졌다. 여기서부터 북악스카이웨이 산책로 입구가 시작된다.

지난여름과 가을. 그는 쉬지 않고 걸었다. 산책은 쉬면서 걷는 게 아니라 생각하지 않기 위해 육체를 거칠게 다루는 과정과 유사했다. 등줄기부터 땀이 훅훅 솟았다. 쓰지 못했고 쓸 수 없을

거라고 여겼던 신체의 부분들, 장딴지나 고관절, 대퇴부로 이어
지는 근육들이 천천히 깨어나고 고양되었다. 몸이 깨어나는 느
낌은 자발적이며 활기찬 데가 있었다. 어떤 부분은 훼손당하고
어떤 부분은 포획되었으며 전체는 강박에 싸여 있다고 느낀 육
체였다. 오랫동안 그랬고 영원히 그럴지도 모른다고 불안해했
던. 그는 오랫동안 그 뜨거움에 대해 생각했다. 마지막으로 그녀
를 보았을 때, 아니 잠든 그녀 곁에서 밤을 지새우던 순간을. 땀
에 젖은 머리카락을 한쪽으로 넘겨주다 말고 그는 비밀이 적힌
종이쪽지를 한 장 움켜쥔 듯한 그녀 손가락을 잡았다. 잡았다가
뻣뻣한 손가락을 하나씩 펼쳤다. 펼치고 보자 아직 아무것도 쓰
이지 않은 하얀 종이 같았다. 그 손을 가슴께에 올려주었다. 그
손등에 자신의 손바닥을 가만히 올렸다. 힘을 주었다. 지긋이 그
녀 가슴을 눌렀다. 그러다 황급히 손을 뗐다. 그녀 가슴에서 피
처럼 뜨겁고 물컥물컥한 것이 올라오고 있는 것 같았다. 그 가
슴에서 똑같은 죽음을 느끼게 될까봐 그는 손을 내려뜨린 채 잠
시 몸을 떨었다.

　죽음을 향해 가던 그녀의 몸을 통해 느낀 건 죽음이 아니었
다. 겁에 질려 있던 육체가 푸드득 깨어나기 시작한 느낌이었다
는 것을 그는 그녀를 아직 만나지 못한 산책길 위에서 깨닫고
있었다. 그녀는 말했다. 삶이란 반 이상의 부끄러움과 그 나머지
를 차지하는 두려움과 욕망으로 채워지는 것 아니냐고. 그녀는
말하지 않았지만 그는 이해했다. 그녀가 말하는 그 나머지가 죽

음이라는 것을. 그는 그녀에게 말해야 했다. 부끄러운 것은 죽음에 관해 생각하고 끌려가는 게 아니라 한 번도 사랑해본 적이 없다는 데 있다고.

산책로 입구를 지났다. 형이 살았던 아파트 근방이었다. 주말 아침이면 형과 자주 와 밥을 먹곤 했던 식당 앞을 지나쳤다. 형이 왜 죽었는지는 아무도 알지 못한다. 왜 죽음을 선택해야만 했는지도. 형의 바람과는 달리 형은 남겨진 자들의 기억 속에서 영원히 사라지지는 못한다. 형이 원한 게 사라지는 것이었다면 그건 완벽에 가까워 보이는 성공이며 누구나 노력하지 않고서도 이룰 수 있는 성공에 불과했다. 그는 앙상한 황갈색 나뭇가지들 사이로 보이는 남산 일대와 뾰쪽한 철탑을 바라보며 숨을 내쉬었다. 생각의 속도가 언제나 걸음보다 앞섰다. 재빨리 걸어도 생각을 떨쳐내버리는 건, 머릿속을 비운다는 것은 불가능할 것 같았다. 서늘한 공기가 얼굴을 스치며 불어왔다. 공기의 앞뒷면이 슬쩍 뒤바뀌는 느낌이었다. 형은 그의 옆에 나란히 서 있었다. 한 손을 들어 등산복을 입은 그의 어깨에 올리고 한 손을 들어 남산 옆의 철탑을 가리키며 형이 그의 모습을 상기시키듯 저게 N서울타워다, 라고 알려주었다. 그리고 이 갈림길을 지나 직진하면 길이 나오고 거기서 삼거리를 지나면 곧 철조망이 나오면서 길이 끊어진다는 것을. 거기서부터 내려가야 할 길의 방향에 대해서도 말했다. 그는 옆을 보지 않은 채 고개를 끄덕였다. 잘 알고 있는 길이며, 우리 둘이 자주 걸었던 길이라는 걸 다 잊은 거냐고 퉁명스럽게 말했다. 형은 앞을 보며 말했다. 어때, 언뜻 보면 정말 아름다운 무늬처럼 보이지 않냐. 그는 이른 새벽의 도시 전경을 내려다봤다. 아침 해가 빌딩과 빌딩 사이를 붉게 물들이고 혹이 솟은 낙타 모양의 적란운이 낮고 희미하게 떠 있었다. 오후쯤엔 비가 내릴 것 같았다. 주위는 고즈넉했고 정신을 일깨우듯 쌀쌀한 바람이 얼마간 불어왔다. 아직은 아무것도 소란스럽지도 않고 화려해 보이는 것도 없었다. 어쩌면 정말 아름다울지도 모를 풍경이었다. 형이 하는 말은 다 맞을 것이다. 죽은 사람이니까. 형이 그의 이름을 호명하는 것 같았다. 왜? 그는 무뚝뚝하게 대꾸했다. 왜 그녀에게 가지 않니. 자신이 없어. 뭐가. 둘이 걷기엔 턱없이 좁은 길로 그녀를 이끌게 될까봐. 가서 말해. 뭘. 네가, 그녀에게 말해. 뭘. 미래는 언제나 닫혀 있다고. 그건 너무 끔찍한 말이잖아, 형. 죽음 앞에서는. 응. 죽음 앞에서는 말이야. 그래, 알았어. 갈 거지. 그래, 갈 거야.

55

사임은 말했다

그녀는 한겨울에 사임을 만나는 일을 피해왔다. 특히 서로의 작업실이 아니라 이렇게 시내나 거리에 나와 있게 될 때. 사임이 언제 쓰러져버릴지도 모른다는 불안과 긴장감들이 늘 두 사

276

람 주위를 에워싸고 있었다. 해가 갈수록 커지는 그 불안과 염려가 사임에 대한 우정의 산술법 같은 거라고 해도 좋았다. 시립미술관 로비로 걸어들어오는 사임은 여지없이 커다란 헝겊 뭉치가 다가오는 것처럼 보였다. 사임은 더블 버튼의 두꺼운 패키지 코트를 입고 폭이 넓은 주황색 캐시미어 목도리를 두르고 있었다. 실용성과 보온성이 뛰어난 코트는 언제든 접어서 가방에 넣어 다닐 수 있는 것이다. 사임은 넘어졌을 때도 가능한 충격이 덜 가해지도록 쿠션의 기능이 있는 옷들을 골랐고 그것들을 겹겹이 껴입고는 했다. 겨울에 꽝꽝 언 보도블록 위로 쓰러진다는 건 정말 우울한 일이거든. 너무 딱딱하고 차가워서. 그러면서 사임은 웃었다. 그 얼굴은 꼭 어떤 강렬한 열망에 대해 이제는 기분 좋게 체념하게 된 그런 표정과 비슷해 보였다. 동정도 연민도 지긋한 힘으로 밀어내는 표정이었고, 그건 그녀가 아는 사람들 중 거의 유일하게 사임만이 만들어낼 수 있는 표정이기도 했다.

걸음이 빠른 사임과 미술관 일층을 둘러보기 시작했다. 수요일 오후였다. 물에 젖은 파이프에서 나는 쇳내 같은 게 실내를 채우고 있었다. 세 개의 섹션으로 구분된 전시의 제목은 '조각적인 것에 대한 저항'이었다. 조각의 본질적인 개념에 대한 의문을 제기하기 위해 마련된 전시라고 했다. 그녀는 A4용지로 만들어 바닥에 벽돌처럼 쌓아놓은 정육면체들을 선풍기 바람을 일으켜 공중으로 떠오르게 만든 작품과 비누를 가시처럼 날카롭게 깎아 설치한 작품과 전시장 한쪽에 거대하게 부풀려놓은 투명 비닐 봉투 앞을 지나갔다. 조각이 무엇인가, 오브제가 어떤 역할을 하는가에 관한 담론을 비켜 일상과 개인의 감정을 표현한 작품들이 대부분이었다. 극적인 것도 경쾌하게 느껴지는 작품들도 있었다. 이제 문제는 조각의 본질이 아니라 작가의 사유와 철학을 어떤 방식으로 표현하는가 하는 점이 훨씬 더 중요해진 시기처럼 보였다. 그 표현의 문제가 바로 조각과 비조각의 경계에 대해 질문하게 할 거였다. 사임은 오래전부터 회화와 조각, 입체와 평면 작업의 경계가 모호해지는 것에 관심을 보였다. 다양한 실험과 시도를 해볼 수 있다는 게 이유였다. 그 부분이 그녀와 사임의 작품 세계가 일치하지 않는 지점이기도 했다.

　전시장을 둘러보거나 다른 작가의 작품을 대하게 될 때마다 그녀는 혼란을 느끼고는 했다. 그녀 눈에는 모든 것이 너무나 새롭고 기발했으며 어떤 것은 섬뜩하고 어떤 것은 공포를 어떤 것은 불안을 야기했다. 그것이 21세기 미술의 역할이라고 말하는 평론가나 작가도 있다. 그녀는 새로운 기법과 변신은 자신이 추구하는 것이 아니라고 말한 적이 있었다. 무의식 속의, 그런 것에 대한 몰이해와 두려움 같은 게 작용했던 걸까. 공기 기법을 시도하게 되면서부터 그녀는 자신을 몰아세우던 그런 두려움이 희박해지는 것을 느꼈다. 모든 것은 처음으로 돌아가게 돼 있었고 그녀는 그것이 예술의 본질이라고 이해했다. 그녀는 자신의 관심에 집중했다. 시간과 시간 사이에 있는 텅 빔, 시간과 시간 사이에 있는 그 깊은 공간에 대해 표현하는 것. 그녀는 몰두했었고 원하는 지점까지 더 깊이 표현할 수 없는 것에 대해 절망하곤 했다. 그녀는 지금 자신이 자신에 관해 말할 때 과거형을 쓰고 있다는 사실을 깨달았다. 전시장에 온 건 오랜만의 일이었다. 사임이 그녀를 끌어냈다고 말하는 게 더 정확한 표현이겠지만.

예술이 만들어내려고 하는 건 뭘까?

동파이프와 냉동 장치를 이용한 설치 작품 앞에서 사임이 물었다.

사유?

그녀가 말했다.

욕망?

사임이 말했다.

소통.

그녀와 사임이 동시에 말했다.

삶.

사임이 다시 말했다.

죽음.

그녀가 다시 말했다.

사임이 그녀 쪽으로 돌아섰다. 미소도 농담도 싹 가신 눈빛이었다. 똑바로 그녀를 바라봤다. 목에 건 펜던트를 한 번 만지작거렸다. 그게 거기 잘 걸려 있는지 확인이라도 하듯. 그리고 사임은 목 안쪽에서 끌어올리는 듯한 소리로 이렇게 말했다.

내가 지금 너한테 뭔가 말한다면 그건 아주 오랜 생각과 망설임 끝에 나온 거라는 걸 알아줬으면 해. 난 너를 좋아했고 지금도 좋아해. 하지만 앞으로도 그렇게 될지는 모르겠어. 나는 네가 죽음에 관해 말할 자격이 없다고 생각해. 물론 나도 그럴 자격은 없지. 이게 내가 하고 싶은 말의 전부야. 지난번엔 프라이팬에 가자미를 튀기다가 발작이 왔어. 부엌 바닥에 쓰러져버렸어. 깨어나니까 타일 바닥에 혼자 누워 있었어. 살고 싶었어. 그 순간에도 이를 꽉 물었어. 쓰러질 때 실은 그게 가장 위험한 행동이야. 어금니 하나가 깨졌고 턱이 찢어졌어. 기름을 뒤집어쓰지 않은 게 다행이었지. 그만하면 천만다행이었어. 혀를 깨문 것도 아니었으니까. 다시 작업실로 갔는데, 이유는 단순했어. 아직 뭘 해내지 못했다는 생각이 들었어. 실현이랄까. 작가로서 말야. 나는 죽음에 쫓겨다니는 게 아니라 내 작품 세계를 이루고 싶다는 욕망을 내가 끌고 다니는 거야. 난 이상한 것을 먹고 죽을 수도 있고 아는 사람 하나 없는 길바닥에서 쓰러져 언제든 죽을 수도 있어. 길을 가다 위에서 떨어지는 유리를 맞아 죽을 수도 있고 술 취한 사람이 모는 자동차에 치여 죽을 수도 있겠지. 하지만 그건 아직 일어나지 않은 일일 뿐이야. 언젠가 일어날 수도 있고 영원히 일어나지 않을 수도 있어. 내가 그런 것에 끌려다니지 않는다는 사실이 중요할 뿐이야. 너는 언제나 너무나 많은 죽음을 경험한 것처럼 생각하는 경향이 있어. 하지만 네가 본 것에 대해 생각해봐. 아버지의 죽음뿐이었어. 그리고 그 죽음도 할머니의 죽음도 네 죽음과는 무관한 죽음이야. 가족의 자살이 남은 사람들에게 영향을 안 끼친다고 하면 거짓말일 거야. 하지만 남은 자들이 저지르는 실수가 뭔지 아니. 죽은 사람을 희생양으로 삼아서 모든 문제의 원인을 그쪽으로 돌린다는 데 있어. 네가 왜 자꾸만 죽음에 대해 생각하고 있는지 질문해봐. 가족력도 유전도 아니야. 그런 건 네 허상이 만들어낸 것뿐이야. 네가 아무것도 아닌 작가가 될까봐, 아무것도 아닌 한 사람이 될지도 모른다는 불안이 죽음에 기대게 만들고 거의 모든 일에 체념의 태도를 갖게 하는 거야. 너는 다른 사람들하고 함께 있을 때 테이블 밑에 있는 네 다리를 본 적이 없겠지. 단 한 번도 없을 거야. 난 여러 번 봤어. 처음엔 떨어진 냅킨을 줍다가 봤고 그다음엔 일부러 본 적 있어. 네 다리는 언제나 그 사람들 쪽으로 향하고 있어. 하지만 넌 네가 그렇다는 걸 들키고 싶어하지 않지. 네가 살고 있는 삶에 대해 생각해봐. 너는 사랑이 결여된 삶, 책임이 결여된 삶을 살고 있다는 걸 알게 될 거야. 아버지가 돌아가시고 나서 너 아저씨에 대해 생각해본 적 있니. 너에 관한 것만큼 진지하게. 넌 오직 너에 대해서만 생각하잖아. 그러면서 죽음에 관해 생각한다는 건 말도 안 되는 짓이야. 죽음이란 언뜻언뜻 느끼는 거지 너처럼 질질 끌고 다니는 게 아냐. 돌아가시기 며칠 전에 아저씨가 나를 불렀어. 너를 부탁한다고 말씀하셨어. 너한텐 아무도 없다고. 나는 그게 무슨 뜻인지 알았어. 하지만 아저씨를 돌려세울 방법은 없었어. 그건 아저씨의 결정이고 삶이니까. 넌, 네가 원하는 것에 대해 관용과 깊이를 가져야 해. 너의 열정을 존중하길 바라. 처음에 너한테 조각이 뭐였니? 작업을 하는 의미가 뭐였니? 너를 세우는 거야. 너부터, 똑바로. 한번 죽고 나면 다시 살아날 수 없어. 누구도 너를 지켜주진 못해.

56
그녀가 살아 있어서 다행인지 아닌지

호텔 정문에 도착했을 때 박대표에게 연락이 왔다. 테헤란로가 막혀 삼십 분쯤 늦을 것 같다고 했다. 초청장은 가방에 들어 있었다. 아니 외투 주머니 속에, 반이 접힌 채로. 이미 귀퉁이는 나달나달해졌다. 회전문을 통과하자 호텔 특유의 인공적인 방향제 냄새가 확 풍겼다. 그는 로비 라운지로 가 커피를 주문했다. 장식 없이 곡선의 실루엣만으로 만들어진 의자는 보기에는 감각적이었으나 막상 앉은 느낌은 편하지도 안락하지도 않았다. 채광을 내지 못해 거칠거칠한 콘크리트 의자에 앉은 느낌이었고 그는 그것이 의자의 잘못이 아니라는 것을 알고 있었다. 커피잔을 집었다. 정장을 차려입은 사람들이 들고날 때마다 라운지 맞은편 쪽 대형 룸의 미닫이 나무문이 열렸다 닫혔다 했다. 오늘 자선 행사가 열리는 룸이었다. 기업의 이윤은 사회에 환원하는 게 원칙이라는 철학을 갖고 있는 것으로 유명한 한 제약회사와 아트 디렉터들이 모여 마련한 일종의 옥션 같은 행사였다. 수익금 전액은 전 세계 개발도상국 아이들을 위한 백신을 만드는 데 쓰이며 공공연히 알려진 미술 애호가들과 셀레브리티들이 모이는 자리라고 들었다.

혜화동 일층, 잡지와 자료들이 쌓여 있는 박대표의 좌식 테이블에 대여섯 장쯤 놓여 있던 초청장을 보았다. 커다란 초록색 리본이 달려 있었고 그는 벤치마킹할 수 있는 세계 대학의 도서관들에 대해 이야기하고 있는 박대표 말을 들으며 슬쩍 리본을 풀어보았다. 특별한 기대 없이. 그저 앞에 놓여 있는 상자의 끈을 풀어보듯 아무 의도도 담기지 않은 행동이었다고 그는 나중에 생각했다. 초청장 한 면 전체에 행사를 위한 작품 기부자들과 행사를 주관하는 갤러리, 에이전시들 명단이 인쇄돼 있었다. 모두 그가 알지 못하는 이름들이었다. 단 한 사람의 이름만 제외하곤 모두. 그는 물끄러미 그 이름을 들여다보았다. 오직 지난 겨울의 기억 속에서만 소유하게 될까봐 두려워하던 그녀의 이름을. 왜, 관심 있나? 박대표가 물었다. 그는 오늘이 며칠입니까? 라고 되물었다. 그땐 아직 십일월이었고 비도 눈도 내리지 않아 건조한 날씨가 이어지던 일요일 아침이었다. 같이 가지. 박대표가 끙 소릴 내며 파자마 밑으로 드러난 발목을 긁기 시작했다.

세 개의 큰 기둥이 받치고 있는 룸의 벽과 공간에는 회화 작품들과 규모가 크지 않은 조각 작품들이 전시돼 있었다. 초청자들의 이름이 쓰인 둥근 테이블들이 사이사이 놓였고 백합을 꽂아놓은 항아리 모양의 대형 세라믹 단지가 빛났다. 사람들이 군데군데 모여 샴페인 잔을 들고 있었다. 자리에 앉아 있는 사람은 거의 눈에 띄지 않았다. 서로 인사를 나누고 작품에 관해 이야기하고 가슴에 꽃을 단 남자와 여자는 사회자들인지 머리를 맞댄 채 원고를 들여다보았다. 행사가 시작되려면 십 분쯤 더 남았다. 그는 입구 안쪽에 있는 케이터링 도우미에게 생수를 부탁하곤 한 손으로 턱을 문지르며 기다렸다.

그녀는 어디에서도 눈에 띄는 사람이 아니었다. 이목을 끄는 걸 꺼려하는 사람처럼 대부분 검정에 가까운 옷차림이었고 장신구를 단 적도 발가락이 드러나는 힐을 신은 적도 없었다. 그래서 그는 그녀를 발견했을 때 그녀가 아니기를 바랐고 그러나 그 온통, 검정을 둘렀어도 촘촘히 큐빅을 박은 듯 반짝거리고 있는 그 사람이 그녀라는 데 무척 놀랐다.

그녀는 허리를 구부리고 선 채 테이블에 앉아 있는 한 남자와 이야기를 나누고 있는 중이었다. 그녀는 두 손으로 테이블을 짚고 있었고 남자는 앉은 채로 그녀 얼굴을 쳐다보고 있었다. 남자는 자리에서 일어날 생각도 그녀의 말에 귀 기울이고 있는 것처럼 보이지도 않았다. 그런데도 그녀는 자리로 돌아가지 않았다. 어떤 약속을 받아내지 않으면 한 발짝도 떼지 않을 사람처럼 보였다. 그는 생수를 다 비우고 한 잔 더 달라고 말했다. 케이터링 주변은 음료 잔을 받으려는 사람들로 혼잡해졌다. 돌아보기만

한다면 서로를 알아볼 수 있는 거리였다. 그는 움직일 수 없었다. 이제 그녀를 보지 않고 남자를 봤다. 처음부터 남자만 보고 있었던 것 같았다. 남자는 타이는 매지 않은 채 흰 클래식 셔츠에 재킷과 청바지를 입고 있었다. 청바지 밑단으로 갈색 토즈 슈즈가 보였다. 세련되고 활동적인 차림이었으나 아래위로 몸에 꼭 맞게 재단된 슈트를 입는 것이 더 어울릴 것 같은 사십대 후반쯤으로 보이는 남자였다. 차갑고 반듯해 보이는 콧날이 쭉 뻗어 있었다. 젊었을 때의 유진 오닐을 연상시키는 얼굴이었다. 남자가 앉은 테이블은 프레스 석이었고 남자만 제외하곤 아직 그 테이블에 앉아 있는 사람은 없었다. 그는 그녀를 처음 만났던 때를 떠올렸다. 그때도 그녀는 옆에 앉은 남자와 이야기를 하고 있었다. 그렇게 생각해도 그게 아무런 도움이 되지 않는다는 걸 인정하지 않을 수 없었다. 그때는 저렇게 그녀가 허리를 숙이지도 한 손으로 과장된 제스처를 취하지도 않았다. 그때는 다른 사람들에게는 보여주려고 하지 않아도 둘 사이에 잠재적으로 흐르고 있는, 두 사람만이 알고 있는 은밀함도 없었다. 지금처럼 말을 멈추고는 주위를 흘긋 돌아보지도 않았다. 카메라를 든 한 남자가 그쪽 테이블로 다가가고 있는 것을 두 사람도 그도 보았다. 그는 다른 것도 보았다. 몸을 돌린 그녀가 테이블을 스쳐 지나갈 때 내내 팔짱을 끼고 있던 남자가 팔을 풀어 늘어뜨리곤 그녀와 약속이나 한 듯 서로의 오른손과 왼손을 순간적으로 쥐었다 놓는 것을. 그 빈틈없이 정확한 일 초를 그는 놓치지 않고 보았다.

자리로 돌아가던 그녀가 출입구 쪽을 한번 봤다. 그는 그대로 서 있었다. 움직일 필요가 없었다. 그 자리에 자신은 이미 없는 것 같았다. 곧 행사가 시작될 거라는 멘트가 흘러나왔다. 그는 출입구로 발을 끌고 갔다. 죽음의 흔적이 사라진, 전에 없던 생기로 빛나는 그녀의 얼굴이 자신이 기다렸던 그 얼굴인지 아닌지 그녀가 살아 있어서 다행인지 아닌지 전혀 알 수 없었다.

57
부끄러움

홀을 담당하는 아주머니와 요리사가 주방 쪽에서 분주하게 움직이고 있었다. 그녀는 식당 문을 밀고 들어갔다. 아주머니가 고모는 한 시간쯤 후에 돌아올 거라고 말했다. 오후 다섯시 반. 저녁을 먹기에는 이른 시간이었지만 식당에서 고모와 마주 앉아 있을 수 있는 가장 한가한 시간이기도 했다. 출입구가 보이는 테이블 쪽으로 가서 등을 벽에 기대고 앉았다. 목공소와는 15미터도 떨어지지 않은 곳인데도 목공소 안쪽에서 보는 거리와는 다른 데가 있었다. 고가 다리는 동쪽을 향해 더 높아지고 휘어 있었으며, 플라타너스와 군데군데 깨져나간 보도블록들과 도로 건너편 상점들의 추레한 간판들 속을 오가는 사람들이 아니라면 풍경은 어느 후미진 길을 재연하기 위한 세트처럼 보였다. 호흡이 정지된, 무기질적인 느낌이었다. 오랫동안 봄을 잊었던 기분이었다. 봄이 오기 직전, 벚꽃이 만발하는 것을 보지 못한 채 도쿄를 떠나왔다는 걸 떠올렸다. 지금까지는 그게 마지막 봄이었다. 이 겨울은 그녀 생에 다시는 없을 거라고 여겼던 계절. 먼 데를 돌아 다시 이 도시에 와 있다는 느낌이 선명했다. 이따금 그녀는 네기시 맨션 605호에 지금은 어느 나라, 어느 작가가 와서 살고 있을까 궁금할 때가 있었다. 생선을 보석처럼 다뤄야 한다고 가르쳐주었던 아베상의 가게엔 지금쯤 겨울 복어 맛을 찾는 사람들로 북적거릴 거라고 떠올려보기도 했다. 헤어질 때 아베상은 무표정한 얼굴로 꼭 이렇게 한마디만 했을 뿐이다. 사요나라! 그 목소리는 찾아온 손님에게 무엇을 도와드릴까요? 라고 묻듯 크고 우렁차서 대개의 작별 인사처럼 들리지 않았다. 간결하며 더이상의 다른 말이 필요 없는 인사처럼 들렸다. 그녀는 아베상에게, 그리고 도쿄에서 본 것들, 팽팽한 힘으로 자신과 대항했던 거의 모든 것들에 대해 사요나라, 짧게 인사를 하고 떠나왔다.

아주머니가 더덕전 한 접시와 작은 종지에 든 물김치와 초간장을 내왔다. 고모가 직접 만든 음식이었다. 싱겁거나 무미에 가까운 담백한 맛. 한국어가 서툰 조선족 아주머니는 고모가 구청에 갔다고 말하곤 알고 있지요? 하는 투로 웃어 보였다. 지난달부터인가 고모는 지역 구청에서 열고 있는 예비 할머니 교실에 다니고 있다. 지난봄, 고모의 딸인 사촌동생이 임신을 했고 출산을 한 달쯤 앞두었다. 사촌동생이 두 달 간의 출산 휴가만 끝나면 바로 출근해야 했고 아이를 친정엄마인 고모에게 맡길 거라고 들었다. 애 키워본 지가 하도 오래돼서. 말끝을 흐리며 고모는 부담이 크다고 털어놓았다. 그녀가 보기엔 부담 정도가 아니라 밤낮으로 전전긍긍하고 있는 것처럼 보였다. 그녀로서는 어리둥절한 기분이 들기도 했다. 고모가 할머니가 된다는 것도 그랬고 그 손으로 애를 키우게 될 거라는 사실도. 고모가 할머니가 돼도 목공소 옆에서 이 식당을 계속할 것인지 알고 싶었다.

아버지 유품은 간단했다. 오랫동안 준비해온 죽음일수록 유품이 적고 간소하다는 유품 정리인의 말이 떠올랐다.

그 남자를 서너 번쯤 만났을 때였을까. 어디선가 전화를 한 통 받은 남자가 그만 일어나야겠다고 말하곤 가방을 집어들었다. 그녀는 어디로 가는 거냐고 물었다. 남자는 망설이다가, 장의사에게 의뢰 전화가 왔다고만 말했다. 그녀는 남자를 따라 걸었다. 메트로가 도착했을 때 남자가 뒤에 있는 그녀를 묵묵히 돌아봤다. 아무 말도 하지 않았다. 그녀는 가고 싶지 않았다. 사람이 죽었다는 그 장소로. 외관에 철근이 드러난 임대주택 앞에 장의사인 듯한 사람과 유족, 경찰관이 모여 있었다. 유품 정리인은 그녀를 보지 않은 채 사후 보름도 넘은 사체라고 말했다. 그만 돌아가라는 소리처럼 들렸다. 그녀는 주택 앞 벤치에 앉았다. 사후 보름도 넘은 시체가 있는 방. 구더기가 들끓고 시취로 꽉 들어찼을 방. 그 방으로 유품 정리인이 어떻게 들어갈 수 있을까. 그녀는 화가 나려는 것을 꾹 눌렀다. 대상도 이유도 불분명한 화였다. 유품 정리인이 경찰과 장의사, 유족과 이야기하는 것을 보고 있었다. 목소리들은 끊어졌다 이어졌다. 삼십대 중반쯤으로 보이는 유족은 죽은 사람의 아들 같았다. 바로 옆 동에 살고 있는 모양이었다. 조금 더 자주…… 유족은 자꾸만 그렇게 말하곤 흐느꼈다. 조금 더 자주. 그 뒤엣말은 들리지 않았다. 유품 정리인이 그들과 주택 입구로 들어서며 그녀를 일별했다. 그녀는 고개를 한 번 끄덕거렸고 벤치에서 일어나, 뒤돌아보지 않고 걸었다. 그게 유품 정리인과의 마지막 만남이었을지도 모른다. 그녀는 조금 더 자주, 라는 말에 대해 오래 생각했다. 조금 더 자주, 조금 더 자주. 그렇게 읊조리는 동안에 자신은 다시 서울로 돌아와 있었다. 유품 정리인. 그런 사람을 실제로 만난 적이 있었던가, 의심하게 되는 순간도 있다. 마치 그녀 스스로 죽을 결심을 한 순간이 있었나 싶은 것처럼.

내방인. 그녀는 유품 정리인을 이렇게 정의했다. 잠깐 찾아와 내 삶을 보고 간 사람.

고모와 합의하기 어려웠던 것은 목공소였다. 고모는 목공소를 그대로 두길 원했다. 그녀에게 결정권이 있는 문제였다. 그녀는 상속권을 포기했고 목공소 문제도 아버지가 남긴 얼마간의 유산과 홍은동 집도 고모에게 모두 맡겼다. 아버지가 남긴 것을 소유할 수 있는 권리는 고모에게만 있었고 그건 당연한 수순 같았다. 이상한 게 있었다면 고모가 전혀 거절하지 않았다는 점이다. 목공소는 송씨 아저씨가 맡아 하고 있다. 여름이 되자 고모는 아버지 집을 처분했고 그녀 명의로 만든 통장을 내주었다. 거길 나오지 그러니. 백과의 관계를 다 알고 있다는 어투로 고모가 걸레로 훔치며 말했다. 그녀를 보지 않고 말했다. 도쿄에서 돌아온 후 에이전시의 반대를 무릅쓰고 옥션을 통해 급하게 작품 세 점을 팔았다. 내수동 작업실 전셋값으로는 턱없이 부족한 금액이었다. 그녀는 통장을 받아들었다. 백은 받지 않았다. 내수동을 떠날 수도 있었다. 다른 집을 알아볼 수도 있었을 것이다. 백이 전세금을 받는다면 그럴 필요가 없는 일이라고 그녀는 생각했다. 백은 이제 그 집의 열쇠를 갖고 있지 않았다. 그 문제 때문이라면 백은 더이상 전화 통화도 하고 싶어하지 않았다.

자선 행사에서 백을 만났을 때, 겨우 대답을 받아낼 수 있었다. 구 개월. 그 문제를 해결하는 데 걸린 시간이었다. 테이블을 스치며 맞댔던 손. 아마 그것이 마지막일 백의 손바닥은 더이상 뜨겁지도 가난한 그녀의 작업실에 처음 와서 움켜쥐었을 때처럼 자극적이지도 안타까움으로 타오르지도 않았다. 백의 손바닥은 더없이 찼다. 차갑고 냉랭하며 건조한 손. 그녀에 대한 백의 마지막 자존심이자 작별 인사라고밖에는 생각할 수 없는 감각이었다. 너무 뜨거우면 차가워지던 사람. 손을 풀고, 그녀는 백에게서 돌아섰다. 손을 잡았던 그 짧은 순간. 그녀는 자신이 다른 손을 떠올리고 있다는 걸 알았다. 계좌번호는 팩스로 날아왔다. 백에게 남은 일은 돈을 송금하는 것뿐이라는 사실은 순수함을 잃어버린 시절에 백을 처음 만났을 때처럼 무덤덤한 기분이 들게 했다. 홀가분하지도 기분이 좋은 일에 속하지도 않았지만 반드시 해야 할 일 중 하나였다.

물김치 종지를 두 손으로 쥐었다. 불필요한 재료를 쓰지 않고 불필요한 요리 과정을 덜어내며 식당 조리실에서 하루를 보내는 고모와 예비 할머니 교실에 나가 있는 고모, 아버지의 죽음과 딸의 임신 소식을 거의 동시에 들어야 했던 고모. 어느 것이 가장 진짜에 가까운 고모 모습일지 알 수 없다. 하지만 그녀가 알고 있는 고모 삶의 가장 큰 진실은 이제 고모는 혼자가 되었다는 사실이다. 그리고 몇 가지 짐작들이 있었다. 혹시 고모 또한 자신처럼 아버지가 언젠가 죽음을 택할지도 모른다는, 옆에 사람을 서서히 조여오던 그 불안으로부터 비로소 벗어났다는 안도 같은 것을 느끼고 있을지도 모른다는 짐작 말이다. 고모는 아버지와 더 밀착된 관계였다. 그가 형에 관해 말할 때 표현했던 이중의 존재였으므로 그 안도는 그녀가 느낀 무게보다는 적을지 몰랐다. 죽음은 냉정했다. 가족 중 누가 죽어도 사자가 찾아와 망자가 지금 평안한 상태라고 친절하게 말해주지 않는다. 남은 사람들은 애쓰지 않아도 죽은 자를 잊게 되며 시간은 태평하게 흘러간다. 분리되는 아픔과 아직 남아 있는 미련도 그리움도 곧 지나가버리고 말 것이다. 그녀는 고모가 일상을 되찾는 것을 지켜보고 있었다.

그의 말대로라면 그건 시간이 아주 많이 걸리는 종류의 일일 것이다. 어떤 반복적인 훈련으로도 얻을 수 없으며 오직 의지만이 필요한.

그녀는 고모를 떠올렸다. 형을 잃었을 때의 그를 동시에 떠올려보았다. 그리고 두 사람에게든 누구에게든, 자신은 아버지가 죽었을 때 막상 그토록 큰 상실감을 느끼지 못했다고 털어놓고 싶었다. 누구에게도 말하지 못했다. 그건 지금까지 누구와도 그 정도로 가깝고 밀착돼보지 못한 삶을 살았다고 고백하는 거나 마찬가지였고, 그 말을 거울을 보며 혼자 했을 땐 오직 죽음에 대해 생각하고 있을 때보다 더 큰 부끄러움을 느껴야 했다.

그는 말했다. 쌍둥이처럼 컸던 형과의 유년 시절에 대해서. 말도 통하지 않는 낯선 땅, 빈집에서 부모가 귀가하기만을 기다리며 서로에게 의지한 채 보내야만 했던 쓸쓸한 저녁과 유동하던 밤의 고독에 대해서. 그리고 혼자 남았을 때의 느낌에 대해서. 서로 등과 가슴을 맞대고 동일한 체온과 심장 박동을 느끼며 이 인용 좁은 보트를 힘껏 저어 강물을 헤치고 지나가고 있을 때 방향을 잡고 있던 앞사람이 갑자기 물속으로 뛰어들어버린 느낌이었다고, 눈앞에는 돌변 지점을 지난 넓은 강폭과 소용돌이치는 거센 물살과 노를 잡은 손잡이에 필사적으로 압력을 가해도 더이상 앞으로 나아가지 않으며 뱃머리는 차츰 강물의 소용돌이 한가운데를 향해 배의 운명처럼 다가가고 있는 느낌이었다고. 평생을 맞대온 체온과 심장 박동이 깜짝할 사이에, 영문도 모른

채 눈앞에서 사라져버린 공허와 배신감에 대해서.

그는 말한 적이 있었다. 아마 고모도 그와 비슷할 거라고.

그의 목소리가 귓가에서 들리는 것만 같았다. 그녀는 젓가락을 내려놓았다.

기억은 연대기 순으로 떠오르지 않는다. 어떤 기억은 서로 뒤섞이고 어떤 것은 부풀고 어떤 것은 역류하며 어떤 것은 언제라도 당장 이렇게 나란히 와 앉는다.

그녀는 고모가 따라주는 술을 받았다.

오늘은 뭘 배웠어요?

으응, 신생아 응급처치 교육.

고모는 웃었다.

다음엔 뭘 배우는데요.

신생아 주의력 결핍과 과잉행동장애 예방 관리에 대해서.

어렵네.

어렵지.

어떻게 배워요.

3킬로그램짜리 아기 모양 인형이 있어. 오늘은 그걸 들고 얼굴이 뒤로 향하도록 팔 위에 올려놓고 손으로 머리와 목이 고정되게 잡은 다음에 손가락을 이렇게 달걀 쥔 것처럼 모아서 등을 다섯 번 정도 약간 세게 두드려주는 걸 배웠다.

어떤 때 쓰는 건데요.

숨을 못 쉴 때.

숨을 못 쉴 때?

그래.

인형은 어떻게 생겼어요.

물렁물렁하고 동그래.

가볍겠네, 아기처럼.

아냐. 자꾸 드니까 인형도 무겁더라.

고모.

왜.

나한테 무슨 냄새가 나요?

갑자기 냄새는.

그냥.

왜.

혹시 좋지 않은 냄새가 날까봐요.

잔을 비우고 그녀는 고개 숙여 냄새를 맡아보았다. 아직도 그 날 새벽, 605호에서 만졌던 복어의 피와 뼈, 내장의 냄새, 여름이 지나도록 집요하게 따라다녔던 그 묵직한 비린내가 풍겨나는 것만 같았다. 그 여자. 모리 미술관에서 말을 걸어왔던, 완벽한 대칭형 얼굴을 갖고 있던 여자에게서는 라벤더 향기가 났다. 거짓말에 서툴던 여자. 전시 도록이나 팸플릿에 작가 사진 같은 것은 없었다. 서울로 돌아오는 비행기 안에서 도록을 넘기다가 그녀는 깨달았다.

그에게 자신은 이렇게 기억될 것이 분명했다. 비린내를 풍기며 자살을 기도하던 여자. 그에게 자신의 마지막 모습은 그렇게밖에 기억되지 않을 것이라는 사실은 죽음에 대해서만 생각하고 있을 때보다 훨씬 큰 고통을 불러일으켰다.

58
이 세상에 진실이 오직 하나 있다면

회식 자리에서 술을 주는 대로 받아 마셨다. 정신을 차렸을 땐 서울역 앞에 혼자 서 있었다. 서울 스퀘어 빌딩 벽면에 화려한 조명이 켜졌다. 팝아티스트 줄리언 오피의 〈군중〉이 비춰지기 시작했다. 가로세로 백 미터 가까운 크기의 초대형 LED 미디어 캔버스였다. 머리 위에서 하늘색 셔츠를 입은 남자와 빨간색 스커트를 입은 여자, 까만 티셔츠를 입은 남자들이 두 팔을 경쾌하게 흔들며 쉬지 않고 걸었다. 생동감이 넘치는 걸음걸이였고 결코 따라잡을 수 없는 보폭이었다. 빌딩 외벽, 높은 스크린에서 여섯 명의 기대한 사람들이 차례로 걸어다녔다. 취객들이 막차를 놓치지 않기 위해 외투 깃을 모아쥔 채 버스정거장으로 뛰어갔다. 가만히 서 있는 사람은 아무도 없는 것 같았다. 그는 강을 따라 걷고 싶었다. 온몸이 얼어붙을 때까지 찬바람을 쐬고 나면 한결 나을 것 같았다. 서울역을 지나 남영동, 용산을 지나면 한강이 나온다. 저녁에 기온은 이미 영하 7도를 내려서고 있었다. 길을 건너 택시를 타면 집까지 십오 분 거리였다.

　그는 인파 속에서 얼핏 아는 얼굴을 본 것 같았다. 방금 맞은 편에서 걸어와 그를 휙 스쳐간 남자를 돌아봤다. 눈에 익은 안경테와 그 밑의 검자줏빛 모반, 그리고 오래된 사각형의 가죽 가방. 그 남자 같았다. 유품 정리인. 그는 이것 봐요, 라고 소리쳐 부를 뻔했다. 남자와 비슷하게 생긴 사람들이 인파에 섞여 끝도 없이 열 지어 뚜벅뚜벅 걸어오고 있는 것 같았다. 한 사람이 다가와 그에게 차비를 빌릴 수 있겠느냐고 말했다. 그는 손에 잡히는 대로 지폐를 꺼내주었다. 한 사람이 다가와 집으로 가는 길을 잃어버렸다고 털어놓았다. 한 사람은 같이 가자고 말했고 한 사람은 자고 일어나보니 아이가 죽어 있었다며 울었다. 다 아는 얼굴 같았지만 모르는 얼굴들이었다. 거리는 경적 소리와 서로 먼저 택시를 잡아타려는 실랑이, 술집에서 흘러나오는 음악 소리로 소란스러워졌다. 그는 눈앞으로 삶이 스쳐가는 것을 묵묵히 보고 있었다.

　코트 주머니 속에서 납작한 것이 만져졌다. 누군가에게 건성으로 받아 넣어둔 명함이거나 메모지, 그녀의 이름이 새겨진 초청장이 아직 그대로 들어 있을지도 몰랐다. 그녀가 떠난 후, 서너 번쯤 유품 정리인을 만났다. 그때마다 서로 몸을 못 가눌 정도로 술을 마시고는 했다. 언젠가 유품 정리인은 그에게 주머니 속에 든 것을 한번 꺼내보라고 말한 적이 있었다. 농담처럼 들렸다. 그는 별다른 거리낌 없이 주머니 속에 든 것을 주섬주섬 꺼내 테이블 위에 올렸다. 풀어 넣었던 손목시계와 동전들, 휴대전화, 종이쪽지 한 장. 상자 속 그녀의 얼굴을 그린 메모지 한 장만은 마음에 걸렸다. 자신에게 아무것도 원하지 않고 요구하는 것도 없던 그녀. 남자는 웃었다. 그리고 어쩌면 오 분 후, 혹은 십 분 후 그게 그의 마지막 유품이 될지도 모른다고 말했다. 이 세상에 진실이 오직 하나 있다면 사람은 누구나 다 한 번은 죽는다는 겁니다. 취기가 올랐는지 남자는 키득거렸다. 그러니까. 남자는 한 호흡 멈췄다. 균형을 잘 잡고 있어야 합니다. 하루가 얼마나 아슬아슬한지 압니까. 남자는 자리에서 일어설 것처럼 소지품을 주섬주섬 챙기더니 그대로 테이블 위로 고꾸라져버리고 말았다. 남자가 술이 깨어 일어났을 때는 그가 엉망으로 취해 있었다.

그는 길을 건너지도 않았고 택시를 잡지도 않았다. 서울역을 지나 용산 쪽으로 쭉 걸어 내려갔다. 랜드로버 끝에 검은 비닐봉지와 전단지들이 차였다. 뒤를 돌아다봤다. 거대한 군중은 아직도 밤하늘을 배경으로 에나멜 회화처럼 생생히 빛나고 있었다. 막상 그녀의 작품은 한 번도 본 적이 없었다. 자선 행사에서 그녀보다 먼저 작품을 찾아볼 수도 있었을 것이다. 그는 더 빨리 걸었다. 그랬으면 그녀가 유진 오닐을 닮은 남자와 있는 장면을 보지 못했을 수도 있었다. 그가 본 것은 열 개의 장면 중 단 하나의 장면일 수도 있다. 오해를 사기도 쉽고 보는 것만이 전부가 아닌. 그가 본 것은 전부를 말해줄 수 있는 단 하나의 장면일 수도 있었다. 어떻게 짐작해도 결론은 늘 그에게 불리하고 폭압적으로 작용하는 것 같았다. 이상한 마력馬力이었다고 그는 떠올렸다. 서울로 가야겠다고 결심한 것은. 어마어마한 숫자의 말들이 당기는 힘이었고 그게 무엇이든 거기에 멋지게 속아넘어 가길 바랐다.

밤마다 이렇게 걷는 것으로밖에 견뎌낼 수 없다면 여기는 안전한 곳도 머물러야 할 장소도 아닐 거다. 생각들을 뿌리치기 위해서라도 지금은 걷는 것밖에 달리 도리가 없었고 채 1킬로미터도 가지 않아 추위를 느꼈지만, 멈출 수 없었다. 저 멀리 한강이 가까워지고 있는 것이 보였다. 턱이 떨어져나갈 것만 같은 추위가 스스로에 대한 동정과 슬픔을 단번에 얼어붙게 만들어버렸다. 그는 떨면서 걸었다. 얼음 덩어리를 껴안고 걷는 것 같았다. 강은 가까워지고 있었다. 마침내 오늘 그가 원하던 한 가지는 간신히 이룰 수 있을 것 같았다. 뻣뻣해진 입술을 벌려 그는 우는 소리를 냈다. 왜 가라고 그랬어, 형.

59

빛이 빠져나간 자리

한파가 그쳤다. 기온이 올랐고 사흘 동안 돌풍처럼 몰아쳤던 바람도 잦아들었다. 일시적이라고 했다. 일요일 오후였다. 전화도 팩스도 오지 않는, 골목에서도 모든 소리가 사라져버린 고요한 시간이었다. 서향에서 쏟아진 투명한 빛들이 작업실 벽과 바닥에 드리워져 있었다. 작업실은 불을 켜지 않아도 환해 보였다. 반지하인데도 불구하고 백 호쯤 되는 크기의 창이 있었고 낮은 벽돌담과 그 옆 트인 공간을 통해 해가 기울기 직전까지는 빛이 들어왔다. 흔치 않은 공간이었으며 이렇게 맑은 날 오후면 여느 때의 완고함과 대개 그녀에게 패배감을 안겨주곤 하던 공기의 흐름이 부드럽게 흩어지면서 이따금 환대받는다는 느낌을 주기도 했다. 이 작업실에서 보낸 대부분의 날들은 실제로 일을 한 시간보다 구석에 앉아 어둠을 응시하거나 작업대 끝에 한 팔을 걸치고 선 채 다리가 저릴 때까지 서 있곤 했던 시간들이 훨씬 더 길지도 몰랐다. 많은 것들이 떠올랐다가 사라지고 많은 것들이 나타나 그녀 앞에 우두커니 마주 서 있다가 동트기 시작하면 하나둘씩 사라졌다. 그렇게 해서 알게 된 것들이 있기는 했다. 어둠의 농담이라든가 빛의 종류에 관해서.

그녀는 늘 여기에 천장이 없다, 라고 생각했다. 어디에 있든 그런 가정을 하면 어떤 비좁은 곳, 어두컴컴한 곳, 밀폐된 곳에서도 견딜 수 있었다. 그녀는 스스로 종이 박스로 기어들어가 그곳에서 삶을 마친 한 남자의 이야기를 들은 적이 있다.

네 종류의 빛이 있었다. 정면으로 곧게 비추는 직사광선과 볕이 바로 드는 양지, 절반 정도 그늘진 반음지, 그리고 볕이 잘 들지 않는 음지. 이제 곧 작업실엔 햇빛이 레이스 커튼을 한 번

통과한 정도의 빛인 반음지가 생겼다 결국에는 음지만 남게 된
다. 계절에 따라서는 햇빛이 움직이는 방향에 따라 양지가 되는
부분도 있고 작업실을 채운 사물들에 가려 양지에서도 반음지인
부분들이 있었다. 네 종류의 빛들이 한데 뒤엉키는 찰나도 있다.
빛과 어둠을 구분할 수 없는 순간이었다. 오래 지켜보지 않으면
느낄 수 없었다. 겨울이면 어둠이 오는 속도는 빨랐고 불행이
닥칠 때처럼 기습적인 데가 있었다. 음지가 희미해진다고 느끼
는 순간 컴컴한 어둠이 벌써 몰려오고는 했다. 그녀는 작업실을
둘러보았다.

플라스틱 의자, 깨진 화분들, 이젤, 각종 공구들, 물감, 액자
들, 마른 꽃다발, 각목들, 소형 냉장고, 종이 박스들, 연필들, 붓
들, 선반들, 톱, 책들, 온풍기, 티슈, 옷걸이, 패딩 점퍼, 앞치마,
비닐장갑, 고무장갑, 천장에 매달아놓은 드로잉 종이들, 전화,
휴지통, 기린과 악어 모양의 조각품들, 멕시코 선인장 모양의 사
암 덩어리, 산세비에리아, 모종삽, 빗자루, 쓰레받기, 가위, 양철
대야, 분무기, 스티로폼들, 조화들, 타월, 색색의 털실 뭉치, 시
계, 짝이 맞지 않는 구두와 운동화들, 공들, 커튼, 드릴, 체인,
책상과 의자, 지구의, 플라스틱 컵과 접시들, 종이 뭉치들, 전신
거울, 작업 테이블.

그녀는 테이블로 다가갔다. 작업대 천장에 매달린 전등을 켰
다. 원뿔 모양의 동그랗고 커다란 빛이 테이블로 떨어졌다. 드로
잉만 해놓은 채 반년 이상 바라보기만 했던, 결코 완성할 수 없

300

을 거라고 여겼던 작업이었다. 어떤 한 가지를 오래 생각한 것의 결과를 알고 싶었다. 그 생각의 끝을 형상화시키고 싶었다. 바닥에 나뒹굴고 있는 사물들을 한쪽으로 치우기 시작했다. 톱날이 손바닥을 스치고 지나간 것 같았다. 아픔도 통증도 없었다. 배구공을 치우는데 흰색 공에 핏자국이 묻어났다. 공을 떨어뜨린 채 두 손을 들어올려보았다. 바닥으로 피가 한두 방울씩 떨어졌다. 일부러 그런 건 아니에요. 그녀는 중얼거렸다.

죽음의 충동이 아버지를 짓누를 때마다 아버지가 취한 행동이 있었다. 옳은 것인지 옳지 않은 것인지, 그것이 도움이 되는 치료법인지 그녀로서는 알 수도 짐작할 수도 없었지만. 아버지는 몸을 조금 갈라 피를, 약간의 피를 떨어뜨리곤 했다. 언제나 깊은 침묵과 어둠 속에서만 벌어지던 일이었다. 손등이나 팔을 긋는 건 종이나 천을 자르는 일과 흡사해 보였고, 그것을 문틈으로 한 번의 비명도 기척도 없이 지켜본 사람은 아버지 곁을 지키고 싶어한 고모도 아니고 오로지 그녀뿐이었다. 이윽고 아버지가 숨을 크게 들이쉬었다 내쉬며 평정을 찾고 잠이 들 때까지, 잠이 든 채 다시 아홉 살의 아이로 돌아가 엄마를 부르며 잠속에서 흐느끼기 시작할 때까지, 그녀는 아버지 뒤에 있었다. 상처가 많은 아버지 팔뚝은 대패가 쓸고 간 나무둥치처럼 보였다. 이제야 그녀는 그게 아버지가 죽기 위해서가 아니라 살기 위해서 안간힘을 쓴 흔적이었을지 모른다고 생각했다. 저는 일부러 그런 게 아니에요. 그녀는 아버지에게 다시 말했다.

누가 어깨를 돌려세우는 것 같았다. 절벽 같은 어둠이 맞은편에서 지그시 그녀를 응시하고 있었다. 그녀는 꼼짝하지 않았다. 아무 데도 앉지 않았다. 시간이 얼마나 지났는지 알 수 없었다. 배가 고프다고 느끼긴 했지만 밥을 먹은 기억은 없었다. 작업실에 들어온 것이 어제였는지 오늘이었는지도 잘 생각나지 않았다. 한 가지 분명한 것은 지금 다시 그 어둠, 그녀가 기다리는 소립자라고 명명한, 언제나 그녀의 정신과 육체를 옭아매는 듯한 공포를 느끼게 했던 어둠과 마주 보고 있다는 사실이었다.

그녀는 할머니가 살았던 삶에 대해 생각했다.

아버지가 살았던 삶과 그녀가 살았던 삶에 대해 생각했다.

앞으로 살게 될 삶에 대해 생각했다.

무거운 것이 가벼운 것보다 언제나 먼저 떨어지는 것은 아니라고 생각했다.

어떤 것도 가짜가 아닌 삶에 대해 생각했다.

그녀는 손을 뻗어 어둠을 만졌다. 포개는 손길로. 어루만지는 손길로. 언젠가 경험할 죽음이었다. 이렇게 산 채로는 겪을 수 없는 것이며 이렇게 파편처럼 박혀 있는 채로는 어떤 작업도 해낼 수 없는 죽음이었다. 그녀는 그 절벽 같은 어둠을 만지고 또 만졌다.

석고에 물을 섞어 개다가 그녀는 무엇인가, 어떤 손인가 자신을 어루만진 적이 있었다는 것을 기억해냈다. 얼굴과 가슴을. 어깨와 등을 차례차례. 더듬는 손이 아니었다. 주춤거리는 손이 아니었다. 포개고 어루만지는 손이었다. 다독거리며 쓸어내리는 손이었다. 안타까움과 뜨거운 숨으로 이루어진 것 같던 손.

어둠이 있던 자리, 아니 잠시 빛이 빠져나간 자리를 내려보다 말고 그녀는 그것이 그날 밤 쓰러져 있던 자신을 만지던 그의 손길이었다는 것을 뚜렷이 떠올리고 있었다.

60
모든 이야기는 실패의 이야기가 아니라 시작의 이야기

의사는 열이 높다는 것 외에 큰 문제는 없다고 진단했다. 그는 사흘간 휴가를 냈다. 고속열차를 타고 남해 쪽으로 하루 이틀 떠났다 올 생각이었다. 자고 일어나보니 자리에서 일어난다는 게 불가능하게 느껴질 정도로 열이 끓었고 온몸에 갈기갈기 찢어지는 통증이 몰려왔다. 그는 잠속으로 빠져들었다. 위층 도우미 아주머니가 죽을 놓고 간 것 같았다. 전화벨 소리도 들렸다. 아무리 잠에 취해 있어도 간간이 깨어나 약을 챙겨 먹었다. 눈을 뜰 때마다 방은 항상 어두운 것 같았다. 고즈넉했지만 방의 채광과 난방 상태가 좋은 편은 아니었다. 전기장판의 온도를 올리고 모포를 서너 장이나 덮어썼다. 열이 오르고 입안에서 뜨거운 숨이 터져나오는데도 불구하고 그는 자신이 엄혹한 냉기 속에서 떨고 있다고 느꼈다. 수면제를 먹지 않고도 이렇게 깊이 잠들어본 것은 정말 오랜만이었다. 그 잠에서 깨어나면 씻은 듯이 몸이 나아 있을 거라는 사실을 알고 있었다. 잠에서 깨어나고 싶지 않았다. 더 깊은, 더 무한한 잠의 나락 속에 머물고 싶었다.

선회하는 시간의 가장 먼 쪽에 서 있는 것 같았다. 그 안쪽을 지켜보고 있는 느낌이었다. 많은 사람들이 나타났다. 대개는 화를 내고 추궁하는 사람들이었다. 자신은 알지 못하는 큰 잘못을 저지른 것 같았다. 형은 말없이 창틀에 걸터앉아 있었다. 삼월의 선득한 바람이 형의 구불구불한 흑갈색 머리카락과 저지 커튼을 부드럽게 흔들었다. 정작 그가 본 것은 모든 것을 다 끝낸, 추락하는 힘으로 콘크리트 바닥에 머리를 부딪쳐 피와 다른 알 수 없는 검붉은 얼룩들로 젖은 형의 얼굴이었지만 지금은 모든 것을 다 지켜보고 있었다. 형은 다리를 끌어올려 창틀에서 무릎을 껴안고는 무슨 말인가 하려는 듯 이쪽을 한 번 보는 것 같았다. 형은 왼쪽으로 체중을 싣듯 움직였다. 그 작은 움직임은 칠십오 킬로그램의 형을 오층 높이에서 끌어내리는 데 일 초도 걸리지 않았다. 시시콜콜한 건 필요 없어. 중력의 법칙은 그렇게 자신을 비웃고 있는 것 같았다. 기묘한 자세로 사지가 뒤틀린 채 바닥에 떨어져 있는 형을 보았을 때 슬픔이란 건 통째로 잃어버린 사람처럼 무감각했다고 생각했다. 눈물도 흘리지 않았다. 그러나 이렇게 꿈속에서라면 그는 그때와는 비교할 수 없는 강렬한 고통을 느끼고는 살려달라고 형을 살려달라고 외치며 통곡하고는 했다. 꿈속에서는 언제나 그랬고 그는 그 헤아릴 수 없는 슬픔에 완전히 자신을 내맡길 수 있었다. 그는 형의 얼굴을 바로 눕혔다. 형의 얼굴이 아니라 그녀 얼굴이었다. 그녀는 깊이 잠들어 있었다. 숨소리도 고르고 나쁜 꿈을 꾸고 있는 것 같지도 않았다. 비린내가 진동하고 있었다. 그는 공들여 집 안을 청소했다. 식탁 위에 있던 복어의 살점과 내장, 뼈, 껍질, 핏물을 커다란 비닐봉지에 다 쓸어담고 칼도 도마도 버렸다. 거실 창을 열어 환기도 시켰다. 두려워했던 일이 일어났고 그것은 상상 속의 두려움보다는 조금 더 견딜 만한 것이기도 했다. 자신이 바로 이곳에 있다는 사실이 필연적으로 느껴지기도 했다. 그녀에 관해 다른 사람은 결코 알지 못할 것을 아는 사람이 되었고 다른 사람은 결코 볼 수 없는 것을 본 사람이 된 것 같았다. 그녀는 이제 깨어나기만 하면 되었다. 그동안 아무 일도 없었던 것처럼 집 안을 말끔히 정리하고 싶었다. 삶의 모든 이야기는 실패의 이야기가 아니라 시작의 이야기라고 말해주고 싶었다. 실내는 그녀가 뿜어내는 숨과 숨소리로 조금씩 덥혀지고 있는 것 같았다. 그는 거실 창을 닫고 동남쪽 방향의, 달빛을 받아 짐승의 뼈처럼 희게 보이는 철 구조물을 맞바라보았다. 스카이 트리가 세워지고 있는 부지가 윤곽이 희미한 채 좁은 공터처럼 가까이 보였다. 가을쯤 되면 그녀는 이 자리에 서서 한때 그의 열정과 패기가 담겨 있는 새 타워를 지켜보게 될 것이다. 그녀가 여기 계속 머문다면. 그는 그 시절, 사람과 환경과 조화를 이룰 수 있는 타워를 설계하던 때를 떠올렸다. 밤과 조화를 이룰 수 있는 거대한 인공 나무처럼 보이기를 원했던. 오직 그런 것에 대해 몰두하고 그럴 수 있었던 시절에 대해서. 그런 삶을 살았다는 걸 까맣게 잊고 있었다. 아름다움과 조화와 균형을 이루는 창조물을 만들어내던 시절을. 그런 것을 되돌아보게 된 사실만으로도 그는 자랑스럽게 느껴졌다. 떠나지 말라고 그녀에게 말할 수 있을 것 같았다. 두 사람이 가진 공통점에 대해서도 말할 수 있을 것 같았다. 이렇게. 두 사람 다 선을 그리고 그 선을 종이 위에 남긴다는 것에 대해서, 그 밑선이 갖고 있는 서로의 개성과 생명력에 대해서. 그는 두 팔을 머리 위로 쭉 뻗어올렸다. 귀를 스쳐 원을 그리듯 뒤로 한 바퀴 돌려 다시 앞으로 뻗었다. 손이 가닿을 수 있는 가장 먼 데까지 뻗치고 싶었다. 뭘 하고 있어요? 그녀 목소리가 들렸다. 그는 퍼뜩 잠에서 깨어났다.

물 한 잔을 마셨다. 비릿한 맛이 났다. 등에 쿠션을 대고 기대앉았다. 그는 한 번 경험했던 가장 큰 고통이 꿈에서 더 크고 생생해진다는 게 어떤 의미인지 알고 싶었다. 그리고 그 고통이 자신도 알지 못하는 사이에 불구의 삶 쪽으로 아직도 끌어당기고 있는지에 대해서도. 물을 한 잔 더 마시고 휴대전화 폴더를 열었다.

어머니는 아버지가 잠들어 있다고 말했다. 오늘은 바람이 너무 불어서 산책은 하지 못했다고 했다. 아버지와 어머니가 같이 산책을 다닌 것은 초여름이 막 시작되던 때였다. 그가 도쿄를 떠나올 무렵, 스즈키 박사는 병원에 입원해 수면 치료를 받겠다는 아버지에게 흙길을 걸어보라고 권했다. 흙속의 미생물이 만들어내는 세균의 냄새가 심리적 안정을 주는 효과가 있다고 했다. 아버지가 그 제안을 받아들인 것은 뜻밖으로 보였지만 그건 어떻게든 병마를 견뎌보려는 노쇠한 아버지의 마지막 안간힘처럼 느껴졌다. 떠나기 전까지 그는 주말이면 아버지와 어머니를 자동차에 태워 가까운 공원이나 숲으로 모시고 갔다. 아버지와 어머니는 묵묵히, 그리고 느리게 흙길을 걸었다. 불안감과 우울감을 완화시키기를 기대하는 다른 산책자들처럼. 아버지가 걷기 시작하지 않았다면 그가 서울로 옮겨오는 것은 불가능했을 것이다. 스즈키 아저씨에게 털어놓은 이야기가 마음에 걸릴 때가 있었다. 그 스스로 집을 떠난 게 아니라 생기라곤 전혀 없는 노인들의 집으로부터 아버지가 그를 떠나보냈을지도 모른다는 짐작은 서울로 온 이후 한동안 사라지지 않았다. 어쨌거나 아직 아버지가 식물원이나 병원의 넓지 않은 실내 산책길을 꾸준히 걷고 있다는 것은 다행이었다.

만났니?

어머니가 물었다.

누굴요?

네가 만나고 싶어하는 사람.

그는 대답하지 않았다. 어머니의 질문은 그가 생각한 것과는 다를 수 있었다. 형을 가리키는 건지도 몰랐다. 어머니는 비밀을 털어놓듯 속삭였다.

거기서 가까운 데 살고 있잖니.

그는 열이 심했지만 이제 괜찮아졌다고 말했다. 어머니는 말이 없었다.

한 뼘쯤 출입구를 열어두었다. 주차장을 통해 찬바람이 불어왔다. 땀 냄새가 풍겼다. 내가 만나고 싶어하는 사람. 그 사람 곁에 누가 있을 거라고 생각한 적은 한 번도 없었다. 처음부터 그건 불가능한 생각이었으며 결코 하고 싶지 않은 생각이기도 했다. 운동화를 꿰어신고 비척비척 몇 걸음 걸었다. 골목은 캄캄했다. 늦은 밤인지 새벽인지 가늠할 수 없었다. 땀이 식는 것인지 열이 내리는 것인지도 알 수 없었다. 찬바람이 몸의 감각을 깨우고 있었다. 그는 그때도 지금처럼 이렇게 온 힘으로 땅을 짚고 서 있었다는 걸 떠올렸다. 센소지 정문 앞에서 그녀를 기다리던 지난 일월의 오후. 검은 물속으로 빠져들어가고 있는 것 같아 보이던 그녀를 기다리던 때. 앞으로 그를 끌고 가게 될 감정의 힘에 대해 막연히 느끼고 있던 그때를.

사랑도 절망도 희망도 아닌, 처음부터 내 것 같았던 그 감정에 대해서.

그는 쿨럭쿨럭 기침을 했다. 겨울 숲에 가고 싶었다. 맨발로 걷고 싶었다.

61
두 사람

KAC 사옥 게스트 하우스에서 송년회가 열렸다. 그녀는 그동안 두어 번쯤 박대표의 저녁 모임에 초대받아 그 사옥에 간 적이 있었다. 그런 모임에 가도 자리가 파하기 전에 빠져나오고는 했다. 그러다보니 그녀가 정작 박대표에 관해 잘 알고 있는 것은 별로 없었다. 꽤 큰 규모의 건축사무소를 운영하고 있으며 소문난 미술 작품 컬렉터에다가 젊은 미술가들을 후원하고 있다는 사실 정도였다. 모임에 오는 사람들 중에는 박대표가 후원하는 젊은 예술가나 큐레이터들 외에도 의사나 대기업 임원, 부장 판검사, 건축가, 사진작가, 배우나 영화감독도 많았다. 대개는 거기 모인 작가들의 전시회 때나 옥션 때 다시 얼굴을 보게 되곤 했다. 박대표는 자신이 소개해준 사람들이 서로 작품을 사고팔고, 비즈니스뿐 아니라 다른 긴밀한 관계들로 연결되는 것에 큰 만족감을 얻는 그런 타입의 사업가 같았다. 손가락들이 굵직굵직하고 그녀가 본 사람들 중에서 가장 크고 긴 귀를 갖고 있었다. 정력적이고 활달하지만 밤에는 필경 누구보다 외로울 그런 사람처럼 보였다.

그녀는 초대를 거절하지 않았다. 보고 싶은 그림이 있었고 그걸 보려면 KAC 사옥으로 가야 했다. 전체 오층짜리 사옥에 층마다 박대표가 컬렉션한 그림들을 걸어놓았다.

십이월 둘째 주였다. 다이닝 테이블에 열대여섯 명의 사람들이 모여 앉아 있었다. 서너 병의 와인과 블랙 올리브를 담아놓은 작은 사기 접시들, 리델의 수공예 와인잔들을 그녀는 무덤덤하게 바라보았다. 아는 얼굴도 보였고 그녀가 모르는, 이제 막 대학 졸업을 앞둔 것처럼 보이는 젊디젊은 조각가, 페인터들도 있었다. 아홉시 뉴스를 진행하는 한 여성 아나운서와 몇몇 사람들이 요리를 하고 있는 박대표를 거들었다. 주방 쪽에서 오일에 볶고 있는 해물과 마늘 냄새가 났다. 누군가 새로 들어와 자리에 앉을 때마다 사람들이 일어났고 일일이 악수와 인사를 나눴다. 그녀는 고개를 수그린 채 그대로 앉아 있었다. 사람들이 일어날 때 일어나고 손을 내밀 때 손을 내밀고 싶었지만 뜻대로 되지 않았고 그것은 사람들에게 오해를 불러일으킬 수 있는 행동일 거였다. 작업실을 떠나면 어떤 일에든 박자를 맞추는 일이 더 곤혹스럽게 느껴졌다. 게다가 지금처럼 이렇게 순간적으로 자리에서 일어날 수도 없고 요의를 느껴도 화장실에 갈 수도 없게 되는 때가 있었다. 작업을 하고 있을 때. 그 기간은 채 완전한 사람이 되기 이전의, 어딘가 부족하고 채워넣을 것이 있는 상태로 남아 있는 피조물처럼 느껴졌다. 한 가지 생각밖에 하지 못했고 행복한지 슬픈지 몸이 뜨거운지 차가운지 느끼지 못했다. 다만 언제까지 이렇게 살 수 있을까, 라는 생각을 할 때마다 몸이 깨지는 것 같은 동통이 느껴지고는 했다.

작업실에 있다가 앞치마를 벗고 손을 씻고 머리를 한 번 빗은 다음 외투 하나만 걸치고 나온 참이었다. 다른 사람들처럼 케이크나 와인 같은 선물을 준비해올 시간도 없었다. 분리된 한 사람의 그녀는 아직 작업실에 남아 있는 게 틀림없었다. 이유 없이 사람들을 불편하게 만들어서는 안 된다고 웅얼거려보았지만 지금 이 순조롭고 선의로 가득 찬 자리에서 자신이 할 수 있는 일은 없는 것 같았다. 그녀는 작업대 위에 놓고 나온 형체에 골몰했다. 자기 자신을 믿는다는 게 어떤 것인지, 가치 있는 일을 한다는 것이 어떤 건지 알고 싶었다. 누가 그녀를 작가라고 부르거나 예술가라고 지칭할 때 깜짝깜짝 놀라는 이유도 그런 것과 무관하진 않았다. 적어도 그렇게 불릴 만한 작가作家라면 더이상 그런 고민은 하지 않을 것 같았다. 오래전부터 그녀는 작업을 할 때마다 전개부를 건너뛴 채 연주를 계속하고 있다는 느낌에 빠져 있었다. 전시 초대를 받거나 작품이 팔려나가는 것과는 무관했다. 종이에 선을 긋는 것부터 다시 시작해야 할 때가 올지도 몰랐고 바로 지금인지도 몰랐다. 중요한 질문이 중요한 결정을 낳게 했다. 그녀는 예술가가 자기 자신을 믿는다는 게 어떤 것인지에 대해 끈질기게 물고 늘어져야 한다고 생각했다.

옆에 앉은 남자가 와인을 따라주었다. 그녀 앞에 구운 대하와 감자가 담긴 접시가 놓여 있었다. 소스는 연초록빛이었다. 콜리플라워를 갈았을 때 만들어지는 빛. 흰 사각 접시에 포크와 나이프들이 부딪쳐 나는 소리가 무슨 신호처럼 느껴졌다. 모두들 꼭 맞는 역할을 소화해내고 있는 소무대처럼 보였다. 그녀는 누가 묻지도 않았는데 손을 씻고 오겠다고 하곤 자리에서 일어났다.

층마다 CCTV가 설치돼 있었다. 그녀가 계단을 걸을 때마다 머리 위에서 기계음이 들리는 것 같았다. 계단 쪽 창으로 사옥의 정원이 내다보였다. 정문으로 난 길 양쪽으로 눈이 쌓여 있었다. 누군가 정성 들여 눈을 쓴 흔적이 바닥에 얼어붙어 있었다. 일층부터 사층까지가 건축사무소라고 들었다. 그녀는 발꿈치를 든 채 사무실 출입문을 지나쳤다. 닫힌 문들은 왜 항상 여는 것이 불가능하다는 느낌을 주는지 알 수 없었다.

연도 미상의 이 그림은 볼 때마다 다르게 보였다. 그것이 이 그림을 보고 싶어지는 이유가 되기도 했다. 주로 풍경과 산수를 즐겨 그렸던 박고석(朴古石, 1917~2002) 화백이 목탄으로 그린 단순한 두 사람의 형체였다. 수많은 선을 그렸다가 지운 흔적이 엿보였다. 그림으로 남은 것은 두 사람의 아우트라인밖에 없었다. 한 사람은 컸고 한 사람은 조금 작았다. 팔을 머리 위로 들어올린 조금 더 큰 사람이 왼쪽에, 그 사람의 어깨에 한 손을 대고 있는 작은 사람이 오른쪽에 있는 구도였다. 성도 불분명해 보였다. 화가는 굵은 목탄으로 성정들까지 다 단순화시키고 싶어한 것 같았다. 모자와 부자, 형제, 남매, 자매. 생각에 따라 두 사람은 그렇게 각각 달라 보였다. 배경도 그림자도 없었다. 가는 선 조금 굵은 선 아주 굵은 선으로만 완성된 두 벌거숭이들을 그녀는 쳐다보고 또 쳐다봤다. 굵고 튼튼한 종아리와 짧은 팔과 목이 서로 꼭 닮아 있었다. 우울한 얼굴도 행복한 얼굴도 무엇을 기대하거나 기다리는 표정도 아니었다. '두 사람'은 그림의 제목처럼 그저 서로에게 약간의 접촉을 한 채 서 있었다. 두 사람이 아니라 두 그루의 나무에 더 가까워 보였다. 한 뿌리에서 나온 두 사람들 같았다.

62

풍경

언젠가 형의 여자를 한 번 만난 적이 있었다. 수줍음이 많고 목소리가 작았고 체구에 비해 목이 너무 긴 탓에 전체적으로 불균형하다는 인상을 주던 여자였다. 형이 재직하고 있던 대학의 행정과에 근무하는 직원이라고 들었다. 그로서는 형이 어떤 여자를 만나고 있다는 사실 자체보다 평소에 형이 말한 여자의 이상형과는 다른 사람을 만나고 있다는 사실이 놀랍게 느껴졌고 그것이 큰 실망감을 불러일으킨다는 데 당황했다. 형이 대학에 자리를 얻어 들어간 지 얼마 안 지났을 때였다. 혼자 막 서울 생활을 시작했을 무렵이었다. 그가 아는 형은 키가 작고 낮은 굽을 즐겨 신고 의견을 내세울 줄 알며 원하는 것을 숨기지 않는 여자를 좋아했다. 기쁜 것도 슬픈 것도 감추지 않는 여자. 그런데 그날 그가 본 형의 애인이라는 여자는 아무리 오래 같이 있어도 속을 알 수 없을 것 같았고 까맣고 쑥 들어간 눈동자는 언제든 필요에 따라 스위치를 내리듯 혼자만의 세계로 침잠해 들어갈 것 같았다. 형이 바라는 것처럼 잘 웃지도 않았고 말도 별로 없었다. 무엇보다 한쪽 다리를 심하게 절고 있었다. 그날 그가 잘못한 게 있다면 평소보다 무뚝뚝하게 굴거나 사양하는 여자에게 억지로 술을 권한 것이 아니라 형이라는 남자가 그 여자에게 어울리지 않을지도 모른다는 생각을 하지 못한 것일 수 있다.

저녁 자리에서 여자는 정종 다섯 잔에 취하고 말았다. 여자는 드문드문 말을 하기 시작했고 그는 그런 여자를 부추겼다. 형은 잠자코 앉아 있었지만 화를 간신히 참고 있는 표정이었다. 악의가 취기처럼 빠르게 올라왔다. 형 앞에서 여자를 조롱하고 싶은 마음과 형이 자신의 여자에 관해 모르는 것이 드러나는 걸 보고 싶었다. 지금도 믿을 수 없는 악의였지만 그때는 이성적인 판단을 하기 어려운 상태였다. 형에게 처음 느낀 실망감이라는 게 여자 때문이라니. 그것도 형의 첫 여자. 여자는 빠르게 취해갔고 취할수록 말이 많아졌다. 그것 역시 형이 원했던 여자의 모습은 아니었기 때문에 그는 여자가 말할 때마다 맞장구를 쳤다. 그리고 그는 여자에게 형을 사랑하느냐고 물었다. 그만해. 형은 어금니를 물었다가 말했다. 여자는 자신이 취했다는 사실을 깨달은 것 같았다. 연거푸 물을 들이켜곤 입을 다물었다. 누구도 농담을 할 기분은 아닌 것 같았다. 자신만 제외하고는. 그는 말했다. 저희 어머니가 사랑이란 건 일기예보와 비슷한 데가 있다고 말한

314

적이 있습니다. 그러자 여자가 왜요? 라고 갈라진 목소리로 물었다. 자주 확인해봐야 알 수 있고 돌풍 같은 게 온다면 미리 대비하고 있어야 한다고요. 아무도 웃지 않았다. 의자에 등이 배기는지 여자가 자세를 고쳐 앉았다. 다시 술을 한 잔 비웠고 그를 똑바로 보며 말했다.

아까 저희 부모님에 관해 물으셨죠. 아버지는 택시를 몰고 어머니는 집에 있어요. 어머니는 하루 종일 음악을 듣느라 살림은 아무것도 하지 않아요. 어머니가 듣는 음악에 관해 말씀드릴까요? 사랑이 뭐냐고요? 그리고 여자는 그가 정확하게 듣기를 원한다는 듯 또박또박 말했다. 제가 본 사랑은 식판 같은 거예요. 식판이 뭔지는 아시죠? 형은 이제 그녀 쪽을 보며 그만하라고 말했다. 아뇨. 여자는 형을 싸늘하게 돌아봤다. 어머니는 청소도 요리도 물론 설거지도 하지 않았어요. 제가 아주 어렸을 적부터 우리 집은 식판에 밥을 담아 먹기 시작했어요. 아버지 생각이었어요. 우습게 들리겠지만, 단 한 번도 접시나 반듯한 그릇 같은 것에 음식을 담아 먹어본 기억이 없어요. 세 식구뿐이었는데. 어머니는 겨우겨우 일주일치 음식을 해 플라스틱 통에 담아놓았고 아버지와 나는 그걸 식판에 담아 밥을 먹는 거예요. 그리고 각자 자신의 식판을 닦아놓고 각자의 방으로 들어가는 거죠. 그게 어머니를 사랑하는 아버지의 방식이었어요. 나요? 나는 그 집을 독립해 나오기 전까지 이십 년 동안 식판에 밥을 먹어온 사람이라고 할 수 있죠. 밥을 떠먹을 때마다 그 알루미늄 식판에 알루

미늄 숟가락과 젓가락이 부딪치는 쇳소리가 아직도 들리는 것 같아요. 꼭 칼과 칼이 부딪치는 소리 같았죠.

그러고 여자는 눈 깜짝할 사이에 자리에서 일어나 옷과 가방을 챙겨들곤 밖으로 나갔다. 그가 정신을 가다듬었을 때는 식당의 밀실 같은 방에 혼자 남아 있었다. 그게 첫번째 만남이었고 다시 만나지 못했다. 얼마 후 여자는 남인도 어딘가로 떠났다고 했다. 그 여자가 형의 죽음에 무슨 영향을 끼쳤는지 그는 알지 못했다. 형은 유서도 어떤 기록도 남기지 않았다. 죽음 자체가 이해의 차원을 넘어서는 대상 같았다. 그는 남인도로 떠난 형의 여자에 대해 생각하고는 했다. 단 한 번 만났을 뿐이지만 기묘하게도 그에게 사랑에 관해 질문하게 하는 여자. 여자가 떠나고 일 년 동안 형에게 일어난 일은 아무도 몰랐다. 형은 그에게조차 모든 것을 함구했고 그것은 꼭 그가 아니라 세상을 대하는 태도처럼 보였다. 형이 사직서를 제출하고 도쿄로 돌아왔을 때는 형 스스로 치료가 필요하다는 판단을 내렸고 모두들 회복의 가능성은 남아 있는 상태라고 믿고 싶어했다. 그 무렵의 형에 관해서 말하기는 힘들다. 그는 차라리 어렸을 때처럼 형이 종이 상자 속으로 들어가는 것이 낫겠다고 생각했다. 그때는 같이 따라 들어갈 수 있었으니까.

시내 전화를 받은 것은 집으로 가던 택시 안에서였다. 간신히 시청 앞을 빠져나왔나 싶더니 코리아나 호텔 앞에서 자동차들이 다시 정체됐다. 기사는 광화문 광장에서 벌어지고 있는 축제 때문이라고 알려주었다. 그는 전화기를 귀에 댄 채 택시에서 내렸다. 이른 저녁이었고 시내 목소리는 아직 그녀에 관한 자신의 짐작이 틀리지 않다면 긴 통화가 될 것을 예고하고 있었다. 광화문에서 안국역을 지나 창경궁 돌담을 따라 걷다보면 대학로가 나오고 그러다보면 통화는 끝날 것이다.

시내가 전화를 해온 건 처음이다. 시내를 떠올렸던 밤과 낮이 있었다. 시내 역시 그랬으리라는 것을 알지만 그와 같은 마음일 것 같지는 않았다. 더이상. 그는 안부를 물었다. 횡단보도를 건너 교보빌딩 쪽으로 걸었다. 광장에 인파가 몰려 있었다. 시내는 거기가 어디냐고 물었다. 그는 광화문이라고 말했고 시내는 가본 지 너무 오래 됐다고 대꾸했다. 지금 문의 바에 와 있다고.

그는 얼떨떨한 눈으로 광화문 광장을 올려다보았다. 도심 한가운데 30미터도 훨씬 넘어 보이는 거대한 스노보드 경기장이 세워져 있었다. 활주대와 점프대의 길이도 백 미터가 넘을 것 같았다. 세종로를 따라 광화문까지 이어진 보도에는 행인들이 기 떼를 이루었고 라면이나 어묵을 파는 포장마차도 눈에 띄었다. 축제를 알리는 댄스음악이 귀를 때리듯 울렸다. 그는 여보세요 여보세요, 라고 크게 외쳤다. 시내는 잘 들린다고, 소리치지 말라고 말했다. 그는 지금 한 스노보드 선수가 빠른 속도로 활주로를 내려오기 시작했다고 설명해주었다. 그리고 점프대에 이르자 그 선수가 힘껏 도약하는 장면에 대해서. 자신이 지금 보고 있는 풍경에 대해 말해주었다. 시내는 잠자코 듣고 있는 것 같았다. 정점에 오른 순간 선수가 스노보드를 손으로 잡은 채 공중제비를 시도했고 곧 안전하게 착지했다. 시민들이 탄성을 지르는 소리가 시내에게까지 들릴지도 모른다고 생각했다. 불과 0.01초도 안 될 거야. 수화기 저쪽에서 시내가 말했다. 뭐가. 선수가 하늘에 도약해 있던 시간 말이야. 그는 서울이 많이 달라졌다고 시무룩이 중얼거렸다. 어떤 의미로? 시내가 물었다. 글쎄, 여러 가지 좋은 면과 좋지 않은 면으로. 도시라는 건 대체로 그런 거라고 시내는 대꾸했다. 그는 활공하는 선수들과 환호하고 있는 인파 속에 따로 떨어져 서 있는 느낌이라고 말했다. 이 인위적인 풍경이 주는 인상을 어떻게 설명해야 할지 알 수 없었다.

그는 스노보드 경기장 뒤로 가려진 눈 덮인 백악산을 떠올리고 있었다. 어떤 면으로는 활강하는 인간의 모습보다 더 아름답고 변치 않을.

미안해.

그는 누구보다 안전하며 익숙했고 책임질 필요도 없었던, 그에게 크나큰 열정도 욕망도 경이로움도 질투도 울적함도 상처도 지옥도 아닌, 충실하지도 호전적이지도 신성하지도 도덕적이지도 숙명적이지도 않은 사랑을 경험하게 해준 무책임한 자신의 사랑에게 말했다. 타인이면서 동시에 자신을 닮은 미래의 사랑을 위해서 말했다.

뭐가 미안한데.

충분히 사랑하지 못해서.

그리고.

이젠 그만큼도 사랑할 수 없게 돼서.

63
아버지의 노트

전화벨 소리가 들렸다. 최소한으로 줄여놓은 탓에 한낮에는 잘 들리지 않는 소리였다. 시계를 올려다본 후 그녀는 수화기를 들었다. 사임은 그녀에게 뭘 하고 있느냐고 물었다. 잠을 뒤척인 목소리였다. 그녀는 시금치를 데치고 있으며 냉장고에서 슬라이스 햄과 치즈를 꺼내 샌드위치를 만들 생각이라고 말했다. 사임은 잠자코 듣고 있었다. 그녀는 바게트를 만질 때는 그것이 그저 빵이 아니라 연필이나 숟가락 같은 일종의 도구 같은 느낌을 받게 된다고 말했다. 전화를 걸어놓고 막상 사임은 침묵을 지켰다. 가스 불을 껐다. 시금치는 물 위로 둥둥 떠올랐고 꺼낼 시간을 놓쳐 칙칙한 초록으로 변해 있었다. 뉴스 채널 한번 켜봐. 사임이 말하곤 전화를 툭 끊었다. 그녀는 먼저 시금치를 건져내야 하지 않을까 망설이다가 텔레비전을 틀었다.

향일암이 불타고 있었다.

그녀는 벽시계를 한 번 쳐다보았다. 향일암이 불타기 시작한 것은 자정이 조금 넘은 시간이었다는 멘트가 연속해서 흘러나왔다. 지금은 새벽 두시. 향일암은 거의 잿더미처럼 보였지만 강한 바람 속에서 아직도 불길은 다 잡히지 않고 있는 상황이었다. 금오산 중턱의 해발 150미터쯤 깎아지른 위치에 자리한 절이었다. 전남 여수시 돌산읍 율림리. 할머니의 죽음을 알게 된 후로 한 번도 잊어본 적 없는 주소였다. 그 향일암에서 멀지 않은 곳, 율림리에서 아버지가 태어났고 지금은 아흔 살이 넘은, 아버지의 새어머니가 빈집을 지키며 혼자 살고 있었다. 아버지 골분을 뿌린 곳은 남해 일대가 내려다보이는 향일암 대웅전 뒤였다. 아버지를 뿌리며 이제 땅과 바람과 나무가 아버지를 갖게 되리라 생각했던 곳. 마지막으로 다녀온 것은 지난가을 사임과 함께였다. 그 절이 12월 20일 새벽의 어둠을 찢으며 활활 타오르고 있었다. 타오른다기보다 어둠의 무엇인가가 쿨럭쿨럭 불길을 토해 내고 있는 것처럼 보였다. 할머니는 아버지를 그 절의 동자승으로 보냈다. 시기적으로 보면 죽음을 준비하고 있던 무렵이었던 것 같았다. 할머니의 죽음은 즉흥적이지도 우발적이지도 않았다. 할아버지를 만난 이후 언제나 할머니가 그래야 했던 것처럼 할아버지가 먼 바다에서 돌아오기를 기다렸다가 실천한 죽음이었다. 절을 나온 건 아버지 혼자 한 결정이었다. 역시 고모를 통해 듣게 되었지만 이따금 아버지는 그때 그냥 절에 있었더라면 어떻게 되었을까 하는 생각을 하곤 했다.

밤 내내 숭례문이 타는 것을 지켜본 적이 있었다. 그때와는 차이가 있었다. 더 개인적이었으며 타인에게는 설명할 수도 이해시킬 수도 없는 특별한 시간의 의식, 어떤 기억인가가 봉인되는 느낌에 가까웠고, 어쩔 수 없는 슬픔을 불러일으켰다. 그녀는 슬픔을 느끼는 것보다 슬픔을 참는 데 더 익숙해져 있다고 생각했다. 사위를 둘러보았다. 혼자였고 그녀의 집이었으며 어떤 기척도 느껴지지 않는 것 같았다. 적어도 이 새벽만은 슬픔을 참기보다는 느끼는 쪽을 선택하고 싶었다. 아무도 보고 있지 않으면 그런 것은 얼마든지 가능했다. 사임의 목소리는 잠을 뒤척이는 목소리가 아니라 안타까움에 잠긴 소리였을 것이다. 텔레비전 화면은 어두운 적색으로 보였다. 소방대원들이 관음전과 삼성각 등에 물을 뿌려대고 불꽃 위로는 거대한 흰 연기덩어리가 느리게 치솟았다. 불은 언제 꺼질지 몰랐다. 순식간에 모든 것이 잿더미로 변할 수도 있고 갑자기 바람이 그쳐 불길을 잡게 될 수 있을지도 몰랐다. 아무도 알 수 없는 시간이 앞에 있었다. 그런 시간은 죽음이나 새벽의 극단적인 이 허기처럼 삶의 또다른 조건 같았다. 난속석인 회의와 정확히 슬픔이나 안타까움이라고 말할 수 없는 감정들이 가슴을 쿡쿡 찌르고 있었다.

돌아가신 후, 아버지 노트를 열어보게 되기까지는 시간이 걸렸다. 잠깐씩 훔쳐볼 수 있을 때와는 달랐다. 만약 노트를 펼친다면 이번에는 다 읽지 않을 수 없을 게 분명했다. 내가 만일 산다면. 이상주의자나 신비주의자들은 쓸 수 없다고 생각한 일기 제목이었다. 아버지 기록은 실망스러울 정도로 특별할 것도 남다를 것도 없었다. 감동도 영향도 주지 못하는 실패한 글들처럼 보였다. 그건 아버지가 원한 것들이 너무나 사소하고 보잘것없는 데서 온 느낌이었다. 아버지는 지금보다는 더 느긋하고 천천히 톱질을 할 수 있게 되기를 바랐고 가볼 수 있는 숲의 모든 나무들의 이름을 알고 싶어했으며 구분할 수 있는 눈을 갖게 되기를 바랐다. 그것은 보통의 목수라면 한 번쯤 해볼 만한 소리에 지나지 않았다. 더 살았으면 모두 이룰 수 있는, 이루어질 꿈에 불과했다. 적어도 그녀에겐 그랬다. 특별할 것도 대단할 것도 없는. 그러나 아버지 글은 그녀에게 한 가지 뿌리치기 어려운 질문을 던지게 했고 이제 그 질문은 지난봄 혼자 네기시의 605호에서 했던 것과는 다른 차이를 품고 있었다.

삼월의 그 밤. 땀에 젖은 머리카락을 뺨에서 떼어내고 있는 그녀를 물끄러미 바라보던 그가 말했다. 당신은 예술가잖아요, 표현할 수 있을 거예요. 압도당하는 것에 대해서 당신을 짓누르는 것에 대해서. 그녀를 위로하려는 말이었지만 그녀가 듣기에는 자신이 갖고 있는 모든 낙천을 필사적으로 끌어내듯 쥐어짜는 목소리였다. 그리고 그는 창 쪽으로 몸을 돌렸고 타워에 대한 이야기를 들려주었다. 고층 건물과 타워를 지을 때 가장 무서운 건 바람이라고 말했다. 그때는 건물을 설계한다기보다 바람을 디자인해야 하는 거라고. 바람과 지진에도 흔들리지 않는 그런 집을 짓는 것이 꿈이라고 했다. 그러나 바람을 이해하고 제어하지 못한다면 불가능한 꿈이라고. 그녀는 다시 잠속으로 빠져들었지만 그 이야기들은 기억하고 있었다. 거기까지만 기억하고 있다는 게 다행인지 아닌지 알 수 없었다. 본질을 향해 곧장 걸어오는 질문은 가능한 한 피하고 싶었고 그것은 지금도 마찬가지일지 몰랐다.

내가 만일 산다면.

질문은 머릿속에서 떠나지 않았다. 어떤 한 가지 질문, 어떤 한 불완전한 문장이 이렇듯 연속적이며 다각적으로 확장되는 경험은 처음이었다.

불길은 결국 대웅전과 종각, 종무실이 다 타버린 후에야 잡혔다. 새벽 네시가 가까워온 시각이었다. 그녀는 잿더미로 남게 된 대웅전과 누군가 정성스럽게 소원을 적어놓은 기왓장들과 그 화재가 발생하기 네 시간 전에 켜두었다는 천 개의 연등을 떠올려보았다. 어렸을 적 거기서 아버지와 함께 보았던, 장엄하다고밖에는 말할 수 없는 새해 첫날의 일출을 떠올려보았다. 오동도와 그 섬에서 자산공원으로 이어지던 오솔길과 방파제와 일출정, 돌산공원과 지금은 입출항을 기다리는 컨테이너선들로 가득한 앞바다를. 여수. 거기는 아버지의 태생지였고 돌아가고 싶어했으나 돌아가시 않으려고 아버지가 한평생 발버둥쳤던 장소였다.

조금 더 자주…… 그 말 뒤에 자신이 붙이고 싶은 수십 가지 문장들을 떠올렸다.

그녀는 율림리에 다시 가야겠다고 생각했다.

64
safe nest

늦가을부터 진행된 E대학 도서관 건물의 설계 작업은 난항을 겪고 있었다. 학교 측 관계자가 요구한 사항은 외관은 그대로 둔 채 리노베이션하는 것이었으며 가능한 새 학기가 시작되기 전에 공사를 마쳐달라고 했다. 리노베이션을 결정한 이유는 건물이 낡고 보수해야 할 데가 많다기보다는 공간에 비해 효율성이 떨어지기 때문이었다. 아닌 게 아니라 도서관은 공간을 낭비하고 있다는 느낌이 들 정도로 적절히 사용되지 못하고 있었다. 채광도 고려하지 않은 듯 어둡고 답답해 보였다. 일, 이층 모두 별도의 파티션이나 가림막이 없이 탁 트였고 커다란 책상들이 일렬로 정렬돼 있었다. 설계팀, 인테리어팀 등과 수차례 답사를 다녀올 때마다 그는 그 공간에서 덜어내야 할 것과 부족한 것에 대해서 알아내려고 애썼다.

주말 오후면 도서관에 갔다. 리노베이션은 공간에 대한 깊은 이해가 없으면 불가능한 일이었다. 학생들은 대형 룸에서 집중하는 데 큰 어려움을 겪고 있는 것 같았다. 가방을 내려놓는 소리나 책장을 넘기는 사소한 소리들과 움직임들이 막힘이 없는 공간에 필요 이상 크게 울렸고 그 진동은 멀리까지 전달되었다. 도서관이 지어진 게 백여 년 전이라고 했다. 그때는 혁신적이고 파격적으로 보였을지 몰랐다. 지금 필요한 것은 안정감을 줄 수 있는 나누어진 공간이었다. 모든 공간과 사물은 적당한 규모를 필요로 했다. E대학 도서관에서 가장 필요한 것은 분절分節 같았다. 그런 의미에서 몬테소리 학교에 관한 건축가 헤르만 헤르츠버거의 시각은 의미하는 바가 컸다. 이 네덜란드 건축가는 어린이집에서 아이들이 노는 것을 오랫동안 관찰한 결과 아이들에게 필요한 건 하나의 넓은 놀이터가 아니라 작은 놀이터들이라는 것을 발견했다. 아이들은 대개 몇 명씩 모여 흩어져서 노는 것을 좋아했고 좁은 공간에서 집처럼 편안한 느낌을 받기 때문이었다. 놀이터가 넓을수록 아이들은 서로 집중을 방해하거나 친밀감을 깨뜨리고 있었다. 헤르만 헤르츠버거가 이 관찰에서 끌어낸 개념이 건축에 있어 분절의 원칙이었다.

팀원들과 기둥을 중심으로 네 개의 커다란 방을 만들고 그 네 개의 방을 둘로 나누는 아이디어에 관해 토론해보았다. 네 개의 큰 공간의 출입구와 벽은 회벽과 나무로, 두 개의 좁은 방은 내부가 들여다보이도록 유리를 소재로 선택해 다시 도면 작업을 했다. 공사비와 기간이 터무니없이 늘어나게 될 거라는 지적이 나왔다. 그는 도면에서의 암시적인 표현을 줄이고 실용적인 아이디어를 고안해내려고 애썼다. 그럴수록 건물은 이차원적인 평면성이 줄어들 확률이 컸다. 건축이라는 것은 결국 작은 결정들이 유기적으로 모여 이루어진 구조물이며 건축가는 불필요한 공간을 최대한으로 줄이고 그것을 실용적인 공간으로 늘려 사용자에게 도움을 줄 수 있는 역할을 해야 한다. 설계가 난항을 겪으면 겪을수록, 의견이 모아지지 않으면 않을수록 그는 E대학 도서관에 대한 생각에 더 깊이 빠져드는 것을 느꼈다. 긴 겨울을 그것을 통해 건너갈 수 있다고 믿는 사람처럼.

회의는 연일 이어졌다. 실례를 찾을 수 있는 다른 대학들의 도서관도 틈만 나면 찾아가보았다. 머릿속에 도서관을 위한 이상적인 도면이 그려져 있었지만 그건 어디까지나 아직 선으로만 이루어진 도형이었으며 팀원들의 공감을 끌어내지 못한 미완성의 도면에 불과했다. 그는 시간이 지체될수록 느긋한 마음과 동시에 책임감을 느꼈다. 도면을 그렸다면 건축가는 그것을 현실로 만들어낼 수 있는 능력을 갖고 있어야 했다. 도서관은 평일엔 밤 열한시에 폐관했다. 십이월 중순이 되자 그는 도서관에서 퇴근하는 날이 잦아졌다. 도서관 창가에 앉아 해가 지는 것을 보게 될 때가 있었다. 도시가 가장 아름다울 때는 고층 빌딩들 뒤로 해가 넘어갈 때의 풍경 같아 보였다. 서서히 빌딩의 윤곽으로만 남았다가 사라지는 빛의 소멸 속에는 밤의 위엄이 어려 있었고, 그것은 비의적이라기보다는 아직 일어나지 않은 일에 대한 모호한 기대를 갖게 했다.

E대학에서부터 혜화동까지는 지하철 세 정거장 거리였다. 그는 집까지 시내를 관통해 걸어다녔다. 크리스마스가 가까워올수록 밤거리는 인파로 붐볐다. 그는 무엇이 사람들을 밖으로 이끌어내는지 알지 못했다. 집으로 가고 싶었고 그곳이 조금 더 따뜻하며 그가 보고 싶은 사람이 기다리는 그런 장소가 되기를 바

랐지만 그가 원하는 것이 정확히 그것인지는 장담할 수 없었다. 모든 건축이 추구하는 공통된 개념은 둥지^{safe nest}일 것이다. 그것은 그가 건축을 막 시작했을 때 붉은 벽돌로 구체화시킨, 첫 번째 이상이 된 개념이기도 했다. 그는 이 밤의 도시에서 자신에게 둥지로 남을 만한 편안하며 우호적인 장소에 대해 떠올려보았다. 누구에게나 필요하지만 누구나 다 가질 수 있는 것은 아닌. 그런 장소를 가질 수 있을 가능성과 불가능성에 대해서도 생각했다.

65
한 여자가 한 여자로

여자는 한 사람인 동시에 두 사람이기도 했다.

그녀는 작업실 좌대에 누워 있는 여자를 내려다보고 있었다. 두 달 동안 매달려온 작업이었다. 드로잉을 한 것은 그보다 훨씬 오래전 일이다. 한 나부裸婦의 뒷모습을 그렸을 뿐이다. 무릎을 절반쯤 구부린 채 모로 누워 있는 여자. 제대로 된 종이도 아니었고 책상 위에 굴러다니던 누런 갱지에 스케치했다. 컵이나 빵 같은 것을 싸고 있던 포장지였을지도 모른다. 연필을 잡고 있다가 문득 손목을 움직였다. 벌거벗은 여자의 뒷모습을 그리겠다는 작정 같은 것도 없었다. 손이 최초의 선을 따라갔고 종이에 여자 뒷모습이 그려졌다. 등뼈를 중심으로 갈비뼈가 도드라졌고 둔부와 어깨는 좁았다. 누구의 모습인지 알 수 없었다. 딱히 염두에 둔 모델도 이미지도 없었다. 여자가 웅크린 채 잠을 자고 있는 것인지 의식을 잃고 쓰러져 있는 것인지 죽어 있는 것인지도 알 수 없었다. 등을 돌린 여자가 울고 있는 건지 소리 죽여 혼자 웃고 있는 건지 겁에 질려 한 손으로 입을 틀어막고 있는지도. 뒤에서 보면 알 수 없는 것들은 언제나 많았다. 선 몇 개로 이루어진 드로잉이었지만 한 여자가 누워서 보여줄 수 있는 다양한 감정들을 저절로 떠올리게 했다. 그 드로잉을 작업실 벽에 붙여두었다. 문득문득 저도 모르게 눈이 갈 때도 있었다. 그러다 곧 그 드로잉을 잊었다. 사임이 그 그림에 관해 물었을 때까지.

조용한 밤이었다. 초가을이었지만 전기난로를 켜야 할 만큼 한기가 끼쳤다. 그녀는 사임에게 할머니에 관해 이야기했다. 사임에게도, 누구에게도 그 이야기는 처음이었으므로 '할머니'라고 발음하는 것이 어렵게 느껴졌다. 많은 사람들 앞에서 자기 자신에 관한 이야기를 하는 것처럼 긴장되기도 했다. 그녀는 복어를 다루는 법을 배우러 다닌 이야기도 들려주었다. 낮에는 어울리지 않는 이야기였다. 사임이 사흘째 그녀 작업실에 와 머물던 중이었다. 사임은 작업이 잘 풀리지 않을 때마다 며칠씩 자신의 작업실을 떠나 있곤 했다. 사임은 사흘 낮 사흘 밤을 깨어 있었다. 무슨 생각에 빠져 있는지 도통 알 수 없었다. 눈의 실핏줄이 터져 있었고 밤이 지나가면 커다란 유리잔에 우유를 한가득 따라 마셨다. 사임이 무릎 담요를 덮은 채 작업실 한쪽 벽의 긴 의자에 몸을 구부리고 누웠을 때 그녀는 이야기를 꺼내기 시작했다. 사임이 조금이라도 눈을 붙이기를 바랐고 잠에서 깨어나면 그 어떤 이야기도 기억하지 않기를 바랐다. 그녀가 이야기를 마치는 동안 사임이 아무것도 묻지 않았고 움직이지 않았기 때문에 그녀는 더 긴 이야기를, 누구에게도 할 수 없었던 이야기들을 털어놓을 수 있었다. 실제로 사임은 잠결에 그러는 것처럼 다리로 허공을 차는 시늉을 한 번 하기도 했다. 그녀는 안심했다. 그래서 할머니에 관해, 복어에 관해, 그 복어의 독이 몸에 처음 흡수되던 순간의 느낌에 관해 더 말하고 싶다고 생각했다. 그리고 그때, 나무 위에 앉아 있던 할머니를 더이상 똑바로 올려다볼 수 없었다는 사실도.

왜, 할머니가 사라질까봐?

사임은 잠꼬대처럼 웅얼거리며 물었다.

아니.

그녀는 고개를 저었다.

그때, 고개를 돌릴 수밖에 없었다. 할머니에게서. 저녁이 성큼성큼 오고 있었고 잔가지들이 빼곡했지만 밑에서 올려다본 할머니 얼굴은 기이한 빛에 휩싸여 있었다. 그것은 물결치듯 빛나고 있었다. 그녀는 눈을 돌려야 했다. 고개를 떨어뜨렸다. 아무리 빛나도 태양을 계속 쳐다보고 있을 수 없는 이유와 같았다고 그녀는 고백했다. 사임은 침묵했다. 그녀는 무섭도록 흠치르르한 검은 나뭇가지 사이에서 빛나던 할머니의 얼굴, 그 배경들을 지금도 기억한다고 말했다. 그녀는 또 말하고 싶었다. 그것은 얼룩처럼, 미련만 남아 있는 세계의 희미한 자국처럼 보였다고.

할머니는 그녀를 돌려세우지 못했다. 그건 자연의 역할은 아니었다. 자연은 말하지 않는다. 죽음은 자연이었다. 할머니는 자연이 돼 있었다. 교회에서 종소리가 울려퍼지고 있었다. 저녁 기도 시간을 알리는 소리였다. 더 깊은 충동에 휩싸이지 않기 위해서 그녀는 두 손을 들어 가만히 얼굴을 감싸 쥐었다.

가을이 시작될 무렵이었다. 사임은 벽에 걸린 그림을 가리켰다.

저 작업을 시작하려면 모델이 있어야겠구나.

사임은 그녀가 그 '누워 있는 여자' 작업을 시작하지 못하는 이유가 모델을 구하지 못해서인 것처럼 심상하게 말했다.

사임이 작업실 바닥에 담요 두 장을 겹쳐 깔았다. 사임은 옷을 벗었다. 그녀는 사임의 벌거벗은 뒷모습을 바라보았다. 그것은 한 여자의 몸이었고 사임과 닮아 있었지만 완전히 사임의 육체라고는 말할 수 없는 익명성과 독자성을 띠고 있었다. 침묵 때문인지 무거운 공기 때문인지 작업실은 수심 천 미터의 깊은 바닷속에 잠겨 있는 것 같았다. 그녀는 손가락을 구부렸다 펴보았다. 느리게 몸을 움직이기 시작했다. 사진은 찍지 않기로 했다.

캐스팅 작업을 시작했다. 사임의 몸 전체에 로션을 바른 후 음모와 머리카락, 눈썹 부분엔 바셀린을 세심히 발랐다. 팔과 다리의 포즈를 다시 잡았다. 최소한 두 시간은 이렇게 누워 있어야 했다. 석고를 풀어넣은 물에 석고 붕대를 적셨다. 그러고 그녀는 의자에 주저앉았다. 튀어나온 사임의 등뼈가 조약돌을 늘어놓은 것처럼 보였다.

춥다, 어서 시작해. 사임이 말했다. 그녀는 사임의 몸에 한 장씩 한 장씩 석고 붕대를 발라나갔다. 기포가 생기지 않도록 석고 붕대를 붙인 사임의 몸을 문질렀다. 그러나 어떻게 해도 사임의 피부에 달라붙은 냉기, 그 선뜩할 차가움은 막아줄 수 없을 터였다. 석고 붕대를 아직 붙이지 않은 사임의 피부는 덜 익은 자두처럼 군데군데 시퍼렇게 질려 보였다. 석고 붕대는 잘 밀착돼 있었다. 그녀는 모로 누운 사임의 몸을 손바닥으로 쓸었다. 너는 내가 복어로 뭘 하려고 했는지 모르지. 가까이 갔어. 그리고 그것을 만져보지 않고는, 먹어보지 않고서는 얻을 수 없는 것을 얻었어. 그 이전에는 결코 해보지 못한 경험이었어. 왜냐하면 나를 압박하는 것은 죽음이 아니라 살고 싶다는 욕망이라는 걸 알아버렸으니까. 그 밤에. 복어의 뼈가 말했어. 온몸으로 밀고 가야만 하는 삶이 있다고. 복어의 눈이 말했어. 소중한 것이 사라지기 전에 똑바로 봐야 할 게 있다고. 그리고 나는 눈을 떴어. 내가 눈을 떴을 때 본 것. 그것이 지금 내가 기다리는 거야. 사임은 깊이 잠든 것처럼 보였다. 굳어 있는 것처럼 보였다. 그녀는 꿈속에 있는 느낌이었다. 자신의 몸에 석고 붕대를 붙이고 자신의 손으로 자신의 육체를 쓰다듬는 것 같았다. 습했고 온기가 느껴졌으며 부드러웠고 곧 피부 어딘가 찢겨나갈 것만 같았다.

마지막으로 얼굴이 남았다. 숨을 쉴 수 있도록 종이를 두 개 말아 콧구멍에 끼워주었다. 사임은 웃지도 찡그리지도 않았다. 괜찮니? 그녀는 물었다. 그럴 리가 있겠어. 사임이 시니컬하게 대꾸했다. 그녀는 웃었다. 할 말, 더 없어? 석고가 굳을 때까지 사임은 어떤 말도 할 수 없었다. 얼굴엔 그냥 직접 석고를 바르는 게 좋겠어. 사임은 말했다. 그녀는 망설였다. 얼굴 정도의 크기라면 붕대를 붙이지 않고 피부에 직접 석고를 바르는 게 디테일을 살릴 수 있다는 것을 사임도 알고 있었다. 그녀는 초조해졌다. 작업에 대한 흥분이나 기대감과는 다른 기분이었다. 서둘지 않기 위해서 그녀는 숨을 고르게 내쉬기를 반복했다. 그리고 사임에게 말했다. 조금만 더 견뎌줘. 그녀는 사임의 얼굴에 석고를 바르기 시작했다. 너무 두껍게 바르지 않아야 했다. 그러지 않으면 석고 무게 때문에 사임의 얼굴이 밑으로 밀릴 수가 있었다. 많은 생각들이 떠올랐고 어떤 것은 남았고 어떤 것은 지워졌다. 지워지지 않는 게 더 많았다. 언젠가처럼 웃고 싶은지 울고 싶은지 알 수 없었고 몸이 뜨거운지 차가운지, 더운지 추운지 느끼지 못했다.

석고를 바르기 시작한 지 두 시간 후. 사임은 두 개로 나누어진 석고에서 빠져나왔다. 최대한 빨리 석고를 문지르고 움직였지만 시간을 더 단축시키는 건 불가능했다. 석고 조각은 하얀 갑옷 같았다. 딱딱한 허물처럼 보였다. 그 상태로 하루쯤, 완전히 건조될 때까지 기다려야 했다. 수분이 날아갈수록 석고는 더 단단해진다. 담요를 몸에 두른 채 사임은 자신이 깨고 나온 두 개의 석고 조각을 내려다보았다. 그녀는 적어도 지금 이 순간만큼은 사임에게 아무 말도 할 수 없다는 것을 알고 있었다.

작업실 계단을 올라가다 말고 사임은 말했다.

너는 알아야 해. 네가 언제나 너에 관해 생각하고 있다는 걸.

그 후 두 달은 두 개의 석고 조각을 만지면서 지나갔다.

이형제를 바른 석고 안쪽에서 다시 원형의 석고 덩어리를 떠냈다. 그것은 석고 안쪽으로 들어가 공기가 수축할 때 두번째 여자, 늙은 여자의 몸을 표현할 덩어리였다. 그녀는 그 석고 덩어리를 끌로 조각했다. 한 여자가 늙었을 때 몸에서 나타날 수 있고 볼 수 있는 미세한 주름과 변화들을. 그녀는 늙은 여자의 몸에 관해 정확히 알지 못했고 유심히 본 적도 없었다. 참고한 사진과 이미지들은 머릿속에서 다 지워져 있었다. 그러나 끌을 든 손은 망설이지 않았다. 주춤거리지도 않았다. 잘 알고 있는 몸을, 육체를 조각하고 있는 것 같았다. 손은 움직였고 손을 따라갔다. 한 번도 본 적 없는 할머니 몸에 대해 생각했다. 그 몸을 떠올렸다. 그것만이 유일하게 할 수 있는 일 같았다. 그 순간. 그러나 마침내 손이 끌을 내려놓았을 때, 그녀는 눈앞에 놓인 석고 덩어리가 자신의 몸인지 할머니의 몸인지 어느 누구의 육체인지 말하지 못했다. 한 사람의 몸인 동시에 그녀가 본 수많은 사람의 몸이 보였다. 당신을 붙잡고 있는 건 당신의 친할머니가 아니라 당신이 알고 있는, 읽고 만나고 상상한, 각각 다른 방식으로 삶을 마감한 거의 모든 사람들이 아닐까요, 라고 말한 사람의 목소리가 떠올랐다.

높이 30센티미터 나무 좌대 밑으로 에어컴프레서가 딸린 호스를 연결했다. 칠 분. 타이머를 맞췄다. 전원을 꽂았다. 진공펌프 버튼을 눌렀다. 그리고 기다렸다.

처음 드로잉했을 때처럼 그녀는 여자 등뒤로 가 섰다. 여자가 숨을 들이쉬고 내쉬었다. 칠 분. 길게 느껴지지도 짧게 느껴지지도 않았다. 어떤 한 사람을 처음 바라보려면 적어도 그 정도의 시간은 필요했다. 여자는 어디 안 보이는 구멍으로 숨이 빨려들어가는 것처럼 보였다. 여자는 천천히 늙어갔다. 여자에서 늙은 여자로 늙은 여자에서 더 늙은 여자로. 아니, 소녀에서 여인으로 여인에서 노파로. 여자는 회복해갔다. 그런 구분은 명확하진 않았다. 한 여자가 한 여자로 변해갔고 그것은 동시에 한 여자가 같은 한 여자로 이동하는 것과 닮아 있었다. 같은 여자가 아니라 다른 여자인지도 알 수 없었다. 칠 분. 여자가 수축했다 회복하는 시간. 칠 분 사이에 관람객의 누군가는 누워 있는 젊은 여자의 몸을 볼 수도 있고 누군가는 그저 노파인 채로의 육체를 보게 될 수도 있다. 차이는 시간에 있을 뿐.

과정을 생략한 채 단지 한순간의 모습을 보게 될 수 있었다. 그리고 누구에게는 그것이 전부로 남을 수도 있다.

할머니가 할아버지를 혼자 사랑했다는 사실은 오래도록 믿고 싶지 않다. 그랬다는 사실이 할머니 죽음의 원인이 되었다는 사실을 인정하고 싶지 않은 마음과 비슷했다. 할머니는 옷을 만들고 싶은 손으로 할아버지가 잡아온 생선들을 분류하고 내장을 따고 소금을 뿌려 저장하는 일을 말없이 해냈다. 그리고 할머니는 복엇국을 끓였다. 그 솥에 독을 제거하지 않은 참복 한 마리가 들어 있다는 사실은 할머니밖에 알지 못했다. 할머니는 정성껏 국을 끓였다. 그 생의 마지막 음식이었다. 다른 사람 국그릇에는 미역국을 담았다. 할머니 생일상 앞으로 가족들이 모여들었다. 할머니는 할아버지 앞에서 국 한 그릇을 단숨에 비웠다. 처음에는 입술과 콧구멍 사이로 거짓말처럼 붉은 피가 죽 흘러내렸다고 아버지는 기억했다. 상 모서리를 움켜쥐던 할머니가 뱃전에 패대기쳐진 생선처럼 몸을 퍼들퍼들 떨면서 옆으로 쓰러졌다. 그런 기억들이 모여 아버지의 생을 만들었을 거라는 생각이 들었을 때 이미 그녀는 집을 떠나 있었다. 아버지 자신은 아무것도 기억하지 못한다고 헷다. 자신의 엄마는 그 엄마가 결코 아니라고 잠결에 우겼다.

할아버지는 첫번째 친할머니가 살던 집에서 줄곧 살았다. 할머니가 죽은 집이었고 마당에는 두번째 할머니가 뛰어들었다 가까스로 살아난 우물이 남아 있는 집이었다. 그녀가 기억하는 할

아버지 모습은 한때 구척장신이었다던 할아버지가 우물 옆에 쭈그리고 앉은 채로 담배를 피우던 모습이다. 할아버지가 어떻게 죽었는지는 아무도 그녀에게 말해주지 않았다. 아버지는 다시 고향을 찾지 않았다. 적어도 그녀를 데리고서는. 그 집엔 지금 아침마다 긴 머리를 빗어 쪽을 찌는 구순이 넘은 세번째 할머니와 우물만이 남아 있다. 할머니 머리카락이 다시 까만색으로 나기 시작했다는 소식까지 전해 들었다. 그게 지금까지 들은 마지막 소식이었다.

그녀는 첫번째 할머니에 관해 잘 알지 못했다. 그녀가 알고 있는 사실은 이것뿐이다.

할머니는 마지막에 자신을 표현하고 죽었다.

완성된 한 여자가 작업실 바닥에 누워 있었다.

그녀는 그 여자가 서서히 쪼그라들었다가 회복되는 과정을 지켜보았다. 변질처럼 보였다. 변화처럼 보였다. 회생의 순간처럼 보였다. 그녀는 깊이 숨을 들이마셨다. 여자는 숨쉬고 있었다. 그녀가 내는 숨소리의 반향처럼 들렸다. 침묵으로도 말할 수 있었다. 제목이 떠올랐다.

〈숨breath of being〉.

누군가, 그녀 자신을 결정화結晶化시킨다면 바로 저것이라고밖에는 표현할 수 없는 작품을 위한.

66
앵두나무 지팡이가 땅을 두드리는 소리

아침 햇살 속에서 폭이 좁은 나선형 계단은 푸르스름한 은빛으로 빛났다. 비행기의 계단을 연상시키는 단순하면서도 실용적인 데가 있는 계단이었다. 실내는 그 계단이 있으므로 해서 다른 공간과 유기적으로 연결돼 있다는 인상을 주었다. 그는 매일 아침 눈을 뜰 때마다 시계가 아니라 나선형 계단 쪽을 바라보게 되었다. 그저 바라보는 것만으로도 밖으로, 어딘가 한없이 열린 세상으로 그를 데려다줄 것만 같았다. 강철처럼 튼튼하며 빛나 보였다. 더 깊은 지하로 내려가는 좁은 통로처럼 느껴질 때도 있지만 그런 생각은 하지 않으려고 애썼다. 그는 일층에서 나선형 계단으로 떨어져내리는 빛의 밝기를 가늠해보았다. 방 안은 아직 희끄무레한 적색이었다. 친숙한 냄새와 공기로 가득했고 그는 이제 자리에서 일어나 하루를 시작해야 할 때라는 것을 알아차렸다. 여느 때와 똑같은 하루가 될 수도 있고 전혀 다른 하루가 될 수도 있었다. 거기엔 언제나 약간의 불안과 기대가 뒤섞였다. 그는 나른 날과 달리 몸을 왼쪽으로 틀며 소파에서 일어났다. 척추 어디선가 우두둑 뼈가 움직이는 소리가 났다. 찬우유를 한 잔 마시고 몸을 씻었다. 짙은 잿빛 슈트에 안감이 들어간 블랙 재킷을 입었다. 가방을 챙겨들고 밖으로 나왔다. 주차장은 비어 있었다. 가림막이 세워져 있는 출입구 쪽을 돌아다봤다. 퇴근 후 다시 이 문을 열게 될 때 그때도 지금과 같은 마음일지 알 수 없었다.

H자동차의 신사옥을 위한 프레젠테이션이 끝나고 설계팀과 근처에 있는 지하 레스토랑으로 점심식사를 하러 갔다. 입구에 박달나무처럼 단단해 보이는 나무로 만들어진 긴 벤치가 놓여 있었다. 식당으로 들어가다 말고 그는 의자를 한번 손등으로 두드려보았다. 둔중하면서도 맑은 소리가 들렸다. 정말 박달나무가 맞을지도 몰랐다. 물에 가라앉는 유일한 나무였다. 실내의 벽과 테이블을 영국 화가인 리처드 라이트의 벽지로 꾸민 것으로 유명하다는 이탈리안 식당이었다. 나나에와 동료들은 그것이 정말 예술 작품인지 벽지인지 의자인지에 관해 토론했다. 그는 마늘과 올리브오일을 넣은 간단한 파스타를 주문했다. 그 영국 화가에 관해서라면 그도 조금은 알고 있었다. 언젠가 형이 그 작가의 작품을 두고 예술 작품이 아니라 심리 테스트에 쓰이는 대칭의 얼룩 같다고 말한 적이 있었다. 벽지와 테이블을 씌운 그림은 곧 사라지고 말 거였다. 나나에는 그 영국 작가가 그런 걸 두려워하지 않으며 인생도 예술처럼 짧다는 것을 작가가 보여주기 위해 자신의 작품이 영원히 남게 되는 것을 원치 않는다고 설명했다. 다른 동료들은 그것은 예술의 근본정신에 어긋나며 예술이란 영원성에 첫번째 가치를 두는 것이 아니겠냐고 말했다. 그는 방금 전에 끝난 프레젠테이션에 관해 생각하고 있었다. 그가 설명하고 싶고 보여주고 싶은 부분은 따로 있었지만 하지

못했다. 사람들이 건물의 후면에 관심을 갖게 되는 것은 거의 대부분 건물이 완성된 다음이다. 그는 테이블 한쪽에 있는 냅킨을 펼쳐놓고 낙서하듯 드로잉을 시작했다. 건축가는 예술을 할 수 있지만 예술가는 건축을 할 수 없다고 말한 건축가가 누구였던가 하는 생각이 문득 떠올랐다 사라졌다. 화제가 끊겼는지 나나에가 뭘 그리고 있느냐고 물었다. 그는 아무것도 아니라고 대꾸하고는 냅킨을 접어 주머니에 넣었다. 음식이 나왔다. 그는 포크를 들었고 원색과 기하학적인 무늬로 둘러싸인 레스토랑의 벽을 바라본 후 파스타를 먹었다. 그는 오늘 아침 자신이 왜 자리에서 일어날 때 다른 때와 달리 몸을 왼쪽으로 틀어 일어났는지에 대해 곰곰이 짚어보고 싶었다.

진눈깨비가 뿌릴 것 같은 날씨였다. 인도 위에는 연극 포스터와 비닐봉지와 비둘기 깃털 같은 것들이 날아다녔다. 그는 생수와 음료수가 든 비닐봉지를 들고 혜화역을 지나쳐 걸었다. 샘터사 마당을 지나 아르코 미술관 쪽으로 걸었다. 벽돌 건물들은 해질녘 속에서 빛과 그림자를 정교한 무늬처럼 두르곤 붉게 빛나고 있었다. 그 무늬 속에 어룽거리는 것은 많았다. 어떤 그림자도 하나 보였다. 그는 그것이 불변적이기를, 삶의 모든 국면에서 항상 나타나는 그림자처럼 보이기를 바랐다. 머릿속에 그린 도면을 떠올려보았다. 좁은 공간에 불과했지만 그의 열망만으로 그린 집이었고 미래에 짓게 될 집이었다. 안전한 땅은 지진이 일어나지 않는 곳이 아니라 열망하는 사람이 살고 있는 땅이었다. 그는 그 땅 한쪽에 벽돌 두 개를 올려놓았다. 그것으로 이제 건축은 시작될 것이다. 이차원의 평면을 삼차원의 건축물로. 그는 못 박힌 듯 오래오래 아르코 미술관을 맞바라보고 서 있었다. 그저 바라보는 것만으로는 벽돌의 본질을 이해할 수 없을 것이다. 그는 붉은 벽돌을 이해하고 싶었다. 벽돌이 하는 말을 알아듣고 싶었다.

그는 일찍 잠자리에 들었다. 잠결에 무엇인가 쿵쿵거리는 소리가 들린 것 같았다. 지진이 일어나기 시작한 것인지도 몰랐다. 그는 자신이 지금 서울에 있다는 걸 상기했다. 다시 그 소리를 들었을 때 그는 그것이 단단한 박달나무, 아니 그 이야기를 듣게 된 날부터 찾고 있던 앵두나무 지팡이가 땅을 두드리는 소리라는 것을 알았다. 그는 눈 뜨지 않았다. 깨고 싶지 않은 꿈이었다. 오랜만에 꾼 꿈이었다. 앵두나무 지팡이가 향하는 곳을 따라가고 싶었다. 쿵쿵쿵 땅을 울리며, 지팡이가 이끄는 곳으로 두려움 없이 갈 것이다.

67
지금보다 조금 더 빛나게 될

그녀는 택시에서 내렸다. 오프닝을 알리는 직사각형 모양의 현수막이 눈에 띄었다. 오후 네시. 오프닝까지는 아직 한 시간

더 남아 있었다. 갤러리 안으로 들어가지 않았다. 인도 위에 서 있었다. 서쪽에서 바람이 불어왔다. 차갑지만 피하고 싶을 정도는 아니었다. 어젯밤부터 미열이 났다. 바람이 머리카락을 흩뜨렸다. 언제나 머리카락 속에 가려져 있던 두 개의 귀가 다 드러난 느낌이었다. 그녀는 자신의 귀 모양을 떠올려보았다. 얼굴보다 하얄지도 몰랐고 귓불이 칼끝처럼 뾰족하거나 보통의 귀보다 길게 늘어져 있을지도 몰랐다. 귀 같은 것을 거울로 자세히 들여다본 적은 없었다. 오프닝을 앞두고 어째서 귀에 대한 생각을 하고 있는 것일까. 웃고 싶었으나 잘 되지 않았다. 긴장감은 떨쳐지지 않았다. 불안을 느낄 때보다는 한결 나았다. 자동차들은 삼청동 길과 청와대 쪽으로 둔중히 움직였다. 오래된 돌담 때문일까. 이 거리에서는 모든 게 느리게 흘러가고 있는 느낌이 들었다. 경복궁 돌담에 햇빛이 사선으로 드리워져 있었다. 빛을 받은 돌담의 돌출된 부분이 눈에 띄었다. 거기에 이 거리의 모든 빛과 그림자가 응축돼 있는 것 같았다. 돌담은 수평으로 이어져 있었다. 끝은 부드럽게 휘어져 있을 것이다. 세계는 둥글지 않고 구불거리는 것 같았다. 하늘에는 옅은 분홍빛이 섞인 구름들이 새의 깃털처럼 흘렀고 담장 오른쪽에는 경복궁의 오층탑이, 왼쪽에는 뾰족한 가시를 드러낸 앙상하고 키 큰 가시나무 한 그루가 고고하게 서 있었다. 그녀는 등을 돌렸다. '잣나뭇길'이라는 표지판이 눈에 띄지 않을 만큼 작게 보였다. 갤러리, 스페이스2로 올라가는 골목이었다. 그녀는 그 표지판이 가능하면 크고 가능하면 눈에 더 잘 띄는 색깔로 표시돼 있기를 바랐다. 겨울 해는 천천히, 그러나 급속도로 빨리 지기 시작할 거였고 표지판 같은 것은 찾으려고 해도 찾을 수 없을 터였다. 그리고 역광. 그녀는 그 빛에 대해 생각했다. 해가 지는 것을 두려워해본 적은 없었다. 어둠이 빨리 오는 것에 대해서도. 그녀는 잠자코 잣나뭇길로 접어들었다. 새 구두가 발을 움켜쥐고 있는 것 같았다.

〈숨〉은 전시장 한가운데 놓여 있었다.

천장에서 핀 조명들이 겨냥하듯 집중적으로 떨어졌다. 관람객들이 그 작품을 둥그렇게 에워싸고 있었다. 모두 한 자리에 선 채로 바닥에 누워 있는 한 여자가 늙어가는 것, 숨쉬고 시간을 먹고 토해내고 잠을 자고 꿈을 꾸고 노파가 되어 다시 한 젊은 여성으로 되살아나는 것을 기다리고 있는 것처럼 보였다. 그녀는 관람객들 틈에 섰다. 얼핏 둘러봐도 초대한 사람들보다 일반 관람객들이 많아 보였다. 웅성거림도 어떤 속삭임도 들리지 않았다. 흰 벽으로 둘러싸인 전시장 안에는 특별한 받침대도 없이 바닥에 누워 있는 여자와 두껍고 견고한 침묵만 존재하는 것 같았다. 그녀는 그 침묵의 소리에 귀 기울였다. 그녀의 숨소리 외에 여러 겹의 숨소리들이 섞여 있었고 그것은 저녁의 농담濃淡처럼 희미하고 고요한 것이었다. 긴장과 불안이 몸 안에서 빠져나가는 게 느껴졌다. 균형을 잡기 위해 바지 선에 붙이고 있는 주먹에 힘을 주었다. 빛나는 이 침묵을 더 오래 느끼고 싶었다.

여자는 평온해 보였다. 쓰러진 것도 죽어 있는 것도 아닌 것처럼 보였다. 실리콘은 부드럽고 규칙적으로 여자를 부풀게 했다가 오그라들게 했다가 다시 원상태로 돌려놓기를 반복하고 있었다. 무엇보다 여자는 적절한 장소에 와 누워 있는 듯 보였다. 가장 안락하고 그녀 자신에게 가장 어울리는 장소에. 이층 전시장으로 통하는 계단으로도 관람객들이 몰려 올라가고 있었다. 얼핏 사임의 얼굴이 보인 것도 같았다. 다른 얼굴도. 할머니도 보였고 아버지도 구부정한 걸음으로 계단을 올라가고 있는 것 같았다. 큐레이터가 다가와 밖으로 나가려는 그녀의 한쪽 팔을 잡고는 미소지었다. 그러곤 이제 곧 오프닝이 시작될 시간이라고 알려주었다. 그녀는 아직 할 일이 남았고 오지 않은 사람이 있다고 말했다. 큐레이터는 고개를 끄덕이고는 출입문을 밀고 들어오는 한 무리의 사람들 쪽으로 몸을 돌렸다. 그녀는 벽에 등을 기대고 서 있었다. 그렇게 조금 더 서 있다면 흰 셔츠를 입은 그대로 흰 벽 속으로 빨려들어갈 수도 있을 것만 같았다. 눈앞에 새 작품이 놓여 있고 관람객들이 걸어다니고, 말소리 숨소리 발소리 문소리 카메라 셔터 소리들이 들리고 있는데도 오롯이 떨어져나와 있었다. 그녀는 그 간극에 있는 것들을 떠올려보았다. 여기끼지 다시 와 있게 된 그 시간들. 그녀는 같은 사람이지만 같지 않다고 생각했고 많은 것은 달라졌으며 어떤 것은 앞으로 더 달라질 거라는 예감에 빠져 있었다. 한 사람이 바뀐다면 그것은 경험과 고통과 어떤 것을 극복한 힘 때문만은 아닐지도 몰랐다. 가라앉지 않으려고 발버둥친 시간이 다른 사람으로 만들 수도 있었다. 지금은 한 가지만 깨달아도 좋았고 그것이 전부라도 상관없었다. 이제 죽음은 그녀의 의지에 달려 있었다. 삶도 마찬가지였다. 그녀만의 것이었다.

유리문을 밀고, 그녀는 밖으로 나갔다.

전시장 밖은 주차장이었다. 그 한쪽에 대로로 연결되는 골목 길이 나 있다. 길 양쪽에는 낡고 오래된 한옥들이 있었다. 골목 양쪽에 빈티지 물건을 파는 상점과 작은 화원이 있었다. 전시장 안에 외투를 두고 나온 모양이었다. 목덜미로 바람이 파고드는 것 같았다. 그녀는 어깨를 떨곤 두 팔을 얽어 가슴에 모았다. 골 목에서 왼쪽으로 발을 틀었다. 아직 해가 지지 않았고 긴 그림 자만 드리워져 있을 뿐이었다. 경사진 골목 아래 잣나뭇길이라 는 표지판도 아직은 잘 보였다.

그는 골목 밑에 서 있었다.

그녀는 걸음을 멈추었다. 골목 안으로 걸어들어오던 남자 역 시 발을 멈췄다. 마치 잠시 동안, 서로 그대로 서 있자고 약속이 라도 한 것처럼. 아직 그런 목소리가 들릴 만한 거리는 아니었 다. 그러나 역광 속에서 충분히 서로의 얼굴을 알아볼 수 있는 거리였다. 서로에게 뚜벅뚜벅 걸어오고 걸어가고 있는 사람이 누구인지 그런 것은 어둠 속에서라도 알아볼 수 있을 거리. 그 녀는 팔을 풀었다. 그는 꽃을 들고 있었다. 눈이 아플 만큼 흰

빛이었고 한 손으로 들기에는 꽃대가 긴 다발이었다. 칼라. 그녀는 그 꽃의 이름을 기억해냈다. 칼라를 들고 슈트를 차려입은 남자는 방금 막 식장으로 들어가려는 청년처럼 보였다. 신부처럼 보였다. 어딘가 숨기를 잘하는 겁먹은 소년처럼 보이기도 했고 큰 슬픔에 빠진 아이 같아 보이기도 했다. 그녀가 기다리던 사람이었으며 다시 못 만나게 될까봐 두려워하던 사람 같았다. 그녀는 그에게 묻고 싶었다. 그가 주려는 것이 꽃의 아름다움인지 꽃의 눈물인지. 그녀는 이 순간을 오래 기억하고 싶었다. 앞으로 한 걸음도 더 다가가지 않았다. 꽃을 든 남자 역시 꼼짝도 하지 않은 채 그녀를 바라보고 서 있었다. 그가 미소짓고 있는지 찡그리고 있는지 분간할 수 없었다. 오랜 시간이 흐른 후, 그녀는 이 장면을 다시 떠올리게 될 것이다. 지금은 알 수도 없고 아무것도 약속할 수 없지만. 그녀는 생각했다. 그녀가 희구하며 기다렸던 것에 대해서. 그리고 어쩌면 지금보다 조금 더 빛나게 될 미래의 순간에 대해서. 어쩌면 더 뜨겁고 절박해질 남은 시간에 내해서. 골목에는 아무도 없었다. 그늘과 서로의 그림자를 길게 늘어뜨린 한 남자와 여자가 서 있을 뿐이다. 서로 어떻게 더 다가가야 하는지 모르는 채로. 지금은 부끄럽지 않았다. 그녀는 처음부터 다시 시작하고 싶었다. 사람이 태어날 때 세상에 가장 먼저 내미는 것이 머리다. 죽음의 순간에 가장 먼저 숨이 끊어지는 것도 머리였다. 그녀는 세상에 처음 나올 때처럼, 지금은 기억할 수도 없지만 아주 오래 전에는 그녀도 다른 태아들처

럼 그랬듯 머리부터 쑥 내밀어 공기를 갈랐다. 그것이 꼭 인사
를 건네는 것처럼, 춤을 추는 것처럼 보였으면 좋겠다고 생각했
다. 그녀는 머리를 앞으로 내민 채 그를 향해 걸었다.

* '붉은 벽돌'에 관해서는 『건축, 음악처럼 듣고 미술처럼 보다』(서현, 효형출판, 2004)를, 건축에 관해서는 『건축학교에서 배운 101가지』(메튜 프레더릭, 장택수 옮김, 동녘, 2008)를, 『유품정리인은 보았다!』(요시다 타이치, 김석중 옮김, 황금부엉이, 2009)를 참고하였다.

* 이 소설에 나오는 세 점의 조각은 모두 조각가 이병호의 작품임을 밝힌다.

작가의 말

슬픔과 아름다움과 두려움과 죽음. 나는 내가 압도당하는 것에 관해서 쓴다. 나를 사로잡는 것과 나를 놓아주지 않는 것에 대해서. 지난가을에 시작한 원고를 올봄이 돼서야 마쳤다. 이렇게 소설 한 편을 오래 쓰기는 처음이다. 망설이거나 주춤거리거나 다른 모색을 한 것은 아니다. 쓰는 행위와 그것이 갖는 의미에 대해 떠올리고는 했다. 노트북의 흰 화면과 좁은 방과 그리고 책상 모서리를 붙잡고 있던 나, 이 셋이 서로의 힘으로 서로에게 의탁하고 있던 긴 시간이었다.

사람이나 사물 혹은 무엇에 대해서든 나는 더 깃들거나 다정해지고 싶지 않다. 내가 명랑해지거나 크게 행복해지기를 바라지도 않는다. 글을 쓰는 일이 이미 소명이 되어버렸다고 느꼈다면 더 큰 것을 바라서는 안 된다고 여기기 때문이다. 내가 원하는 것은 단순한 삶이다. 생각하고 읽고 쓸 수 있는. 이 단순한 삶이 얼마나 원대한 꿈인가를 이 소설을 쓰는 동안 알아차려버렸다. 그런 꿈을 이루기란 얼마나 불가능하며 또한 얼마나 깊은 고독이 수반될 것인가를. 긴 말은 소용없다. 나는 내가 어디까지 생각할 수 있고 어디까지 읽을 수 있으며 어디까지 부딪치며 쓸 수 있는지 보고 싶다.

글을 쓰게 된 순간부터, 이 소설을 쓰게 되기를 기다려왔다. 나로서는 단 한 번밖에 쓸 수 없는 이야기를. 너무 일찍 말하고 싶지 않았다.

이 원고를 처음 읽어주었던 S와 K에게 고마움과 우정을 전한다. 선뜻 작품을 빌려준 이병호 조각가에게도, 그리고 보이든 그렇지 않든 오랫동안 곁에 있어주었고 앞으로도 그러할 당신과 안부를 물어준 독자들께도. 맨 마지막의 내 모습 역시 책을 쓰는 한 간절한 사람으로 남을 거라는, 내가 할 수 있는 가장 큰 약속을 지금 여기 남긴다.

2010년 9월
조경란

문학동네 장편소설

복어

ⓒ 조경란 2010

1판 1쇄 | 2010년 9월 30일
1판 4쇄 | 2011년 1월 15일

지은이 조경란
펴낸이 강병선
책임편집 김민정 | 편집 염현숙 성혜현 김고은
독자 모니터 이원주 | 디자인 송윤형 유현아
마케팅 신정민 서유경 정소영 강병주 | 온라인 마케팅 이상혁 한민아 정진아
제작 안정숙 서동관 정구현 김애진 | 제작처 (주)상지사 P&B

펴낸곳 (주)문학동네
출판등록 1993년 10월 22일 제406-2003-000045호
주소 413-756 경기도 파주시 교하읍 문발리 파주출판도시 513-8
전자우편 editor@munhak.com | 대표전화 031)955-8888 | 팩스 031)955-8855
문의전화 031) 955-8890(마케팅) 031) 955-2656(편집)
문학동네카페 http://cafe.naver.com/mhdn

ISBN 978-89-546-1287-6 03810

www.munhak.com